エラリー・クイーンの冒険

エラリー・クイーン

大学に犯罪学の講師として招かれたエラリーが、その日起きたばかりの殺人事件について三人の学生と推理を競う「アフリカ旅商人の冒険」を劈頭《へきとう》に、サーカス一座の美姫《びき》殺しを扱った「首吊りアクロバットの冒険」、切れ味鋭いダイイングメッセージもの「ガラスの丸天井付き時計の冒険」、『不思議の国のアリス』の登場人物に扮した人々が集う屋敷での異様な出来事「いかれたお茶会の冒険」など、多くの傑作が並ぶ巨匠クイーンの記念すべき第一短編集。名探偵による謎解きの魅力を満喫させる全11編に加え、初刊時の序文を収録した名作品集の完全版。

エラリー・クイーンの冒険

エラリー・クイーン
中 村 有 希 訳

創元推理文庫

THE ADVENTURES OF ELLERY QUEEN

by

Ellery Queen

1934

目次

エラリー・クイーンの冒険
――推理の諸問題

献辞

本書を出版するにあたり、短編の収録を許可していただいた
《レッドブック》《ミステリ》《グレート・ディテクティブ》
《ミステリ・リーグ》の各誌に、著者より感謝の意を表する。

序文

これまで長きにわたり、僭越《せんえつ》にも前口上を述べる役をつとめてきた私は、儀式をつかさどる者として、あるいは興行主として、はたまた、エラリー・クイーン氏と愛読者たちの橋渡し役として、身に余る栄誉を頂戴《ちょうだい》してきた。もちろん、たいへんな仕事ではあったが、このうえなく幸せな仕事であった。ところで、今回、恒例の役目を果たすにあたって白状しておかなければならないのだが、いまこうして私が恒例どおりに親友の作品の片すみにいられるのは、単に、むかしながらの変わらぬ魅力にひきつけられ、あらがいがたい習慣に引き寄せられたからにほかならない。というのも、これまでの作品の場合、私はれっきとした権利を持っていたが（エラリーの事件簿を世に出したのはこの私である）本書にはまったく関与していないのだ。実際のところ、今度の話はまったく寝耳に水だった。

最初にこの件を知ったのは、エラリーが私に電話をかけてきた時だ。「やあ、J・J、きみはこれまでずっと、とてもすばらしい仕事をし続けてくれ――」

「仕事って何さ?」私は言った。

「序文を書いたり、いろいろだよ。わかるだろ――」

「いったいきみは何の話をしてるんだ?」

「うん」エラリーは妙におどおどしていった。「実は、ぼくもちょっとやってみたくなってね、J・J。悪いけど、怠け者を脅したりせっついたりする世間公認のお役目から、きみはお払い箱になっちまったよ。少しばかり前に、自前のノートをあれこれ見返していたんだが――」

「まさか」私は叫んだ。「ぼくの知らない事件を掘り出したって言うんじゃないだろうな!」

「山ほどね。実際、あんまりたくさんあるものだから、どうしても発表したい誘惑に勝てなくなったわけだ。いくつかはきみも知ってる事件だぜ。覚えているかな、メイソンを――ほら、フィニアス・メイソンさ、パークロウにある法律事務所の」

「当たり前……ああ! あのショウ家の問題では、ぼくがメイソンをきみに紹介したんだっけ」

「そうそう。あれからすぐにきみはニューヨークの外に出かけるか何かして――その後のことは知らないだろ。あの事件も含まれているよ。原稿自体はだいたいできあがったから、もうじき本の形になるはずなんだ。ええと――それで、また序文を書いてもらえないかな、いつもどおりに?」

　当然ながら、エラリーの申し出を断ることなど私にできるはずがない。そのくせエラリーは、もろもろの理由から、原稿を見せることはできないと言うのだ。そんなわけで、生みの苦しみに悩んだ私はヴェリー部長刑事に会いにいった。

「部長」私は懇願《こんがん》した。「エラリー・クイーンがいま書いてる本について、なんでもいいからきみの知ってることを教えてくれないか」

「何の本です?」善良なる部長刑事はがらがら声で答えた。いったいどういうつもりで私がそんなことを言っているのだろうという顔で。「あの人はいつだって本を書いているでしょう」

その時になって、私には何の本なのかヴェリーに伝えることさえできないと気づいた。「どうも、その本はメイソンとショウ家の事件について書かれてるらしいんだけど」

「メイソンとショウ家の事件……」ヴェリーは鋼鉄のような顎《あご》をさすった。「ああ、あの事件か!」部長刑事は咽喉《のど》の奥で笑いだした。「あれはまた、とんでもない事件でしたな!」

「じゃあ、きみはいくらか知ってるんだね」私はほっと安堵の息をもらした。「それじゃさ、部長、その本のために前書きを書いてみる気はないかな? ほら——友情のために、とかなんとか、そういうやつ」

「あたしが?」ヴェリー部長刑事は息をのんで、あとずさり始めた。「すみません、マックさん、警視をお待たせしているもので」

警視はヴェリーを待っていたのかもしれないが、先に警視のもとにたどりついたのは私だった。訪ねてみれば、老紳士は耳まで報告書の山に埋まり、どうやら部下たちの仕事ぶりに相当おかんむりの様子である。頼み事をするには、あまりよろしくないタイミングのような気がしないでもなかったが、どうにもこうにも切羽詰まっていた私は、前置きなしに用件をぶちまけた。

クイーン警視はペンを置き、鼻の穴に嗅ぎたばこを詰めこんでから、椅子の背にゆったりともたれた。「かけなさい、マック君」案に相違して、愛想はよかった。「がみがみ屋のおじさんの小言だと思って聞きたまえ。わしはきみが、うちのエルのとてもいい友達でいてくれるのをよく知っとる。しかし、きみは自分がいいカモにされとる自覚はないのかね？」

「いいカ――」肺から空気が全部抜けてしまった気がした。「あの、どういうことでしょう、警視？」

「そこがせがれの友達連中の困ったところだ」老紳士はため息をついた。「どうもうちのエルは友達に催眠術をかけるか何かしちまうらしい。きみは自分が五年も六年もあれにいいように使われとる犠牲者だと、気づいとらんのかね？」

「犠牲者！」

「そのとおりだ。せがれは看守が天職だったのかもしれん。きみにあれだけの仕事をさんざんやらせて！」

「でも、ぼくにとっては喜びでもあり、その――名誉なことで」すっかり肝を潰《つぶ》して、私はなんとか言い返そうとした。

警視の氷のように青い瞳がきらめいた。「そこがせがれのうまいやり口だ」淡々と言った。「仕事をやらせて、それを本人が好きでやっとると思いこませるんだからな。で、きみはどうしてもあれの本に、小粋《こいき》な前書きを書いてやり続けるつもりでおるのかね？」

「あのう、警視、ぼくの言いたかった意味がちゃんと伝わらなかったみたいですが」私は言い始めた。「こういう状況なので、警視がかわりに書いてくださらないかとお願――」

「ふむ、わしの言いたかった意味も伝わっとらんみたいだな」老紳士はくすくす笑った。「答えは、ノーだ。名誉は全部きみのものだよ」そう言ってから、精いっぱいの思いやりを見せてくれたのだと思うが、こう付け加えた。「しかし、きみの仕事はなかなかすばらしかったよ、うん、いろいろと」

私は爪をかじった。「どうしよう。エラリーは締め切りがかなり急ぎだと言ってるんです――」

「まあまあ、そんなに気落ちするものじゃない」警視はそれなりに気の毒そうな顔で言った。「きみの気持ちはわかる。わしもエルの奴に長い間、輪くぐりの芸当をさせられ続けて、ジャンプのしすぎでめまいがしとる口だからな。どうだ、わしがきみの手助けをしない、という顛《てん》末《まつ》を作文に書くのは？　きっとエルはおもしろがるだろうし、きみも二、三ページは埋められるだろう」

そういうわけで、こんな提案にさえ、私はたいそう感謝して従うことになった次第なのだ。エラリーは私が何を書いているのかまったく知らない――彼はいまごろミネソタのどこかで、獲物の左の人差し指を切り取ることに固執している連続殺人鬼を追っかけている最中だ――まあ、私の機転の利かなさに、エラリーからぶうぶうと文句を言われるのは覚悟している。

それでも、ひとつ埋め合わせになることがあった。とても嬉しい、そして慣れない立場にいることに気づいたのだ――すくなくともエラリー・クイーンの回想録に関しては――内容を知らない本をわくわくしながら読む数夜の訪れを、いまかいまかと楽しみに待てることに。では、読者諸君、私と一緒に本書を愉しもう！

J・J・マック

ニューヨークにて
一九三四年九月

アフリカ旅商人の冒険

The Adventure of the African Traveler

　エラリー・クイーン先生は、英国製のツイードをゆったりと着こみ、考えごとにふけりながら、壮麗な城塞《じょうさい》のごとき大学の教養学部棟の八階を歩いて――というか――苦労して進んでいるところだった。衣装にうるさいエラリーのこと、そのツイードはまぎれもないロンドンのボンドストリート仕立てだが、思考を仕立てているのは生粋《きっすい》のアメリカ英語である。それにしても、自身も十代のころにハーバード大学で学生生活を送ったはずだが、耳に流れこんでくる若者たちの会話は、いまどきの学生の間でのみ通じる、耳慣れない言葉のオンパレードだ。

　これがニューヨークにおける最高学府なのか！　大声をあげる学生の大軍勢をステッキの石突きでかき分け、しゃにむに突き進みつつ、エラリーは胸の内で批判がましくつぶやいた。ため息をつきはしたものの、銀に輝く眼は鼻眼鏡《パンスネ》の奥でやわらかく細められている。というのも、犯罪を研究するという職業柄、ずば抜けて優れた観察眼を備えているおかげで、行く手をはばむ女子大生たちの、ティーローズの花弁を思わせる桃色の肌や、生き生きとした元気な瞳や、柳のようにしなやかな肢体に、どうしても目を留めずにいられなかったのだ。それにひきかえ我が母校は、とエラリーはむっつり思い返す。教育現場の美徳の鑑《かがみ》であるのは結構だが、あのむくつけき教室に、このようないい匂いの女子学生が、綺羅星《きらぼし》のごとくちりばめられていたら、どれほど愉しかったことか――いや、まったく！　などと、教授らしくもない考えを頭から振り払いつつ、エラリー・クイーン先生は笑いさざめく乙女の軍勢のただ中を気取った足取りで通り抜けると、威厳を正して、目的地である824号室に近づいていく。

その足がぴたりと止まった。長身できりっとした目鼻立ちの、小鹿色の瞳を持つ若い美女が、閉じた扉に寄りかかり、明らかに彼を待ち伏せしている。ぴしっと胴に貼りつくツイードの下でエラリーは思わず――なんという失態だ！――怯《ひる》んでしまった。娘は、正確に言えば小さな札《ふだ》の上に寄りかかっていた。札にはこう書かれている――

応用犯罪学
クイーン先生

娘の振る舞いは、どう考えても冒瀆《ぼうとく》であろう……。しかし、小鹿色の瞳は、ほぼ畏敬の念とも言える憧憬《しょうけい》のまなざしで、うっとりと彼を見上げている。かかる苦境に陥《おちい》った場合、教職員たるもの、いかなる行動をとるのが妥当なのか。エラリーは腹の奥でうめいた。このお嬢さんを無視するべきか、厳しく問いただすべきか――

決断は彼の手からもぎ取られた、と言うよりも、腕にのせられてしまった。山賊娘は、左の二の腕に勢いよく飛びついてくると、澄んだやわらかな声でさえずった。「あなたがエラリー・クイーン先生よね、そうでしょ？」

「ぼくは――」

「ほら、やっぱり。見たこともないくらい、すてきな眼をしてらっしゃるのね。とっても不思議な色。ああ、ほんとにスリリング、わくわくしちゃいます、クイーン先生！」

「失礼ですが」

「あら、まだ言ってませんでした？」エラリーが驚嘆の気持ちで見つめていた、呆れるほどに小さな手が、じんじんとしびれ始めた二の腕を解放した。かと思うと、見損なったといわんばかりに、娘はつんとした。「有名な探偵さんだって聞いてたのに。ふうん。ちょっと幻滅……イッキィがわたしをここによこしたんですよ、もちろん」

「イッキィ？（ickyには、退屈でつまらない奴の意味あり）」

「それもわかんないのね。まったくもう！　イッキィって言ったら、イックソープ教授のことに決まってるじゃありませんか、学士号、修士号、博士号、その他もろもろ持ってる」

「ああ！」エラリーは言った。「なんとなくわかってきましたよ」

「わかってもいいころよ」娘はぴしゃりと言った。「そしてね、イッキィはわたしの父なの、ね、わかるでしょ……」そう言うと、急に恥ずかしそうにした。すくなくともエラリーは、黒黒とした驚くほど豊かなまつげがさっと落ちて、あの至上の茶色い瞳をおおい隠したので、そう解釈したのだが。

「よくわかりました、イックソープさん」「イックソープだって！（ickには、いやな奴の意味あり）」「わかりすぎるほどはっきりわかりましたよ。つまり、イックソープ教授が――ええと――まんまとぼくをこのおもしろそうな講義に誘い出した張本人であり、あなたは当のイックソープ教授のご息女であるからして、ぼくの講座にうまうまともぐりこめると考えたわけですね。それは誤った論理というものです」エラリーはステッキを軍旗のように、とんと床に立てた。「そうはいかない。だめですよ」

不意に、娘が靴のつま先でステッキを軽く蹴ったので、彼は派手に両手両足をばたつかせることになった。「いやあね、クイーン先生ったら気取ってないで……ねっ！　これで話は決まり。さ、はいりましょ、クイーン先生。って、とってもすてきなお名前ね」

「しかし――」

「イッキィが全部、手続きをすませてくれたの、感謝しなきゃ」

「いや、ぼくは断固として――」

「受講費のことなら、汚いお金をちゃーんと大学に支払い済みです。わたしだって学士のはしくれだし、いまはここで修士号を取るために、社会に出ないでのらくらしてるだけだもの。これでもわたし、かなり頭はきれるんですよ。やだ、もう――そんなに先生ぶらないで。あなたってとっても魅力的よ、それにその銀の瞳、ほんとにすてきで、ぞくぞくしちゃう――」

「ああ、もう結構」エラリーは急に、何やら嬉しそうな顔になった。「ついてきなさい」

その部屋は小さなゼミ教室で、長テーブルが一台と、椅子が並べられていた。ふたりの青年が立ち上がる様子を見てエラリーは、ずいぶんと敬意を払ってくれているようだ、と感じた。

ふたりはイックソープ嬢の姿を認めて驚いているようだったが、がっかりしているふうではなかった。どうやら彼女は、いろいろな方面で有名らしい。青年のひとりが飛び出してくると、エラリーの手をつかんで、勢いよく上下に振った。

「クイーン先生！　バロウズと申します、ジョン・バロウズです。人間狩り志望者の群れから、ぼくとクレイン君を選んでくださって感謝します」明るい眼と、ほそおもての知的な顔つきを見て、これはなかなかいい青年だ、とエラリーは判断した。

「感謝なら、きみの講師と成績表にしたまえ、バロウズ君……そして当然、きみがウォルター・クレイン君だね？」

ふたり目の青年はうやうやしくエラリーの手を取ると、礼儀正しく握手をした。長身でがっしりした身体つきの、勉強好きそうな好青年だ。「はい、そのとおりです。化学の学位を取りました。先生と教授のこころみに、たいへん興味を持っています」

「すばらしい。そして、イックソープさんは――まあ、思いがけなくですが――この小さな集まりに四人目のメンバーとして加わることになりました」エラリーは言った。「実に思いがけないことにね！　では、坐って、話しましょうか」

クレインとバロウズは飛びつくように椅子に坐り、例の若い娘はしとやかに腰をおろした。エラリーは帽子とステッキを部屋のすみに投げ出すと、何もないテーブルの上で両手を組み、白い天井を見上げた。さて、そろそろ始めるか……「今度のことはまったく途方もない話ですが、しかし、学問としての本質においてはなかなかしっかりしたこころみです。しばらく前にイックソープ教授がぼくのところに、この話を持ってきました。教授は、ぼくが純粋な分析によっていくつか犯罪を解決したささやかな功績を耳にされて、大学の若き学生たちに、演繹法《えんえき》による推理の力を伸ばさせるのもおもしろいのではないかと考えられたわけです。ぼくはどうかと思いましたがね、自分の学生時代をかえりみるならば」

「あら、最近の学生は、ずいぶん頭がいいんですよ」イックソープ嬢が言う。

「ふうむ。まあ、それはおいおいわかることです」エラリーは淡々と答えた。「きっと規則違反なんでしょうが、ぼくはたばこがないと考えがまとまらないのでね。諸君もご自由にどうぞ。イックソープさん、一本いかがです？」

彼女は言われるままに受け取ると、自分のマッチを取り出した。その間じゅう、エラリーの眼を見つめ続けている。「もちろん、授業は実地調査ですよね？」科学者のクレインが訊いた。

「そのとおり」エラリーは勢いよく立ち上がった。「イックソープさん、どうかまじめに聞いてください。この授業は、きちんと手順を踏まなければ……よろしい。我々は最近起きた犯罪について調べることになっています——もちろん、この一風変わった授業で皆さんの推理力を鍛える教材として、ふさわしい犯罪をです。調査は一から始めます——なんの先入観もなしにです、よろしいですか……ぼくの指示に従ってください、その結果を愉しみにしましょう」

バロウズの熱意に満ちた顔が輝いた。「理論は？　つまり——調査のやりかたの原則を教えていただけないんですか——教室での講義は？」

「原則なんぞ、くそくらえだ。いや、失礼、イックソープさん……泳ぎを覚える唯一の方法はだね、バロウズ君、水にはいることです。このべらぼうな講義には六十三人もの申し込みがあったんですよ。ぼくは二、三人しかとるつもりはなかった――大勢いすぎても授業の目的は達成できない、とてもぼくの手に余る。きみを選んだのはだね、クレイン君、分析力がそこそこありそうで、科学者としての訓練が観察力を育てたに違いないと踏んだからだ。そしてバロウズ君、きみはなかなか学問好きと見受けられたし、間違いなく優秀な成績をおさめている」青年ふたりは顔を赤らめた。「そしてあなたですが、イックソープさん」エラリーはやや硬い声で続けた。「あなたを選んだのはぼくではなく、ご自身ですから、自己責任でお願いします。イッキィのコネがあろうがなかろうが、少しでも馬鹿なまねをすれば出ていってもらいますよ」

「イックソープ一族に馬鹿はひとりもいませんわ、先生」

「そう願っていますよ――心から――そうであることを……さて、本題にはいりましょう。一時間前、ぼくがここに来るために家を出ようとしたその時に、警察本部から電話で、事件発生の第一報がはいりました。まったくの偶然だが、こちらにとっては好都合だ。天の配剤に感謝しましょう……劇場街で殺人事件が起きました――スパーゴという男が被害者です。ざっとあらましを聞いて、ぼくはなかなか興味深い事件だと思いました。それでぼくは父に――ご存じでしょうが、クイーン警視です――現場を発見当時そのままに保存しておくように頼んでおきました。いまからすぐに現場に向かいましょう」

「やっほう！」バロウズが叫んだ。「本物の事件を扱えるんだ！　すごいや。でも、ぼくたちがそんなところにはいってもいいんですか、クイーン先生？」

「まったく問題ないよ。きみたちにはぼくと同じく、警察の特別許可証を出してもらうように手配しておいた。あなたの分はあとで手に入れてあげます、イックソープさん……諸君に注意しておきますが、犯行現場からは何ひとつ持ち出してはいけない――希望する場合はまずぼくに相談してください。それから、新聞記者連中がかまをかけてくるだろうが、絶対に何も話さないこと」

「殺人、なのね」イックソープ嬢は急に元気がなくなったようで、しゅんとしてしまった。

「おやおや、もう怖くなったんですか。とにかく、今回の授業は皆さんにとっての試金石だ。本物の事件に触れて、あなたがたがどのように頭を働かせるか、じっくり見せてもらうとしましょう……ときにイックソープさん、あなたは着替えをお持ちですか？」

「どうして？」

「どうして、じゃない。そんなちゃらちゃらした格好で行けるわけがないでしょう！」

「ああ！」彼女は顔を赤らめて、口ごもった。「あの、殺人現場に運動着を着ていくのは、お作法《オ・フェ》にかなっているかしら？」エラリーがじろりと睨むと、娘は愛想よく言い添えた。「廊下のロッカーに入れてあります、クイーン先生。すぐに着替えてきますね」

エラリーは帽子にぐっと頭を押しこんだ。「では教養学部棟の正面に、五分後に集合ということで。五分ですよ、イックソープさん！」そしてステッキを手に取ると、ゼミ教室から出ていく教授らしく、堂々と足を踏み出した。肩をそびやかしてエレベーターまでの長い距離を歩き、中央の廊下を通り抜け、大理石の階段から外に出たところで、ようやく深々と息を吸った。たいした一日だ！　彼はキャンパスをぐるりと見回した。たいした一日になるぞ。

フェンウィックホテルはタイムズスクエアから二百メートルほど離れた場所に位置していた。ロビーは警察官、刑事、記者、そして万国共通の不安げな表情を浮かべていることからおそらくは泊まり客とおぼしき人々でごったがえしている。クイーン警視の腹心で、大山のごときヴェリー部長刑事が、入り口でコンクリートの壁よろしく立ちはだかり、野次馬たちをせき止めていた。傍《かたわ》らには、青いサージのスーツと白い麻のシャツに黒の蝶ネクタイという、地味な服装の長身の男が、おろおろした顔で立っている。

「ウィリアムズさんです、このホテルの支配人の」部長刑事が紹介した。

ウィリアムズが握手を求めてきた。「もう何がなんだか、わけがわかりません。まったく恐ろしいことで。警察関係のかたでしょうか？」

エラリーはうなずいた。教え子たちは近衛兵《このえへい》のように彼を取り囲んでいる――とはいえ、臆病な近衛兵と言う方が正確かもしれない。彼らは庇護を求めるようにエラリーにぴったり寄り添っている。あたりには不吉な匂いが漂っていた。ホテルのフロント係もその他のスタッフも全員、灰色でそろえたスーツと蝶ネクタイとシャツを着ているばかりでなく、沈没船の船員のような緊迫した表情を貼りつけている。

「猫の子一匹通しちゃいませんよ、クイーンさん」ヴェリー部長刑事はがらがら声を出した。

「警視の命令ですよ。死体が発見されてから、ここに来たお客は、あんたがたが最初ですな。

お連れさんは入れてもいいんですかね？」

「ああ。我が親父殿は現場に？」

「上です、三階の317号室。もうあらかた静かになりましたが」

エラリーはステッキを水平に上げて、前方を指した。「行こう、諸君。それと――」優しく言い添えた。「――びくびくしなさんな。なに、すぐに慣れる。ほら、顔をあげて」

三人はいっせいに、ぴょこんと頭をあげたが、眼は半分うつろだった。警官にともなわれて、エレベーターで上階にのぼっていく間、イックソープ嬢がこんなことはもう飽き飽きするほど慣れている、というふりを必死に装っていることに、エラリーは気づいた。なるほど、イックソープ魂か！　相当、参っていてもおかしくないだろうに……一行が静まり返った廊下を進んでいくと、開いたドアの前に出た。小鳥を思わせる小柄な白髪の老人、鋭いまなざしが驚くほど息子とよく似たクイーン警視が、一同を戸口で出迎えた。

エラリーは、イックソープ嬢が死の部屋の中をひと目覗きこむなり、窒息しそうにあえいで、すくみあがっている様子に、吹き出しそうになるのをこらえつつ、若者たちを警視に紹介してしまうと、おどおどしている教え子たちの背後でドアを閉め、あらためて客室の中を見回した。

黄褐色の絨毯の上には死んだ男が、まるでダイビングをするように両腕を前に投げ出して倒れていた。その頭部は一見、異様だった。まるで誰かがねっとりした赤ペンキをぶちまけ、茶色い髪とどろどろの混ぜものを両肩になすりつけたかのようだ。イックソープ嬢は明らかに喜んでいるのとは違う、かすかなごろごろいう音を咽喉《のど》の奥でたてた。その小さな両手がしっかり握りしめられ、いたずらな妖精のような顔が、腹ばいに転がった死体近くのベッドより白くなっているのを見て、エラリーは意地の悪い満足感を覚えた。クレインとバロウズは、はあはあと肩で息をしている。

「イックソープさん、クレイン君、バロウズ君――きみたちにとっての最初の死体というわけだ」エラリーは淡々と言った。「さて、お父さん、始めましょう。どういう状況です？」

クイーン警視はため息をついた。「名はオリバー・スパーゴ。年齢四十二歳、二年前に離婚しとる。衣料品の大手輸出商社の海外部員だ。南アフリカに一年滞在して帰国した。赴任先の地元の人間の間ではすこぶる評判が悪い――ごり押しだの、詐欺まがいの商売だの。実際、今回の帰国の真相は、スキャンダルを起こして南アフリカから追放されたんだ。少し前のニューヨークの新聞にも載っとるよ。……このフェンウィックホテルに三日間滞在した――一応言っておくと、いまと同じ階だ――このあと、一度チェックアウトして、シカゴを訪れている。親戚を訪ねるとかで」警視は、この殺人はただの正当な天罰だというように鼻を鳴らした。「ニューヨークには今朝、飛行機で戻ったばかりだ。九時半にチェックイン。部屋から一歩も出ていない。十一時半に、ちょうどおまえたちが見たような格好で死体になって発見された。発見者はこの階を受け持つメイド、アガサ・ロビンズだ」

「手がかりは？」

老人は肩をすくめた。「さあ――どうかな。ざっと調べとるがね。報告書を読むとなかなかのワルだが、ずいぶんと社交的で人づきあいがいいらしいな。これといった敵はいないようだ。

南アフリカからの船をおりて以降、犯罪がらみの行動は一切ないと裏が取れている。だが女たらしだったんだ。最後に国を出る前に女房をお払い箱にして、美人の金髪娘に乗り換えた。二カ月ほど、その金髪美人とすったもんだしたあげくに、国を出た——女を連れずにな。我々はこのふたりの女に目をつけた」

「容疑者ということですか？」

クイーン警視は死んだ旅商人をいまいましそうに見つめている。「どうだかな。今朝、客がひとり訪ねてきとる——いま言った金髪娘だよ。ジェイン・テリル——無職だ。ふん！　どうやら、二週間前にアフリカから到着した船の記事を見て、スパーゴの帰国を知ったらしい。奴の行き先を突き止めて、一週間前、スパーゴがシカゴに行っている間に、階下《した》のフロントまで押しかけてきた。そして、今朝、ホテルに戻ることになっていると知らされた——奴は伝言を残していったわけだ。娘は今日の午前十一時五分にホテルに来ると、部屋番号を聞き出し、エレベーターボーイの案内でこの階にあがった。娘がホテルを出ていくところは誰も見ていない。ノックをしたけれども返事がなかったので、すぐに引き返して、それ以来、ホテルに戻っていないとぬかした。奴の顔は一度も見ていない——娘の言い分ではな」

イックソープ嬢はひどく慎重に死体を迂回して、ベッドにちょこんと腰かけると、バッグを開けて、鼻に白粉《おしろい》をはたき始めた。「それで奥さんは、クイーン警視さん？」彼女は小声で言った。その小鹿のような茶色の瞳の奥では、何かが火花のようにきらめいている。どうやらイックソープ嬢にはひとつ思いつきがあって、それを心の内に抑えこもうと、雄々しい努力をしているようだ。

「細君かね？」警視は鼻を鳴らした。「神のみぞ知る、だな。さっきも言ったとおり、スパーゴとはとっくに別れていて、アフリカから戻っていたことも知らなかったと主張している。今朝はウィンドウショッピングをしとったと」

部屋はなんのおもしろみもない平凡な客室で、ベッド、衣装戸棚、鏡台、ナイトテーブル、机、椅子がすべてひとつずつ備わっていた。暖炉は見せかけで、中身は薪《まき》を模したガス管だった。ほかに見えるのは、浴室に続く開け放たれたドア――それで、すべてだった。

エラリーが死体の傍らに膝をつくと、クレインとバロウズがこわばった顔でそばに寄ってきた。警視は腰をおろし、にこやかに見ていたが、眼は笑っていなかった。エラリーは死体をひっくり返した。彼の両手は死後硬直でこちこちの身体をまさぐっている。

「クレイン君、バロウズ君、イックソープさん」エラリーが鋭く呼びかけた。「始めよう。見つけたものを教えてください――イックソープさん、まずはあなたから」彼女はベッドから飛び降りると、死体をよけるように駆け寄ってきた。エラリーは、熱い荒い息が首筋にかかるのを感じた。「どうです？　何も見つかりませんか？　おやおや、ここには十分すぎるほどのものがあると思いますがね」

イックソープ嬢は赤いくちびるをなめ、首を絞められているような声を絞り出した。「この人は――部屋着を着ています、室内ばきと――それから絹の下着を」

「そのとおり。そして黒い絹の靴下と靴下留めもね。部屋着と下着には取り扱い店のラベルがついている。〝ジョンソン商会　南アフリカ、ヨハネスブルク〟だ。ほかには？」

「左の手首に腕時計を着けてます。もしかすると――」彼女はかがみこむと、こわごわ指を一本だけ出し、指先で死体の腕をそっと押した。「――やっぱりそうだわ、時計のガラスにひびがはいってます。あ、十時二十分で止まってる！」

「よくできました」エラリーは優しい声で言った。「お父さん、プラウティは検死をしました？」

「した」警視はなげやりな声で答えた。「ドクターの話じゃ、スパーゴは十一時から十一時半の間に死んだそうだ。わしが思うに――」

イックソープ嬢の眼が輝いた。「それってもしかしたら――」

「いや、イックソープさん、思いついたことがあっても、胸にしまっておきなさい。結論に飛びつくのは禁物です。とりあえず、あなたはこれで結構。では、クレイン君？」

若き科学者は眉間に皺《しわ》を寄せた。そして腕時計を指さした。革バンドの、けばけばしい大きな腕時計だ。「男物の腕時計。倒れた時に割れて、針が止まっています。いま、革バンドの留め金がはまっている二番目の穴に痕《あと》がついていますが、三番目の穴にはもっと深く痕がついています」

「たいへん結構だ、クレイン君。それから？」

「左手一面に血がこびりついて、乾いています。てのひらにもついていますが、量は少ない。血まみれの手で何かをつかんで、血の大半を拭き取られたように見える。ということは、彼の手から血の染みが移った物がこのあたりにあるはず……」

「クレイン君、ぼくはきみを誇りに思うよ。何か血のついた物が見つかりましたか、お父さん？」

警視は興味をひかれたような顔になった。「なかなか頭がいいぞ、きみ。いや、エル、何もなかった。血痕は敷物にも残っていない。血のついた物は、おそらく犯人が持ち去ったんだな」

「だめだめ、警視」エラリーはくすくす笑った。「これはあなたのテストじゃないんだから。バロウズ君、きみから補足することはあるかな？」

バロウズ青年は慌てて息をのみこんだ。「頭部の傷が鈍器で何度も殴られたことを示しています。敷物がぐちゃぐちゃになっているので格闘があったのかな。あと、顔が――」

「ああ！　きみは顔に気づいたんだね？　顔がどうした？」

「ひげを剃ったばかりです。タルカムパウダーが両方の頬と顎《あご》についています。浴室も調べた方がいいと思いませんか、クイーン先生？」

イックソープ嬢がむくれた声で口をはさんだ。「わたしだってそんなこと気づいてたわ、でも、言わせてくれなかったんだもの……パウダーはまんべんなくつけられてますよね。よれたり、むらになったりしないで」

エラリーはさっと立ち上がった。「あなたはシャーロック・ホームズになれますよ……凶器は、お父さん？」

「重たい石のハンマーだ、粗い作りのな――専門家の話じゃ、大昔のアフリカの石器らしい。

スパーゴが鞄に入れていたんだろう――トランクはまだシカゴから届いとらんよ」

エラリーはうなずいた。ベッドの上には、開けっぱなしの豚革の旅行鞄がのっている。傍らには、夜会服一式がきちんと並べられていた。タキシード、ズボン、ベスト、ぴんと糊のきいたシャツ、飾りボタンにカフスボタン、両端が前に折れた形の正装用カラー、黒のサスペンダー、白い絹のハンカチ。ベッドの下には黒い靴が二足ある。一足は穴飾りのついた短靴、もう一足はエナメル靴だ。エラリーはあたりを見回した。何かが気になっているようだ。ベッドのそばの椅子には汚れたシャツ、汚れた靴下、汚れた下着があった。どれにも血痕はない。彼はじっと考えこんだ。

「ハンマーは押収したよ。血液と頭髪がべっとり付着していた」警視は続けた。「指紋はどこにもなかった。どれでも好きに触ってかまわんぞ――全部、写真に撮って、指紋の検出もすませた」

エラリーがやたらとたばこをすぱすぱ吸い始めた。彼が見守る中、バロウズとクレインは死体の上にかがみこみ、腕時計を夢中で調べている。エラリーが室内をぶらつき始めると、イックソープ嬢もそのあとをついて歩いた。

ほそおもてのバロウズが、顔を輝かせて見上げた。「ちょっといいですか！」彼はスパーゴの手首からそっと腕時計を取り、裏蓋をはずした。エラリーが見ると、裏蓋の内側には、丸いけばだった白い紙が糊付けされている。何かをむしり取った痕らしい。バロウズは勢いよく立ち上がった。「これで思いつきました」彼は宣言した。「うん、きっとそうだ」青年は死んだ男の顔を熱心に観察している。

「クレイン君はどうだね？」エラリーは興味をそそられて訊いた。若き科学者はポケットから小さな拡大鏡を取り出して、時計の中身をしきりに調べている。

クレインも立ち上がった。「まだ言わずにおきます」彼はぼそぼそと答えた。「クイーン先生、この腕時計を私の実験室に持ち帰る許可をいただけますか」

エラリーが父親を見やると、老人はうなずいた。「どうぞ、クレイン君。ただし、きちんと返すこと……お父さん、この部屋はすっかり調べたんですか、暖炉から何から？」

警視が急に破顔《はがん》した。「いつおまえがそれを言いだすかと、ずっと思っていたよ。あの暖炉には実に興味深いものがあった」そう言ってから下を向くと、腹立たしげに嗅ぎたばこ入れを取り出して、たばこをひとつまみ、鼻の穴に詰めこんだ。「どんな意味があるのかは、神のみぞ知るってところだが」

エラリーは眼をすがめて暖炉を見つめ、細い肩をぐっとそびやかした。学生たちもまわりに集まってきた。もう一度、眼をすがめて、ひざまずいた。作り物の薪の裏に隠れた小さな火床には、灰の山がある。実に興味深い灰だ。明らかに、燃やしたものは木でも、石炭でも、紙でもない。エラリーは残骸をつついてみた――そして息をのんだ。ほどなく、彼は灰の中から奇妙な物体を十個、掘り出した。平べったい真珠のボタンが八つと、金属製の何かがふたつ。片方は三角形の目玉のような物で、もう片方はかぎのような形をしている――どちらも安っぽい合金でできた、小さな代物だ。八つのボタンのうちのふたつは、ほかのものより少し大きい。

ボタンにはうねのような条《すじ》が彫られ、中央のへこみに糸通しの穴が四つ開いている。十個とも、すべて焼け焦げていた。

「で、おまえはそれをどう見るね?」警視が訊いてきた。

エラリーは何やら考えながら、ボタンをもてあそんでいる。そして、問いに答えるかわりに重々しく三人の生徒たちに声をかけた。「諸君、考えてみたまえ……お父さん、この暖炉が最後に掃除されたのはいつですか」

「今朝、アガサ・ロビンズというムラート(黒人と白人のハーフ)のメイドが掃除をした。前の客が七時にチェックアウトしたあと、スパーゴがはいる前に、部屋を整えたそうだ。今朝は、暖炉はきれいで何もなかったと言っている」

エラリーはボタンと金属の何かをナイトテーブルに置くと、ベッドに歩み寄った。そして、開いたままの旅行鞄を覗きこんだ。中はぐちゃぐちゃだった。鞄の中には、ネクタイが三本と、清潔な白いシャツが二枚と、靴下と、下着と、ハンカチがはいっている。それらすべてに、同じ会社のラベルがついていることを、エラリーは確かめた——〝ジョンソン商会　南アフリカ、ヨハネスブルク〟。彼は明るい顔になると、衣装戸棚に向かった。そこにあるのはツイードの旅行服と、茶色いコートと、フェルト帽だけだった。

彼は満足げに、音をたてて扉を閉めた。「何か気づいたことはあるかな?」彼は青年ふたりと娘ひとりに訊ねた。

クレインとバロウズは自信なさそうにうなずいた。イックソープ嬢は身を入れて話を聞いていないらしい。その恍惚《こうこつ》とした表情を見るに、天上の妙なる楽の音に夢中になっているかのようだ。

「イックソープさん！」

イックソープ嬢は夢見るようにふわりと微笑んだ。「はい、クイーン先生」すなおに小さな声で答えた。小鹿色の瞳がきょろきょろし始める。

エラリーは咽喉の奥で唸ると、大またで戸棚に近寄った。上には何ものっていない。彼は引き出しをひとつひとつ調べた。中身はからだった。続いて、机に向かおうとしたが、警視が口をはさんだ。「何もないぞ、エル。そっちに荷物を入れ替えるひまがなかったようだな。これで、ここの物は全部見たことになる、残るは浴室だけだ」

まるで合図を待っていたかのように、イックソープ嬢が浴室に突進した。ずっと浴室の中を調べたくて、うずうずしていたらしい。クレインとバロウズも急ぎ足でそのあとを追っていく。

エラリーは先に三人に、浴室を調べさせてやった。イックソープ嬢の手が、洗面台の棚に並ぶ品物を次々にひっくり返していく。大理石の台の上に、豚革の洗面用具入れが開けっぱなしで広げてあった。使用済みの剃刀、まだ濡れているひげ剃り用のブラシ、シェービングクリームのチューブ、タルカムパウダーの小さな缶、歯みがき粉のチューブ。傍らにはひげ剃り用のブラシを入れるセルロイドの筒形ケースが置いてあり、蓋だけが洗面用具入れの上にのっている。

「ここには特に興味深い物はないな」バロウズがあっさり言った。「きみは、ウォルター？」

クレインはかぶりを振った。「殺される前にひげを剃ったってことくらいで、あとは別に何も」

イックソープ嬢は辛辣《しんらつ》な、そしてかすかに勝ち誇ったような顔をしていた。

「それはあなたたちが男だから、ものが見えていないだけ……わたしはちゃんと見るものを見たわ」

三人はエラリーに追い出され、寝室で誰かと喋っている警視のもとに引き返していった。エラリーは忍び笑いをもらし、洗濯ものかごの蓋を開けた。からだった。次に、ひげ剃りブラシを入れるケースの蓋を取りあげた。蓋は彼の手の中でふたつに割れ、中に小さな丸いパフがきっちりとおさまっているのが見えた。彼はまた笑いをもらし、浴室の外で勝ち誇ったようなイックソープ嬢のふんぞり返った背中を一瞥《いちべつ》してから、蓋を元どおりにすると、寝室に戻っていった。

ホテルの支配人のウィリアムズが警官に付き添われて立っており、警視に向かって興奮して喋っていた。「いつまでもこんなことを続けるわけに参りません、クイーン警視さん」ウィリアムズは訴えている。「お客様がたから苦情がはいり始めております。もうじき夜勤の者に引き継ぐ時間ですし、私だってもう帰らなければならないんです、あなたがたは我々をここにひと晩じゅう閉じこめるつもりですか。朝からずっと――」

老人は「ひゅう!」と息をもらし、目顔で息子に意見を求めた。エラリーはうなずいた。

「そろそろ解放してあげちゃいけない理由はないと思いますね、お父さん。見るだけのものは見た……きみたち！」三組の熱心な眼がじっと彼を見つめた。まるでリードでつながれた三匹の子犬のようだ。「きみたちは十分見たのかな？」一同は真剣にうなずいた。「ほかに何か知りたいことはあるかね？」

バロウズが素早く言った。「住所をひとつ知りたいです」

イックソープ嬢が顔色を変えた。「あら、わたしだって！　ジョンったら、ずるい！」

そしてクレインは、スパーゴの腕時計を握ったままぼそぼそ言った。「欲しいものはありますが――このホテルの中で見つかると思います！」

エラリーは微笑を消すと、肩をすくめて言った。「階下のヴェリー部長のところに行きたまえ――入り口にいた、あの巨人《コロッサス》だ。部長がきみたちの知りたいことをなんでも教えてくれる。では、あとは指示を守って行動してくれたまえ。きみたち三人がきっちり仮説を立てているのは明らかなようだ。二時間あげましょう。その間に仮説を報告できる形にするなり、必要な調査をするなりしてください」彼は腕時計をちらりと見た、「では六時半に、西八十七丁目のぼくの自宅に集合ということで。皆さんの推理を、こてんぱんにやっつけるのを愉しみにしていますよ……では、武運を祈る！」

エラリーは笑顔で解散を宣言した。学生たちは先を争ってドアに突進した。イックソープ嬢も、ぴったりした縁なし帽子がずれるのもかまわず、両腕で道をかき分け、飛び出していく。

「さて、それじゃ」若者たちが廊下の先に消えてしまうと、エラリーはそれまでとはまったく違う口調で言った。「こっちに来てください、お父さん。ふたりきりで話したいことがあります」

*

その晩、六時半に、エラリー・クイーン先生は自宅のテーブルで司会の座につくと、発表したくてうずうずしている三人の若者の顔を眺めた。ほとんど手をつけられていない夕食が、テーブルクロス一面に残されている。

イックソープ嬢は、あのあと解散してからクイーン家のアパートメントに現れるまでの間に、着替える時間を工面したらしい。いまはレースのふわふわしたドレスを着ているおかげで――本人も計算ずくだろうが――咽喉の白さと、瞳の小鹿色と、頬の薄紅色がかえってよく映えている。青年たちは自分のコーヒーカップをじっと見つめて、視線をずらそうとしない。

「さて」エラリーはにこりとした。「発表会といきましょうか」若者たちは顔を輝かせると、ぴんと背を伸ばし、くちびるを湿した。「諸君はそれぞれ、初めての捜査の結果を出すために、二時間という時間を与えられました。どんな結果が出ようとも、ぼくの手柄ではありません。いまのところぼくは何ひとつ教えていない。ですが、この小さな議論が終わるころには、ぼくがどんな人材を集められたのか、理解できると思っていますよ」

「はい、先生」イックソープ嬢が言った。

「ジョン――そろそろ堅苦しい呼びかたはやめようか――きみの推論は?」

バロウズはゆっくりと話し始めた。「ぼくのは推論以上のものです、クイーン先生。ぼくは

「解決か、ジョン。あまり先走らない方がいい。それで」エラリーはうながした。「きみの解
決というのは？」
バロウズは大きく腹の底まで息を吸いこんだ。「ぼくの出した結論に導いてくれた手がかり
は、スパーゴの腕時計でした」クレインと娘は仰天した顔になった。エラリーは煙を吐き出す
と、はげますように言った。「続けて」

「革バンドに傷んだ場所が二カ所あることが」バロウズは答えた。「決め手なんです。スパー
ゴが身に着けていた時には、留め金は二番目の穴にはまっていて、痕は二番目の穴についてい
ました。だけど、もっと深い痕が三番目の穴についていた。結論として、その腕時計はもっと
手首の細い人物が習慣的に着けていたことになります。つまり、あの腕時計はスパーゴのもの
ではなかったんです！」

「ブラボー」エラリーは優しく言った。「すばらしい」

「ではなぜ、スパーゴは他人の腕時計をはめていたのか。ちゃんとした理由があります。ドク
ターは、スパーゴが十一時から十一時半の間に死んだと言いました。しかし、腕時計は十時二
十分に止まっている。この矛盾に対する答えはなんでしょうか？　それはつまり、スパーゴが
腕時計をはめていないことに気づいた犯人が、彼女自身の腕から腕時計をはずし、ガラスを叩
き割って針を止め、十時二十分に合わせてから、スパーゴの死体の手首に巻いたってことです。
こうすれば、実際の犯行時間が十一時二十分でも、死亡推定時刻を十時二十分にずらして、ア

リバイを用意できるんだ。どうでしょう？」

イックソープ嬢は辛辣だった。「〝彼女自身〟って言ったわね。でも、それは男性の腕時計よ、ジョン――あなた、忘れたの」

バロウズはにやりとした。「女性が男物の腕時計を持ってても、別におかしくないだろ。それで、この腕時計は誰のものなのか？　簡単です。ケースの内側には、けばだった丸い紙がくっついていました、何かをはがしたように。時計の裏蓋に貼りつける、紙でできたものといったら、普通は何ですか？　そう、写真ですよ。なぜはがされたのか。そりゃ、犯人の顔が写っていたからでしょう……この二時間、ぼくはその線を追っていました。記者のふりをして容疑者を訪ねて、アルバムを見せてもらうことに成功しました。そしたら、丸く切り抜いたあとのある写真が一枚あったんです。写真の残りから、切り抜かれた部分が男女ひと組の顔だとわかりました。ぼくの推理は完全に裏づけられたわけです！」

「たまげたね」エラリーはつぶやいた。「それで、きみが名指しする犯人の女というのは？――」

「スパーゴの妻ですよ！……動機は――憎しみか、復讐か、裏切られた愛か、まあ、そんなところでしょう」

イックソープ嬢は鼻を鳴らし、クレインはかぶりを振った。「ふむ」エラリーは言った。「どうやら、同意は得られなかったようだね。しかし、実におもしろい分析だったよ、ジョン……では、ウォルター、きみの番だ」

クレインは広い肩をそびやかした。「私もその腕時計がスパーゴの持ち物ではないことや、犯人がアリバイ工作で十時二十分に針を合わせたことに関しては、ジョニーと同意見です。しかし、犯人の正体についてては同意できません。私もまた、腕時計をいちばんの手がかりとして調べました。が、アプローチはまったく違う。

ここを見てください」彼は派手な腕時計を取り出すと、割れたガラスを叩いてみせた。「これは皆さんの知らないことかもしれませんが、時計というものは、いわば呼吸をしています。つまり、腕時計が体温で温まると、内部の空気が膨張し、時計の蓋やガラスの隙間《すきま》から噴き出します。腕時計をはずすと、中の空気が収縮するので、埃を含んだ外気が、時計の内部に吸いこまれます」

「つねづね言ってきたことだが、ぼくも化学を勉強しておけばよかった」エラリーは言った。「うん、これは新しい着眼点だな、ウォルター。続けて」

「わかりやすく言えば、パン屋の腕時計の中には小麦粉が見つかります。レンガ職人の腕時計からはレンガの粉末が見つかります」クレインの声は勝ち誇ったように大きくなった。「この時計の中に私が何を見つけたと思いますか？　女性が使う白粉の粒子です！」

イックソープ嬢が眉を寄せた。クレインは深みのある声で続ける。「それも特別な種類の白粉です、クイーン先生。ある肌色の女性だけが使う。どんな肌の色だと思いますか？　茶色です！　この白粉は、黒人と白人のハーフの女性のバッグにあったものですよ！　私は容疑者に質問し、化粧ポーチまで調べました。本人は否定していますが、ぼくはスパーゴを殺したのはアガサ・ロビンズであると主張します、死体を発見した、あのメイドです！」

エラリーはやわらかく口笛を吹いた。「すばらしい、ウォルター、実にすばらしいよ。もちろんきみにしてみれば、彼女が腕時計の持ち主ではないと嘘をつくのは当然というわけだね。きみのおかげで、ぼくもひとつすっきりした……しかし、動機は？」

クレインは落ち着かない顔になった。「その、空想じみて聞こえると思いますが、これは一種のヴードゥーの復讐のようなものかと——人種的な仕返しといった——スパーゴはアフリカの地元の人々にひどい仕打ちをしてきたわけで……新聞に書いてあったとおり……」

エラリーは瞳がいたずらっぽく輝くのを隠そうと目を伏せた。それから、イックソープ嬢に向きなおった。彼女はもどかしそうにカップを指で叩き、椅子の中で身をよじり、ありとあらゆるいらだちのサインを見せている。「さて」エラリーは言った。「真打ち登場と参りましょう。どんな推理を披露《ひろう》してくれますか、イックソープさん？　あなたは今日の午後いっぱい、その推理で頭がはちきれそうになっていましたね。さあ、どうぞ、ぶちまけて」

イックソープ嬢は、きゅっとくちびるを結んだ。「あなたたち男性って、自分は頭がいいと思っているんでしょ。あなたもよ、クイーン先生——あなたが特に……ええ、ジョンとウォルターがうわっつらだけとはいえ、知性を見せてくれたのは認めるけれど……」

「簡潔にお願いできますか、イックソープさん？」

彼女はつんと顎をあげた。「わかりました。その腕時計は、今度の殺人にはなんの関係もなかったんです！」

青年たちはぽかんと口を開け、エラリーはやわらかく拍手をした。「たいへんよろしい。ぼくも同意見です。では、説明をお願いしましょう」

茶色い瞳に火がともり、頬が鮮やかに紅潮する。「単純なことです！」鼻息も荒く、口を開く。「スパーゴは殺されるたった二時間前にシカゴから到着しました。彼はシカゴに一週間半も滞在しています。つまり一週間半もシカゴ時間で生活していたということよ。シカゴ時間はニューヨーク時間よりも、一時間遅いでしょ、時計は単に直されなかっただけ。だから、彼が死んで倒れた時に時計の針が十時二十分を指してたのは、今朝ニューヨークに着いてから、時計を合わせなおすのを忘れていただけということよ！」

クレインは何やら咽喉の奥でつぶやき、バロウズは真っ赤になった。エラリーは悲しげな表情になった。「気の毒だが、いまのところ勝利の月桂冠はイックソープ嬢の頭上にあるようだよ、紳士諸君。そう、それが正解です。ほかに何かわかりますか？」

「もちろん。わたしは殺人犯を知っています。犯人はスパーゴの妻でも、エキゾチックなメイドでもありません」彼女は憤慨《ふんがい》したように言った。「いいこと、よく聞いて……ああ、もうとっても簡単な話よ！……スパーゴの死体の顔にパウダーがむらなくつけられているのを、みんなも見たでしょう。彼の頬や、浴室のひげ剃り道具を見れば、殺される直前にひげをあたったのは明らかだわ。でも、男性はひげをあたったあと、どんなふうにパウダーをつけるかしら？あなたはどんなふうにつけまして、クイーン先生？」彼女は、何か愛情のこもったようなまなざしを向けた。

エラリーは驚いた顔をした。「指でつけますね、もちろん」クレインとバロウズもうなずく。

「でしょう！」イックソープ嬢は勝ち誇った声をあげた。「そんなつけかたをすれば、どうなるかしら？　わたしは知っています、わたしはとても観察力のある人間だし、イッキィが毎朝ひげをあたったあとで、おはようのキスをしてくるから、いやでも気がつくんですもの。まだ湿っている頬に指でつけると、パウダーはところどころ条《すじ》ができたり、固まったり、むらになっちゃうのよ。でも、わたしの顔を見てちょうだい！」男たちはさまざまな賞賛の色を浮かべて、令嬢の顔を見つめた。「わたしの顔にむらはないでしょ？　当然よ！　どうしてかわかる？　それはわたしが女性で、女性はパフを使うからよ。スパーゴの客室にも浴室にも、パフはひとつもなかったわ！」

エラリーは微笑んだ――いくらかほっとした顔で。「ということは、イックソープさん、生きているスパーゴと最後に一緒にいた人物、推察するに、彼を殺した女は、スパーゴがひげを剃るのをおとなしく見守ったあとで、自分の化粧用のパフを取り出し、おそらくは愛情表現として、顔に粉をつけてやり――そのあとすぐに石のハンマーで、愛しい男の頭を叩き潰《つぶ》したというわけですか？」

「それは――はい、そんなふうには考えませんでしたけど……でも――そうよ！　心理的に見ても、犯人がどんなタイプの女性なのかはっきりしています、クイーン先生。妻ならそういう――そんな愛情表現なんて、絶対に思いつきません。そんなことを思いつくのはきっと愛人よ。それでわたし、一時間前にスパーゴの愛人、ジェイン・テリルに会ってきたんです。スパーゴの顔にパウダーをはたいたこと、認めませんでしたけど――そりゃ、そうでしょうよ！――でも、あの女が殺したに決まってます」

エラリーはため息をついた。立ち上がって、短くなったたばこの吸いさしを暖炉に投げこんだ。学生たちは期待のこもった眼で、エラリーや互いの顔を見つめている。「まずは」彼は口を開いた。「イックソープさん、愛人に関するあなたの知識の深さを褒め称えるのは、さておくとして――」彼女はむっとしたように頰をふくらませた。「――何よりも先にこれだけは言わせてください。三人ともそれぞれ、独創的な考えを持ち、頭の回転が速いことを、身をもって証明してくれた。言葉で言い表せないほど、ぼくはいま、喜んでいますよ。実にすばらしいクラスだ。皆さん、たいへんよくできました！」

「でも、クイーン先生」バロウズが言い返す。「ぼくたちの誰が正しいんですか？　全員、違う結果を出しましたけど」

エラリーは手を振った。「正しい？　理論を構築するという作業において、そんなことは些《さ》末《まつ》な問題だ。重要なのは、きみたちが成し遂げたすばらしい考察そのものです――鋭い観察力を発揮し、まだまだ未熟とはいえ、原因からそれなりの結果を導き出した。ただし事件そのものについては残念ながら――全員、間違っていますね！」

イックソープ嬢は小さな手を握りしめた。「あなたがそう言うのはわかってたわ！　意地悪な人ね。わたしはいまでも自分が正しいと思っています」

「紳士諸君、ここにたいへん特徴的な女性心理のサンプルがあります」エラリーはにやりとした。「さて、よく聞いてください。

　諸君が間違えた理由は単純です。全員がそれぞれ、ただひとつの線を追い、ただひとつの手がかりをもとに、ただひとつながりの理由づけのみを行い、事件全体のほかの要素をまったく無視した。それが敗因です。たとえばジョン、きみはスパーゴの妻が犯人であると主張したが、それはただ、彼女のアルバムに顔の部分を丸く切り抜かれた写真が貼ってあったという事実にのみ頼った推理だ。単なる偶然という可能性があるとは、きみは一度も考えなかった。

　そして、ウォルター。きみはあの腕時計がメイドのロビンズの持ち物だと、みごとに立証することで、さらに真実に近づいた。しかし仮に、スパーゴの一度目の滞在中に、メイドが彼の部屋で誤って落とした腕時計を、スパーゴが拾ってシカゴに持っていったとしたらどうかな？　それが真相だとしてもおかしくはない。そう、スパーゴがメイドの腕時計を着けていたという事実だけでは、彼女が殺人犯である証拠にならないんだ。

　それから、イックソープさん、あなたは時差という要素から、腕時計の問題を説明してくれましたが、ひとつ重要な証拠品を見落とした。あなたの推理はすべて、スパーゴの部屋にパウダー用のパフがあるかないかにかかっている。犯行現場にパフがない方が、自分の推理に都合がいいと願っていたあなたは、おおざっぱにざっと調べただけで、室内にパフはない、という結論に、拙速に飛びついた。しかしパフはあったのです！　もし、ひげ剃り用のブラシを入れる筒形のセルロイドのケースの蓋を開けていれば、なよなよした男だらけの昨今、化粧品メーカーが男性向けの旅行用品として作っている丸いパフを発見できたはずだ」

イックソープ嬢は何も言わなかった。ただ、心底から恥ずかしそうな顔をした。

「では、正解を発表しますが」エラリーは慈悲深く、見ないふりをした。「三人とも犯人は女性であると仮定したのは驚きですね。そもそも、前提条件を検討した段階で、犯人が男に違いないのは、ぼくの眼には明らかだった」

「男！」三人は声をそろえて叫んだ。

「そのとおり。なぜ、きみたちの誰ひとりとして、あのボタン八個と金属の留め金ふたつを重要視しなかったのかな？」彼は微笑んだ。「おそらく、自分の考えた推理にうまく組みこめなかったからだろうね。しかし、解決に当たっては、すべての条件がぴたりと組みこまれなければ……まあ、説教はこのくらいにしておこうか。きみたちなら次はもっとうまくやれます、大丈夫。

さて、小さく平たい真珠ボタンが六つと、それよりもひとまわり大きいボタンがふたつ、明らかに木や石炭や紙ではない物を燃やした灰の中から発見されました。これだけの特徴を合わせ持つ、唯一のありふれた物といえば――そう、男物のシャツです。前立てのボタンが六つ、袖《そで》のひとまわり大きいボタンがふたつ、灰は麻か綿ブロードの燃えかすだろう。何者かが男物のシャツを火床で燃やしたわけだ、ボタンが燃え残ることをすっかり失念してね。

では、大きめのかぎと目玉のような金具は何か。シャツがあったことから、男性用の小物が連想されます。そして、かぎと目玉から連想される小物はたったひとつ――もとから結んであるタイプの、自分で結ぶ必要のない安物の蝶ネクタイにほかならない」

学生たちは、幼稚園児のようにエラリーのくちびるを見つめている。

「クレイン君、きみはスパーゴの血まみれの左手が何かをつかんだせいで、てのひらの血のほとんどが拭き取られてしまったことに気がついたね。しかし現場では、血で汚れた物は一切発見されていない……一方で、男物のシャツと蝶ネクタイが燃やされた……そう、ここからひとつの推論が導き出される。格闘になり、頭を割られて血まみれになったスパーゴは、犯人のカラーと蝶ネクタイをつかんで、血で汚した。これは、室内に格闘の痕が残っていたことで裏づけられる。

スパーゴは死んだ、しかし、カラーと蝶ネクタイを血で汚されてしまった、さあ、犯人はどうする？　こう考えてみよう。犯人は次の三つのグループのどれかに属する人間だ。まったくの部外者か、宿泊客か、ホテルの従業員か。ところで、この犯人は実際にどんな行動をとっただろう？　彼は自分のシャツと蝶ネクタイを燃やしている。犯人が部外者なら、コートの襟《えり》を立てて血を隠せばホテルを脱出できるはずだ——貴重な時間を無駄にして、シャツや蝶ネクタイをのんびり燃やす必要はない。宿泊客なら、同じように自分の部屋に戻ればいい。つまり、犯人は従業員ということになる。

確証？　むろん、あるとも。犯人が従業員なら、ホテルに留まらなければならないうえ、勤務中は常に、人目にさらされてしまう。では、どうすればいい？　まず、シャツと蝶ネクタイを替えなければならない。スパーゴの旅行鞄は開いていた。中にはシャツがはいっている。犯人は中身を漁《あさ》り——鞄の中が、めちゃくちゃに荒らされていたね——そして、着替えた。血のついたシャツは、このまま置いていくか？　だめだ、そこから足がついてしまう。だから、どうしても燃やさないわけにいかなかった……

蝶ネクタイは？　スパーゴがベッドの上に広げていた夜会服一式の中にも、鞄にも、部屋のどこにも、蝶ネクタイは見当たらなかった。ならば明らかに、犯人が夜会服の蝶ネクタイを失敬し、自分の蝶ネクタイはシャツと一緒に燃やしたということです」

イックソープ嬢はため息をつき、クレインとバロウズはめまいをこらえるように頭を振った。

「かくしてぼくは、犯人がこのホテルの従業員で、男で、スパーゴのシャツと黒か白の、おそらくは黒の蝶ネクタイを身に着けているであろうことを知ったわけだ。ぼくたちがフェンウィックホテルで見たとおり、あの時、従業員は全員、制服のグレーのシャツとグレーの蝶ネクタイを身に着けていた。ただひとりの――」エラリーはたばこの煙を吸いこんだ。「例外を除いては。もちろん、きみたちは彼の服装が、ひとりだけ違っていたことに気づいているね？……そんなわけで、諸君が目的に向かって、てんでに散っていったあと、ぼくは父にその男を調べた方がいいと提言した――そいつがいちばんくさいと思ったのでね。果たせるかな、男のシャツと蝶ネクタイには、スパーゴの身のまわり品についていたのと同じ、ヨハネスブルクの商社のラベルがついていた。ぼくは、きっとこの証拠が出ると思っていた。スパーゴは南アフリカで一年間過ごして、服はほとんど現地で買っているはずだ。それなら、犯人が盗んでいったシャツと蝶ネクタイに、例のラベルがついていてもおかしくはない」

「じゃあ、ぼくらが手をつけ始めた時には、事件はとっくに解決してたってことですか」バロウズは情けない顔でぼやいた。

「でも――誰です?」クレインは困惑している。

エラリーは盛大に煙の雲を吹き出した。「警察は三分で自白を引き出した。色男のスパーゴは何年も前に、その男の妻を寝取ったのちに捨てたらしい。二週間前にスパーゴがフェンウィックホテルに泊まった時、スパーゴに気づいた男は復讐を決意したんだ。犯人はいま、市拘置所《トゥームズ》の中にいるよ――ウィリアムズ、あのホテルの支配人だ!」

短い沈黙が支配した。バロウズは首を前にうしろに振っている。「まだまだ、ぼくたちは学ぶことだらけなんですね」彼は言った。「よくわかりましたよ」

「参りました」クレインがぼそぼそ言う。「この講義は気に入りました」

エラリーはふふんと鼻を鳴らすと、今度は、イックソープ嬢に顔を向けた。これまでの態度をあらため、賞賛と敬意をあらわしてくれているはずだ。けれども、イックソープ嬢の心はふわふわとどこか遠くにあるようだった。「ねえ」茶色い瞳には、ぼうっとかすみがかかっている。「あなたは一度も、わたしの名前を訊いてくださらなかったわ、クイーン先生」

首吊りアクロバットの冒険

The Adventure of the Hanging Acrobat

はるかいにしえの、人類創生の時代――エージェントや、一日五回上演や、役者ご用達のまかない付き下宿や、地下鉄大道芸や、『ヴァラエティ』（週刊芸能業界紙）といったものが、この世に生まれ出《いず》るよりずっとむかし――体長が五メートル以上もある巨獣《メガテリウム》がのそのそと森を這いまわり、ブロードウェイが第一氷河期の最中《さなか》にあり、世界最初のヴォードヴィル・ショウが、耳の垂れた、額の狭い、毛むくじゃらの獣の座長によって初めて興行された時から、その掟《おきて》は神意のごとく定まっていた――〝アクロバットがいちばん〟である、と。

　なぜアクロバットがいちばんなのか、説明してくれた者はいまだかつて誰もいないのだが、プログラムに名が載っている者はひとり残らず――当のアクロバット本人も含めて――それがうさんくさい名誉であることを、身をもって知っている。なぜかと言えば、ショウビジネスというものがまだよちよち歩きだったころから、この〝いちばん〟は観客の拍手喝采からいちばん遠いところにいるのが相場であった。あらゆる時代を通じて、宮廷でも、中庭でも、場末の芝居小屋でも――道化師、ひょうきん者、お笑い、軽わざ師、芸人、アルルカン、パンチネッロなど、呼び名はもろもろあるが――続いて供される、さらに甘美なご馳走への食欲をそそるため、娯楽に飢えたライオンたちの前に、芸人仲間の中から選ばれて真っ先に投げ与えられるのは、必ずアクロバットだった。そんなわけで、今日《こんにち》まで、筋骨隆々《きんこつりゅうりゅう》たる肉体の奇跡は、序曲の終わりの、壁をも揺るがす大音響の中で、あきらめをもって演じられているのだ。その事実がすべてのアクロバット族の優しい心根と前向きな逞《たくま》しさを雄弁に物語っていると言えよう。

　ヒューゴ・ブリンカーホフは自分の職業の数奇な来歴についてはまったくの無知だった。知っていたのはただ、自分の前には父も母も、ドイツでどさまわりのアクロバット芸人をしていたことと、自分が活力と弾力と怪力を備えた巨大で柔軟な筋肉を持ちあわせていることと、自分はぴかぴかに輝く空中ブランコを眺めることが三度のめしより好きということである。愛用の空中ブランコと、マイラと、シアトルからオキチョビー湖（フロリダ）までの寛大なる観客の拍手喝采さえあれば、ヒューゴは至極《しごく》満足なのだ。

　さて、ヒューゴはマイラがたいそう自慢であった。マイラとは、猫の敏捷さと猫のけだるげな緑の瞳を持つ、小柄で針金のようにしなやかな身体の美女である。出会いは座長のブレグマンの事務所でのことだが、その瞬間、ヒューゴのすばらしく盛りあがった胸の筋肉の下で鈍重な心臓が、これこそ運命であり、彼女こそが自分の女であると告げたのだ。インディアナポリスにて、第三と第四公演の合間に結婚した時、新たにコンビを〝プロメテウス一家〟と命名しなおしたのは、マイラだった。ポスターやプログラムで、より良い位置に名を載せるよう全力で要求したのも、マイラだった。ふたりのショウのフィナーレを飾る、目もくらむような連続大回転を思いつき、その演技を完成させたのも、マイラだった。マイラの小柄ながら均整の取れた肢体と、空中ブランコのしなやかな大回転と、そのけだるげな微笑のおかげで、プロメテウス一家は〝西海岸から東海岸まで大絶賛されるアクロバットチーム〟となり、『ヴァラエティ』ではパンチのきいた寸評と共に取りあげられ、ブレグマンの大巡業一座に参加するほかの超一流芸人と肩を並べる大スターとなった。

誰も彼もが妻のマイラに夢中になるのを見て、プロメテウスこと偉大なるブリンカーホフは、誇らしさに胸をふくらませるのだった。誰がマイラの魅力にあらがえるだろう？　かつて、ボストンでは舞踏団のバリトン歌手が、ニューアークではレビューショウの喜劇役者が、バッファローではタップダンサーが、ワシントンではバレリーノが、マイラの虜《とりこ》になったものだ。そしていまはまた、別の讃美者たちがいる——早口の台詞と歌が得意なカウボーイ歌手の〈テキサス男《テックス》〉・クロスビー、偉大なるゴルディ、道化師の水兵サム。皆、何週間も同じ釜のめしを食う仲間で、揃いもそろってけだるいまなざしのマイラにぞっこんだった。そんな様子を、大プロメテウスは寛大な笑顔でにこにこと眺め、妻に対する男たちの讃美の言葉を聞くたびに、馬鹿がつくほど鈍い男らしく、わくわくと心躍らせた。なぜなら、彼のマイラこそ、世界一すばらしい女アクロバットであり、神の創造物の中でもっとも美しい生き物なのだから。

けれど、マイラはもう、この世にいない。

*

その暖かな春の夜明け前、最初に騒ぎ始めたのは、悲愴な顔つきの、げっそりやつれたブリンカーホフその人だった。朝の五時だというのに、一座が寝泊まりする四十七丁目の宿に、妻のマイラが帰ってこないと言うのだ。ブリンカーホフは、コロンバス・サークル（八番街とブロードウェイの交差点。中央にコロンブス記念塔がある）のメトロポール劇場でその日の最終公演が終わったあと、妻と一緒に居残って、新しい技の開発にいそしんでいた。練習を終えると、大急ぎで着替え、マイラを共同の楽屋に残して出ていった。契約更新における新たな条件について話しあうために、座長のブレグマンと会う約束をしていたのである。妻には、自分も用がすんだらまっすぐ宿に戻るから、先に部屋に帰ってくれ、と言っておいた。けれども、帰ってみると——ああ《アッハ》！　マイラの姿はなかった。慌てて、ブリンカーホフは劇場に引き返した。しかし、夜間のため、鍵がおりていた。それからいままで、ひと晩じゅうまんじりともせず、ひたすら待ち続けていたのだ……

「そりゃあんた、どうせ気晴らしにほっつき歩ってるんだろうさ」西四十七丁目分署の、内勤の警部補は大あくびをしながら言った。「いいから、帰んな、寝て待ってなよ」

　しかしブリンカーホフは、身振り手振りも激しく、食ってかかった。「女房はいっぺんも、こんなまねしたことない。劇場に電話かけたのに、誰も出ない。署長さん、女房を見つけてくれ、お願いだから！」

「ったく、めんどくさいドイツ人だな」警部補は、だらだらしている刑事に向かってため息まじりに言った。「しょうがない、おい、ボルディ、やれるだけのことをやってやれ。もぐりの酒場（当時は禁酒法時代）で女房が、いい気分でひっくり返ってるのを見つけたら、このでかぶつの顎《あご》にがつんと一発食らわせていいぞ」

　そんなわけで、ボルディ刑事と青ざめた大男は、やれるだけのことをやろうと出発したのだが、メトロポール劇場はブリンカーホフが言っていたとおり、鍵がかかっていた。朝の六時近くになり、夜明けの光がセントラルパークの向こうから射してくるのを見たボルディ刑事は、ブリンカーホフを終夜営業の大衆食堂に引きずっていき、コーヒーを注文した。それからふたりは七時過ぎまで待ち続け、ようやく劇場の楽屋口を管理しているパークじいさんがやってきたので、鍵を開けてもらい、舞台裏にまわって、〝プロメテウス一家〟の楽屋にはいると、天井のスプリンクラーのパイプから、もやい綱のように太い、古くて汚いロープを美しい首に巻きつけたマイラがぶらさがっていたのである。

かくてプロメテウスは、鈍い巨人のようにその場にへたりこむと、ぼさぼさ頭を両手でつかみ、地上に墜ちた北欧の神のごとく、悲しみで声も出ないまま、ぶらさがる妻の死体をただただ凝視するばかりだった。

＊

エラリー・クイーン君は、舞台裏でぺちゃくちゃ喋る記者や刑事の群れをかき分けて押し進み、楽屋のドア越しにヴェリー部長刑事に向かって間違いなくエラリー本人が来たことを知らせ、中にはいってみると、父である警視が狭苦しい部屋の中で、不安そうな芸人たちを前に並べ、ちょっとした法廷を開いているところだった。時刻はまだ朝の九時であり、エラリーは殺人者という人種の、気配りのかけらもない、非常識な思いやりのなさにむかっ腹をたてて、ぶつくさと文句を垂れ流していた。しかし、逞しい大男の部長刑事も、華奢《きゃしゃ》で小柄なクイーン警視も、その不平不満に耳を貸す気には一切ならないようだった。実際、エラリーが、いまだにスプリンクラーのパイプからぶらさがっている物体をひと目見たとたん、そのぶつくさはぴたりとやんだ。

ブリンカーホフは眼を真っ赤にして、妻のドレッサーの前にある椅子に、その巨体をへたりこませていた。「おれはもう全部話したです」ブリンカーホフはもそもそと言った。「ふたりで新しい技を稽古した。そのあとブレグマンさんと会う約束あった。おれは行った」でっぷり肥えた険しい眼の男、ブレグマン座長が仏頂面《ぶっちょうづら》でうなずいた。「それで《ウント》、終わりです。誰が——なんで——やったか、おれは知らない」

低音の小声でヴェリー部長刑事は事件についてざっと説明した。エラリーはもう一度、死んだ女を見上げた。女のふとももやすねの鍛えあげられた筋肉が、肌と同じ色の強靭《きょうじん》な薄絹のタイツの下で死後硬直して、ふくれあがっている。緑の眼は大きく見開かれていた。その身体は死の踊りを舞って、かすかに揺れている。エラリーはふいと眼をそらし、室内の人々を観察し始めた。

所轄《しょかつ》署のボルディ刑事は突然、ブン屋連中の人気の的になり、真っ赤だった。ブレグマン座長の隣で紙巻きたばこ《シガレット》を巻いているゲイリー・クーパー似の、背の高い痩せた色男は——〈テキサス男《テックス》〉・クロスビーこと、情感たっぷりの低音の声が魅力のカウボーイ歌手だ。薄汚れた壁にもたれて、偉大なるゴルディを——まさにゴルディその人を——炎のように激しい嫌悪の念を隠そうともせず、睨みつけている。ゴルディは鷲《わし》っ鼻で、艶《つや》やかに光る口ひげをたくわえ、日に焼けた細長い指と、黒々とした瞳の持ち主で、ひとことも喋らずにいた。道化師のちびのサムは、疲れた眼の下に青黒い隈《くま》を作り、いますぐ、どうしても一杯やる必要がありそうだった。しかし、一座の劇場支配人のジョー・ケリーはそう見えなかった。なぜなら、彼はビール工場のような匂いをぷんぷんと放ち、酔っ払いのたわごととしか思えないつぶやきをぶつぶつともらし続けていたからである。

「結婚してどのくらいになる、ブリンカーホフ?」警視は不機嫌に言った。

「二年です。はい《ヤー》。インディアナポリスで結婚したです、警視さん《ヘル・インスペクトール》」

「奥さんはきみとの前に結婚の経験はあったのかね?」

「いいえ《ナイン》」

「きみは?」

「いいえ《ナイン》」

「きみか奥さんに恨みを持つ人間は?」

「まさか《ゴット》、いいえ《ナイン》!」

「結婚生活はうまくいってたのかね?」

「おしどりみたいに」ブリンカーホフはぽつりと言った。

エラリーはのっそりと死体のそばに歩いていき、見上げた。筋肉質の筋張った手首は両方とも背中にまわされ、口紅で汚れたタオルで縛られている。足首も同様だ。女の足は床から一メートルそこそこの高さで揺れていた。使い古されて傷だらけの脚立《きゃたつ》が、折りたたんで壁に立てかけてある。あの脚立にのれば、スプリンクラーのパイプに手が届くだろうし、その上からロープをひっかけ、軽い死体を引きあげることはできるだろう、とエラリーは考えた。

「あの脚立は、発見された時、そこの壁に立てかけてあったのかい?」エラリーは、うしろからついてきて、死んだ女をしげしげと眺めている部長刑事に、小声で訊ねた。

「ええ。普段は配電盤の近くにしまってあるそうです」

「じゃあ、自殺じゃないね」エラリーは言った。「すくなくとも、それがわかっただけ上等だ」

「いい身体をしていますな、この女は」部長刑事は感心して言った。

「ヴェリー、けだものか、きみは……しかし、こいつは難事件だぞ」

その汚いロープに、エラリーは魅入られたようだった。ロープは女の咽喉《のど》にきつく二回巻きつけられ、二重のロープがウバンギ族（中央アフリカの主要部族）の女がはめる鉄の首飾りのように、咽喉をすっかり隠している。右の耳の下には大きな結び目が飾りのように見え、もうひとつの結び目が、頭上のパイプにロープを結わえつけていた。

「このロープはどこから持ってきたんだろう?」エラリーが唐突に言った。

「舞台裏で我々の見つけた古いトランクからです、クイーンさん。トランクはもう何年もほったらかしだったようですな。小道具部屋の中に。トランクですが、いまはからっぽで何もはいってません。どこかの芸人が置いてったんでしょう。ごらんになりますか」

「そこはきみの意見を尊重するよ、部長。小道具部屋だって?」ドアに向かって引き返していきながら、エラリーはいま一度、室内の人々を観察した。

ブリンカーホフは、自分とマイラがいかに幸せだったか、かわいいマイラの首を絞めたくそったれ悪魔《フェアダムテ・トイフェル》をどんな目にあわせてやるか、ぼそぼそつぶやいていた。大きな両手は痙攣《けいれん》を起こしたかのように、ずっと閉じたり開いたりを繰り返している。「マイラは花のようだった」ブリンカーホフは嘆いた。「花のようだった」

「はっ」劇場支配人のジョー・ケリーが、パンチドランカーのボクサーのように、右に左に揺れながら吐き捨てるように言った。「あたしに言わせりゃねえ、警視さん、あの女はとんだ尻軽だよ」そして、意味ありげにクイーン警視をちらりと見た。

「しり、がる?」ブリンカーホフはやっとのことで声を絞り出すと、のっそり立ち上がった。「なんだ、それは?」

　道化師のサムが腫《は》れぼったい小さな眼をぱちぱちとしばたたかせ、しゃがれた声で言った。「ば、ばか、あんた、なに言ってんだよ、ケリー、正気か?　なんでそんなこと言うんだ?　いやねえ、刑事のだんな、この人はね、酔っ払ってんでさ」

「あたしが酔っ払いだって?」ケリーは顔をどす黒く染めてわめいた。「ははあ、そうか、きさまもあいつと同じ穴のむじなってわけかい!」そう言いながら、ぷるぷると震える指の先を、長身の痩せた男に突きつけた。

「どういうことだね」警視は眼を輝かせて言った。「落ち着きたまえ、きみたち。おい、ケリー、それはブリンカーホフ夫人が、そこにいるクロスビーと遊び歩いていたという意味か?」

　ブリンカーホフはショックを受けたゴリラのような声をあげると、前に飛び出してきた。長い両腕をからさお《フレイル》のようにふりまわし、動物のように一直線に怒りを向けて、ブリンカーホフはカウボーイの咽喉につかみかかった。その手首を、ヴェリー部長刑事がわしづかみにし、ぐいとねじってブリンカーホフの広い背中に押しつけると、ボルディ刑事も慌てて飛びかかり、巨人のもう片方の腕にしがみついた。ブリンカーホフはあらがって右に左に身をよじりながらも、すぐそこで身動きひとつできずに真っ青になっている長身の痩せた男から、決して目をそらそうとしなかった。

「連れていけ」警視はヴェリー部長刑事にがみがみと命じた。「その男の頭が冷えるまで、うちの連中、二、三人で押さえつけて、この部屋に入れるな」ぜいぜいと激しい息をしているアクロバットを、部長刑事たちは部屋の外に追い立てていった。「それじゃ、クロスビー、ぶちまけてもらおうか」

「ぶちまけることなんか、何もねえぜ」カウボーイは南部なまりでのったりと答えたが、その間延びした声はときどき、緊張に息を詰まらせているようで、その眼は何やら警戒するようにすがめられていた。「おれぁテキサスの男だ、そう簡単に脅しはきかねえよ、刑事のだんな。あいつはただの馬鹿だ。で、そこの酔っ払いのでくの棒は——」カウボーイは憎々しげにケリーを睨みつけた。「——その小汚ねえ口をしっかり閉めとくことを覚えるんだな」

「てめえ、大将を裏切ってただろうが！」ケリーはきしるような声で頭のてっぺんから怒鳴った。「そいつの言うことを信じちゃいけないよ、警視さん！　あたしに言わせりゃ、あの生意気な色狂いの女は、当然の報いを受けたのさ！　シカゴから豆の街（ボストンのこと）まで、あのアマは大将の目をだまくらかしてたんだ！」

「もうそのくらいにしておきたまえ」偉大なるゴルディが静かに言った。「警視さん、ごらんのとおり、この男は酔っていて、自分でも何を言ってるのかわからないんですよ。マイラは――つきあいのいいご婦人だったんです。クロスビーや私と一、二度、こっそり飲んだことがあったのは認めますが――ブリンカーホフが嫌がったので、マイラはご亭主の前では絶対に酒を飲まなかったんですよ――でも、それだけでした」

「つきあいがよかっただと？」警視はつぶやいた。「ふうむ、誰が嘘をついとるんだ。ケリー、はっきりしたことを知ってるなら、なんでもいいから吐け」

「知ってることは知ってるよ」支配人はせせら笑った。「そうそう、警視さん、そこの偉大なゴルディ大先生が、あのかわいいあばずれについていろいろ話すことがあるはずだよ。ああ、あるだろうさ！　ほんの二週間前に、クロスビーからあの女をかすめとったんだからな」

「落ち着け、ふたりとも」テキサス男と黒い口ひげ男が殺気立つと、老警視はぴしゃりと怒鳴った。「しかし、ケリーよ、そんなことをおまえさんはどうして知っとるんだ？」

死んだ女は、音もなくダンスを踊って、かすかに揺れている。

「つい何日か前、クロスビーがゴルディに向かってぎゃあぎゃあわめいてるのを聞いたんですよ」ケリーはだみ声で言った。「女を横取りしやがったのなんのってさ。それに、あたしも昨日、舞台袖《そで》でゴルディがマイラと組んずほぐれつしてるのを見たんだよ。いやあ、たいしたもんだ、なあ？　生まれながらのレスラーじゃないか、ゴルディ先生は。そりゃあ、みごとな組みっぷりだったね！」

誰も声を出せる者はいなかった。長身のテキサス男は酔っ払いを睨みつけ、その握りしめたこぶしの指がどんどん白くなっていった。奇術師のゴルディは、息をするだけでやっとの様子だった。その時、ドアが開いて、ふたりの男がはいってきた——首席検死官補のプラウティ博士と、顔が真っ赤に焼けた、よたよた歩きの大男だ。

全員がほっと緊張を解いた。警視が言った。「遅いぞ、先生《ドク》。いや、まだ女に触っちゃいかん、そこの結び目を先にブラッドフォードに見せてからだ。それじゃ、頼むぞ、ブラッディ。上のパイプだ。そこの脚立を使うといい」

よたよた歩きの男は脚立をかつぎあげ、具合のいい位置に置くと、ぶらさがる死体の横にのぼって、女の耳のうしろの結び目とパイプの結び目をじっと見た。プラウティ博士は、女の両脚をつまんで観察している。

エラリーはため息をつくと、うろつき始めた。彼に注意を向ける者は誰もいなかった。全員が青ざめた顔で死体のそばのふたりを、固唾《かたず》をのんで見守っている。

何かがエラリーの意識の底でもやもやしていた。それが何なのか、もやもやの根っこはこれだと正確に指し示すことがどうしてもできない。もしかすると、空中に漂う何か、たとえばタイツ姿で無言のままぶらさがる女を取り囲んだ緊張のオーラのせいなのだろうか。どうにも落ち着かない。これが虫の知らせというものか……。

エラリーは、装塡《そうてん》されたリボルバーを女のドレッサーのいちばん上の引き出しで見つけた

——ぴかぴか光る小型の二二口径で、柄は真珠、銃床の底尾にM・Bとイニシャルがはいっている。エラリーが眼をすがめて、ちらりと父親を見ると、父もうなずき返してきた。エラリーはまたうろつきだした。不意に、ぴたりと足を止めた。その銀の瞳は、おかしいぞ、という表情を浮かべている。

部屋の中央のぐらぐらした木のテーブルの上にはがらくたが散らばっていたが、その中に長く鋭いニッケルめっきのペーパーナイフがあった。エラリーは慎重にそれをつまみあげ、ライトの下でぴかぴか光る刃を、ためつすがめつした。しかし、血の痕《あと》はまったくない。

エラリーはそれを置いて、またうろつきだした。

間をおかずに目が留まったのは、部屋の反対側の壁際で床に置かれた、安物のぼろガスコンロだ。そこから出ているゴムの管は、壁に埋めこまれたガス栓にぴったりはまっている。ガス栓は閉まっていた。エラリーは小さなコンロに触れてみた。石のように冷たい。

確信に満ちた第六感に導かれて、エラリーはクロゼットに向かった。扉を開けると、思ったとおり、大工道具が山ほどはいった木箱があり、てっぺんにはこれ見よがしに、ずっしり重たい鋼《はがね》のかなづちがのっかっていた。箱の近くの床はおがくずだらけで、クロゼットの扉の角に、塗料が削《けず》れて材の白木がむき出しの部分がある。

いまやエラリーは眼を糸のようにすがめ、悶々《もんもん》としていた。足早に警視の隣に歩いていくと、囁《ささや》きかけた。「さっきのリボルバーですが。その女の持ち物ですか」

「そうだ」

「最近、手に入れたものですか」

「いや。ブリンカーホフが、結婚してすぐに買い与えたものだ。護身用だと言っとる」

「護身用、ねえ」エラリーは肩をすくめ、ちらりと捜査チームを見やった。よたよた歩きの赤ら顔の男は、がしゃんがしゃんと音をたてて脚立をおりてくるところだったが、ひどくびっくりした表情を浮かべていた。部屋に戻ってきていたヴェリー部長刑事が、大きな手でペンナイフを握って、脚立をのぼっていく。プラウティ博士はその下で待ち構えた。部長刑事は、スプリンクラーのパイプに結んであるロープを、のこぎり挽きの要領でごしごしと切り始めた。

「クロゼットの工具箱は、どうしてあんなところにあるんでしょうかね」エラリーは死んだ女から視線をはずさずに、先を続けた。

「昨日、舞台の大道具係がここにはいってきて、クロゼットのドアを直しにきたそうだ——歪《ゆが》んでたとかなんとかでな。ところが、組合の規則が厳しいもんだから、仕事を途中でやめて帰っちまったらしい。それがどうした。別にたいしたことのない話だろう」

「たいしたことのある話ですが」エラリーは言った。そのくちびるを、偉大なるゴルディは無言で見つめている。エラリーは気づいていないようだ。小柄な道化師のサムは、部屋のすみで縮こまり、いまにも目玉が飛び出しそうになりながら、部長刑事を凝視している。テキサス男は誰も、何も見ないまま、ぶすっとした顔でたばこをふかしていた。「まったくもって、たいしたことのある話です。それが物語るのは、こいつはぼくがこれまでお目にかかった事件の中でも、もっとも異常な事件のひとつだってことですよ」

警視は困惑したようだった。「しかし、エル、そりゃどういう――異常だと？　わしにはわからん――」

「なんでわからないんですか」エラリーはじれったそうに言った。「子供だってわかる。お父さんだって気がつけば、あっと思いますよ。いいですか、この部屋には四つのすてきな凶器があります――装塡済みのリボルバー、ペーパーナイフ、ガスコンロ、とどめに、かなづち。それなのに犯人はわざわざ女の両手両足をタオルで縛りあげ、わざわざこの部屋を出ていって、わざわざ舞台を突っ切って小道具部屋まで行き、どこぞの役者が何年も前にほっぽっていったごみ同然のトランクから古ぼけた汚いロープをひっぱり出し、ロープと配電盤の横から拝借した脚立をかついでこの部屋まで引き返し、脚立にのぼってパイプの上にロープをひっぱりあげ、結びつけ、女を吊るしあげた」

「それは、そうだが――」

「それは、そうだが、なぜです？」エラリーは叫んだ。「なぜなんです？　なぜ犯人はここに、単純で簡単でお手軽な殺人の方法が四つも用意されているのを無視して――射殺、刺殺、ガス中毒、撲殺と、よりどりみどりなのに――さんざっぱら余計な苦労をしてまで、吊るすなんて、めんどくさいことをしたんでしょう？」

＊

死んだ女を、部長刑事が汚い床にどすんとおろすと、プラウティ博士はその傍《かたわ》らに膝をついた。

赤ら顔の男がよたよたと歩いてきて言った。「こいつには参りましたよ、警視」

「参ったって何にだ」クイーン警視がぴしりと訊いた。

「その結び目でさ」男の太く赤い指が、切り取られたロープの結び目をつかんでいる。「女の耳のうしろの結び目は普通のやつです。むしろ、首を吊る結びかたにしちゃ、へたくそだね」男はやれやれというように頭を振った。「けど、こっちの、パイプに結わえつけてあったやつ――いやあ、こいつには参った」

「見たことのない結びかたなのかい」エラリーは、その複雑怪奇にからみあった螺旋《らせん》状の結び目をしげしげと見ながら、ゆっくり言った。

「あたしは見たことがねえなあ、クイーンさん。もう長年、警察で結び目の鑑定をやってるが、こんなのはお初にお目にかかるね。船乗りの結び目じゃねえですよ、そりゃあ間違いねえ。西部式でもないね」

「素人《しろうと》がやったのかもしれんぞ」警視はロープを持ち、両手でひっぱりながらぶつぶつと言った。「偶然、こんなふうになっただけかもしれん」

結び目の専門家はかぶりを振った。「いや、違う、警視、そりゃあ絶対に違う。こいつは何か、普通とは違う変わりだねの結びかただ。偶然なんかじゃない。こいつを結んだ奴は、やりかたを心得てて、こんなふうに結んだんだ」

ブラッドフォードがよたよたと出ていくと、プラウティ博士は死体から顔をあげた。「おい、こんなところじゃ、もうこれ以上、私にはどうしようもないぞ」博士はぴしゃりと言った。「遺体安置所《モルグ》に持ち帰って検死しないと。うちの助手を外で待たせている」

「女が死んだのはいつごろだね、先生」警視は眉間に皺《しわ》を寄せて訊いた。

「昨夜の真夜中くらいだな。それ以上は絞りこめんよ。ああ、もちろん死因は窒息だ」

「そうか、報告書を頼む。まあ、特に何も出んだろうが、やって損はないからな。トマス、ドアマンをここに連れてこい」

*

プラウティ博士とモルグの助手たちが死体を運び去ったところに、ヴェリー部長刑事がドアマン兼警備員のパークじいさんを引っ立ててきた。警視が唸るように言った。「きみ、昨夜は何時にここの戸締まりをしたのかね」

パークじいさんは不安のあまり、声がしゃがれていた。「神に誓って、だんな、わしは悪気はなかったんで。ただ、ケリーさんに知られたら、クビになっちまいます。わしは、とにかく眠かったもんだから――」

「どうした?」警視は優しくうながした。

「マイラが昨夜の最終のあとに、わしに言ったんです、プロメテウスと一緒に新しい出し物の練習をしたいって。だけど、わしはずっと待っていたくなかったもんだから」老人はめそめそした声を出した。「そんで、もう時間も時間で、小屋には誰もいなかったし、掃除係も帰っちまったあとだったから、楽屋口以外、全部に鍵をかけて、マイラとプロメテウスに言ったんです。〝あんたらが帰る時、楽屋口に鍵をかっとくれ〟って。それから、わしは家に帰りました」

「やれやれ」警視はいらだって言った。「つまり、誰がはいってきて誰が出てったのか、もうどうにも知りようがないってわけだ。誰でもこっそりはいってきたり、ずっと中に隠れていることができ――」警視ははたと口をつぐんだ。「そこのきみたち、昨夜、舞台がはねたあとはどこに行ったのかね」

三人の芸人は同時に口を開けかけた。最初に喋りだしたのは偉大なるゴルディで、いつも淡々として穏やかな声がいまは不安そうだった。「私は自分の下宿にまっすぐ帰って、すぐに寝ましたよ」

「きみが帰ったところを目撃した者は？ ブリンカーホフと同じ宿に泊まっとるのか？」

奇術師は肩をすくめた。「誰にも見られていません。ええ、同じ下宿です」

「テキサスの、きみは」

カウボーイはのっそりと答えた。「おれはそこいらのもぐり酒場にぶらぶらいって、飲んだくれてたよ」

「どこの酒場だ」

「さあね。べろべろだったからな。朝、起きたら、おれの部屋だった。頭ががんがんして割れそうだったぜ」

「きみたちは実に危ない立場におるんだがね」警視は嫌味たっぷりに言った。「まともなアリバイを出すこともできんのか。それじゃ、きみはどうだ、芸人君」

道化師は熱心に言った。「ああ、おれならどこにいたのか証明できますよ、警視さん。行きつけの安酒場に行ってたから、証言してくれる人なら二十人もいます」

警視は鼻を鳴らした。「それじゃもう行っていい。だが、建物から出るな。また呼ぶかもしれん。トマス、全員を部屋から連れていけ、わしが癇癪《かんしゃく》を起こす前にな」

＊

はるか、いにしえの時代——巨獣が森を這いまわっていたころ——かの「アクロバットがいちばん」と言った、耳の垂れた獣の座長は、こんな掟まで口にしていた——「ショウは続けなければいけない」。とはいえ、これも「アクロバットがいちばん」という言葉と同じくらい、理由はわからないのだが。たとえ事故が起きようが、若者が女ライオン使いと駆け落ちしようが、純情な娘役の女優が泥酔してわめき散らそうが、客席右側五列目のご婦人が毎月のてんかんの発作を起こす場をこの劇場に定めていようが、楽屋Aでぼやが出ようが、ショウは続けなければいけないのである。汁気たっぷりの実に珍しい殺人事件が起ころうが、この聖なる掟が破られることは決してない。雨が降ろうが槍が降ろうが、洪水になろうが、ケリーという名の支配人が泥酔しようが、首吊りアクロバットの奇怪な事件が起きようが、ショウは続けなければいけないのだ。

であるから、早くから続々と客が詰めかけてきたメトロポール劇場で、前夜、そのけばけばしく華やかな壁の奥でひとりの女が殺されようが、舞台裏で警察官や刑事がぴりぴりしながら目を光らせてうろついていようが、そんな気配がひとつも感じられなかったとしても、なんの不思議もない。

今回の殺人はショウビジネス界においては、よくあるつまらない出来事にすぎないのだ。『ヴァラエティ』で二段も記事にするスペースがもらえれば御《おん》の字だろう。

リチャード・クイーン警視は十五列目の固い座席の上でいらいらしていた。その横に坐るエラリーは悶々と考えこんでいた。それにしても不思議でたまらないのは、エラリーがどうしても劇場に残って一座の演技を見たいと言い張ったことだ。開演までは映画が上映されていて（警視は、この映画はもう見たことがあるぞと、ぶつくさ言っていたが）ニュース映画に続き、アニメーション映画が……

〈本日の出し物〉がスクリーンに次から次へと映されだしたところで、エラリーがすっくと立ち上がって宣言した。「舞台裏に行きましょう。ちょっと用が――」最後までは言わなかった。

父子は右手の埃っぽいボックス席のうしろを通り、制服警官の見張りがついた鉄の扉を抜けて舞台裏にはいった。何も置かれていないがらんとしたステージと舞台袖は、異様な静寂を重苦しく迫ってくるかのようだった。支配人のケリーはどこからどう見てもりっぱな酔っ払いで、照明のパネル近くの壊れた椅子に坐り、震える指をかじっている。ヴォードヴィル一座の役者はひとりも姿が見えなかった。

「ケリー」エラリーが出し抜けに声をかけた。「この劇場には、双眼鏡のようなものはあるかな」

アイルランド人はびっくりした。「なんでまた、そんなもんが欲しいんです」

「頼むよ」

ケリーがちょいと指を動かして、通りかかった裏方を呼び寄せると、やがて裏方は姿を消し、ほどなくして、所望の双眼鏡を手に戻ってきた。警視はぶっきらぼうに言った。「どういうつもりだ？」

エラリーは双眼鏡を眼に当てて調整していた。「さあ」肩をすくめた。「虫の知らせってやつですかね」

オーケストラピットから音楽が大音量で鳴り響いてきた。

「また〈詩人と農夫〉か」警視はやれやれという口調で言った。「なんで新しい曲をやろうとせんのかな」

しかし、エラリーは返事をしなかった。双眼鏡を当て、いまやフットライトのともったステージからその視線をはずさず、ひたすら待ち構えている。序曲の終わりを飾る激しいクライマックスの余韻《よいん》が消え、一階中央席《オーケストラ》から、ぱらぱらとお義理の拍手が起き、プログラムのお知らせの看板に〈プロメテウス一家〉の文字が出ると、ここにきてやっと警視のいらだちもいくらかおさまったばかりか、興味津々の表情まで見せた。緞帳《どんちょう》がするすると上がると、プロメテウスその人がそこに立っており、にこやかにお辞儀をするクリーム色のタイツ姿の巨体が、見る者の目を奪ったのだ。その隣には金髪で長身の女性が笑顔で立っていた。フットライトの光がきらりと反射するのを見るに、すくなくとも一本は金歯に違いない。彼女もクリーム色のタイツ姿だ。ブリンカーホフは、すべてのアクロバット族の優しい心根と前向きな逞しさを見せて、舞台に穴は開けないと言い張ったので、ブレグマン座長は新しいパートナーを見つけてやり、初対面の男女はこの日の初演の前に一時間ほどを、親密な抱擁《ほうよう》や、合体や、揺すり合いや、から み 合いのリハーサルに費やした。ショウは続けなければならないのだ。

*

プロメテウスと金髪の女は、複雑な宙返りと危険なバランス芸の連続技を次々にこなしていった。オーケストラが金管楽器を甲高く吹き鳴らす。二本の空中ブランコが舞台めがけて降ってきた。単純なスイング。ふたり同時の宙返り。ドラムロールが響き、じゃん、とシンバルが鳴る。

エラリーは双眼鏡を使おうともしなかった。彼も警視もケリーも舞台袖で立ったまま、皆、無言だった。ケリーだけは深い水中から空気を求めてあがってきたばかりのような息づかいをしている。不意に、奇妙な小さい影が、三人の傍らに出現した。エラリーはおそるおそる頭を横に向けた。単にちびの道化師、水兵サムが、その痩せこけたちっぽけな身体より三まわりも大きいだぶだぶのセーラー服を着て、顔じゅうにドーランを塗りたくった姿で、出番待ちしているだけだった。サムは無表情で、プロメテウス一家をじっと見つめている。

「あいつ、うまいでしょ？」ようやく、小声でそう言った。

誰も答えなかった。しかし、エラリーは支配人を振り返り、囁いた。「ケリー、よく気をつけて見ていてほしいんだ――」そこでぐっと声が低くなったので、そのあとにエラリーがなんと言ったのか、道化師にもクイーン警視にも聞き取れなかった。ケリーは鳩が豆鉄砲を食ったような顔をしている。血走った眼がほんの少し大きくなった。けれども、ケリーはただうなずいて、ごくりとつばを飲みこむと、ステージの上でくるくると大旋回をする人影をじっと見ていた。

やがて、すっかり演技が終わると、オーケストラはありがちなクレシェンド・ソステヌートの曲を演奏し始め、プロメテウスはにこやかに頭を下げ、女は膝を折って優雅にお辞儀をしながら金歯を見せ、そして緞帳がするするとおりた。エラリーはちらりとケリーを見た。が、ケリーはかぶりを振った。

演目の看板がかけ替わった。今度は〈水兵サム〉と書かれている。テンポの速い曲が景気よく流れ出すと、だぶだぶのセーラー服を着た小男は、ためすように、三度、笑顔を作ってから、大きく息を吐いて、ステージにちょこちょこと走り出ていった。かと思うと、いきなり、ばたーんと両手両足を広げて派手に倒れ、フットライトの上にひょうきんな顔を突き出して、暗い客席のびっくりした笑い声を誘っていた。

＊

三人は舞台の袖から無言で見守っていた。

道化師はいつもの順番どおりの演技を鮮やかに決めていく。すべての水兵に共通したものまねどころか、すべての酔っ払った水兵に共通したものまねをしてみせた。よだれが垂れるほどにだらしなく口を開け、ひょろひょろと千鳥足で歩き、黙りこんでいたかと思えば、唐突に喋りまくり、架空の航海をしている芝居を演じ、架空のマストを必死によじのぼっていたが、またもや黙りこくってパントマイムを始めると、劇場全体を揺るがす大歓声が響いた。

警視はしぶしぶながら認めた。「ふうむ、あの男はどう見ても、ジェームス・バートンと同じくらいうまいな、特にあの酔っ払いの演技なんかは」

「へっ、田舎芝居さね」ケリーは口の端から言った。

水兵サムは妙にややこしい動きで泳ぐまねをしながら、ステージからはけた。舞台袖に突っ立って肩で息をする彼の顔を、滝のような汗が流れている。サムはステージに再び走り出て、お辞儀をした。万雷の拍手。サムは引っこんだ。また走り出た。またもや引っこんだ。その滑《こっ》稽《けい》な顔には、何やら頑《がん》固《こ》に思いつめた表情があった。

「サム！」ケリーが怒鳴った。「何やってんだ、サム、さっさとアンコールにお答えしてロープのやつをやれ。ぐずぐずすんな、サム――」

「ロープのやつ？」エラリーが妙に静かな声で言った。

道化師はくちびるをなめた。やがて、その両肩をがっくり落としたかと思うと、四つん這いになり、ずるずると舞台に出ていった。わあっと叫ぶような笑い声があがり、小屋の中はしんと静まり返った。サムがやっと立ち上がり、右に左に揺れながら、ぱちぱちとまたたいた。

「おおーい！」いきなり、彼は怒鳴った。「ロープをくれえ！」

反対側の袖から、長さが一メートルほどもある張り子の葉巻がステージに投げこまれた。大爆笑。「ちがあう！　ロープだあ！　ロープ！」小男が金切声をあげ、踊るように跳ねまわる。

黒っぽいロープが舞台天井からくねくねとおりてきた。すると、あら不思議、それはサムの骨張った両肩に蛇のように巻きついていく。サムがロープ相手に格闘を始めた。タールを塗ったロープの端を追って、滑稽な格好でぴょんぴょん跳ぶ。いつまでたっても、タールを塗ったロープの端はサムの手から逃げまわり、追いかければ追いかけるほど、黒いロープのとぐろはますますきつく身体をからめとっていく。

観客は笑いころげていた。この男はたしかに、おもしろかった。ケリーさえ気難しい顔をゆるめ、警視に至っては、おおっぴらに笑っている。やがてその芸が終わると、ふたりの裏方が袖から飛び出していき、ロープでぐるぐる巻きにされて身動きひとつできなくなった道化師を、ステージから引きずってきた。ドーランの下の顔は、チョークのように蒼白《そうはく》だ。とぐろの中から、サムは簡単に抜け出した。

「いやいや、たいしたもんだ」警視は笑いながら声をかけた。「最高だったよ！」

サムはもごもごと口の中でつぶやくと、重たい足取りで自分の楽屋に戻っていった。黒いロープは落とされた場所にそのまま残っている。エラリーはちらりとそれを一瞥《いちべつ》しただけで、またステージに注意を戻した。音楽が変わっている。驚くほど美しいテノールの声が劇場の中を駆けめぐった。オーケストラは〈峠の我が家〉を静かに奏《かな》でている。幕が上がり、〈テキサス《テック》男《ス》〉・クロスビーが現れた。

＊

すらりとしたのっぽの男は、ぎょっとするほど、けばけばしいカウボーイの舞台衣装を着ていた。しかし、それは似合いすぎるほど似合っていた。ホルスターから覗く、グリップが真珠におおわれた六連発銃は、まったく場違いに見えない。純白の大きなソンブレロの縁が、凄みのある西部の男の顔に影を落としている。両脚は馬にまたがり慣れているように、がに股に変形していた。どこからどう見ても正真正銘の西部男だ。

ウェスタンの歌を唄い、鼻にかかったやわらかなテキサスなまりでふたつみっつ愉快な小話を語る間じゅう、両手の長い指は忙しく投げ縄をいじくっていた。彼の手にかかると、投げ縄はまるで生き物のようだった。緞帳が上がった瞬間から、痩せこけた男は投げ縄を動かし始め、ジョークを飛ばし、小話を披露《ひろう》し、最後は当然〈最後の牛馬の駆り集め《ラスト・ラウンドアップ》〉（ラウンドアップには総まとめの意味あり）の歌を唄ったのだが、唄う間さえ投げ縄は一瞬たりとも動きを止めなかった。

「ウィル・ロジャーズのにせもんだな、三流の」ケリーは血走った眼をしょぼしょぼさせながら、せせら笑った。

ここでやっと、エラリーは双眼鏡を顔の前に持っていった。テキサス男が最後の挨拶《あいさつ》で深く頭を下げると、エラリーは問いかけるように支配人をちらりと見た。ケリーは首を横に振った。

＊

偉大なるゴルディは、万雷の拍手喝采と、稲妻のような照明を一身に浴び、悪魔のように漆黒のマントをまとい、顔を真っ赤に塗って、登場した。その恐ろしくうさんくさいでたちは、一度見たら忘れられないほど印象的だった。黒檀《こくたん》のような眼はぎらつき、ぴんと角《つの》のように立った口ひげはくちびるの上で震え、尖《とが》った鼻は鷲のくちばしそのものだ。演技の間じゅう、彼の手と口が止まることは一時もなかった。

奇術師はよどみなく軽快なお喋りを続け、観客たちはその話術に夢中になり、彼の両手が鮮やかに生み出す魔術から、みごとに注意をそらされていた。ゴルディが繰り出す奇術は、特に目新しくはない、スタンダードな芸ばかりだったが、その熟練の演技が実に達者で、観客は皆、すっかり魅了されていた。カードを使った奇術は、奇跡としか思えなかった。コインやハンカチーフを操る鮮やかな手さばきは、素人の眼には魔法のようだった。ゴルディの夜会服の中には手品の種がどっさり仕込まれているに違いない。

奇術が次々に披露されていくのを見守る三人は、次第に緊張をみなぎらせていった。この時初めてエラリーは、ブリンカーホフがまだタイツ姿のまま、舞台の反対側の袖でしゃがんでいるのに気づいて、ぎょっとした。大男の両眼は奇術師の顔を、穴が開くほど凝視している。早わざを繰り出す指も、黒ずくめの身体の素早い動きも、まったく見ていない。ひたすら顔だけを見つめている……ブリンカーホフの瞳には、怒りも恨みもなかった。ただ凝視しているだけ

である。あの男はいったいどうしたんだ? たぶんゴルディはアクロバットにじっと凝視され

ていることに気づいていないのだろう。もし気づいていれば、あのたくみな指は、いまほど流

れるように動くとは思えない。

袖に潜む三人の緊張がみなぎる中、奇術師の芸ははてしなく続くように思われた。舞台裏で

アシスタントの動かす妙ちくりんな装置を使っての、大がかりな奇術もいくつかあった。観客

は、すっかり彼に心をわしづかみにされ、虜になっている。

「すばらしいショウじゃないか」警視は驚嘆の声をあげた。「このヴォードヴィル一座は、最

高におもしろいな」

「ふん、まあまあってとこだね」ケリーはつぶやいた。その顔には何やら妙な表情が浮かんで

いる。彼もまた、食い入るように見つめ始めた。

その時、突然、ステージの上で何か、おかしなことが起きた。オーケストラはまごついてい

るようだった。ゴルディは、ある奇術をすませると、深々とお辞儀をして、見つめる三人のい

る袖にさっさと引っこんでしまったのである。幕をおろす準備さえできていなかった。オーケ

ストラは次の曲に移った。指揮者の頭が、どうすればいいのかわからないように、あたふたと

あっちを向き、こっちを向きしている。

「いったいどうしたんだ?」警視が訊ねた。

ケリーが吐き捨てるように言った。「最後の手品を飛ばしたんですよ。〝虫の知らせ〟か、さ

すがだね、クイーンさん……おいっ、このすっとこどっこい!」支配人は奇術師を怒鳴りつけ

た。「最後までやりやがれ、馬鹿野郎！　まだお客様が拍手してるうちに！」

　ドーランの上からでもわかるほど、ゴルディの顔は青ざめていた。彼はこちらを振り向かなかった。三人に見えるのは、左の頰と、背中のこわばりだけだった。返事もなかった。ゴルディはまるで新米の手品師のようにおそるおそる、ステージにのろのろ戻っていった。反対側の袖からはブリンカーホフが見守っている。そして今度こそゴルディはそれに気づいて、傍目《はため》にもわかるほど、ぎくっとしていた。

「いったい何が起きとるんだ？」警視は小鳥のように抜け目なく注意を払いつつ、静かに言った。

　エラリーはさっと双眼鏡を眼に当てた。

＊

　空中ブランコが天井裏からステージに向かって勢いよく降ってきた——二本の細い綱に吊るされた、一本の鋼の棒。真新しそうな、するりとした黄色いロープが、一緒に天井から落っこちてくる。

　奇術師はひどく辛そうに、ゆっくりと、ゆっくりと、動いていた。客席は静まり返った。音楽もすでに止まっている。

　ゴルディはロープをつかむと、それで何かをしていたが、背中に隠されて、何なのかは見えなかった。不意にくるっと振り返って、左手をあげてみせた。左の手首には、黄色いロープの一方の端が、ごつい複雑な結び目で結わえつけられている。彼は黄色いロープのもう一方の端を手に取ると、軽く跳ねて、空中ブランコをつかまえた。それを胸の高さに固定して、また向こう側を向いたので、背中に邪魔されて何をしているのか、やはり見えなかったが、またもやゴルディがくるっと振り返ると、黄色いロープのもう一方の端が、手首とそっくりの結び目で、空中ブランコの鋼のバーに結わえつけられているのが見えた。ゴルディが右手をあげたのを合図に、長い長いドラムロールが鳴り始めた。

すぐさま、ブランコが上がり始めたが、観客はそのロープが一メートルほどしかないことに気づいた。バーが上がっていくにつれ、手首に結びつけられたロープがぴんと張っていき、ついに、ゴルディのしなやかな身体が持ちあがっていく。奇術師の両足がステージから二メートルほどの高さまで来たところで、ブランコは止まった。

エラリーは眼をすがめて強力なレンズを覗きこみ、注意深く凝視した。ステージをはさんだ向こう側で、ブリンカーホフがぐっと前かがみになっている。

ゴルディは空中で身をよじり、足をばたつかせ、ジャンプしてみせ、そのパントマイムで、自分がしっかりとブランコに結わえつけられて、この巨体の重みでも結び目がゆるむことはない、と観客に示していた。ゆるむどころか、結び目はどんどん締まっていく。

「こいつはなかなかの見ものですよ」ケリーが囁いた。「もうすぐ、あのブランコがぴゃーっと落ちてきて、八秒後に、もう一度、上がっていくと、ロープは床に落ちてて、あいつはステージに残ってるって寸法だ」

ゴルディがくぐもった声で言った。「さあ、お立ち合い！」

しかし、まさに同じ瞬間、エラリーがケリーに向かって叫んでいた。「いまだっ！　幕をおろせ！　いますぐ！　天井裏のスタッフに早く合図しろ、ケリー！」

ケリーはすぐさま行動した。彼が何やら謎の言葉を叫ぶと、一瞬のためらいののち、幕がおりてきた。客席はびっくりして言葉を失っていた。一同はこれも何か、奇術の一環なのだろうと思っているらしかった。ゴルディは狂ったようにもがきだし、自由な方の手をのばしてブランコにつかまろうとした。

「ブランコをおろせ！」エラリーは中断されたステージの上に立ち、天井裏で仰天して見下ろしているスタッフに向かって大きく両腕を振りながら、力のかぎり怒鳴った。「おろせ！　ゴルディ、動くな！」

ブランコはどさっという音をたてて落ちてきた。ゴルディは舞台の上で大の字になり、あわあわと口を動かしている。エラリーはその身体を飛び越えた。いつのまにか、片手にはナイフが握られている。彼は素早く、乱暴に、ロープに切りつけた。ぶつりと切れたロープの端が、ブランコから垂れ下がった。

「もう起きあがっていいよ」エラリーは少し息を切らしながら言った。「ぼくが見たかったのはこの結び目だ、シニョール・ゴルディ」

一同はエラリーと倒れている男のまわりに集まってきたが、男は起きあがることができないようだった。ようやく舞台に坐りこんだ男は、あいかわらずあわあわと口を動かしているだけで、両眼はまじりけのない恐怖に満ちている。その場にはブリンカーホフもいた。筋肉の盛りあがった上腕が恐ろしくこわばっている。ほかには、クロスビーと、水兵サムと、ヴェリー部長刑事と、ケリーと、ブレグマンと……

警視はブランコにくっついている結び目を凝視していた。やがて、ポケットからゆっくりと、マイラ・ブリンカーホフの首を吊るしていた、汚い古ロープのきれっぱしを取り出した。例の結び目である。警視はそれをブランコについている結び目の横に並べて置いた。

ふたつはまったく同じだった。

「なあ、ゴルディ」警視はやれやれといった調子で言った。「おまえさんも年貢《ねんぐ》の納め時ってわけだ。立て。殺人の容疑で逮捕する、今後、きみが口にする言葉はすべて——」

音ひとつたてずに、偉大なるプロメテウスことブリンカーホフが、床に坐りこんでいる男に飛びかかり、馬鹿でかい両手をその咽喉にかけた。テキサス男とヴェリー部長刑事とケリー文配人の三人がかりで、やっとアクロバットを引きはがした。

ゴルディは咽喉を押さえながら、ひいひいと声を出していた。「やってない、本当だ！　私は無実だ！　だって、私たちは——一緒に暮らしてたこともあるんだ。マイラを愛してた。なんで殺さなきゃならない？　やってない。頼む、信じて——」

「豚《シュヴァイン》め」プロメテウスは、大きく胸を上下させて唸った。

ヴェリー部長刑事がゴルディの襟首《えりくび》をつかんでひっぱりあげた。「ほら、立つんだ、いいかげんにしろ……」

エラリーがのんびりと言った。「いやあ、大当たりだったな。さて、申し訳なかった、ゴルディさん。もちろん、あなたはやっていませんよ」

＊

衝撃に続き、沈黙が落ちた。分厚い幕の向こうから声が――大声が――聞こえてくる。短編映画がスクリーンに映し出されたのだ。

「やって――いない？」ブリンカーホフはかすれる声で言った。

「だが、結び目は、エル、決め手じゃないのか」警視は困惑した声で言いかけた。

「ええ。結び目ですよ、決め手になるのは」火気厳禁の規則を無視して、エラリーはたばこに火をつけると、じっと考えながら煙を吐いた。「マイラ・ブリンカーホフの首吊りですが、ぼくはそもそも事件の始まりから不思議でしょうがなかった。なぜ犯人は被害者の首を吊ったのか？　吊るすなんて方法より、もっとシンプルで、要領のいい、簡単な、余計な手間のいらない殺人の手段が、すぐそこに四つもあったのに。いいですか、犯人が彼女を殺すのに、簡単とは言えない、手間のかかる、まわりくどい方法を取ったということは、つまり、あえてその方法を選んだってことです」

ゴルディは眼を丸くして、口をぽかんと開けていた。ケリーは灰のような顔色になっている。

「しかしなぜ」エラリーは静かに続けた。「犯人はあえてわざわざ、吊るすという方法を取ったのか。明らかに、ほかの四つの殺害方法にはない、特別な利点があったからに違いありません。さて、吊るし首には、射殺、刺殺、ガス中毒死、撲殺では得られない、どんな利点があるでしょうか。言い換えると、吊るし首には、射殺や何かにはない、どんな特徴がありますか。たったひとつ。ロープを使うってことです」

「うん、それはそうだが、わしにはまだわからん――」警視は眉を寄せた。

「いやいや、はっきりしてるじゃないですか、お父さん。犯人がほかの殺害方法ではなく、ロープを使ったことには、れっきとした理由がある。このロープ――マイラ・ブリンカーホフを吊るすのに使われたロープの、際立って目につく特徴は何ですか。結び目ですよ――非常に特殊な、というより、特殊すぎて、警察の鑑識の専門家さえ見たことがなかった。つまり、そんな結び目を残すのは、指紋を残すも同然ってことだ。これは誰の結びかたでしょうか。奇術師、ゴルディの結びかたでした――ぼくが思うに、彼だけが知っている結びかたじゃないのかな」

「わからない、どうして」ゴルディは叫んだ。「だって、私の結びかたは誰も知らないはずなのに。これは私がひとりで考えた、私だけの――」そこで、はっと口をつぐみ、黙りこんだ。

「まさにそこですよ、問題は。聞いた話じゃ、プロの奇術師ってのは、驚くほどさまざまな結びかたを生み出しているそうじゃないですか。たしか、フーディニが――?」

「ダヴェンポート兄弟もです」奇術師はぼそぼそと言った。「私のは、彼らが考案した結びかたの応用ですよ」

「でしょうね」エラリーはのんびりと言った。「だから、ぼくは言ってるんです、もしゴルディ氏がマイラ・ブリンカーホフを殺そうと思ったなら、ゴルディ自身を犯人だと、それどころか、この世でゴルディただひとりが犯人であると指し示す唯一の殺害方法を、わざわざ選ぶものだろうか、と。正気ならそんなことをするわけがない。では、無意識にくせでうっかり自分しか知らない結びかたをしてしまったのか？　可能性としてはありですが、ならば、そもそもなぜ、首を吊るという手段を選んだのでしょうか。手近にもっと楽な殺害方法が四つもあったというのに」エラリーは奇術師の背をぴしゃりと叩いた。「というわけで――あらためてお詫びします、ゴルディさん。答えは実にはっきりしている。あなたは何者かに濡れ衣を着せられたんだ、犯人はあなたに罪をなすりつけるために、彼女の首を吊るし、結び目を残したんです」

「しかし、当のゴルディ本人が、その自分の考えたややこしい結びかたは誰も知らないはずだと断言しとったろうが」警視は唸った。「おまえの言うことが本当なら、エル、何者かがこっそり盗み取ったということになる」

「そう考えるのが妥当ですよね」エラリーはつぶやいた。「心当たりは、シニョール？」

奇術師はのろのろと立ち上がり、夜会服の埃を払っていた。ブリンカーホフはあんぐりと口を開けたまま、ゴルディを見、エラリーを見ている。

「わかりません」ゴルディは血の気を失っていた。「私は、絶対に誰にも知られていないと思いこんでいました。私の助手にもです。でも、もう何週間も同じ面子《メンツ》で巡業を続けていますから。誰かが盗もうと思えば、あるいは……」

「なるほど」エラリーは考え考え言った。「ということは、ここで行き詰まりってわけか」

「行き詰まりの始まりだ」父親はぴしゃりと言った。「ありがとうよ、エル、助けてくれて。

たいした助けになった！」

「腹を割って話しますとね」翌日、父親のオフィスでエラリーは言った。「ぼくは今回の事件について、何がなんだかまったくわかっちゃいないんです。唯一、確信を持てるのは、ゴルディが無実ってことだけですよ。犯人は、あの独特の結び目はゴルディが縄抜けの手品で使うものだと誰かがきっと気づくに違いないと知っていた。で、動機ですが――」

「聞け」警視はすっかりおかんむりだった。「わしだっておまえと同じくらいのことはわかっとる。連中は全員動機があった。クロスビーはあの女から袖にされたし、ゴルディは……。おまえ、あのちびの道化師がここ何週間もマイラのスカートを追っかけまわしていたのを知っとるか？　なんとかして口説こうと必死だったらしい。それとケリーも、前にメトロポール劇場で公演があった時に、あの女にちょっかいを出しとったそうだ」

「でしょうね」エラリーは憂鬱《ゆううつ》そうに言った。「肉の呼び声ってやつですか。あの女は、男を誘惑する手品が得意だったに違いない。ボッカチオの古典的なメロドラマを実生活で再現して愉しんでいたわけだ、あの少々とろくさい夫には、〝妻を寝取られた間抜けな亭主役〟を演じさせて――」

ドアが開いて、検死官補のプラウティ博士が複雑そうな表情で、足音高くはいってきた。どすんと椅子に腰をおろし、警視の机に両足をどんとのせた。「当ててみろ」博士は言った。

「当てっこは苦手でね」老紳士は不機嫌に返した。

「きみたち紳士諸君に、ささやかなサプライズだ。私にもだがね。あの女は首を吊って殺されたわけじゃなかった」

「なんだって！」クイーン父子は声をそろえて叫んだ。

「事実だよ。吊るされた時にはもう死体だった」プラウティ博士はぼろぼろに嚙みちぎった葉巻を、眼をすがめて睨んでいた。

「それはそれは、びっくり仰天だな」エラリーはつぶやいた。そして、椅子から飛び上がると、医師の肩をつかんでがくがくと揺すぶった。「プラウティ先生、頼むから、じらさないでくださいい！　何で殺されたんです？　銃か、ガスか、ナイフか、毒か――」

「指だ」

「ゆび？」

プラウティ博士は肩をすくめた。「疑問の余地はまったくない。あのきれいな首から汚い麻縄をはずしてやったら、玉の肌にくっきりと指の痕が残っていたよ。きつく巻きつけられていたが、指の痕なのははっきりわかる。あの女は何者かの両手でくびり殺されたあとに、吊るされた――理由は、私にはわからんがね」

「ほほう」エラリーは言った。「ほほう」もう一度言ってから、しゃんと背を伸ばした。「たいへんに興味深い。ぼくはなんとなく、犯人の匂いに気づき始めましたよ。ねえ、先生、もっと何かあるんでしょう」

「たしかに妙だな」警視は口ひげを嚙みながらつぶやいた。

「もっと妙なことがある」プラウティ博士はもったいをつけて言った。「きみたちは手でくびり殺されたこちこちの死体を山ほど見てきただろう。さて、そういう死体についている、指の痕の特徴は何だね」

エラリーは、じいっと博士を見つめて、話を聞いている。「特徴?」眉を寄せた。「どういう意味——ああ!」銀色の瞳がきらりと光った。「待った、言わないでくださいよ……普通、指の痕は上を向いていますね。つまり、親指の先が顎の方を向いている」

「ふふん、さすがだな、ご名答だ。さて、今回の指の痕はそうでなかった。すべて下向きだった」

エラリーは長い長い間、唖然としていた。不意に、プラウティ博士のだらりと垂れた手をむんずとつかみ、ぶんぶんと勢いよく振った。「わかった《ユリーカ》ぞ! プラウティ大先生、あなたこそ、ロジックを追究する者に与えられた神の恩寵《おんちょう》だ! お父さん、行きますよ!」

「なんだなんだ?」警視は顔をしかめた。「おまえの頭の回転が速すぎてわしには追いつけん。どこに行くんだ」

「メトロポール劇場ですよ。大至急。ぼくの時計が正しければ」エラリーは早口に言った。「次の公演にちょうど間に合います。そうしたら、我らが友人こと殺人犯が、マイラを神の王国に送るのに、なぜ射殺も刺殺もガス中毒も撲殺も、さらには吊るし首も選ばなかったのか、見せてあげますよ!」

*

エラリーの時計は、残念ながら正しくなかった。父子がメトロポール劇場に着いたのは正午で、呼び物の映画がまだ上映中だった。ふたりはケリーを探しに舞台裏へ向かった。

「ケリーか、でなければドアマンのパークってじいさんでもいいんだ」エラリーはぶつぶつ言いながら、父親を急《せ》きたてて暗い通路にはいった。「たったひとつだけ質問したいことが……」

警備員がふたりを通してくれた。舞台裏に行ってみると、ブリンカーホフと新しいパートナーが、どうやら新しい技らしい出し物を脇目も振らずに練習しているほかは、誰もいなかった。空中ブランコは低い位置におろされて、大男は力強い両脚でバーからぶらさがり、ゴムバンドを口にくわえている。その真下で、ゴムバンドの反対側の端をくわえた長身の金髪の女が独楽《こま》のように回転していた。

ケリーがどこかからふらりと現れたので、エラリーが声をかけた。「やあ、ケリー。ほかのみんなは中にいるのかい」

ケリーはまたもやぐでんぐでんだった。よろめきながら、呂律《ろれつ》のまわらない口調で言った。「うん、いるよ。いる」

「全員、マイラの楽屋に集めてくれないか。まだ少し時間がある。やっぱり、質問はいいや、お父さん。必要ありませんでしたよ――」

警視は両手をあげた。

ケリーはばりばりと顎をかくと、千鳥足で歩いていった。「おーい、プロメテウスの大将」疲れた声で呼んだ。「ちょっとその練習をやめて、こっちに来い」そして、楽屋の方に向かって、右に左に揺れながら進んでいった。

「しかし、エル」警視は唸った。「わしにはわからんのだが――」

「単純すぎて、まるっきり子供の仕業です」エラリーは言った。「ぼくがずっとそうじゃないかと疑ってたとおりだった。さ、行きましょう、お父さん。ぼくの舞台に茶々を入れないでくださいよ」

＊

一同が、死んだ女の狭苦しい楽屋に集まってみると、エラリーはドレッサーに寄りかかって、スプリンクラーのパイプをじっと見上げているところだった。「あなたがたのうちのひとりは、洗いざらい白状した方がいいと思うんですが……ええと、ぼくは、その――つまり、誰があの小さなご婦人を殺したのか、知ってるんですよ」

「知ってる?」ブリンカーホフが声を荒らげた。「誰が――」そこで口をつぐむと、単純そうな眼をぎょろつかせ、一同を睨みまわした。

しかし、口を開く者はいなかった。

エラリーはため息をついた。「やれやれ、皆さんはどうしてもぼくのワンマンショウを聞きたいってわけですね。おさらいから始めてえんえんと長話に耳を傾けたくてたまらないと。いいでしょう。昨日、ぼくはひとつの疑問を提示しました。なぜマイラ・ブリンカーホフは、すぐ手近にもっと簡単な殺害方法が四つも転がっていたのに、わざわざ首を吊られたのか。ぼくは、ゴルディさんの無実を証明してみせた時に、その理由を言いました。吊るし首にすれば、ロープを使って、ゴルディ氏専売特許の結び目を残すことができるからだ、と」エラリーは人差し指を気取って突き出した。「ぼくはもうひとつの可能性を見落としていました。首にロープを巻いて窒息死している女性を見た人は誰でも、そのロープで殺されたと考えてしまう。そう、ぼくも完全に見逃していたんです。吊るし首ってものは、ロープを使って死体の首をおおい隠す、という重大な目的を達成できる手段であることを。しかし、そもそもなぜマイラの首は隠されなければならなかったのか。隠すにしても、なぜロープなのか。それは、人の首を絞める凶器はロープにかぎらないからです。素手でも人を絞め殺すことはできる。素手で首を絞めれば、死体の首に指の痕が残ります。しかし、犯人はマイラの首に指の痕が残っていることを警察に知られたくなかった。その時、犯人は思いついたんですよ。ロープを死体の首にきつく巻きつければ、指の痕を隠せるばかりでなく、消すこともできる――もちろん、生きている間についた痕が死後に消えることはないんですが、犯人は知らなかったんでしょうね。ともかく犯人はそう考えた。これが、すでに死んでいるマイラをわざわざ吊るし首にした、いちばんの理由です。ゴルディだけが知る結び目を残して濡れ衣を着せようとしたってのは、まあ、ついでのようなものですね」

「しかし、エル」警視は叫んだ。「それはおかしい。犯人が女を手で絞め殺したとしよう。その首に指の痕が残ったからといって、犯人を指し示す証拠になるとは思えん。指の痕が誰のものかなんて、特定できんぞ――」

「そのとおりです」エラリーはゆっくりと言った。「しかし、指の向きが逆についていることは特定できる。つまり、今度の場合、指の痕が上向きではなく、下向きについてるってことが、問題なんですよ」

あいかわらず誰も口を開かない。室内は、一同の荒い息づかい以外、沈黙に満たされている。

「さて、諸君。もうおわかりでしょう」エラリーは鋭く続けた。「要するに、絞め殺された時のマイラは、上下さかさまの姿勢だったんです。しかし、どうすればそんなことが可能でしょうか。ふたつの場合のどちらかです。すなわち、殺された時のマイラが、殺人犯の真上で頭を下にしてぶらさがっていたか、もしくは――」

ブリンカーホフがうつろな声を出した。「そう《ヤー》だ。おれがやったんだ。そう《ヤー》だ。おれがやったんだ」何度も、何度も、まるで傷のついたレコードのように。

＊

アンプから映画《トーキー》の女の声が流れてくる。「だって、あたし、あなたを愛してるの、ダーリン。愛してるの、愛してる、愛してるのよ……」

ブリンカーホフは両眼を燃え立たせ、偉大なるゴルディに向かって、ずいと一歩出た。「昨日、おれはマイラに言った。〝マイラ、今夜、新しい技を稽古しよう〟って。あの日二回目のショウのあと、マイラとあの豚野郎《シュヴァインフント》が、舞台裏で何度も何度もキスしてるのを見た。おれはふたりが話してるのを聞いた。おまえらはおれを馬鹿にしてた。だから、思ったんだ。マイラを殺してやろうって。稽古の時に。それで、殺したんだ」大男は両手に顔を埋めると、声もなく泣き始めた。残酷な光景だった。そしてゴルディはその残酷な光景に、眼が釘づけになっているようだった。

やがてブリンカーホフがつぶやいた。「それから、おれはマイラの咽喉の痕に気がついた。逆向きになってた。しまったと思った。だから、ロープを取ってきて、痕を隠した。そのあと、マイラを吊るした。豚《シュヴァイン》の結びかたを使ってやった。前にマイラが奴に教わったと言って、おれにやりかたを見せてくれたんだ――」

ブリンカーホフは黙りこんだ。ゴルディはかすれた声を出した。「いや、参ったなあ、全然、覚えてなかった――」

「連れていけ」警視は戸口に立つ警察官に淡々と、小声で命じた。

＊

「火を見るよりも明らかだったんですよ」少ししてから、エラリーはコーヒー片手に説明をしていた。「女が犯人の真上でさかさにぶらさがってたか、犯人が女の真上でさかさにぶらさがっていたかの、二択ですからね。そして、あの力強い両手でひとひねり……」エラリーはぶるっと震えた。「アクロバットでなきゃ、やれませんよ、わかるでしょう。そして、ブリンカーホフ自身が、夫婦で新しい技の稽古をしていたと言ったのを思い出して、ぼくは――」そこで言葉を切ると、エラリーはたばこを吸って、物思いにふけり始めた。

「気の毒な男だな」警視はつぶやいた。「悪い奴じゃない、単純だっただけだ。まあ、かみさんの方は因果応報ってやつだがな」

「おやおや」エラリーはのんびりと言った。「哲学ですか、警視殿？　ぼくは、犯罪の道徳面には、これっぽっちも興味がありませんよ。そんなことより、ぼくはねえ、今度の事件に関して、むしろ困惑してるんです」

「困惑しとるだと？」警視はふんと小馬鹿にしたように鼻を鳴らした。「わしにはおまえが鼻持ちならんほど得意満面に見えるがな」

「おや、そうですか？　でも、本当なんです。ぼくはねえ、我らが新聞記者諸氏の、どうしようもない想像力のなさに、困惑してるんですよ」

「ああ、ああ、そうかね」警視は観念したように言った。「どれ、聞いてやろうじゃないか。それで、おまえの小話のオチはなんだ？」

エラリーはにやりとした。「この事件を担当した記者が誰ひとりとして、完全無欠の見出しがあることに気づいていないとは！　いいですか、記者たちは見落としてるんですよ――主要登場人物のひとりが――まさに神の采配とも言うべく、〝ゴルディ〟という名であることを！」

「見出しだと？」警視は眉を寄せた。

「だって、お父さん。なぜ記者連中は、ぼくをアレキサンダー大王に見立てて、この事件を〝ゴルディアスの結び目《ゴルディアン・ノット》事件〟と呼ばないんでしょうかね？（誰もほどけなかった結び目を大王が剣で一刀両断した故事）」

一ペニー黒切手の冒険

The Adventure of the One-Penny Black

「アッハ！」とウネケル翁《おう》は言った。「いやあ、おっかない世の中だねえ、クヴィーンさん、ほんとに、おっかないったらない。ニューヨークってとこは、この先どうなるんだか。うちの店に何が飛びこんできたと思う――警察《ポリッアイ》だろ、それと《ウント》、血まみれの男だろ、それと《ウント》、どたまをかち割る野郎だろ……。こちらはうちのむかしっからのお得意さんなんだけどね、クヴィーンさん。この人もやられたのさ……ハズリットさんだよ。こちらはクヴィーンさん……ほれ、あんたがよく新聞で読んでる有名な探偵さんだよ、ハズリットさん。リチャート・クヴィーン警視さんの坊ちゃんさ」

エラリー・クイーンはほがらかに笑い、ウネケル翁のカウンター前で折りたたんでいた長い手足を解くと、紹介された男と握手した。「あなたも、ニューヨーク名物の犯罪の波に巻きこまれた犠牲者ですか、ハズリットさん。いままで、ウンキーじいさんが、それはもうわくわくするほど血なまぐさい話でぼくを愉しませてくれてたんですよ」

「じゃあ、あなたがあのエラリー・クイーンさんなんですか」華奢《きやしや》な小男は言った。分厚いレンズの丸眼鏡をかけた男は、どことなくあか抜けない雰囲気があった。「いやあ、こりゃ運がいい！　そうなんです、私、強盗にあいまして」

エラリーはまさかという顔で、ウネケル翁の書店の中を見回した。「でも、ここ̀で̀じゃないでしょう？」ウネケル翁の店はミドルタウンの横丁の奥で、〈ブリティッシュ靴店〉と〈マダム・キャロラインの店〉の間にねじこまれており、強盗が犯罪の舞台に選ぶとは、まず想像もつかないような場所だった。

「違いますよ」ハズリットは言った。「この店の中でやられたんなら、本代を損しないですんだんですがね。それが、昨夜の十時ごろのことで。ちょうど四十五丁目の私のオフィスを出て——昨夜は仕事が遅くまで終わらなかったものですから——そのまま歩いて、街を突っ切る途中でした。どこかの男が私を呼び止めて、火を貸してほしいと言ったんです。あの道はずいぶん暗くて、人気《ひとけ》もなかったし、私はどうもその男の様子がうさんくさくて気に食わなかったんですが、まあ、マッチを貸すくらいは別に、危険なこともないだろうと思いまして。で、ポケットの中をさぐっている間にふと気がつくと、その男が、私の小脇にはさんだ本をじっと見ていたんですよ。題名を読もうとしてるみたいに」

「何の本だったんですか」エラリーはすかさず口をはさんだ。さすがは本の虫の鑑《かがみ》である。

ハズリットは肩をすくめた。「たいした本じゃありません。ベストセラーのノンフィクションで『混沌のヨーロッパ』っていう本です。私、輸出業にたずさわっておりまして、国際情勢は常に最新の情報を仕入れておきたいものですから。ともかく、その男はたばこに火をつけるとすぐにマッチを返してきて、ぼそぼそと礼を言ったので、私はまた歩きだしたんです。次の瞬間、何かが頭のうしろにどかんとぶつかって、目の前が真っ暗になりました。どうも、そのまま倒れたみたいで。気がつくと、私は溝の中に転がっていて、帽子も眼鏡も石だたみの上に落ちていて、頭なんかまるで焼いたじゃがいも《ベイクトポテト》でした。当然、身ぐるみはがされたと思いましたよ。現金をたくさん持って、ダイヤのカフスボタンもしてましたからね。でも――」

「でも、もちろん」エラリーはにやりとした。「盗まれたのは『混沌のヨーロッパ』だけだったというわけか。完璧だ、ハズリットさん！　実にわくわくする小さな問題ですよ。あなたを襲った強盗の特徴はわかりますか」

「口ひげがふさふさで、黒っぽいレンズの眼鏡をかけていたってことくらいですねえ。私には――」

「この人がかい？　だめだめ、この人は、なんもわからんよ」ウネケル翁は小馬鹿にしたように言った。「この人もだがね、あんたらアメリカ人はみんな同じさ――肝心なことはなんも見えない、ぼんくら《ダムコップフ》ばっかりだ。そんなことより、クヴィーンさん――本だよ！　いったいどこのどいつが、そんな本を盗みたがるんかね？」

「しかも、それだけじゃないんですよ」ハズリットは言った。「昨夜、家に帰ってみると――私、ニュージャージー州のイーストオレンジに住んでおりますが――泥棒にはいられていたんです！　クイーンさん、それでいったい何が盗まれたと思いますか」

エラリーの細い顔が輝いた。「ぼくは千里眼じゃありませんけどね、しかし、この犯罪になんらかの一貫性があるとするならば、おそらく本が一冊だけ盗まれたのではないですか」

「そのとおりです！　しかもそれは二冊目の『混沌のヨーロッパ』だったんですよ！」

「それはまた格段におもしろいですね」エラリーはまったく違う声音で言った。「どうして同じ本を二冊も持っていたんですか、ハズリットさん」

「二日前にウネケルさんのところでもう一冊、買ったんです、友人にあげようと思いまして。それを書棚の上にぽんとのせておいたら、なくなってたんですよ。窓が開いていました――むりやりこじ開けられて、窓枠には手の跡がついていましたよ。典型的な空き巣狙いだ。そして、うちには結構な値打ちものがそこそこあるのに――銀器やら何やら――ほかに盗られた物はひとつもないんです。すぐにイーストオレンジ署に通報したんですが、警察の連中はただ我が家をうろうろ歩きまわっただけで、妙な眼で私を見て、そのまま帰ってしまいました。きっと私のことを、頭がおかしいと思ったんでしょうな」

「ほかになくなった本はありましたか」

「いいえ、その一冊だけです」

「どうもよくわからないな……」エラリーは鼻眼鏡《パンスネ》をはずすと、レンズをみがきながら考えこんだ。「同一人物ってことがありえますかね？　昨夜、あなたが家に帰るより先に、泥棒がイーストオレンジに先まわりする時間の余裕があったでしょうか」

「ありましたな。私が溝から這い出して、通りかかった警官に襲われたと訴えて、近くの警察署に連れていかれたあと、山ほど質問をされました。時間なら十分、あったはずですよ――私、家に帰ったのが夜中の一時でしたから」

「ねえ、ウンキー」エラリーは言った。「さっきあなたがぼくに話してくれた話だけどね、なんとなく形が見えてきたよ。では、ハズリットさん、失礼します、ちょっと行くところがありますので。アウフ・ヴィーダーゼーエン！」

エラリーはウネケル翁の小さな店を出ると、ダウンタウンのセンター街に向かった。警察本部の階段をのぼり、内勤の警部補に愛想よく会釈しながら、父のオフィスにはいっていく。警視は留守だった。エラリーは父の机にのっている黒檀《こくたん》でできたベルティヨン（フランスの人類学者。身体的特徴をもとにした犯罪者の識別法を生み出す）の像をもてあそびながら、じっと深く考えこんでいたが、やがて部屋を出て、警視の懐刀《ふところがたな》こと、捜査主任のヴェリー部長刑事を探しに出かけた。エラリーは、お目当てのマンモスのような巨漢が、とある新聞記者をどやしつけているのを見つけた。

「ヴェリー」エラリーは声をかけた。「怖い警官役はいいかげんにやめて、ぼくに情報をもらってきておくれよ。二日前に四十九丁目の五番街と六番街の間で、捕物に失敗しただろう。追いかけっこはぼくの友人のウネケルが経営する小さい書店で終わってしまった。分署が担当しているそうだ。一応、ウネケルから話を聞いたが、ぼくはもっと、色のついていない詳細を聞きたいんだ。今度はいい警官役で、ぼくに分署の報告書をもらってきてくれないか」

ヴェリー部長刑事は大きな黒い顎《あご》を上下に振ると、新聞記者をじろりと睨みつけてから、どすどすと出ていった。十分後、部長は一枚の紙を手に戻ってきた。エラリーは食い入るように、それを読んだ。

事実は実にはっきりしているように思えた。二日前、正午近くに、帽子もコートも身に着けていない男が顔を血まみれにして、ウネケル翁の書店の三軒隣のオフィスビルから走り出て、大声でわめいた。「助けてくれ！　警察を呼んで！」ちょうど通りかかったマッカラム巡査が駆けつけると、男はとても貴重な郵便切手を盗まれたのだ、と騒いでいた――〝私の一ペニー黒切手《ペニーブラック》が！〟――男は叫び続けた。「私の一ペニー黒切手が！」――そして、黒い口ひげを生やして、藍色の眼鏡をかけた強盗は、まんまと逃げてしまったと言う。マッカラム巡査はちょうどそのとおりの人相風体の男がほんの数分前に、いかにも挙動不審な様子で、近所の書店にはいっていったのを見かけていた。金切声をあげ続ける切手商を従え、巡査は抜いたリボルバーを片手にウネケル翁の店に飛びこんだ。この数分間のうちに、黒い口ひげと藍色の眼鏡の男が、店にはいってこなかったか？　「ヤー――あの男かい？」ウネケル翁は答えた。「来たともさ、まだそこにいるよ」どこだ？　奥の部屋で本を見てるよ。マッカラム巡査と血まみれの男は、ウネケルの店の奥の部屋に駆けこんだ。誰もいない。奥の部屋から路地に続く裏口のドアが開きっぱなしになっている。どうやら、ほんの一瞬前に、正面入り口から警官と被害者がはいってきた物音に肝を潰《つぶ》して、逃げてしまったらしい。マッカラム巡査はただちに近隣を捜索した。泥棒は忽然《こつぜん》と、姿を消していた。

　警察官は次に、被害者の調書を取った。男は、希少な切手の売買を扱うフリードリッヒ・ウルムと名乗った。オフィスは三軒先のビルの十階にはいっていて――共同経営者、兄のアルベルトのオフィスでもある。ちょうど、三人の切手蒐集家を招待し、たいへん貴重な切手を何枚か展示して見せていた。ふたりは先に帰っていった。ウルムがたまたま背を向けたところ、黒い口ひげと藍色レンズの眼鏡の、アヴリー・ベニンソンと名乗った男がいきなり襲いかかってきて、振り返ったウルムを、短めの鉄の棒でがつんと殴ってきた。その一撃で、頬骨の上がぱっくり裂けたウルムは、気が遠くなって倒れてしまった。すると、泥棒は恐ろしいほどの冷静さで、同じ鉄の棒で（調書によれば、その形状からおそらく〝かなてこ〟らしい）、選りすぐりの切手ばかりをおさめた、上がガラスになっている、コレクション用ショーケースの蓋をてこの要領でこじ開けた。そして、非常に高価な逸品――〝ヴィクトリア女王の一ペニー黒切手〟――がはいっている革張りの箱をむんずとつかみ、あっという間に部屋を飛び出して、ドアに外から鍵をかけて逃げていった。襲われた切手商がようやくドアを開けて、あとを追うまでに、何分もかかってしまった。マッカラム巡査はウルムと一緒にオフィスに来ると、荒らされたショーケースを調べ、その日の朝に訪れていた三人の切手蒐集家の住所氏名を聞き出し――特に〝アヴリー・ベニンソン〟に関しては詳しく――報告書を手早く書きなぐると、出ていった。

ほかのふたりの蒐集家の名はそれぞれ、ジョン・ヒンチマンとJ・S・ピーターズといった。所轄《しょかつ》署のひとりの刑事が順番にまわってそれぞれの話を聞き、最後に、ベニンソンの住所に向かった。ベニンソンは、黒い口ひげと藍色の眼鏡の男のはずだったが、いざ会ってみると、彼は事件のことを何も知らなかった。そもそも、彼の身体的な特徴はウルムを襲った人物のそれとは一致しなかった。ウルム兄弟の店で特別招待の販売会を開くという招待状など受け取っていないと言う。そう、黒い口ひげと色眼鏡の使用人ならたしかに、二週間ほど雇っていた――この男はベニンソンが、切手コレクションを管理する手伝いを募集した広告に応じて現れ、その仕事ぶりは満足のいくものだったのだが、二週間勤めたところで突然、何の説明も断りもなしに、行方をくらましてしまったのだという。くだんの使用人が消えたのは、ウルムの店の招待会があった朝である、と刑事は報告書に記録していた。

ありとあらゆる手を尽くして探したものの、ウィリアム・プランクと名乗る謎の助手の行方は、ついにわからずじまいだった。男はニューヨークの何百万という市民の中に姿をくらましてしまった。

ところが、これで話は終わらなかった。その強盗事件の翌日、ウネケル翁がじきじきにその所轄署の刑事に奇妙な話を持ちこんだのである。前の晩——つまり、ウルムが切手を盗まれた日の晩のことだが——ウネケル翁は遅い夕食をとりに店を出た。その間は夜勤の店員が留守番をしていた。すると、ひとりの男が店にはいってきて、『混沌のヨーロッパ』はないかと言い、夜勤の店員が驚いたことに、問題の本の在庫を根こそぎ買っていったのだ——七冊全部。さらに、その変てこな買い物をした客は、ふさふさの黒いりっぱな口ひげと藍色の眼鏡をかけていたのである！

「また、めんどくさそうな難事件ですな」ヴェリー部長刑事が唸った。

「そんなことないさ」エラリーはにっこりした。「実際はごく単純な説明がつくと思うな」

「こんなのはまだ序の口ですよ。うちの部下がたったいま、この事件の新たな局面を報告してきたんですがね。昨夜、ふたつの分署から、それぞれ小さい窃盗事件に関する報告があがってきています。ひとつはブロンクスのアップタウンで起きたやつで。ホーネルって名の男のアパートメントが、夜間に空き巣にはいられたんですが、いったい何を盗られたと思いますか？ホーネルがウネケルじいさんの店で買った『混沌のヨーロッパ』ですよ！　ほかには何ひとつ盗られた物はありません。その本は前の日に買ったそうです。同じ夜、グリニッジ・ヴィレッジのジャネット・ミーキンズってオールドミスが、自宅のフラットで空き巣にはいられていま す。泥棒は『混沌のヨーロッパ』を盗っていきました——その本は、やはり空き巣にはいられる前日の昼間にウネケルのところで買ったそうです。わけのわからん話じゃありませんか」

「全然そんなことないよ、ヴェリー。頭を使いたまえ」エラリーはひょいと頭に帽子をのせた。「一緒に来てくれ、巨人君《コロッサス》。もう一度、ウンキーじいさんと話したいんだ」

ふたりは警察本部を出ると、ダウンタウンに向かった。

「ウンキー」エラリーは愛情こめて小柄な老書店主の禿げ頭をぽんぽんと叩いた。「『混沌のヨーロッパ』だけど、強盗がおたくの裏口から逃げた時、この店には在庫が何冊あったんだい」

「十一冊だよ」

「だけど、引き返してきた強盗が、その本を買い占めてった夜には、在庫が七冊しかなかった」エラリーは口の中でつぶやいた。「ということは二日前の昼の十二時から夕食時までの間に四冊が売れた計算になる。ふむ！　ウンキー。顧客の記録はとってるのかい」

「アッハ、もちろんさ！　めったにいない貴重なお客様だ」ウネケル翁は悲しげに言った。「お得意さん名簿につけてあるよ。見たいかい」

「いまこの瞬間、それ以上の望みはないな」

ウネケルはふたりを店の奥側に連れていき、ドアを抜けて、ほんのりとかびくさい奥の部屋にはいっていった。ここの裏口から、二日前に強盗が路地に逃げたのだ。この部屋の片すみに小さく仕切られたコーナーがあり、書類やファイルや古書がごちゃごちゃに積みあがっている。老書店主はどっしりとかさばる台帳を開くと、老いた人差し指をなめなめ、ページをめくっていった。「あんたが知りたいのは、あの日の昼間に『混沌のヨーロッパ』を買っていった四人だね？」

「そう《ヤー》だよ」

ウネケル翁は緑に変色しかかった銀縁眼鏡をかけると、節をつけて読みあげ始めた。「ハズリットさん——ほれ、うちの店であんたも会ったあの紳士だよ、クヴィーンさん。ハズリットさんは二冊目の本を買ったんだ、家から盗まれたってやつさ……それから、ホーネルさん、この人もお得意さんだね。それから、ミス・ジャネット・ミーキンズ——アッハ！　アングロサクソン丸出しの名前だ。ぞっとする《シュレクリッヒ》あね！　それと《ウント》四人目はチェスター・シンガーマンってお人だ、東六十五丁目の三一二番地に住んでいなさるよ。これで終わりだね」

「あなたの几帳面《きちょうめん》なドイツ人《チュートン》魂に敬意を」エラリーは言った。「ヴェリー、きみの巨人の眼をこっちに向けてみたまえ」この仕切り部屋にも外に続くドアがついているのだが、位置から見て、例の裏口と同じく、書店の裏手にある路地に出られるようだ。エラリーは鍵の上にかがみこんだ。ドアの木材から乱暴にひっぺがされている。ドアを開けてみた。外側の鍵もみごとにばらばらに壊されている。ヴェリーはうなずいた。「押しこみですな」がらがら声で言った。

「常習の空き巣狙いだ」

ウネケル翁は、目玉をひんむいた。「壊されてるのかい！」金切声をあげた。「そこのドアは使ったことがないんだ！　全然《ウント》、気がつかなかった、それにあの刑事さんだって――」

「これはまたずいぶんお粗末な、分署の失態だね、ヴェリー」エラリーは言った。「ウンキー、盗まれた物はないか？」ウネケル翁は古めかしい書棚にすっ飛んでいった。中には書物がきっちりと並んでいる。震える指で書棚の鍵を開けると、老いた猟犬のように中をくまなくさぐった。やがて、大きな吐息をついた。「いいや《ナイン》」翁は言った。「ここの貴重な本は……何も盗られてない」

「そりゃよかった。じゃあ、もうひとつ訊くよ」エラリーはきびきびと言った。「おたくの顧客名簿だが――自宅だけじゃなくて、職場の住所も載ってるのかい」ウネケルはうなずいた。

「ますますいいぞ。さよなら、ウンキー。そのうち、ほかのお得意さんたちに、今回の話の顚《てん》末《まつ》を最後の解決まで話してきかせられるよ。行こう、ヴェリー。チェスター・シンガーマン氏に会いにいくぞ」

ふたりは書店を出ると、五番街まで歩いて、北に曲がり、アップタウンに向かった。「きみの顔についている鼻と同じくらい明らかだよ」エラリーはヴェリーの歩幅に合わせて、長い脚をうんとのばした。「つまり、明々白々ってことさ」

「あたしにはあいかわらずさっぱりです、クイーンさん」

「そんなことないさ、ぼくらは厳密なる論理的な一連の事実をつかんでいる。我らが泥棒君は、一枚の貴重な切手を盗んだ。彼はウネケルの書店に逃げこみ、奥の部屋に隠れた。そこに警官とフリードリッヒ・ウルムがはいってくる音が聞こえてきたものだから、泥棒君は必死に考えた。もし、切手を身に着けている状態で捕まってしまったら……。わかるかい、ヴェリー、同じ本ばかりが——しかも、それ自体にたいして価値のない本だよ——次から次に盗まれる事件に、筋の通った唯一無二の説明は、この泥棒のプランクが、書店の奥の部屋に隠れている間に、棚にあった一冊の本のページの間にはさんで——それがたまたま、書棚に並んでいた『混沌のヨーロッパ』だったわけだが——そのまま逃走した、という筋書きだ。しかし、このあと泥棒君は、切手を取り返さなければならないという問題をかかえることになる——ウルムはこの切手をなんと呼んでたっけ——〝一ペニー黒切手〟とかなんとか言ってたな。で、その夜、戻ってきた泥棒は、ウネケルじいさんが店を出るのをじっと待ち、入れ違いに店にはいると、夜勤の店員からその本をありったけ買った。こうして泥棒は七冊持ち帰ったわけだ。しかし切手は、そのどれにもはいっていなかった。でなければ、昼間に別の人たちが買っていった本を盗む必要はないだろう？　ここまでは、順調だ。さて、七冊の本から切手を見つけられなかった犯人は、書店に引き返してくると、夜中に路地からウンキーの小さいオフィスへ押し入った——あの壊された鍵が証拠だ——そしてあの、ディケンズの小説に出てくるような台帳を広げ、昼間に例の本を買っていった客の名前や住所を調べだした。次の日の夜、泥棒はハズリットを襲った。プランクはハズリットをオフィスからつけていったんだ。だが、プランクは自分のミスに気づいた。一週間前に買った本だ、状態を見れば、前日に買いたてほやほやの本でないことはすぐにわかる。プランクは慌ててイーストオレンジに向かった。ハズリットの職場だけでなく、自宅の住所も知っていたからだ。そこで、ハズリットが前日に買ったばかりの本を盗んだ。今度も運がなかった。そんなわけでプランクは、ホーネルとジャネット・ミーキンズの家に、同じ本を盗みにすっ飛んでいったわけだ。さて、もうひとり、同じ本を買ったけれども、まだ泥棒の訪問を受けていない人物がいる。それがいま、ぼくらがシンガーマンに会いにいく理由だ。なぜなら、もしもプランクがホーネルとミス・ミーキンズの本の中に切手を見つけていなければ、次に必ず、シンガーマンのところに行くはずだからだ。できれば、この悪賢い泥棒の先まわりをしたい」

チェスター・シンガーマンというのは、かなり古ぼけたアパートメントに両親と同居している若い学生であることが判明した。はい、『混沌のヨーロッパ』ならうちにありますけど——政治経済学の参考書に必要だったんです——そして学生はくだんの本を持ってきて見せた。エラリーは慎重に本のページを一枚一枚めくっていった。消えた切手は影も形もなかった。

「シンガーマン君、この本のどこかに、古切手が一枚はさまってるのを見なかったかな?」エラリーは訊ねた。

学生はかぶりを振った。「まだ、その本は開いてもいないんです。切手ですか? どんなのですか? ぼくも切手のコレクションをしてるんですよ、少しですけど」

「ああ、いや、なんでもないよ」エラリーは慌てて言った。切手蒐集家の狂気じみた熱中ぶりを話に聞いていたからである。エラリーとヴェリーはそそくさと退散した。

「どう見ても」エラリーは部長刑事に説明した。「この神出鬼没《しんしゅつきぼつ》のプランクは、ホーネルかミス・ミーキンズの本の中に切手を見つけたんだな。どっちの盗みが時間的に先だったんだ、ヴェリー」

「たしか、ミーキンズって女の方が二番目だったと思いますが」

「なら、一ペニー黒切手は彼女の本にはさまってたんだな……ああ、そのビルだよ。フリードリッヒ・ウルム氏にちょっと会いにいってみよう」

ビルの十階、1026号室のくもりガラスの扉に、黒文字で社名が書かれていた。

古切手&希少切手専門

販売買取

ウルム商会

エラリーとヴェリー部長刑事がはいっていくと、ドアの奥は広いオフィスになっていた。四方の壁はガラスケースにおおわれて、どれも、何百枚という使用済みや未使用の郵便切手が一枚一枚台紙にのせられておさまっている。テーブルの上にいくつか並ぶ特別なケースにはいっているのは、特に高価な切手だろう。室内はごたごたと散らかり、ウネケル翁の書店と驚くほどそっくりな、かびくさい臭いがする。

三人の男が顔をあげた。ひとりは、頬骨の上に絆創膏《ばんそうこう》をばってんに貼りつけているのを見れば、これがフリードリッヒ・ウルムその人に違いない。髪の毛がまばらで、筋金入りの蒐集家らしい顔つきをした、ひょろりと背の高い、老いたドイツ人だ。ふたり目の男は同じくらい、ひょろりと背が高く老いていた。読書ランプの光よけに、サンバイザー型のアイシェードをかぶったその老人はウルムに瓜ふたつだが、神経質そうな動作や、両手の震え具合から推測するに、ずっと年上に違いない。三人目の男は小柄で、ずんぐりしていて、無表情な顔をしていた。

エラリーは自己紹介をし、ヴェリー部長刑事も紹介した。すると三人目の男が耳をそばだてた。「まさか、あのエラリー・クイーンさん?」そう言いながら、よちよちと進み出てきた。「ヘフリーと申します。保険会社の調査員をしておりますです。いやいや、お会いできて光栄ですよ」男は熱烈に力をこめてエラリーの手をぶんぶんと振った。「こちらの紳士たちはウルムさんご兄弟で、この店の持ち主です。フリードリッヒさんとアルベルトさん。アルベルト・ウルムさんは、強盗にはいられたあの特別招待会の時は、ちょうど店におられませんでした。残念なことで。いらっしゃれば、強盗を取り押さえられたかもしれませんからね」

フリードリッヒ・ウルムがいきなり、ドイツ人らしくものすごい早口でまくしたて始めた。エラリーは笑顔で、うんうんとうなずきながら聞いていた。「なるほど、わかりましたよ、ウルムさん。つまり、状況はこんな具合ですね。あなたは三人の有名な蒐集家に郵便で招待状を送った。非常に珍しい切手を集めた特別展示会に来てほしいと――目的は、販売ですね。三人の客は二日前の朝に訪ねてきた。それぞれ、ヒンチマン、ピーターズ、ベニンソンと名乗った。あなたは、ヒンチマンとピーターズとは面識があったが、ベニンソンの顔は知らなかった。ふんふん、なるほど。最初のふたりの客は何枚か買っていった。あなたがベニンソンだと思いこんでいた男はしばらく店内に残っていたが、いきなり殴ってきた――ええ、ええ、全部知っています。その、こじ開けられたケースを見せてもらえませんか」

兄弟はエラリーをオフィス中央のテーブルに案内した。そこには陳列用の平たいショーケースがのっていて、長方形の細い木枠に薄い透明なガラスのはまった蓋がかぶさっている。ガラス蓋の下には、きれいに台紙にのせた切手がたくさん、箱の底一面に張った黒いサテン地の上に、じかに置かれているのが見える。サテン地の中央には革張りの箱が、開けっぱなしで置いてあった。革の箱の白い内張りから、そこにあるはずの切手がはぎ取られている。ショーケースのガラス蓋がこじ開けられた場所には、どう見てもかなてこを使った痕《あと》が四カ所ついていた。

「素人《しろうと》くさい仕事ですな」ヴェリー部長刑事は鼻を鳴らした。「かなてこなんぞ使わんでも、この程度の鍵の蓋なら、素手で開けられます」

エラリーの鋭い眼は、すぐ前にある物に釘づけになっていた。「ウルムさん」怪我をしている切手商を振り返った。「例の〝一ペニー黒切手〟とかいうのは、この開けっぱなしの革の箱にはいっていたんですか」

「そうです、クイーンさん。ただ、強盗がショーケースをこじ開けた時は、その革ケースは蓋がしまっていました」

「それじゃ、泥棒はどうやって、どれを盗めばいいのか知ることができたんですかね？」

フリードリッヒ・ウルムは頬をそっとなでた。「そのショーケースに入れてある切手は売り物ではありません。私たちのお気に入りのコレクションです。そこの切手はすべて、一枚が最低でも数百ドルします。ですが、三人の蒐集家がおいでになった時、当然、希少な逸品の話になったものですから、私はこのショーケースの鍵を開けて、うちの自慢の宝の切手を見せてさしあげました。その時に泥棒は、この一ペニー黒切手を見たのですよ。あの男も蒐集家に違いありません、クイーンさん、でなければ、よりによってあの切手を選ぶはずがないのです。あれにはおもしろい来歴があるものですから」

「へえっ！」エラリーは声をあげた。「こんなのにもそれぞれ来歴があるんですか」

保険会社から来た調査員、ヘフリーが笑いだした。「あるどころの騒ぎじゃないですよ！ フリードリッヒさんとアルベルト・ウルムさんは、これまでに発行された中でもっとも珍しい切手を、それもまったく同じ切手を二枚持っていることで、業界では有名ですからね。一ペニー黒切手、コレクターの間で通称〝ペニーブラック〟と呼ばれているそれは、一八四〇年に世界で初めて英国で発行された切手でして。それはもうたくさん世に出まわってますから、未使用のものでさえアメリカではたった十七ドル半が相場です。しかし、こちらのふたりの紳士がお持ちの切手は、一枚で三万ドルもの価値があるんですよ、クイーンさん――それで、この盗難はたいへんに深刻な事件になってしまったんです。実を言えば、我が社がどっぷり巻きこまれていまして。この切手二枚とも、その価値まるまる分の保険がかかっていましたから」

「三万ドル！」エラリーはうめいた。「こんなちっぽけな汚い紙きれにまた、ずいぶんな金額だ。なんでそんなに馬鹿高いんです」

アルベルト・ウルムが落ち着かない仕種で、緑色のアイシェードのひさしを両眼が隠れるほどぐっとおろした。「うちにある切手は両方とも、ヴィクトリア女王の直筆サインがはいっているからです。ローランド・ヒル卿というのが、一八三九年にペニー郵便システムの基礎を一から築きあげた人で、一ペニー黒切手を発行したのもこの人です。女王陛下はことのほか喜ばれて――英国も諸外国同様に、まともな郵便制度を生み出すのに、たいへんな苦労をしましたからね――最初に刷られた切手のうち二枚に、手ずから署名を入れて、切手の図案の作成者に――名前を失念しましたが――下賜《かし》されたのです。女王陛下のサインがはいっているということで、この二枚の切手はとんでもなく価値あるものになりました。弟と私は、この世に二枚しかない切手を手に入れることができて、実に運がよかったと思っております」

「その双子の片割れはどこに？　女王陛下の身代金ほどの価値がある切手というのを、ぜひ拝ませていただきたいですね」

兄弟はオフィスの片すみにそびえる巨大な金庫に向かってせかせか歩いていった。やがてふたりは戻ってきたが、アルベルトは革ケースを、まるで金塊がはいっているかのようにしっかりかかえ、フリードリッヒはその金塊を運ぶ者を護衛する武装警備員のように、兄の二の腕をがっちりつかんでいる。エラリーは貴重な切手を指でつまみあげ、ひっくり返して裏表を眺めた。こうして触ってみると、思ったより厚ぼったく、固い感じがする。サイズは普通の大きさの長方形で、目打ち穴がなく、黒い縁取りがされており、ヴィクトリア女王の横顔が刷られていた――すべて白黒の単色だ。顔の色の薄い部分に、色褪せた黒インクの小さな頭文字がふたつ——V・R・（ヴィクトリア女王Victoria Regina の略）とあった。

「この二枚の切手は見分けがつかないほどそっくりで」フリードリッヒ・ウルムが言った。

「サインまで同じに見えますよ」

「実に興味深いです」エラリーは革ケースを返しながら言った。兄弟はいそいそと金庫に戻っていき、中の引き出しにしまいこむと、細心の注意を払って金庫の錠前を閉めた。「もちろん、三人の客がそのショーケースの中の切手を見たあと、あなたはケースに鍵をかけたんですよね」

「ええ、それはもう」フリードリッヒ・ウルムは答えた。「まず一ペニー黒切手の革ケースの蓋を閉めてから、ショーケースのガラス蓋に鍵をかけました」

「三人の招待状はあなたご自身が書いて送ったんですか。この部屋にはタイプライターがないみたいですが」

「うちでは、郵便物はすべて１１０２号室のタイプ業者に頼んでいます」

エラリーは兄弟に向かって丁重に礼を述べると、保険会社の調査員に手を振り、ヴェリー部長刑事の肉付きのよいあばらを小突いて、ふたりそろってオフィスを出た。１１０２号室に行ってみると、きつい顔つきの若い女性がいた。ヴェリー部長刑事が警察バッジをひらめかせるとすぐに、エラリーはウルムが依頼した三通の招待状のカーボンコピーを読んでいた。エラリーがそれぞれの住所と氏名を書き取ると、男ふたりはその場をあとにした。

＊

ふたりはまず、ジョン・ヒンチマンなる蒐集家を訪ねた。ヒンチマンというのは白髪で眼光鋭い、がっしりした老人で、やたらと不愛想で無口だった。ああ、二日前の朝にウルムの店に行ったよ。ああ、ピーターズなら知ってる。いや、ベニンソンに会ったことはない。〝ペニーブラック〟？　当たり前だ。ウルム兄弟の持ってる貴重な双子の切手のことは、蒐集家なら誰でも知ってる。女王のイニシャルがはいったあの紙っきれ二枚は、切手の世界じゃ有名だよ。泥棒？　はっ、馬鹿くさい！　いいか、このわし、ヒンチマン様はな、ベニンソンなんて男は知らんし、そいつに化けてきた男のことなんぞ、これっぽっちも知らん。このわし、ヒンチマン様はな、泥棒よりも先に帰ったんだ。このわし、ヒンチマン様はな、誰が切手を盗んでいこうと、そんなもんはどうでもいい。わしの望みはな、静かにほっといて、ひとりにしてくれってことだけだ。

ヴェリー部長刑事が人間にも動物にも共通の、敵愾心《てきがいしん》むき出しの表情を浮かべたが、エラリーはにっこりして、力強い指を部長刑事の腕の筋肉に食いこませると、ヒンチマン宅からぐいぐいと連れ出した。ふたりは地下鉄でアップタウンに向かった。

J・S・ピーターズというのは、背が高く、痩せっぽちで、古代中国の封泥《ふうでい》（アジアでは蠟ではなく粘土に印を押して封をした）のように黄土色の顔をした中年男だった。彼は手助けするのに、非常に乗り気だった。ええ、ぼくとヒンチマンはウルムの店を一緒に出たんですよ、三人目の男より先に。あの三人目の男は見たことがないですねえ、でも、ベニンソンって人の名前はほかのコレクターから聞いたことがありますよ。はい、あの双子の一ペニー黒切手のことなら知ってます、実は二年前に、一枚だけ売ってほしいとフリードリッヒ・ウルムさんに頼んだことがあるんですよね。でも、断られちゃいました」

「切手蒐集ってのは」外に出て、エラリーがヴェリー部長刑事に話しかけると、部長の正直な顔は、切手蒐集という単語を聞くなり、げんなりした表情になった。「実に興味深い趣味だね。その虜《とりこ》になった犠牲者は、ある意味、狂人になっちまうんだろうな。下手すると、切手一枚を取りあって、蒐集家同士で殺し合いを始めてもおかしくないと思うよ」

部長刑事は鼻に皺《しわ》を寄せた。「で、状況はいま、どんな具合ですかね?」部長は不安げだった。

「ヴェリー」エラリーは答えた。「状況は実にすてきだ――そして、ユニークだね」

アヴリー・ベニンソンはハドソン川近くの古い、ブラウンストーンを正面に張った高級住宅に住んでいた。穏やかな物腰の、礼儀正しい人物だった。

「いいえ、私はその招待状とやらを一度も見ていないのですよ」ベニンソンは言った。「そうです、私はウィリアム・プランクと名乗る男を雇って、切手のコレクションと、熱心なコレクターなら誰でもかかえこんでしまう郵便物の山の整理をまかせていました。あの男はたしかに、切手に詳しかったですよ。二週間というもの、本当に重宝していました。ウルム兄弟からの招待状を、プランクはかすめとったに違いありません。店にはいりこむチャンスができたものだから、そこに行って、アヴリー・ベニンソンと、私の名を名乗って……」蒐集家は肩をすくめた。「根っからの悪党なら、そのくらい、簡単にやってのけるんでしょう」

「もちろん、その盗難事件のあった朝以来、プランクから連絡はないんですね」

「当然ですよ。まんまと獲物を盗み取って、行方をくらましたのですから」

「具体的に、プランクはここでどんな仕事をしてたんですか、ベニンソンさん」

「切手蒐集家の助手のお決まりの仕事ばかりです――選り分けて、目録につけて、台紙に貼って、郵便の返事を書いて。働いていた二週間、プランクはこの家に私と住んでいました」ベニンソンは自嘲気味に笑った。「なにしろ、私はまだ独り身で――この広い家にひとりで住んでいますから。プランクという話し相手ができて、本当に嬉しかったのですよ、変わり者ではありましたが」

「変わり者というと？」

「そうですね」ベニンソンは言った。「わりと内気な男でした。持ち物はもともと少なかったのですが、二日前に、全部消えているのに気づきました。それと、人嫌いみたいでしたね。私の友人やコレクター仲間がうちに来るたびに、さっと自分の部屋に引っこんでいましたから。誰とも会いたくないようで」

「となると、プランクについて知っている人は、ほかに誰もいないわけですか」

「残念ですが、そうなのです。プランクはかなり背が高く、ずいぶん歳がいっていたように見えましたよ。それより、あの濃い色眼鏡と、真っ黒でふさふさの口ひげが、どこにいても目立つでしょうね」

　エラリーは椅子の上で長身を大きく広げ、ゆったりと背中をあずけて坐った。「ぼくはプランクの癖というものに、非常に興味があるんですがね、ベニンソンさん。ここにいる善良なる部長刑事も同意してくれますが、個人の特徴というものはしばしば、犯人自身が気づかないうちに、逮捕の重要な決め手になることが多いんです。よく考えてみてください。プランクには、何か変わった癖がありませんでしたか？」

ベニンソンは集中して考えこみ、くちびるを尖《とが》らせた。不意にその顔がぱあっと明るくなった。「ああ、そういえば！　嗅ぎたばこをやっていました」

エラリーとヴェリー部長刑事は顔を見合わせた。「それは興味深いですね」エラリーは微笑みながら言った。「ぼくの父もやるんですよ――クイーン警視と申しますが――それでぼくは、物心つくかつかないころから、嗅ぎたばこ愛好家がひまさえあれば鼻に指を持っていく様子をおもしろがって見ていたわけですが。プランクは嗅ぎたばこをしょっちゅうやってましたか」

「いえ、そういうわけでは」ベニンソンは眉を寄せた。「実をいうと、我が家で二週間同居している間に、プランクが嗅ぎたばこをやっているところは一度しか見ていないのです。一日じゅう、私はこの部屋でプランクと作業をしていたのですが。たしか先週のことでした。たまま私がほんの少し、席をはずして戻ってきたところ、プランクが彫刻入りの小箱を持って、指先につまんだ何かを嗅いでいたんです。プランクは、私に見られて慌てて箱を隠しましたが――私はそんなもの気にしないのですがね、この部屋で火を使うたばこを吸わないかぎりは。以前、不注意な助手が紙巻きたばこ《シガレット》でぼやを出しかけたことがありまして、もう二度とあんなことはごめんですから」

エラリーの顔に生気がみなぎってきた。しゃんと背を伸ばして坐りなおすと、鼻眼鏡を指先でもてあそびながらしきりに考え始めた。「たぶん、あなたはその男の住所をご存じないですよね？」ゆっくりと訊ねた。

「ええ、知りません。いまさら悔やんでもしかたありませんが、きちんと身元を調べて雇ったわけではありませんから」蒐集家はため息をついた。「うちから何も盗まれなかったのは、不幸中の幸いでした。私のコレクションも金額にすれば結構な価値がありますので」

「まったくですね」エラリーは愛想よく言って、立ち上がった。「電話を拝借してもよろしいですか、ベニンソンさん？」

「どうぞどうぞ」

エラリーは電話帳を調べ、何件か電話をかけたが、ぼそぼそと小声で喋っているので、ベニンソンにもヴェリー部長刑事にも話の内容は聞き取れなかった。エラリーは受話器を置いて、言った。「ベニンソンさん、もし三十分ほどお時間がありましたら、ぼくたちと一緒にダウンタウンまでちょっと遠足に付きあっていただきたいんですが」

ベニンソンは驚いた顔になったが、すぐににっこりした。「喜んで」そう言うと、上着に手を伸ばした。

外に出ると、エラリーはタクシーをつかまえた。男三人は、四十九丁目まで運ばれていった。小さな書店の前で一同が車を降りると、エラリーは皆に断って、急いで中にはいっていき、すぐにウネケル翁を連れて出てきた。老人は震える指でドアに鍵をかけた。

ウルム兄弟のオフィスに着くと、すでに保険会社の調査員のヘフリーと、ウネケル翁の客のハズリットが、一同の到着を待っていた。「おふたりとも、ようこそ」エラリーはふたりの男に挨拶《あいさつ》した。「こんにちは、ウルムさん。ちょっとした集まりを開かせていただきましたが、実は、今回の事件をクイーン流に解決しようと思いましてね。はっはっは！」

フリードリッヒ・ウルムは頭をかいた。アルベルト・ウルムは部屋の片すみで棒っきれのように細い膝小僧をかかえて坐り、緑色のアイシェードのひさしを目深くおろして、うなずいた。

「さて、少し待っていただきましょう」エラリーは言った。「ピーターズさんとヒンチマンさんにも来るように頼んだんですよ。皆さん、坐りませんか？」

一同はほとんど口をきかなかったが、誰もが少なからず不安そうな顔をしていた。エラリーが室内を歩きまわって、壁の陳列ケースの珍しい切手を興味津々でしげしげと眺めたり、口笛を吹いたりしている間、誰も喋ろうとしなかった。やがてドアが開き、ヒンチマンとピーターズが一緒に現れた。戸口でふたりはぴたりと足を止め、顔を見合わせ、肩をすくめ、部屋にはいってきた。ヒンチマンは渋い顔をしていた。

「どういうつもりだね、クイーンさん」ヒンチマンは言った。「わしは忙しいんだ」

「忙しいのはあなただけじゃないです」エラリーは微笑した。「ああ、ピーターズさん、いらっしゃい。ええと、皆さんの紹介は特に必要ないですよね……坐ってください、ふたりとも！」

急に鋭い声で言われて、ふたりは腰をおろした。

ドアが開いて、小柄で白髪の、小鳥を思わせる男が覗きこんだ。ヴェリー部長刑事は仰天したようだったが、エラリーはほがらかにうなずいてみせた。「どうぞ、お父さん、はいってください！　ちょうど間に合った、いまから第一幕ですよ」

リチャード・クイーン警視はリスのような小さな頭を軽く振ると、集まっている面々をじろりと見回し、うしろ手にドアを閉めた。「わしを呼んだ理由は何だ、エラリー」

「血わき肉躍る大事件ってわけじゃないです。お父さんの専門の、殺人とかなんとかじゃない。でも、きっとお父さんなら興味を持つと思いますよ。皆さん、ご紹介します、クイーン警視です」

警視は唸り声を出すと、腰をおろし、愛用の古ぼけた茶色い嗅ぎたばこ入れを取り出すと、長年の習慣どおりに、息が止まりそうなほどたっぷりと、その香りを吸いこんだ。

エラリーは、椅子の輪の中央で静かにたたずみ、これから何が始まるのかと興味津々の顔を見回した。「切手の世界で〝ペニーブラック〟と呼ばれるお宝の窃盗事件ですが」エラリーは語り始めた。「非常におもしろい問題でした。いま、あえて過去形で言ったのはですね、事件は解決しているからです」

「そいつは、わしが本部で耳にしとる切手の盗難事件の話か？」警視が訊いた。

「そうです」

「解決した？」ベニンソンは声をあげた。「どういうことです、クイーンさん。ブランクを見つけたんですか」

エラリーは無造作に手を振った。「ぼくは最初《はな》から、ウィリアム・ブランク氏を捕まえようなんて気はありませんでしたよ。いいですか、この男は色付き眼鏡をかけて、黒々したりっぱな口ひげをたくわえていた。犯罪学を少しでもかじった人間なら、一般的な人は顔かたちをごく表面的な特徴で覚えることを知っています。黒々した口ひげは真っ先に目につく。色付き眼鏡も印象に残る。実際、ここにいるハズリットさんなんて、ウネケルさんの言い分じゃ、あまり観察力があると言えないにもかかわらず、襲われた直後に薄暗い街灯の下で見た強盗は、黒い口ひげと色付き眼鏡の男だったとはっきり記憶してるじゃありませんか。しかし、誰にでもわかることで、たいして頭は必要じゃない。プランクはわざと、これらの目立つ顔の特徴を、周囲に記憶させようとしたと考えるのが妥当です。ぼくは確信していますが、プランクは変装していた。口ひげはおそらく付けひげで、普段は色付き眼鏡をかけていないでしょう」

一同はうなずいた。

「これは、犯人の行方を指し示す三つの心理的な手がかりの中でひとつ目の、そしてもっとも単純なものです」エラリーは微笑むと、いきなり父親を振り返った。「ところで、お父さんはむかしから、嗅ぎたばこの愛好家ですね。その罰当たりな茶色い埃のような代物を、一日に何度、鼻の穴に詰めこみますか」

警視はきょとんとした。「ああ、三十分に一度くらいかな。おまえが紙巻きたばこを吸うのと同じくらい、ちょいちょいやることもあるかもしれん」

「ですよね。さて、聞いたところによると、プランクはベニンソンさんの家に住みこみで働いている間、毎日、同じ部屋でずっと顔を突きあわせて仕事をしていたというのに、ベニンソンさんはブランクが嗅ぎたばこをやるのを一度しか目撃していないそうなのです。さあ、この闇をも照らす光明のごとき、示唆《しさ》に満ちた事実に注目してくださいよ、皆さん」

一同の顔に浮かぶぽかんとした表情を見れば、光明を見るどころか、真っ暗闇にいるのは明らかだった。ただひとり、例外がいた——警視である。老紳士はひとつうなずいて椅子の上で坐りなおすと、まわりの顔をひとりひとり冷静に観察し始めた。

エラリーは紙巻きたばこに火をつけた。「実に結構」そう言いながら、小さく煙を吐いた。「これが、ふたつ目の心理的な手がかりです。では、三つ目の心理的な手がかりにいきましょうか。ブランクは、いつ誰に見られるかわからない場所で、貴重な切手を盗むという凶悪な目的で、フリードリッヒ・ウルムさんの顔を殴りました。この状況においてどんな泥棒でも何より求めるのはスピードのはずです。ウルムさんは気が遠くなっただけで、完全に気絶したわけじゃなかった——いつ正気を取り戻して、大声で叫びだすかわからない。そうでなくても、いまにも、ほかの客がはいってくるかもしれない。いや、ひょっとすると、不意にアルベルト・ウルムさんが帰ってくるということも——」

「ちょっと待て、エル」警視が口をはさんだ。「その、なんとかいう切手は二枚あるそうだな。まだ残っている方の切手を見てみたいんだが」

エラリーはうなずいた。「申し訳ありませんが、おふたりのうちどちらか、その切手を持ってきていただけませんか」

フリードリッヒ・ウルムが立ち上がり、のっそりと金庫に近づくと、ダイヤルを合わせ、鋼《はがね》の扉を開き、しばらく中をごそごそやってから、二枚目の一ペニー黒切手がはいった革の小箱を持って戻ってきた。警視はやたらと厚ぼったい小さな紙を珍しそうにじっくり調べた。こんな古ぼけた紙っきれ一枚が三万ドルもするとは、エラリー同様、警視も呆れるばかりだった。

エラリーがヴェリー部長刑事に「部長、きみの拳銃を貸してくれないか」と言うのが聞こえた時、警視はあやうく、その切手を取り落としそうになった。

ヴェリーは巨大な顎を上下に揺すりながら尻ポケットをさぐり、銃身の長い警察用のリボルバーをひっぱり出した。エラリーはそれを受け取り、重さをはかるようにてのひらにのせて、じっと考えていた。やがて、銃の底尾あたりに指を巻きつけて握りなおすと、部屋の中央にある、強盗に荒らされたショーケースに歩み寄った。

「さあ、皆様、お立ち合い――これから三つ目の心理的手がかりをごらんに入れますよ――プランクはこのショーケースを開けるために、鉄の棒を使っています。てこの要領で蓋をこじ開けたわけですが、そのために犯人は棒を、蓋と側面の間に四度、差しこまなければならなかった。蓋の下に四カ所ついている傷が示しているとおりです。

ごらんのとおり、このショーケースは薄いガラスがはまった蓋でおおわれています。さらに、蓋には鍵がかけられ、一ペニー黒切手は、この閉じた革の小箱にはいった状態で、ショーケースにおさめられている。プランクはおそらくこのあたりに立っていた、片手には鉄の棒を持っている。さて、この状況で、時間に追われている泥棒がどんな行動をとると、皆さんは思いますか」

一同は眼を見開いた。警視の口元が引きしまった。ヴェリー部長刑事の大きな顔一面にゆっくりと笑みが広がっていく。

「明々白々ですよ」エラリーは言った。「頭の中に思い描いてください。いいですか、ぼくがプランクだとしましょう。いまここに握っているこの銃は、犯人が使った鉄の棒、というか、かなてこです。犯人はショーケースのそばに立って見下ろします……」その眼が鼻眼鏡の奥できらりと光ったかと思うと、エラリーは頭上高くリボルバーを振りあげた。その鉄の筒を今度はショーケースの薄いガラス板の上に、えいっとばかりに振り下ろす。アルベルト・ウルムが金切声で悲鳴をあげ、フリードリッヒ・ウルムは張り裂けんばかりに眼を見開いて腰を浮かせた。エラリーの手はガラスの上、一センチのところでぴたりと止まっていた。

「ガラスを割るな、馬鹿！」緑のアイシェードの男が怒鳴った。「何をする――」

言いながら飛び出してきて、ショーケースの前に立ちはだかりガラスケースと中身を守ろうとするように、震える両腕を広げた。エラリーはにやりとして、男のぜいぜいと上下する腹に、リボルバーの銃口を突きつけた。「止めてくれてありがとうございます、ウルムさん。手をあげてもらいましょう。さあ！」

「な、なな――どうして、どういう意味です」アルベルト・ウルムはあえぎながら、半狂乱で慌てて両腕を高く上げた。

「つまり」エラリーは穏やかに言った。「あなたがウィリアム・プランクで、弟のフリードリッヒさんは共犯者だという意味です！」

ウルム兄弟は椅子の中でがたがた震えており、ヴェリー部長刑事は意地の悪い笑みを浮かべて兄弟の前で仁王立ちしていた。アルベルト・ウルムはすっかり打ちのめされていた。強風に吹かれるポプラの葉のように震えている。

「実に単純で初歩的な、一連の推理の結果です」エラリーは話を続けた。「まず、第三の手がかりから見ていきましょう。なぜ泥棒は、あの状況でもっとも合理的な、鉄棒でガラスを叩き壊すという方法をとらずに、蓋を開けるためにかなてこを四度も使って貴重な時間を無駄にしたのでしょうか。明らかに、ショーケースの中に裸で置いてあるほかの切手を傷めないためです。いま、まさにアルベルト・ウルムさんが身体を張って、見せてくれたとおりですね。では、ほかの切手を守ることに、もっとも関心があるのは誰でしょう――ヒンチマンさんか、ピータースさんか、ベニンソンさんか、それとも、謎のプランク本人か。もちろん違う。切手の持ち主のウルム兄弟だけです」

ウネケル翁が、くっくっと笑いだした。そして、警視を肘で小突いた。「ほうらね? 前からわしは、おたくの坊ちゃんは頭がいいって言ってたでしょうが。いやあ、わしは――わしは全然、思いつきもしなかった」

「それに、なぜプランクはショーケースのほかの切手を盗まなかったのでしょうか。普通の泥棒なら根こそぎ盗っていきそうなものです。プランクは盗らなかった。しかし、ウルム兄弟が泥棒なら、ほかの切手を盗む意味がないわけですよ」

「じゃあ、嗅ぎたばこの件は何だったんです、クイーンさん」ピーターズが訊いた。

「ああ、あれですか。プランクがベニンソンさんのところで住みこみで働いている間に、たった一度しか、嗅ぎたばこをやっているところを見られていないという事実から、結論は明らかですよ。嗅ぎたばこの愛用者はしょっちゅう、ひまさえあればやってるものです。ということは、プランクは嗅ぎたばこの愛用者ではないんですよ。つまり、その日、プランクが吸っていたものは嗅ぎたばこではなかったということになる。ほかに、同じように鼻から吸いこむものがあるでしょうか。あります――粉末状の麻薬――ヘロインです！　ヘロイン中毒者の特徴は何でしょうか。いつもぴりぴりしていて、病的に痩せこけ、何より目立つのは誰が見てもわかる、その眼です。麻薬の影響で、瞳孔がきゅっと縮んでしまう。そう、ここに、プランクが色付き眼鏡をかけていた、もうひとつの理由があるのです。色付き眼鏡をかけた目的はふたつ――手軽に人の記憶に残る変装のためと、悪徳に耽溺《たんでき》していることを暴露する瞳を隠すためです！　ぼくはアルベルト・ウルムさんとお会いした時に――」エラリーは、縮こまる老人に近づくと、緑のアイシェードをむしり取り、針の先のようなふたつの瞳孔を一同の前にさらした。「――このシェードをつけているのを見て、アルベルトさんこそがプランク、すなわち同一人物ではないかという心理的な確証を得たのです」

「なるほど、だけど、同じ本を次から次に盗んでまわった、あれは何だったんです」ハズリットが訊いた。

「それは、まあ、よく言えば非常に細かく練りあげた、悪く言えば頭でっかちで無理のある計画の一部ですね」エラリーは言った。「アルベルト・ウルムが強盗のふりをしていたのであれば、強盗に頰を割られたというフリードリッヒ・ウルムは共犯者に違いありません。ウルム兄弟が強盗なら、本の連続盗難事件はすべて、ただの目くらましだったということになります。フリードリッヒが襲われたことも、書店で追っ手をまいた逃亡劇も、『混沌のヨーロッパ』を盗んでまわることこそ泥の足跡も――その何もかもが、よそに泥棒がいて、実際は盗まれていない切手が本当に盗まれてしまったと、警察と保険会社を納得させるための、実によく計画された一連の悪だくみだったわけです。目的はもちろん、例の切手を手放さずに、保険金をせしめることですよ。この兄弟は切手コレクター、いや、狂の字がつく切手マニアですからね」

ヘフリーはぽっちゃりした小柄な身体を、もじもじとよじった。「なるほど、よくわかりましたよ、クイーンさん。しかし、この兄弟が自分たちから盗んだもう一枚の切手はどこへいったんでしょう。どこに隠したんですか」

「それはねえ、ヘフリーさん、ぼくもさんざん頭をひねって、ずっと考えていたんですよ。ぼくの三つの推理はどれも、有罪であることを示す心理的な指標でしかありませんが、盗まれた切手がウルムの所持品から見つかれば、確たる物的証拠となりますからね」警視は、例の二枚目の切手を、ぼんやりとひっくり返して見ている。「何度も何度も、ぼくはその問題を考えながら自問しました」エラリーは続けた。「いちばん切手を隠しやすい場所はどこだろうか。そうするうちに、ふと思い出したんです。たしか二枚の切手はそっくりで、女王陛下のサインさえまったく同じ場所にあると。ぼくは自分に問いました。もし自分がウルム兄弟なら、その切手を――エドガー・アラン・ポオの有名なあの物語のように――もっとも目につきやすい場所に隠す。では、今度の場合、もっとも目につきやすい場所とはどこだろうか？」

エラリーはため息をつくと、結局使わなかった拳銃をヴェリー部長刑事に返した。「お父さん」エラリーが声をかけると、警視はぎょっとして、ばつが悪そうに、慌てて切手から顔をあげた。「ここにお集まりの切手専門家のどなたかに、いまお父さんがつまんでいる二枚目の一ペニー黒切手を調べてもらえば、一、枚目の切手が、紙を傷めずに貼ったりはがせたりできるゴムセメントで、二枚目の切手に重ねて貼りあわせてあるのがわかると思いますよ！」

ひげのある女の冒険

The Adventure of the Bearded Lady

フィニアス・メイソン弁護士は――パークロウ（上流階級に愛された散策路）四〇番地にある金持ち相手の、うんざりするほど格式の高い〈ダウリング、メイソン&クーリッジ〉の一員で――フィニアス（トロロープの小説に登場する美青年弁護士の名）という名にそぐわない外見の紳士だった。団子鼻で、神経をすり減らすアメリカの法廷劇を三十年間見続けてきたその眼は皺《しわ》が幾重《いくえ》にもたるんで、三十年どころか百年間も見てきたかのようだ。運転手付きのリムジンのふかふかの座席に苦い顔でどっかり坐り、口の中で変てこな音をたてている。

「そして今度は」弁護士は怒った声で言った。「とうとう殺しが起きた。まったく、この世界はいったいどうなっとるんだ」

エラリー・クイーン君は、ロングアイランドのまばゆい夕日に照らされた世界が飛び去っていくさまを見ながら、人生はスペイン女のようなものだな、と考えているところだった。驚きに満ちていて、ひとつとしてか弱くなく、何もかもがはじけるように刺激的だ。波乱万丈の精神的な冒険を送る修道僧そのもののエラリーは、人生を気に入っていた。そしてまた、探偵（本人はその呼称を心から嫌っているのだが）でもあるので必然的にこのような人生を送らざるを得ないのだ。とはいえ、エラリーは自分の考えていることを口には出さなかった。フィニアス・メイソン氏は、俗っぽい暗喩に理解のある人物とは思えなかったのだ。

エラリーはのんびりと言った。「世界は、まあ悪くないと思いますよ。問題があるのは、そこに住む人々ですね。それじゃ、その奇妙なショウ一家についてあなたがご存じのことを話していただけませんか。ご承知のとおり、ぼくはあなたの地元のロングアイランド州警察に、温かな歓迎を受けるとは思えませんし。いろいろと面倒が予想できるので、あらかじめ準備をしておきたいんです」

メイソンは怪訝そうに眉を寄せた。「しかし、マックは私に保証してくれて――」

「ああ、もう、しょうがない奴だな、J・Jは！　あいつはこっちが頼んでもいないのに、ぼくを過大評価する誇大妄想にとりつかれてるんです。先に言っておきますけどね、メイソンさん、もしかするとぼくはみっともなく失敗するかもしれませんよ。ぼくだって別に、帽子の中から殺人犯をひょいひょい取り出して歩いてるわけじゃないんです。それにおたくの州のコサック兵たちが証拠を台なしにしちまっていたら――」

「私が連中に警告しておいた」メイソンはいらだったように言った。「今朝、マーチ警部が電話で事件のことを知らせてきた時、私から警部に念を押しておいた」そして、気難しい顔になった。「連中は死体に指一本触れていない。私はちょっと――ええと――ちょっとばかり、地元では顔がきくのでね」

「なるほど」エラリーは鼻眼鏡《パンスネ》をかけなおした。そしてため息をついた。「いいでしょう、メイソンさん。では、気の滅入る詳細をお話しください」

「もともとは、私のパートナーのクーリッジが」弁護士は腹立たしげに語り始めた。「ショウ家の顧問弁護士だったんだ。ジョン・A・ショウというのは、いわゆる百万長者だよ。たぶん、きみが生まれる前の話だろうがな。ショウのひとり目の細君は一八九五年にお産で亡くなった。その時の赤ん坊は――アガサというんだが、いまは離婚して八歳の息子がいる――つまり、赤ん坊だけは命をとりとめたわけだ。アガサの前にもひとり子供がいて、父親の名を継いでいる。このジョン・ショウ・ジュニアはいま、四十五歳だ……。話を戻すと、先代のショウは最初の妻が亡くなってまもなく再婚したものの、今度はショウ本人が再婚後すぐに死んでしまった。この二番目の妻、マリア・ペイン・ショウは夫の死後三十年以上、生きていた。亡くなったのは、たったひと月前のことだ」

「えらく死亡率が高いな」エラリーはつぶやきながら、紙巻きたばこ《シガレット》に火をつけた。「いまのところ、わりとありきたりな話ですね、メイソンさん。それで、ショウ家の歴史がいったいどういうふうに、事件に関係してくるん――」

「まあ、そう急《せ》かすもんじゃない」メイソンはため息をついた。「ショウは全財産を二番目の妻のマリアに残した。子供ふたり、ジョンとアガサは何ももらえなかったどころか、信託財産すらなかった。たぶん、先代はマリアがふたりの面倒を見てくれると信じて死んだのだろう」

「ありがちな話の匂いがしますね」エラリーはあくびをした。「察するに、マリアさんは面倒を見なかったと？　継母《ままはは》と継子《ままこ》の間がうまくいかなかったという話ですか？」

弁護士は額をごしごしこすった。「ひどい話さ。連中は三十年間も争った――あれこそまさに野蛮人だ。まあ、しかし、ショウ夫人の弁護をするなら、先に手を出してきたのは子供たちの方で、夫人はやり返しただけだな。ジョンは定職についたことのない、やる気も何もないたかり屋だ。礼儀知らずで、浪費家で、どうしようもない放蕩者《ほうとう》でな。それでもマリアはこのろくでなしが困らないように、金《かね》の面倒は見てやっていた。さっきも言ったが、この馬鹿者はもう四十五歳だぞ。それなのに、一銭もまともに稼いだことがない。しかも大酒飲みときている」

「実に魅力的な人物ですね。それじゃ、離婚したという妹さん、アガサは？」

「兄貴の女性版だ。自分と同じレベルのろくでもない、財産目当ての男と結婚したが、この男はアガサが文なしと知ったとたん、さっさと逃げてしまった。そんなわけで、ショウ夫人がアガサのために、内々に離婚手続きをとってやったんだ。そのあとアガサと息子のピーターを屋敷に引き取って、以来、この親子はショウ夫人と同居してきたんだが、火花ばちばちで、年がら年じゅう、ナイフの切っ先を突きつけあっとるようなもんさ。ああ、いや、すまんな――登場人物の紹介のつもりが、歯に衣着《きぬ》せん乱暴な物言いで。ただ、私はありのままの連中を知ってほしかったんだ」

「もうむかしから家族ぐるみのおつきあいをしてきた気分ですよ」エラリーはくすくす笑った。「ジョンとアガサは」メイソンは杖の頭をかじりながら続けた。「たったひとつの出来事だけを待って生きてきた――継母の死をな。その時が来れば、当然、自分たちが遺産を相続できるというわけだ。二カ月前にある出来事が起きていなければ、ショウ夫人はふたりのために気前よく遺しただろう。しかしあんなことがあったあとでは――」

エラリー・クイーン君は銀色の眼をすがめた。「それは――？」

「いろいろこみいっとるんだ」弁護士はため息をついた。「三カ月前、家人の誰かが老夫人を毒殺しようとしたんだよ！」

「へえっ！」

「そのたくらみは未遂に終わった。というのも、アーレン医師が――テレンス・アーレンというのがフルネームだ――そういう可能性もあると警戒して、何年も前から目を光らせていたからだ。青酸化物は――お茶に入れられたんだ――夫人の口にはいらなかったものの、飼っていた猫が死んだ。もちろん、誰が毒殺をくわだてたのか、まったくわからなかった。しかし、あのあとショウ夫人は遺言書を書き換えた」

「ようやく」エラリーはつぶやいた。「お話がたいへんおもしろくなりましたよ。アーレン、でしたっけ？　この要素が、いい感じに話をかきまわしてくれそうだ。じゃあ、アーレンのことを話してくれませんか」

「少々、謎めいた年寄りだ、ふたつのことに対して情熱を燃やしとる。ショウ夫人に対する献身と、絵画の趣味だ。本人も結構な腕前の画家らしい、まあ、私は不調法でそっちの方はさっぱりわからんのだがね。二十年前からショウ家に住みこんでいる。ショウ夫人が自分で拾ってきた、おかかえ医者だ。たぶん、素性を知っているのは夫人だけだろう、本人はむかしから、絶対に自分の過去をひとことも喋ったことがない。夫人は気前よく給料を渡して、屋敷に住まわせて、家の主治医にした。私が思うに、夫人は継子たちがどんなことをたくらむか、予想していたのだろうな。そしてまた、アーレンがこの異例の待遇を文句なしに受け入れたのは、なんというか——つまり——人目を避けて、ひっそり暮らせるからだと思う」

ふたりはしばらく無言でいた。運転手が大きく車をまわし、本街道から、砕石を敷きつめてタールで固めた狭い道路にはいっていく。メイソンが太い息をもらした。

「どうやらあなたは」エラリーは太い煙の輪を作ると、その中に言葉を通した。「ショウ夫人がひと月前に亡くなったのは自然死だということには、まったく疑いを持っていないようですね」

「もちろんだとも！」メイソンは大声を出した。「アーレン医師は自分の診断だけを鵜呑みにしなかった。我々は慎重に慎重をかさねたよ。夫人の生前にも死後にも、第三者の専門家を何人も呼び入れた。結局、心臓の発作を何度も繰り返した結果、亡くなったんだがね。なんといっても、歳が歳だったからな。なんとか血栓と、医者たちは言っていた」メイソンは憂鬱《ゆううつ》そうな顔になった。「ともかく、きみも想像がつくだろう、あの毒殺未遂騒ぎのあとの、ショウ夫人の反応がどうだったか。〝あの子たちがこんなにも堕落しているなんて〟と、ほとんど直後に、私に言ったよ。〝わたくしの命を狙おうとするような恩知らずの罰当たりに、わたくしが世話を焼いてやる義理はひとつもありません〟。そして私に新しい遺言書を作らせて、あのふたりには一セントたりともいかないように切り捨ててしまった」

「これはまた、世の人々の参考になる、実に皮肉のきいた警告の物語ですね」エラリーは咽喉《のど》の奥で笑った。

メイソンがガラスの仕切りを叩いた。「もっと急げ、バローズ」車が、ぐんとスピードをあげた。「遺産の相続人を探すうちに、ショウ夫人はようやく、ショウ家の富をどぶに捨てるような思いをせずに遺すことのできる人間の存在を思い出した。先代のジョン・ショウには、モートンという兄がおったんだ。モートンは妻に先立たれ、あとにはふたりのそこそこ大きい子供が残された。ショウとモートンはひどい大喧嘩をしてな、売り言葉に買い言葉の末に、とうとうモートンの方が英国に移住してしまった。そしてモートンはそこでほとんど全財産をなくした。モートンが自殺したあと、ふたりの子供、イーディスとパーシーは自活していかなければならなくなった」

「どうもこのショウ家の人間というのは、荒っぽいことを好むようですね」

「代々、親ゆずりの性格なのかねえ。それはともかく、イーディスとパーシーは、ある種の才能を持ちあわせていたらしいな。ふたりはロンドンのミュージックホールで、姉弟役者として舞台に立ち、そこそこ成功していた。ショウ夫人はこの姉の方、つまり自分にとっては姪にあたるイーディスに、遺産を相続させることにしたんだ。私が手紙で問いあわせると、イーディス・ショウはずっと前に結婚したが、子供がないまま夫に先立たれ、いまはイーディス・ロイス夫人と名乗っているとわかった。ショウ夫人が亡くなったあと、私が電報を打つと、イーディスはすぐさま、次に出る船でアメリカに渡ってきた。ロイス夫人の話では、パーシーは――イーディスの弟だ――ほんの二カ月ほど前に大陸で自動車事故にあって死んでしまったそうだ。だから、もう、あちらには何のしがらみもないと言っていた」

「で、遺言書ですが――具体的にどういうものだったんです」

「それが、どうにも変わっていてな」メイソンはため息をついた。「そのむかし、ショウ家の身代《しんだい》は、そりゃもう莫大なものだったが、例の大恐慌で三十万そこそこまで減ってしまった。ショウ夫人はそのうちの二十万ドルを無条件で姪に遺した。その分を差し引いた残りはすべて、これは指名された当人もびっくりしていたが」そこでメイソンは言葉を切ると、長身の若い連れに向きなおり、異様なほどに目を凝《こ》らして見据えた。「アーレン医師のために、信託されていた」

「アーレンに！」

「元金に手をつけることは許されていないが、利子を生涯にわたって受け取れることになっている。おもしろいじゃないか？」

「それは控えめな表現ですね。ところで、メイソンさん、ぼくは疑い深い人間でして、そのロイス夫人ですが――たしかにショウの一族に間違いないと、確信をお持ちですか」

弁護士はぽかんとしたが、すぐにかぶりを振った。「いや、いや、クイーン君、そりゃ見当違いだ。その点にはまったく疑問の余地がない。そもそも、ショウ一家独特の顔の特徴がはっきりしとる。きみも見ればきっと納得するさ。私に言わせればあの女は少々――ええと、変わり者、うん、そうだ、変わっとるな！　それはともかく、父親のモートン・ショウの形見の品をいろいろ、証拠品として持ってきたよ。こっちに着いてすぐ、私とクーリッジのふたりがかりでそりゃあ念入りに、あれこれ質問をぶつけてみた。生前の父親や、イーディス・ショウのアメリカでの子供時代について、他人には知りようのない非常に些細《ささい》なことまで知っておったからな、イーディス・ショウ本人に間違いないと、私たちふたりとも完全に確信した。それはもう注意に注意を重ねて調べたんだ、私が保証する。なんといっても、ジュニアもアガサもイーディスが子供だったころからずっと会っていなかったからな」

「ちょっと思っただけですよ」エラリーは前かがみになった。「それで、アーレンが死んだ場合、アーレンのものだった十万ドルの信託財産はどうなるわけですか?」

弁護士は憂鬱そうなまなざしで、よく手入れされた車路《くるまみち》の両脇に整然と並ぶポプラ並木をじっと見つめた。並木道をリムジンは音もなく走っていく。「ショウの子供たち、ジョンとアガサが等分に分けることになっている」慎重に弁護士は言った。リムジンは玄関先の車寄せの上に大きく張り出した寒々しいほど真っ白い屋根の下で静かに停まった。

「なるほど」エラリーは言った。というのも、殺されたのはテレンス・アーレン医師だったからである。

郡警察の警官がふたりを出迎えると、天井の高いコロニアル風の玄関ホールを通り抜け、広大な古い屋敷の少し離れた静かな翼《よく》に案内してくれた。階段をのぼったところは薄暗いひんやりした廊下で、神経質そうな猪首《いくび》の男が行ったり来たりしている。

「ああ、メイソンさん」男は嬉しそうに言いながら、近づいてきた。「お待ちしていましたよ。このかたがクイーンさんですか?」するりとなめらかな口調が、一転、疑り深いとげとげしいものになった。

「そうだ、そうだ。クイーン君、こちらは郡警察のマーチ警部だ。マーチ、すべて手つかずのままにしてあるか？」

警部は何やら唸り声を出すと、道を空けた。エラリーがはいった部屋は、どうやらふた間続きらしい書斎だった。開いたドアの向こうには、カエデ材の天蓋付きベッドにかかる純白の装飾用ベッドカバーが見える。むかしに開けられたらしい天井の穴はガラスでおおわれ、そこから日が射す書斎の中は、自然光に照らされるアトリエとなっていた。室内には画家用のこまごました持ち物が散乱しており、わずかばかりの医者道具よりもはるかにたくさん、大きな顔をしている。イーゼルや、絵具箱や、小さな台座や、無造作にひっかけてあるスモックが部屋を占領し、壁という壁は油彩や水彩の絵具の染みだらけだった。

両手両足を投げ出して死んでいる医者の身体――妙に艶《つや》のある銀髪をきらめかせ、死に凍りついて、いまにも壊れそうな長身の死体のそばに、小柄な男がひざまずいていた。傷は一目瞭然《りょうぜん》で、間違いなく深かった。柄に繊細な彫刻をほどこした細身の短剣《スティレット》が男の心臓あたりから突き出ている。血はほとんど出ていない。

マーチ警部が鋭く声をかけた。「で、先生、ほかに何かありましたか」

小男が立ち上がり、道具を置いた。「刺されたことによる即死ですね。ごらんのとおり、正面から刺されています。ぎりぎりの瞬間に身をかわそうとしたものの、間に合わなかったようです」そして会釈をすると、帽子を手に取り、無言で出ていった。

エラリーは身震いした。アトリエの中はしんとしている。翼全体もしんとしている。屋敷全体が、不気味なほど恐るべき沈黙の重みに押し潰《つぶ》されそうになっている。ここの空気には、どうにも言葉では言い表せない何かがある……エラリーはいらだって、ぶるっと肩を揺すった。

「短剣ですが、マーチ警部。誰のものかわかりましたか」

「アーレンのです。このテーブルにいつも置いてあったそうです」

「自殺の可能性はなさそうですね」

「それは絶対にないと、うちの医師が言っています」

フィニアス・メイソン氏が、吐き気をもよおしたような音をたてた。「失礼、クイーン君――」そして、不吉なこだまを響かせつつ、書斎からよろめき出ていった。

死体はパジャマの上から、絵具に汚れたスモックにくるまっていた。こわばった右手は、毛先が真っ黒に染まった絵筆を、まだしっかりと握りしめている。さまざまな色を広げたパレットは、表を下にして死体のそばの床に落ちている……。エラリーは短剣から視線をあげようとしなかった。「フィレンツェ製かな。警部、わかったことを教えてください」唐突に呼びかけた。「つまり、事件について、という意味ですが」

「ほとんどわかっていませんね」警部は不機嫌に言った。「うちの先生は、午前二時ごろに殺されたはずだと言っています――だいたい八時間前だ。死体を発見したのは、この屋敷で二年ほど勤めた、クラッチという看護婦です。いい娘ですよ！　殺人のあった時間帯には、誰にもアリバイはありません。なにしろ、連中の話では、自分たちはその時間には眠っていたし、全員がひとりひとり別々の寝室を使っているると言うんです。いまのところわかっているのは、このくらいですね」

「たしかに、どうしようもなくささやかですね」エラリーはつぶやいた。「ところで警部、そんな夜更けに絵を描く習慣がアーレン先生にはあったんですか」

「そのようです。私も、おや、と思ったんですが。どうも、あの医者は変わり者のじいさんで、何かに夢中になると、二十四時間ぶっ通しでやり続ける癖があったそうです」

「家族のほかの人たちも、こちらの翼に寝室があるんですか」

「いえ。使用人たちもこっちでは寝ていません。アーレンは誰からも干渉されずにひとりでいるのを好んでいたようです。そしてアーレンが望んだことはなんでも、あの老夫人が——ひと月前に死んだショウ夫人ですが——〝好きにさせろ〟と言っていたらしいんです」マーチ警部は戸口に近寄り、鋭く声をかけた。「クラッチさん」

クラッチ看護婦はアーレン医師の寝室からゆっくり現れた——すらりと背の高い、うら若き美女はずっと泣いていたようだ。看護婦の制服を着たその姿は、クラッチ（松葉杖の意）という名とはまったく似ても似つかなかった。実際、エラリーがじっくりと眺めて感銘を受けたことに、まさに正しい場所が正しく丸みを帯びた、はっとするほど魅力的な娘だ。涙の雨に濡れているとはいえ、クラッチ看護婦はエラリーがこの大きな古い屋敷に足を踏み入れて初めて遭遇した、ひと条《すじ》の太陽の光であった。

「さっき私に話してくれたことを、クイーンさんにも話してください」マーチ警部はてきぱきと命じた。

「で、でも、話すことなんてほとんどありませんけれど」娘は震える声で答えた。「わたしは七時前に起きました。普段どおりです。わたしの部屋は母屋《おもや》ですが、シーツやタオルをしまうリネン室はこちらにありますので……。それで、通りかかったらアーレン先生が――先生が床に倒れていて、ナイフが刺さっていて……。お部屋のドアが開いていて、中の明かりがついていたんです。わたしは悲鳴をあげてしまいました。でも誰にも聞こえなかったみたいで。こちらはほかのお部屋からはずいぶん離れていますから。わたしが悲鳴を止められなくて叫び続けていたら、ジョン様が走ってこられて、アガサ様も来てくださいました。そ、それで全部です」

「クラッチさん、あなたがたのうちで誰か、遺体に触れた人はいますか？」

「いいえ、まさか！」看護婦は身震いした。

「そうですか」エラリーは答えて、死んだ男から視線をあげて、何気なく、すぐそばのイーゼルをちらりと見て、すいと目をはずした。が、次の瞬間、違和感にひっぱられて、さっとイーゼルに視線を戻した。マーチ警部がその様子をにやにやして見ていた。

「どうです」マーチ警部が冷やかすように言った。「どう思いますか、クイーンさん？」

エラリーは前に飛び出した。大きなイーゼルのそばにもうひとつ、小さめのイーゼルがあり、一枚の絵が立てかけてある。油彩画の安価な写真版で、レンブラントのもっとも有名な自画像群の一枚、〈画家とその妻〉の、どこにでも売っている複製画だ。絵の中でレンブラント自身は前景に坐り、夫人はそのうしろで立っている。大きい方のイーゼルには、その絵を模写した描きかけのキャンバスがのっていた。アーレン医師の手によって、レンブラント夫妻はどちらもスケッチによる下絵が完成しており、筆で色をのせ始めたところだった。派手な羽飾り帽子をかぶり、ひげをたくわえた、笑顔の堂々たる画家はその左腕を、オランダ風の衣装に身を包んだ夫人の腰にまわしている。

そして、夫人の顎《あご》にはひげが描かれていた。

＊

エラリーはぽかんと口を開けて、コピー写真の複製画と、アーレン医師の模写とを見比べた。片方は夫人のなめらかな顎が見え、もう片方は――医師の描いた方には――たくみな筆づかいで、四角張った黒々したりっぱなひげが描き加えてある。しかし、あたかも老医師が時間に追われてたかのように、絵具は大急ぎでなすりつけてあった。

「なんだ、これ！」エラリーは眼をむいて叫んだ。「正気の沙汰《さた》じゃないな！」

「そう思いますか？」マーチ警部は淡々と言った。「私にはよくわかりませんがね。しかし、ひとつ心当たりがあります」そして、クラッチ看護婦に向かって叱りつけるように言った。「もう行っていい」すると、看護婦は長い脚をひらめかせ、アトリエから逃げていった。

エラリーはめまいをこらえるように頭を振ると、椅子に腰をおろし、手さぐりで紙巻きたばこを取り出した。「これはまたずいぶん新しい趣向ですね、警部。殺人事件の現場で、顎ひげやら口ひげやらの美術の手本にお目にかかったのは初めてですよ――広告の看板の男や女の顔にいろいろ落書きしているのは、よく見かけますがね。これは――」その時、何かが視界に飛びこんできたかのようにエラリーは眼をすがめ、そして唐突に言った。「アガサ・ショウさんの息子――ピーター君でしたっけ――いま、家にいますか」

マーチ警部は盛大ないたずらを愉しんでいるかのように含み笑いをしながら、廊下に続くドアに向かい、外に向かって何やら怒鳴った。エラリーは椅子から立ち上がり、走って部屋を突っ切ると、何枚かかかっているスモックの一枚を持って戻り、死んだ男の上にばさっとかぶせた。

小さな男の子が、怯えてはいるものの好奇心に満ちた眼をして、そろそろと部屋にはいってくると、そのうしろから、エラリーがこれまでにお目にかかったうちでも、もっとも驚くべき生き物がくっついてきた。この突然、出現した人物とは、歳のころは六十前後、皺だらけで――その皺の深さたるや、まるで枝編み細工のようで――いかつい顔をした、大柄でごつい体格の女性だった。その顔は、ごてごてと、てかてかと、恐るべき化粧のテクニックで塗りたくられていた。ぼってりと厚いくちびるは、なまめかしいキューピッドの弓の形に、口紅で完璧に描かれている。眉は毛抜きでやたらと細く整えられている。たるんだ頬に丸く薔薇《ばら》色の円が浮かんでいる。荒れてごわごわの肌全体が、白粉《おしろい》のはたきすぎで粉をふいたようになっている。

しかし、その顔より驚くべきものは衣装だ。上から下までヴィクトリア朝の装いなのである――きゅっとウェストを絞ったドレスはバッスルスタイルで、ヒップがうしろに大きく飛び出し、たっぷりしたスカートの裾は太い足首すれすれで、深い襟《えり》ぐりからはてらてらと光る胸元の肌が見え、手のこんだ幅広レースを芯に張ったぱりっとした太いチョーカーを首に巻きつけている……。ここに至ってようやくエラリーは、この人物がイーディス・ショウ・ロイスに違いないとすれば、この奇怪千万なる外見の説明がそれなりにつく、と気がついた。この婦人は歳をとっており、英国から来ており、すでに消えてしまった娘時代の舞台生活の輝かしい日々に、いまなお生きているのだろう。

「こちらがロイス夫人です」マーチ警部は、どこかからかうような口調で言った。「それと、ピーターです」

「ごきげんよう」エラリーは口の中でもそもそと言いながら、釘づけだった目をやっとのことでそらした。「ええと――ピーター君」

顔の線の鋭い、瘦せっぽちの小さな子供は、汚い人差し指をしゃぶったまま、眼を丸くしてじっと見つめ返してきた。

「ピーター！」ロイス夫人がぴしりと言った。まさに見た目どおりの声音だ。太くて、かすれていて、少し割れている。髪までもが、懐かしい過去にしがみついていることに気づいて、エラリーはたじろいだ――くっきりと濃い褐色の髪は、ひと目で染めたものだとわかる。年齢に屈する気などさらさらなく、断固として抵抗しようという女性が、すくなくともひとり、ここにいるわけだ。「この子は怖がってるんですのよ。ピーターや！」

「なに、おば様」ピーターは小声で答えたものの、まだ眼を丸くしてじっとこちらをうかがっている。

「ピーター」エラリーは声をかけた。「あの絵を見てごらん」ピーターはしぶしぶ、そちらに眼を向けた。「あの女の人の顔にひげを落書きしたのはきみかな、ピーター」

ピーターはロイス夫人のたっぷりしたスカートの陰で縮こまった。「ぼ、ぼくじゃない！」

「おかしいでしょう、ねえ？」ロイス夫人が陽気に言った。「あたくし、バーチ警部さ——マーチ警部さんだったかしら——に、今朝ちょうど、そのことをお話ししたばかりなんですのよ。ピーターがその絵に落書きなんて絶対にするわけありませんわ。もうこりごりだものねえ、ピーターや？」エラリーは、このたぐい稀《まれ》なる婦人が、右眼に何かはいったかのように、右の眉だけをぎゅっと上に引きあげては、深く下におろす動きを何度も繰り返していることに気づいて、おや、と思った。

「はあ」エラリーは言った。「こりごり、ですか」

「そうなんですよ、あなた」ロイス夫人は、無意識なのだろうがますます威勢よく眼のまわりの運動を続けながら言った。「つい昨日のことなんですけどね、ピーターの母親が、この子の部屋にあるアーレン先生の絵に、チョークでひげを落書きしているところを見つけたんですの。アーレン先生ったら、ピーターを鞭でさんざんぶってから、チョークの落書きを消していましたわ。アガサはかわいそうなアーレン先生に、とっても腹をたてていましたけどね。だから、おまえはそんないたずらはしてないだろう、ピーターや？」

「してないよ」ピーターは答えたものの、床の上にこんもりと盛りあがったスモックに気をとられているようだった。

「アーレン先生がねえ、ふうん」エラリーはつぶやいた。「ありがとうございました」それだけ言って、エラリーが行ったり来たりし始めると、ロイス夫人はピーターの腕をつかんで、アトリエからむりやり引きずっていった。地響きをたてて床を揺るがし去っていく夫人を見送りながら、たいしたご婦人だな、とエラリーは思った。そしてロイス夫人がかかとのたいらなぺたんこ靴をはいていて、その革がみっともなくぼこぼこふくれあがっていたことから、あれはきっと親指の付け根に大きなこぶができているに違いないと考えた。

「行きましょう」マーチ警部が唐突にそう言って、ドアに向かった。

「どこへですか」

「階下《した》です」警部はひとりの警官にこのアトリエを見張るよう、身振りで命じると、先に立って歩きだした。「見ていただきたいのでね」そう言いながら、屋敷の母屋に向かった。「あの絵の女の顎にひげのある理由を」

「それはすごい」エラリーはそうつぶやいただけで、口をつぐんでいた。

マーチ警部は白っぽいコロニアル風の居間の戸口で立ち止まると、中に向かって、ぐいと顎をしゃくってみせた。

エラリーは覗きこんでみた。痩せこけて、胸のくぼんだ男が、だぶだぶのツイードを着て、安楽椅子の中にへたりこみ、手の中で震えるからっぽのグラスをぼんやり見つめている。その眼は黄色くにごり、血走っていて、たるんだ肌には蜘蛛《くも》の巣のように血管が浮いていた。

「あれが」マーチ警部は蔑《さげす》むように、なおかつ、どこか勝ち誇ったような口調で言った。「当代のジョン・ショウ氏です」

エラリーは、ジョン・ショウ・ジュニア氏がいとこのロイス夫人と同じ、ごつい容貌で、ぼってりと分厚いくちびるも、岩を削《けず》ったような鼻も、そっくりであるのを見てとった。この事実から類推するに、暖炉の上にかかる、むっつりと気難しげな老海賊の肖像画は、彼の父親と思われた。

そしてまたエラリーの眼は、ジョン・ショウ氏のぶるぶる震える顎に、みすぼらしい、細い顎ひげが垂れ下がっているのをしっかりととらえていた。

＊

メイソン弁護士は口のまわりが緑がかって見えるほど顔色が悪かったが、薄暗い応接間の中でふたりを待っていた。「どうだった？」まるでキュメのシビュレ（ローマ神話の高名な女予言者）の前で嘆願するような声で、ぼそぼそと訊いてきた。

「マーチ警部は」エラリーがそっと答えた。「推理による結論をお持ちのようですが」

警部は、眉を寄せた。「そりゃもう、わかりきっています。犯人はジョンですよ。アーレンが顎ひげを描いたのは、自分を殺そうとしている犯人の手がかりを残すつもりだったに違いありません。この家で顎ひげを生やしているのは、ジョンだけです。確たる証拠じゃないのは認めますが、それでも手がかりとしちゃ悪くない。まあ、見ていてください」警部は茶色い歯をがつんと鳴らした。「私はこの線を追いますよ！」

「ジョンか」メイソンはのろのろと言った。「たしかに動機はある。しかし、どうにも信じられん……」不意に、鋭い眼がきらめいた。「顎ひげ？　顎ひげって何だね？」

「上階で、絵の中の女性に、顎ひげが描かれていましてね」エラリーがゆっくりと言った。

「アーレンが殺される時に模写していた手本のレンブラントです。善良なる医師が自分でその顎ひげを描き足したのは間違いありません。玄人《くろうと》はだしの筆さばきで、黒の油絵具で描かれていて、死体の手が握っていた筆の先にはその絵具がついたままでした。この家には、ほかに絵を描く人がいるんですか？」

「いや」メイソンはまごついた顔で答えた。

「ほら《ヴオワラ》！」

「いや、しかしだね、仮にアーレンが――ええ、その、とち狂ったまねをしたとしてもだ」弁護士は異を唱えた。「襲われる直前に描いたと、どうしてわかる？」

「何を言ってるんですか」マーチ警部は唸った。「だったら、いつ描いたって言うんです」

「まあ、まあ、警部」エラリーは小声で制した。「科学的に考えようじゃありませんか。メイソンさん、あなたの疑問に対しては、完璧な解答がありますよ。第一に、アーレン先生は襲われたあとに描くことはできなかった、ということは満場一致で認めてくれますね。即死なんですから。ということは、殺される前に描かれたに違いない。さて、ここで問題です。どのくらい前でしょうか。そもそも、アーレン先生はなぜ顎ひげなんか描いたのでしょう？」「マーチ君は、アーレンが自分を襲った犯人を示す手がかりを残したと言っとるが」メイソン弁護士はぶつぶつと言った。「しかし、そんな――そんな、ふざけた手がかりを警察に残すなんて、馬鹿な話があるか！　どう見てもおかしいだろうが」

「おかしいですか？」

「おかしいに決まっとるだろう」メイソン弁護士は怒鳴った。「犯人の手がかりを残すつもりなら、どうしてアーレンはキャンバスに犯人の名前を書かなかったんだ。絵筆を持っていたんだから……」

「ごもっともです」エラリーは低い声で答えた。「実に的を射た疑問ですよ、メイソンさん。ええ、なぜそうしなかったのでしょうか。仮に、アーレン先生がひとりでいたなら――言い換えれば、殺されることを予期していたのであれば――自分の疑念について具体的に書いた記録を残しておくはずです。しかし、そんな記録を残していないという事実から、アーレン先生は犯人が目の前に現れるまで、自分が殺されるとはまったく予想していなかったとわかります。つまり、アーレン先生は犯人が部屋の中にいる時に顎ひげを描いたことになる。かくて、手がかりとして顎ひげを描いた理由の説明がつくわけです。犯人がその場にいたので、名前を書くことができなかったんですよ。せっかく書いても、間違いなく犯人に気づかれて、消すなり破るなりされたでしょう。だから何かうまい方法を取らなければならなかったんです。犯人に気づかれずに手がかりを残すための。ちょうど絵を描いている最中だったので、アーレン先生は画家としての手段を使ったんですよ。万が一、犯人に気づかれたとしても、恐怖をまぎらわしたくて落書きしたと解釈してくれるでしょうしね。まあ、気づかれない可能性の方が高かったでしょうが」

マーチ警部は身じろぎした。「ちょっと、いいですか――」

「しかし、女の顔にひげだぞ」弁護士は唸り声を出した。「いいおとながそんな馬鹿馬鹿しい――」

「ああ」エラリーはこともなげに言った。「アーレン先生はお手本となる先例を見たばかりでしたからね」

「先例?」

「ええ。マーチ警部とぼくとでさぐり出したことですが、あのピーター坊やが天使のごとく無邪気に、自分の寝室にかかっているアーレン先生の傑作に口ひげやら顎ひげやらをチョークで描き足したんです。つい昨日のことですよ。この芸術《ヴェール・ラール》に対する恐ろしい冒瀆《ぼうとく》に、アーレン先生は坊やをこっぴどくとっちめました。まあ、無理もないことですが。しかし、ピーターのひげの落書きは、アーレン先生の心によほどしっかり残っていたに違いありません。自分を殺しにきた犯人と会話をしながら、もしくは一方的に脅されながら、頭の中で走馬灯がものすごい勢いで回るうちに、ふと、坊やの落書きのことが、ぽんと飛び出してきた。明らかに、先生はこれならいける、と思ったんですよ、だって、それを使ったんですから。ということは、大事な手がかりになるはずなんです」

「なんと言われようが、私はどうしようもなく馬鹿げた話だと思うがな」メイソン弁護士はぶすっとして言った。

「馬鹿げてなんかいませんよ」エラリーは言った。「興味深いじゃないですか。アーレン先生はレンブラント夫人の顎にひげを描き足しました。そもそも、なぜレンブラント夫人なのでしょうか――二百年も前に死んだ女性ですよ！　ショウ家は別にレンブラントの末裔《まつえい》ってわけじゃあるまいし……」

「正気じゃない」マーチ警部はぴしゃりと言い捨てた。

「正気じゃない」エラリーは言った。「とは、この状況で実にぴったりの言葉ですね、警部。それとも、趣味の悪い冗談でしょうか。そんなことはないでしょう。では、もしこれがアーレン先生の悪趣味なジョークでなかったとすれば、いったい何だったのでしょうか。先生はどんな意味をこめたのでしょう？」

「あまりにも馬鹿げとるのはわかっとるが」弁護士はぶつくさ言った。「アーレンが指し示したのは――ピーターってことはないかね」

「馬鹿げているどころの騒ぎじゃない」マーチ警部は言った。「いや、失礼、メイソンさん。実のところ、はっきりしたアリバイがあるのは唯一、あの坊主だけだと思いますよ。どうやら、母親があの子のことをひどく心配していて、いつも部屋の外からドアに鍵をかけて閉じこめているんです。今朝、私もこの眼で確かめました。あの子はまだ小さくて、窓から外に抜け出すこともできませんし」

「なるほどなあ、やれやれ」メイソンはため息をついた。「私には何がなんだかさっぱりわからんよ、まさかジョンがそんな……きみはどう考えるね、クイーン君」

「ぼくは論争をふっかけるのは嫌いですが」エラリーは言った。「マーチさんには同意できませんね」

「おや、そうですか」マーチ警部は嘲《あざけ》るように言った。「もちろん理由はおありでしょうな」

「まあ、一応は」エラリーは答えた。「とりあえず、本物のひげと、描き足されたひげの形が、全然違うということに、注目するべきでしょう」

警部は苦虫を嚙み潰したような顔になった。「しかし、もしアーレンがジョン・ショウを指したのでないとすれば、誰を示したんです？」

エラリーは肩をすくめた。「いやいや、警部、それがわかっていれば、もう事件の全貌《ぜんぼう》がわかっていますよ」

「結構」マーチ警部は歯をむき出した。「私はこいつがとんだいかさまだと思ってますよ。これからジョン・ショウ氏を郡警察本部にひっぱって、あのろくでなしを締めあげて、泥を吐かせてやります」

「ぼくならそんなことはしませんよ、マーチ警部」エラリーは慌てて止めた。「そのためだけにならー―」

「私はおのれの職務を心得ていますのでね」警部はそう言うと、むすっとした顔で、足音高く、応接間を出ていった。

ジョン・ショウはすっかり酔っ払っていて、マーチ警部にパトカーに押しこまれる時もたいして抵抗せずにすんなり乗りこんだ。アーレン医師の死体を積んだ郡の死体搬送用の車を従えて、マーチ警部は自分の獲物を連れて去っていった。

＊

エラリーは眉間に皺を寄せ、ぐるぐると部屋の中を歩きまわっていた。弁護士はうずくまるように坐りこんで、爪をかじっている。そしてまたしても部屋は、屋敷は、空気は、静寂に、それも不吉な静寂に、支配されていた。

「あのですね」エラリーが出し抜けに言った。「まだ何か、ぼくに話してないことがあるでしょう、メイソンさん」

弁護士は飛び上がり、また坐りこんで、くちびるを噛んだ。「この人ったら、本当に心配性なんですのよ」戸口から陽気な声が響いてきて、男ふたりがぎょっとして振り返ると、ロイス夫人がにこにこと笑いかけているのが見えた。夫人は胸を盛大に揺らしながら、近衛兵《このえへい》のように大またでのしのし歩いてきた。そしてメイソン弁護士の隣に腰をおろし、優美な仕種で、ゆったりしたスカートを、肥《ふと》った膝の上あたりでちょいとつまみあげて、少しゆとりをもたせていた。「どうしてあなたがお悩みなのか、あたくし、わかっていてよ、メイソンさん！」

弁護士は大慌てで、えへんえへんと咳《せき》をした。「いや、私は別に何も――」

「隠したってだめ！　あたくし、これでも眼はいい方ですの。ねえ、メイソンさん、あたくしにこちらのすてきなお若い殿方を紹介してくださいませんでしたわ」メイソンは何やら弁解するようにつぶやいた。「クイーンさん、でしたわね？　お目にかかれて嬉しゅうございますわ、クイーンさん。こちらに参りましてから、こんなに魅力的なアメリカのかたにお会いしたのは、あなたが初めてでしてよ。あたくし、すてきな殿方を見分ける目には自信がありますの。ロンドンの舞台に長年、立っておりましたから。それに」夫人は偉大なるバリトンの声を轟《とどろ》かせた。「若いころのあたくしは、それほど不器量ではございませんでしたのよ!」

「そうでしょうとも」エラリーはもごもごと答えた。「ええと、どうして、その――」

「メイソンさんはあたくしのことを、とっても心配してくださっているんですの」ロイス夫人は若い娘のようなしなを作って微笑んでみせた。「本当に思いやりのある弁護士さんですこと! このかたはね、お気の毒なアーレン先生を殺した犯人が、次の生贄《いけにえ》にあたくしを選ぶんじゃないかって、ものすごく心配してくださってるの。ついさっき、あなたがあのいやらしいマーチとかいう刑事と二階にいらしてる間にも、この人に言ったことですけどね、あらためてもう一度言いますわ、あたくしはそんなに簡単に殺されたりしません――」エラリーは、たしかにそうだろうな、と思った。「――それに、もうひとつ、メイソンさんはジョンやアガサが関わっていると疑ってらっしゃるけれど――あら、否定してもだめよ、メイソンさん!――あたくしは全然、そんなこと思ってませんの」

「私はそんなことは全然――」弁護士は弱々しく言いかけた。

「ふうむ」エラリーは言った。「では、あなたのお考えはどうなんです、ロイスさん?」

「アーレン先生の過去に関わる人間に決まってますわよ」夫人は句読点を打つように、がつんと歯を鳴らした。「あのかた、二十年前にとても謎めいた事情でこちらにいらしたそうじゃありませんの。もしかしたら、人殺しをしていて、その殺されたかたのご兄弟とか、近しいかたが敵討《かたき》ちに――」

「さすがです」エラリーはにやりとした。「マーチ警部の説と同じくらいすばらしい推理ですよ、ねえ、メイソンさん」

夫人はふんと鼻を鳴らした。「どうせあの警部さんはジョンをすぐに釈放するに決まってます」間違いない、と自信たっぷりに言った。「普段からジョンはしらふでも愚かでどうしようもありませんけどね、それがぐでんぐでんに酔っているんですから――！　だいたい、何の証拠もないのでしょ。たばこ、一本くださいません、クイーンさん？」

エラリーは大急ぎでたばこケースを取り出した。ロイス夫人は太い指で紙巻きたばこを一本選び取り、マッチを差し出したエラリーにいたずらっぽく微笑みかけると、たばこを口から離して、ふーっと煙を出しながら、脚を組んだ。夫人は、ロシア風とでも言うのだろうか、たばこを二本の指ではさまずに、五本の指で包みこむように持った。何から何まで変わっている女性だ！「どうしてロイスさんのことをそんなに心配してるんです？」エラリーはゆっくりと訊いた。

「それはその――」メイソンは話していいものかどうかというジレンマに陥《おちい》っているようだった。「アーレンを殺した犯人には二重の動機があるかもしれんからだよ。つまり」弁護士は慌てて付け加えた。「仮に、アガサかジョンが関係していたとすれば――」

「二重の動機？」

「ひとつは、前にもきみに言ったとおり、もちろん、ショウ夫人の義理の子供たちに十万ドルが相続できるようにするためだ。もうひとつは……その、アーレンへの遺贈分に関して、但し書きがついとってな。死ぬまで住処《すみか》と収入を保証されるかわりに、アーレンは一家の主治医であり続けることが条件づけられとったんだ。特にロイス夫人については念入りに気をつけて健康管理するようにと」

「かわいそうなマリアおば様」ロイス夫人は盛大なため息をついた。「きっと、とてもとても優しいかただったに違いありませんわ」

「ぼくにはいまひとつ、ぴんとこないんですがね、メイソンさん」

「遺言書の写しがポケットにはいっとる」弁護士はがさがさと音をたてて書類を取り出した。「ほら、ここの部分だ。〝そして特に、わたしの姪のイーディス・ショウの健康診断を毎月一度――アーレン先生が必要と思われるなら一度以上――行って、姪が健康でいられるようにつとめること。（この次だよ、クイーン君！）わたしの義理の子供たちから感謝されること間違いなしの取り決めと信じます〟」

「皮肉のきいた但し書きだな」エラリーはうなずいて、眼をしばたたかせた。「ショウ夫人は信頼する医師に、ロイスさん、あなたが健康でいられるように保険をかけたわけですね、夫人のかわいい継子たちが、ひょっとすると――ええ、その――あなたの命を狙うかもしれないと疑って。しかし、なぜ命を狙ったりするんです？」

ここに至って初めて、ロイス夫人の大きな顔に恐怖の色が差しこんできた。顎を引きしめ、かすかに震える声で言った。「な、ナンセンスですわ。あたくしには信じられません――まさか、あの人たちがもう実行したとおっしゃるの――」

「ご気分が悪いのかね、ロイスさん」メイソン弁護士はぎょっとして叫んだ。

分厚い白粉の下で、ざらついた肌は血の気が引いてどんよりした色になっていた。「いいえ、あたくしは別に――アーレン先生は明日の朝いちばんに、あたくしの健康診断をしてくださるはずでしたの。ああ、でも……もし、食べ物が――」

「毒殺未遂事件が三カ月前に起きとるんだ」弁護士は声を震わせた。「あの時はショウ夫人が狙われた。話しただろう、クイーン君。なんてことだ、ロイスさん、あなたも気をつけないといかん！」

「待った、待った、落ち着いてください」エラリーはぴしりと言った。「意味がわからない。どうしてショウ夫人の継子たちがロイスさんに毒を盛らなきゃならないんです、メイソンさん」

「なぜなら」メイソン弁護士は震え声で言った。「ロイスさんが亡くなった場合、取り分はすべて、もともとの遺産に戻される。つまり、ロイスさんの分は自動的にジョンとアガサのものになるんだ」弁護士は額をごしごしぬぐった。

エラリーは椅子からのっそり立ち上がると、薄暗い室内をまたもぐるぐる歩きまわった。突然、ロイス夫人の右の眉が神経質にぴくぴくと上下に動きだした。

「もう一度、よく考えてみる必要がある」出し抜けにエラリーが言った。その眼の中に何か異様な色が見えて、ふたりは思わずぞくりとしつつ、まじまじと見つめ返さずにいられなかった。

「メイソンさん、もし、ロイスさんがかまわなければ、今夜はこちらに泊まらせていただきたいんですが」

「どうぞ」ロイス夫人は震えながら小さな声で答えた。今度こそ、夫人は怯えていた。まぎれもなく、心から怯えていた。まるではるか彼方から不吉な出来事が近づいてくる兆《きざ》しのように、部屋の中には、眼に見えない砂塵《さじん》がたちこめ始めた。「あなたはお考えですの、あのふたりがあたくしを本当に……？」

「間違いなく」エラリーは淡々と言った。「その可能性はありますね」

＊

その日はなんとなく過ぎてしまった。どういうわけか、誰も来なかった。電話も沈黙していた。マーチ警部からはひとことも連絡がなく、ジョン・ショウの運命は不明のままだった。メイソン弁護士は玄関ポーチでみじめに坐りこみ、口からは火の消えた葉巻を垂らして、ぼろぼろの古い人形のごとく、右に左に揺れていた。ロイス夫人は自分の部屋に戻り、そのまま引きこもってしまった。ピーターは庭のどこかで犬をいじめているらしい。ときどき、クラッチ看護婦が泣きそうな声で叱っているが、まったく言うことをきかないようだ。

エラリー・クイーン君にとっては、実に頭の痛い、悩み深き、そしてむかっ腹がたつほどいらいらする時間だった。だだっ広い屋敷の中をうろつき、ひとり孤独に、味のないたばこを煙にしながら、ひたすらに考え続け……。この屋敷全体に脅威のおおいがかぶさっていることを、神経がとらえていた。何か音が聞こえた気がするたびに飛び上がりそうになるのをこらえるのに、意志の力をすべてかき集めなければならなかった。それどころか、注意力が散漫になり、物事をはっきりと考えることができなくなっていた。人殺しが野放しになっている。そしてこの家の人間は気性の荒い者だらけだ。

ぶるっとエラリーは身震いし、肩越しにこわごわうしろを見てから、肩をすくめ、とりあえず、手近の問題に集中することにした……。そして何時間も考えるうちに、考えは少しずつ落ち着いて、順序良く並び始め、やがて頭がどこでしっぽがどこか、全体像がはっきりと見え始めた。エラリーは心穏やかになってきた。

かすかに微笑みさえ浮かべながら、エラリーは足音をひそめて歩いているメイドを呼び止め、ミス・アガサ・ショウの部屋の場所を訊ねた。ミス・ショウはこれまでのところ、透明人間のマントにでもくるまっているのか、まったく姿を現していなかった。まことに奇怪千万である。この劇が盛りあがる予感にエラリーの胸は高鳴りつつあった……

ぺらぺらの金属のような女の声が甲高く、エラリーのノックに応えたので、ドアを開けてみると、そこにはショウ氏の女性版がいた。男性版ショウと同じく、ごつごつと骨張った不器量な女は、長椅子《シエーズ・ロング》の上でぎゅっと身を硬くして膝小僧をかかえ、みじめな顔で窓の外を凝視していた。寝間着の上に着ているガウンは襟ぐりにふわふわの羽飾りがついていて、むくんだ素足のふくらはぎには静脈瘤が浮いている。

「で」振り向きもせずに、女はつんけんした声を出した。「何の用？」

「ぼくは」エラリーは神妙に答えた。「クイーンと申します。メイソンさんに、おたくの――

その、ええと――難しい問題を解決する手助けを頼まれた者です」

女は痩せこけた首をゆっくりとまわした。「ああ、聞いてるわ、あんたのこと。で、あたしに何してほしいの、キスでもしてほしいわけ？　どうせ、あんたなんでしょ、兄を逮捕するようにそそのかしたのは。あんたら、みんな馬鹿よ、あんたら全員、馬鹿の塊《かたまり》だわ！」

「いえいえ、あなたのお兄さんを連行したのは、尊敬すべきマーチ警部のすばらしい考えですよ、ショウさん。とはいえ、大丈夫、まだ正式に逮捕されたわけじゃありませんから。だけど、ぼくは強く反対したんですよ」

女は、すんと鼻を鳴らしたが、膝小僧をかかえていた身体をゆるゆるとほぐし、急に、自分の格好がはしたないことに気づいたらしく、むくんで不格好な両脚をガウンの下に隠した。

「どうぞ、お坐りください、クイーンさん。できるだけの協力はさせていただくわ」

「とは言いましたが」エラリーは微笑みながら、金ぴかでラテン風にごてごてした、すさまじく趣味の悪い椅子に腰をおろした。「あまりマーチ警部を責めないでやってください、ショウさん。お兄さんにとってかなり不利な状況なのはたしかなんですから」

「そう、あたしにもね！」

「そう」エラリーは気の毒そうに言った。「あなたにもです」

ミス・ショウはがりがりの両腕を差しあげて、叫んだ。「ああ、あたし、この最低の、最低の、最低の家と、あの最低のあばずれが死ぬほど大っ嫌いよ！　あの女がすべての元凶なんだわ。いつか、あの――」

「おそらく、あなたがおっしゃっているのはロイス夫人のことと推察しますが。しかし、それはちょっと八つ当たりめいて、公平ではないと思いませんか？　メイソンさんの話では、あなたの義理のお母さんが、あなたのお父さんの財産を、ロイス夫人に遺すと決めた時には、誰からも何の圧力もなかったのがはっきりしていますよ。あなたのいとこさんは義理のお母さんとは一度も会うどころか、手紙一本やりとりしたこともなく、そもそもいとこさんは四千キロも彼方に住んでいたわけでしょう。たしかに、あなたにとってはおもしろくないことでしょうが、ロイス夫人にはこれっぽっちも責任はありませんよ」

「公平！　誰が公平なんて気にするもんか。あの女はあたしたちのお金を、あたしたちから奪ったのよ。そしていまじゃ、あたしたちはこの家に居候《いそうろう》させてもらわなきゃならなくて、あの女の——あの女なんかのお情けで養ってもらわなきゃならないのよ。こんなの我慢できると思う！　あの女、最低でもあと二年はここに居坐るわ——ええ、そうするに決まってるわよ、あの白塗りのみっともない化け物！——そして、その間じゅう……」

「ええと、どういうことなのかわからないんですが。二年間というのは？」

「ばばあの遺言よ」ミス・ショウはとげとげしく言った。「あたしたちの大切ないとこ様がうちにいらして、最低でも二年間はここで女主人として暮らすことが、相続の条件になってんの。あたしたちに対する復讐のつもりなのよ、あの陰険ばばあ！　まったく父もあんなくそばばあのどこがよかったんだか……〝ジョンとアガサに住居を提供すること〟なんて遺言書の中に書いてんのよ、〝ふたりが自分たちの問題を永久に解決する方法を見つけるまで〟って。ねえ、どう思う？　あたし、こんな侮辱、一生忘れないわ。〝自分たちの問題〟って！　ああ、もう、もう、考えるたんびに殺してや――」そこで、はっと言葉を切り、急に警戒するように横目でエラリーをうかがった。

エラリーはため息をつき、戸口に向かった。「そうですか。ところで、もしも――ええと――その定められた期間が終わるよりも前にロイス夫人がこの家から出ていくようなことがあれば、どうなりますか？」

「そりゃ、あたしらに遺産が転がりこむに決まってんでしょ」ミス・ショウは意地の悪い勝利の笑みを浮かべた。痩せた浅黒い肌は血色が悪かった。「もし何かが起きれば――」

「ぼくは」エラリーはそっけなく言った。「何も起きないと信じていますよ」ドアを閉め、しばらく指をかじりながら突っ立っていたが、不意に凄みのある笑みを浮かべると、電話をかけに階下におりていった。

＊

ジョン・ショウはその夜、十時に、監視付きで帰宅した。胸はいっそう落ちくぼみ、指はいっそう震え、眼はいっそう血走っていた。そして、しらふだった。マーチ警部は雷雲のように不穏な顔をしていた。生ける屍《しかばね》のような男はふらふらと居間にはいっていくと、口までいっぱい酒のはいったデカンターにまっすぐ向かった。そして、機械のような断固たる動きで、ひとりで飲み続けた。邪魔する者は誰もいなかった。

「何も出ませんでしたよ」マーチ警部はエラリーとメイソン弁護士に、不機嫌な口調で言った。

零時になると、屋敷は寝静まっていた。

＊

最初の警報はクラッチ看護婦から発せられた。深夜一時に、看護婦は頭のてっぺんから叫び声をあげながら、二階の廊下を駆け抜けていった。「火事です！　火事です！　火事です！」分厚い煙の雲がほっそりした足首に渦を巻いてまとわりつき、廊下の突き当たりの窓から射しこむ月明かりが、背後から照らし出して薄物の寝間着を透かし、むっちりと肉付きのよい腿《もも》がふるふる揺れる、女らしい身体のラインを浮かびあがらせている。

廊下はたちまち阿鼻叫喚《あびきょうかん》の地獄絵図と化した。すさまじい音をたててドアというドアが開き、ぼさぼさに乱れた頭がいくつも突き出され、口々に何ごとだと叫ぶ声が響き、苦い煙を吸いこんだ咳があちらこちらから聞こえてくる。フィニアス・メイソン弁護士は、入れ歯をはめずに、まるで一千年も老けたような顔をして、木綿のパジャマのまま階段に向かって逃げた。マーチ警部が階段を駆け上がってきて、そのうしろから、血走って朦朧《もうろう》とした眼のジョン・ショウが、うろたえまごつきながら追ってきた。絹のパジャマ姿の痩せこけたアガサはその細腕で、ぎゃあぎゃあ泣きわめくピーターを抱いたまま、玄関ホールによろよろおりてきた。ふたりの使用人が、半狂乱のネズミのように階段を駆け下りてくる。

しかし、エラリー・クイーン君は自分の部屋のすぐ外に立ったまま、悠然とあたりを見回し、誰かを探している様子だった。

「マーチ警部」静かだが、よく通る声で呼んだ。

「火事だって！」駆け寄ってきた警部はすっかり取り乱して怒鳴った。「どこです、火元は！」

「ロイス夫人を見かけましたか？」

「ロイス夫人？　いや、見てない！」警部は廊下の奥に向かって走っていき、エラリーも何やら考えている顔で、すぐあとからついていく。マーチ警部はドアノブに飛びついた。鍵がかかっていた。「くそ、寝てるのか、それともまさか、煙にやられて――」

「それなら」エラリーはうしろに下がりながら、ぴしりと言った。「泣き言を言ってるひまはない、手を貸してください、このドアをぶち破る。あの人が自分の脂《ラード》でこんがり焼けるのをほっとくわけにいきませんからね」

暗がりの中、凶悪な煙に巻かれつつ、ふたりはドアめがけて突進した……四度目の体当たりで蝶番《ちょうつがい》が吹っ飛び、エラリーは中に飛びこんでいった。手にした懐中電灯が強力な光の帯をさっと室内に走らせ、揺らがせ……。何かが懐中電灯をエラリーの手から叩き落とした。懐中電灯が床の上で音をたてて壊れる。次の瞬間、エラリーは死にもの狂いで格闘していた。

エラリーの対戦相手は筋骨逞《たくま》しい悪魔で、はあはあと荒い息を吐きながら、力強い指で咽喉を締めつけようとしてきた。エラリーは身をよじって逃れつつ、冷静に、腕をつかもうとチャンスをうかがった。そのうしろでマーチ警部が怒鳴っている。「ロイスさんっ！　大丈夫、私たちですよ！」

鋭く冷たい何かがエラリーの頰をかすめたかと思うと、焼けるように熱いひと条《すじ》の線を残していった。エラリーは、裸の腕を見つけた。つかんで、力のかぎりひねりあげると、鋼《はがね》が床に落ちる音がした。そこでマーチが我《われ》に返り、部屋に駆けこんできた。郡警察の警官がひとり、飛びこんできて、自分の持ってきた懐中電灯を不器用にいじりだした……。エラリーのこぶしが、肥った腹に力いっぱい、ずんとめりこんだ。咽喉のまわりにからみついていた指から力が抜ける。警官が懐中電灯のスイッチを見つけた……。

ロイス夫人が、ふたりの男に押さえつけられて、床の上に這いつくばり、じたばたともがいていた。近くの椅子の上にはヴィクトリア風の衣装がうずたかく積みあがっていたが、その中に、実に変てこで固そうな物体、言ってみればゴムでできたブラジャーのような代物があった。そして、夫人の髪も何やら違和感があった。頭の一部から、髪が抜け落ちてしまっているように見える。

エラリーは口の中で悪態をつくと、無造作に夫人の髪をつかんでひっぱった。髪はひとかたまりに、ずるりとはがれ落ち、白髪に縁取られたピンクの頭皮があらわになった。

「この女は、男だぞ！」マーチ警部が叫んだ。

「かくして」エラリーは片手でロイス夫人の咽喉をがっちりつかみ、もう片方の手で自身の血まみれの頰を押さえつつ、重々しく言った。「思考の力の正しさが実証されたというわけです」

＊

「私はまだわからんのだがね」翌朝、おかかえ運転手の運転する車に乗って、エラリーともどもニューヨークに帰る道中、メイソン弁護士はこぼした。「どうして当てられたんだ、クイーン君」

エラリーは両の眉をあげた。「当てる？　メイソンさん、それはクイーン一族に対する侮辱ですね。当てずっぽうなんて、やっちゃいない。純然たる推理の問題です。そして、我ながら鮮やかな仕事でした」頬の薄い傷に触れながら、感慨深げに言い添えた。

「いやはや、クイーン君」弁護士は苦笑した。「私はいままで、きみには二と二を足す非凡の才があると、マックが雨あられと降らす賞賛の言葉を、一度もまともに信じたことがなかった。それに、私は決して無知ではないと自負しているし、法律家として積んできた修練のおかげで、いわゆる一般人よりは頭の回転が速いという自信もあるが、どうやらきみの――その――思考の力とやらの実証を見せられて、すっかりやられてしまったよ。いやあ、いまだに信じられん」

「やれやれ、これだから懐疑論者は困りますね」エラリーは頬の痛みに顔をしかめた。「ふうむ、それじゃ、ぼくが推理を始めたスタート地点に立ち返って、順々に検証していくとしましょうか――すなわち、アーレン先生が殺される直前、レンブラント夫人の顔にひげの落書きをした件です。アーレン先生が、自分を殺そうとしている犯人の手がかりを残そうとして、あのひげを描き足したのだ、という意見でぼくらは一致しましたよね。では、あの手がかりで、アーレン先生は何を伝えようとしたのでしょうか。注意を引くためにひげを描き足したものの、それは特定の女性を指し示したわけじゃない。絵の中のひげを描かれた女性は、レンブラントの妻という実在の人物ですが、我らが求める人物《ペルソナ》はまったく未知の人物です。そしてまた、文字どおりひげの生えている女性を意味したはずがない。〝ひげ女〟なんて、今回の関係者にそんな女はいませんでしたからね。とはいえ、ひげの生えた男を指し示そうとしたわけでもない。あの絵には男の顔もあったのに、まったくの手つかずだった。もし、ひげの男が――つまり、ジョンですが――犯人だと指摘するつもりなら、レンブラントのひげのない顔に、描き足したはずじゃないですか。それに、ジョンのひげはヴァンダイク風の、先がぴんと尖った細いひげだ。アーレン先生が描いたのは、四角い幅広のひげでしたね……ほら、当てずっぽうなんかじゃない、ひとつひとつしらみ潰しに徹底した検証ですよ、メイソンさん」

「続けてくれ」弁護士は夢中になって耳を傾けている。

「こうして、その他の可能性をすべて排除していった結果、ただひとつ残った結論は、アーレン先生がひげを描くことで伝えようとしたのは、単に男性である事実ということになります。なぜなら、我らの愛する女性はたとえ男装しようとも顔に毛が生えてきたりはしない、ひげこそが我々男性に残された数少ない、男性だけの特徴だからですよ。つまり、言い換えれば、女性の顔に――そうそう、これはどんな女性でもかまいません――アーレン先生はこう言おうとしたわけです。〝私を殺しにきた犯人は、女のように見えるが、実は男である〟と」

「いやはや、たまげたね！」メイソン弁護士は息をのんだ。

「でしょうね」エラリーはうなずいた。「さて、〝女のように見えるが、実は男である〟人物というのは、もちろん、変装を示唆《しさ》します。あの屋敷の中で、まったくの赤の他人というのは、ロイス夫人だけです。ジョンもアガサも、アーレン先生やあなたによく知られていますから、変装なんて無理に決まっています。そもそも、アーレン先生はあのふたりを、主治医として定期的に健康診断してましたしね。それから、看護婦のクラッチさんですが、疑問の余地なく女性であることを別にしても――しかし、メイソンさん、あの人は実に魅力的なお嬢さんですね――そもそも、変装する理由がない。

というわけで、ロイス夫人が最有力候補となったわけですが、ぼくが観察してきたロイス夫人のどんな些細な特徴も余さずに――つまり、外見や仕種といったものを、ひとつひとつ思い返してみました。すると、出るわ出るわ、裏づけの証拠がいくらでも出てくるので、びっくりしましたよ！」

「裏づけの証拠？」メイソン弁護士はおうむ返しに言いつつ、疑わしい顔になった。

「やれやれ、メイソンさん、これだから懐疑論者は困るなあ。すぐにそうやってぐらつくんだから。そりゃ、あるに決まってますよ！　まずくちびるは男女でかなりの違いがありますよね。ロイス夫人のくちびるは、完璧なキューピッドの弓形になるように、几帳面《きちょうめん》に口紅が引かれていました。お歳を召したご婦人にしては、実に不自然だ。そもそもやたらと厚化粧で、特に白粉をこれでもかとはたいていましたね。上品な老婦人は普通、そんなに白粉をはたかないものなのに、これはたいへんに不自然です。そして男の肌というものは、どれだけ念入りに、頻繁《ひんぱん》にひげを剃っても、きめの粗さはごまかしようがありません。

衣服はどうでしょう。これこそ実に有力な裏づけです。いったいなぜ、あんな珍妙なヴィクトリア風の衣装を着ていなきゃならなかったんです？　舞台に立っていた女性なら、おそらくは洗練された女性でしょう。そんな女性が、前世紀の恐ろしく時代遅れの滑稽《こっけい》な衣装を着こんでいる。なぜでしょうか。言うまでもない、ごつごつした体型をたっぷりの布でおおい隠してごまかすためですよ――最近のご婦人が好む、身体にぴったり貼りついた布地の少ない薄物では、逆立ちしたって無理ですからね。そして、首飾り――そう、あの首飾りは傑作でした！　よく思いついたと感心します。覚えてるでしょう、あのチョーカーとかいう首飾りは、首全体をおおうものでした。飛び出た咽喉ぼとけは男性が必ず受け継ぐ先祖伝来の財産ですから、女性に変装するなら、チョーカーは必要不可欠です。それから、あのバリトンの声に、荒っぽい動作に、男のように大またの歩きかたに、底の平たい靴に……あの靴が特に光っていましたね。平たいだけでなく、親指の付け根がぼこぼこ腫《は》れているように見えた――どんなに大きいサイズだろうが、女性の靴を男がはけば、親指の付け根に痛いこぶができますよ」

「まあ、きみの言い分はたしかにもっともだとは思うが」メイソン弁護士は異を唱えた。「それでも一般論にすぎないだろう、それに、結論からさかのぼって考えた後づけの理屈で、単なる偶然かもしれん。それで全部かね？」弁護士は失望したようだった。

「いえいえ」エラリーはのんびり答えた。「たしかにいままでのは一般論ばかりでしたがね。しかし、あのずる賢いロイス夫人は、誰が見ても異論のない、男性特有の癖を三つも持っていたんですよ。まずひとつに、ぼくが二度目に会った時、ロイス夫人はスカートの膝上あたりを両手でつまんで引きあげていました。左右両膝です。これは間違いなく、男が坐る時の動作ですよ。膝のあたりに布が変にたまらないように、ズボンを引きあげるでしょう」

「しかし——」

「まあまあ。メイソンさんは気づきましたか、ロイス夫人がひっきりなしに右の眉をぐっと上にあげては、深く下にさげる動作を繰り返していることに？　これは、長年、片眼鏡《モノクル》をはめていたせいでついてしまった癖としか考えられない。片眼鏡を使うのは男だけです……。最後に、これはロイス夫人独特の癖ですが、紙巻きたばこを口から離す時に、たいていの人がするように人差し指と中指ではさまずに、五本の指で下からつかんでいた。この五本の指で支えるように持つ仕種は、どう見てもパイプを持つ習慣からついた癖です。パイプを口から離す時には、皿の部分を下からつかみます。パイプもまた、男が吸うものです。この三つの特殊な要素を、さっきまでの一般論がのっている天秤の皿にのせた結果、ぼくはロイス夫人が男に違いないと確信したわけです。

　では、この男は何者でしょう？　これはいちばん簡単でした。まずは、メイソンさん、あなたがぼくに話してくれましたよね、パートナーのクーリッジ弁護士とロイス夫人にあれこれ質問した時に、ショウ家の歴史、とりわけ、イーディス・ショウの生い立ちについて、細部まで詳しく知っていたと。加えて、女性に変装し、まわりの目を欺《あざむ》き続けるというのは、過去に経験があり、それなりの能力を身につけている必要がある。それから、片眼鏡を愛用していたらしいということは——英国を暗示しませんか？　そしてまた、外見の特徴が一族のものとしか思えないほど、ショウ家の人間とよく似ている。そんなわけで、ぼくは〝ロイス夫人〟が疑いようもなくショウ家の者であり、英国のショウ家の一員ということは、モートン側のショウ家の者に違いないと知ったのです——すなわち、イーディス・ショウの弟、パーシーであると！」

「しかしあの女は——いや、あの男は」メイソン弁護士は叫んだ。「パーシー・ショウはヨーロッパでふた月前に自動車事故で死んだと私に言ったんだぞ！」

「やれやれ」エラリーは悲しげに言った。「プロの弁護士ともあろうものが何を言ってるんです。あの女が嘘をついた、そうに決まってるでしょう！——いや、あの男ですか、ややこしいな。あなたがイーディス・ショウ宛に送った法律関係の手紙はパーシーが受け取ったんですよ、たぶん、同居してたんじゃないですか。パーシーが受け取ったとすれば、最近亡くなったのはイーディス・ショウの方だったに違いないのは自明の理でしょう。パーシーはチャンスとばかりに、姉に変装することで莫大な遺産を自分の手に入れようとしたわけです」

「しかし、なぜ」メイソン弁護士は不思議そうに訊ねた。「パーシーはアーレンを殺したんだね。そんなことをしても何の得にもならんだろう——アーレンに何かがあれば、その分はいとこたちが受け継ぐことになってるんだ、パーシー・ショウのものにはならん。それとも、過去にアーレンとの間に何かの因縁があったとでも言うのかね——」

「いいえ、全然」エラリーはつぶやいた。「なぜ、すぐ目の前に新品ぴかぴかの動機があるのに、過去から古い因縁をほっくり返してこなきゃならないんです。ロイス夫人の正体が男なら、動機は一目瞭然ですよ。ショウ夫人の遺言状には、アーレン医師が主治医のまま、定期的に一家の健康診断をし続けることが条件としてあったでしょう、特にロイス夫人は念入りに診察するようにと。そして昨日、アガサ・ショウが教えてくれたんですが遺言状の中に、ロイス夫人が遺産を受け取るには、あの家に二年間、住み続けなければならないという条件があったそうですね。ということは、明らかに、パーシー・ショウがアーレン先生の診察を受けて、女装がばれてしまうという――そりゃ、医師なら診察すれば一発でわかることですから――破滅を避ける唯一の方法は、言わずもがな――アーレン先生を殺すしかない、違います《ナイン》か？」

「しかし、アーレンがひげを描いたということは――女装を見破っていたということか？」

「自力で見破ったわけではないでしょうね。ここからは推測になりますが、あの詐欺師は最初の健康診断が迫っていると知り、事件の夜、アーレン先生と取引をしようと、こっそり会いにいき、自分が男であることを明かしたのでしょう。アーレン先生は正直だったので、取引を拒否しました。ちょうどその時、絵を描いていた先生は、自分の部屋がほかの人たちの部屋から遠く離れていて助けを求めることもできず、目の前に〝ロイス夫人〟がいては犯人の名を書き残してもすぐに破棄されてしまうだろうからそれもかなわず、必死に頭をめぐらせるうち、不意に天啓《てんけい》が閃《ひらめ》いて、ピーター坊やが落書きしたひげのことを思い出したのですよ。そして〝ロイス夫人〟が喋っている間、何食わぬ顔でひげを描き続けていたのでしょう。そこを刺し殺されてしまったのです」

「では、その前の、ショウ夫人の毒殺未遂騒ぎは？」

「ああ、そっちは」エラリーは答えた。「疑いようもなく、ジョンとアガサの仕業でしょうね」

メイソン弁護士は黙りこみ、しばらくふたりはのんびりと車に揺られていた。不意に、弁護士が身じろぎしたかと思うと、ため息をついて、口を開いた。「しかし、考えれば考えるほど、きみは全能の神に感謝するべきだと思うね。具体的な証拠が何ひとつないのに――もちろん、気づいているだろう、クイーン君、きみの推理を裏づける法的に有効な証拠はひとつもないこ
とに――ロイス夫人の正体は男だ、と告発することは、とてもできない相談だ、そうだろう？

万が一、間違っていたら、きみの方が訴えられてたいへんなことになっていたぞ！　昨夜の火事は、まさに神のみわざに違いないな」

「ぼくは」エラリーは穏やかに言った。「メイソンさん、何よりもまず、自由意志の人間です。神のみわざが出現すれば、もちろんすなおに感謝しますが、それが現れるのを、ただぼんやりと、坐《ざ》して待ちはしません。ま、何が言いたいかというとですね、要するに……」

「まさか――」メイソン弁護士は息をのんで、あんぐりと口を開けた。

「ぼくが電話を一本かけ、ヴェリー部長刑事が急行して、発煙弾を何発か投げこんでくれたおかげで、真夜中にロイス夫人の部屋に突入する口実《マテリア》ができた、というわけです」エラリーはしたり顔で言った。「ところで、話は変わりますが、メイソンさんは――そのう――あの看護婦の、クラッチさんの連絡先をご存じだったりしませんか？」

三人の足の悪い男の冒険

The Adventure of the Three Lame Men

エラリー・クイーンがその寝室にはいっていった時には、灰色の低いベッドと、淡い色の壁と、角ばった家具と、クロムメッキの安ぴかものの調度品に囲まれて、父の警視が、レバーソーセージに赤褐色のビー玉をふたつ埋めこんだような顔の怯えた黒人娘を、がみがみ怒鳴りつけているところだった。

ヴェリー部長刑事がその人間離れした巨大な肩を弱々しい灰色のドアにどっかりもたせかけたまま言った。「クイーンさん、そこの絨毯に気をつけてくださいよ」

それは縁取りのない、淡い灰色の小さな敷物で、そのまわりはぴかぴかにみがかれた堅木の床だった。敷物は泥だらけの足跡で汚れ、開いた窓と敷物の間の、ワックスがけをされた堅木の床にはまっすぐに、ひっかき傷のような痕《あと》がついており、氷の上の条《すじ》のように端が薄くなって消えていた。

エラリーは舌打ちして、やれやれというように頭を振った。「ひどいな、ヴェリー、人としてどうかと思うぞ。このおとぎの国のようなご婦人の寝室を、泥と雪だらけにするなんて!」

「誰が、あたしがですか? いいですか、クイーンさん、あたしたちがここに来た時にはもう、そこの足跡はついていたんですよ」

「ふうん」エラリーは言った。「じゃあ、あのひっかき傷も？」

「それもです」

エラリーはコートの中でぶるっと身震いした。外は純白の雪にほの明るい夜、開けっぱなしの窓から吹きこんでくる雪まじりの風に室内は冷えきっている。ベッド脇にあるベルベット張りのスチール椅子には、シュミーズとブラジャーが蜘蛛《くも》の巣のようにひっかかっていた。

警視はぷりぷりしていた。「来たか。こいつはおまえの専門の事件らしいぞ。どうにも妙ちきりんな……もういいぞ、トマス。その娘を連れていけ、しっかり見張っとくんだぞ」

ヴェリー部長刑事は、証拠の足跡が残る敷物を避けるように黒人娘を誘導していくと、灰色のドアを開け、その向こう側にある居間に押しこんだ。居間は煙と笑っている男たちでいっぱいだった。ヴェリーはドアを閉めた。

エラリーは、黒テンの毛皮を模した毛足の長いふわふわのベッドカバーの上に腰をおろすと、紙巻きたばこ《シガレット》を一本抜き取った。警視もまた、嗅ぎたばこをやって、くしゃみを三度、立て続けにした。「どうもおかしな状況だ」警視は鼻をふきながら、考え深げに言った。「外にいる下っぱのブン屋連中が、ど派手な見出しを書いてくれるだろうがな。パーク街の愛の巣、元コーラスガールの美女――連中に言わせると、いつだって必ず美女だ――社交界の有名人、誘拐……。まさにゴシップ紙を喜ばせるためにお膳立てされたような、ご馳走そのものの事件さ。それはともかく――」

「あのですね」エラリーは悲しげに言った。「ときどき、お父さんはぼくに霊能力だか超能力だかがあると思ってるみたいですけどね。いったいぼくは何に呼ばれたんです、降霊会《セアンス》ですか。いま、殺人って言いました？　殺されたって誰が？　誘拐されたのは？　愛の巣って誰の？　とにかく、何がどうなってるんです？　ぼくが知ってるのは、少し前に警察本部から電話がかかってきて、いますぐここに行ってくれと言われたところまでですよ」

「わしが内勤の警部補に、おまえへの伝言を頼んだんだ」警視は敷物を避けるように、ぎときと光っている床を歩いていった。途中で足をすべらせて転びかけ、あやういところでバランスを取り戻した。「まったくすべりやすい床だな！……ほら、自分の眼で見るといい」そして、ウォークインクロゼットのドアを大きく開いた。

クロゼットの床に何かが静かに坐っていた。ぶらさがっている衣装に頭は隠れていたが、すらりと長い裸の両脚は身体にきゅっと引き寄せられ、絹のストッキングで両足首を縛られている。

エラリーは感情のこもらない鋭い眼でじっと見下ろした。クロゼットの床に、しんと静かに坐りこんでいるのは死んだ女で、ちらちらと光るキモノ（日本の着物をまねたガウンのこと）の下は全裸だった。エラリーはかがみこみ、邪魔な布を手でどかした。女の頭は乳房の上にだらりと垂れ、アッシュブロンドの髪が顔の上にかぶさっている。髪の下に、女の鼻と眼をきつくおおっている布が見えた。女の両手は背中にまわされていて見ることができない。

エラリーは立ち上がり、物問いたげに両眉をあげた。

「さるぐつわで窒息したんだ」警視は淡々と事務的に説明した。「誰だか知らんが、この誘拐劇を計画した奴はこの女を縛りあげ、さるぐつわを噛ませて、自分たちの仕事を邪魔しないようにそこに放りこんだ」

「犯人はうっかり忘れていたわけですね」エラリーは首を振った。「この憂き世で人が生き続けるためには呼吸をしなければならないことを。まったくしょうがないな……この女の名は？」

「リリー・ディヴァインだ」クイーン警視は苦虫を噛み潰《つぶ》したような顔で言った。

「ええっ！　〝ザ・ディヴァイン・リリー（神の純潔の百合の意）〟ですか？」エラリーの銀色の瞳がきらめいた。「あの女はとっくに表舞台から姿を消したと思っていました」

「そのとおりだ。二、三年前にジャフィーのスキャンダル座を辞めたか追い出されたかで――本当のことはわしにもついにわからなかった。どこかの男が関係しとってな――結婚した。三カ月くらいしか続かなかったがね。男がリリーを捨てる形で離婚した。それ以来、リリーはパーク街の花になった――この街の端から端まで、リリーを知らないドアマンもエレベーターボーイもおらん。貸し部屋の斡旋《あっせん》屋もだ」

「不動産屋にとっての天からの贈り物ですね。愛人専門の高級娼婦ってとこですか」

「そうとも言うな」

　エラリーの眼は三度、開けっぱなしの窓に吸い寄せられていた。寝室に三つある窓のひとつだけが開いていて、あとのふたつは閉じたままだ。開いた窓は唯一、避難用の外階段に通じている。「それで、現在の金持ちのだんなは誰です？」

「なんだって？」

「この遊び場に金《かね》を出しているのは誰ですか」

「ああ！　うん、そこがおもしろいぞ」老紳士はクロゼットのドアを蹴って閉めると、避難用の外階段に続く窓に向かって歩いていった。「当ててみろ」

「いやいや、お父さん！　ぼくは世界一、当てっこが苦手な人間なんですよ」

「ジョゼフ・E・シャーマンだ！」

「へえっ。あの銀行家の？」

「そうだ」警視はため息をつき、いやそうな口調で話を続けた。「これだから金を持つと、人間はだめになる。贅沢《ぜいたく》なおもちゃを欲しがるようになるんだ。まったく、あの偉大なJ・Eまでこんな馬鹿なまねをするなんて、誰が想像するかね？　堅い人間だと評判で、すばらしい女房がいて、りっぱに育った娘がいて、世界じゅうの物をなんでも買えるだけの金を持っていて、教会にもきちんと通って――形ばかりでなく本気で信心深い……」警視は窓の外に顔を向け、雪の積もった非常階段を見つめた。雪は月明かりを浴びて銀に輝いている。「それが、このざまだ」

ヴェリー部長刑事が急に肩をこわばらせ、驚いたようにさっと振り返った。男たちがしつこく質問を浴びせかけるような声が、寝室に流れこんでくる。女がひとり、あとずさるように部屋にはいってきながら、その声に応えていた。「いいえ。お願いですから、わたくし――わたくし、何も言えませんの、本当に。何も存じませんので――」

ヴェリーが飛び上がって、女をさっとひっぱりこみ、外に向かって凶暴に吼えた。「おまえたち、下がれ」そして、新聞記者たちの鼻先にドアを叩きつけて閉めた。

女はあたりを見回して、「あ、あの、ごきげんよう?」と、驚いた声で挨拶《あいさつ》した。よく見ると、とても若い娘で、十八歳にもなっていないようだ。全身は成熟した女性らしさがあり、美しい顔には疲れた表情と聡明さが浮かんでいた。ミンクのコートとミンクのトーク帽を身に着けている。

「どなたですかな?」警視が優しく訊きながら、前に進み出た。

娘のまつげが大きく上下した。その顔にはびっくりした表情がありありと見える。娘は明らかに、誰かを、何かを探しにきたのだ。やがて、急《せ》きこむように言った。「ロザンヌ・シャーマンと申します。父はどこにおりますかしら」

警視は渋い顔になった。「ここはあなたのようなかたが来る場所じゃありません、お嬢さん。そこのクロゼットの中で女が死んでいて――」

「まあ。そんな――」令嬢は息をのみ、潤んだ眼でクロゼットのドアをじっと見つめた。「でも、あのう、父はどこでしょう?」

「どうぞ、おかけください」エラリーが言った。令嬢はすなおに従った。

「いま、ここにはおられないのですよ、お嬢さん」警視はできるだけ優しい声をかけた。「お気の毒ですが、あなたとお母さんには残念なお知らせがあります。お父さんは誘拐され――」

「誘拐!」令嬢は気が遠くなったように、うつろな目をさまよわせた。「誘拐? でも、この――この部屋は、その女は……」

「いずれはお嬢さんにも知れることですが」エラリーは言った。「いや、ひょっとして、もうご存じなんですか?」

令嬢は口ごもりながら、やっと答えた。「父はここにその女を囲っておりましたの」

「そのことをお母さんはご存じですか?」警視は鋭く訊ねた。

「わ――わたくし、それは存じませんわ」

「あなたはどうして知ったんです」

「それは、なんとなく、わかることですもの、その――そういうことは」令嬢はつっかえつっかえ言った。

一瞬の沈黙があった。警視は鋭い眼で令嬢をこっそり観察して、窓辺に戻っていった。「お母さんもこちらに向かっておいでですか?」

「はい。わたくし――待てなかったものですから。母は、ビルが連れてきてくれます――キタリングさんです、父の……父の銀行の副頭取のひとりですわ」

いま一度、沈黙が落ちた。エラリーはがたつく灰皿の上で紙巻きたばこをもみ消すと、そっと敷物に歩み寄り、かがみこむと、鋭くじっと睨みつけた。そのまま眼をあげずに言った。「お父さん、それでいったい何が起きたんです? お嬢さんにも知ってもらった方がいいでしょう。もしかすると、協力していただけることがあるかもしれません」

「はい、はい」令嬢は飛びつくように言った。「わたくしにできることがあれば、なんでもいたします」

警視は右に左に体重を移しつつ、薄暗い天井を見上げた。「いまから二時間ほど前――七時半ごろだな――シャーマンさんが一階のロビーにはいってきた。ドアマンが見とる。普段と変わらない様子だったそうだ。エレベーターボーイがここ、六階まで送り届けて、そのあとシャーマンさんが――」そこで警視は一瞬、ためらった。「――鍵を取り出して、この部屋のドアを開けるのを見た。それが最後の目撃情報だ。ほかにこの建物にはいってきた者はいない――すくなくとも、ロビーを通っては」

「この建物に、ほかの入り口は?」

「いくつかあるな。地下には業者専用の裏口がある。それに、屋内から外に出る非常階段。さらに建物の外についとる避難用の外階段だ」そして、背後の窓を肩越しに親指で示した。「ともかく三十分ほど前に、さっきわしが話を聞いとった黒人の娘がこの部屋にはいってきた――リリー・ディヴァインのメイドだ――部屋に戻ってきて、そして……」

父子は令嬢がその場にいないかのように淡々と話していた。令嬢は黙りこくって坐ったまま、じっと聞いている。時折、その眼がちらちらとクロゼットの扉の方を向いていた。エラリーは眉間に皺《しわ》を寄せた。「戻ってきたって、どこからですか?」

「リリーが二、三時間、ひまをやったんだ。その娘っ子の話じゃ、いつものことらしい、リリーがシャーマンさんを――ええ、つまり――招く時には。ともかく、娘っ子は時間を潰して戻ってきた。部屋の玄関は鍵がかかっていた。メイドは鍵を使ったが、それでも中にははいれなかった。鍵がかかっていたのみならず、ボルトとチェーンのなんとかロックが内側からかかっとったんだ。外から声をかけたが、返事はなかった。それで管理人を呼んで――」

「わかってます、わかってますよ」エラリーはせっかちに言った。「あれこれやって時間を無駄にしたあげく、ようやくドアをぶち破ったわけですね。来る時に見ましたよ。で、クロゼットの中にリリー・ディヴァインを発見したんですね？」

「まあ、そう先まわりするな。そんなものは見つけとらん――そのふたりはな。まずは寝室のドアをぶち破らにゃならなか――」

「はあ」エラリーは頓狂《とんきょう》な声を出した。「ここのドアも鍵がかかってたんですか？」

「そうだ。そのあと、ふたりは中を覗いた。部屋の中はなんだかとっ散らかってるように見えた。そのうち、そこの小さい絨毯の上に泥だらけの足跡がついとるのに気がついた」ロザンヌ・シャーマンが、はっと敷物を見た。そして、眼を閉じると、ぐったりと椅子の背にもたれ、青白いくちびるを震わせていた。「ここの管理人はなかなか優秀なスウェーデン人でな、何にも手を触れずに、すぐ警官を呼んだ。警官が死体を見つけたので、わしらがこうしてここにおるわけだ……書置きはベッドにピンで留められていた」

「書置き？」

「書置き？」令嬢はかすれる声でつぶやき、眼を開けた。

エラリーは、警視の手からこじゃれた便箋《びんせん》を受け取った。そして読みあげた。「〝J・E・シャーマンは我々の手の内にある。今後の指示に従って、五万ドルを支払えば解放する。警察は手を引け。女は無傷だ、クロゼットの中を見ろ〟」メッセージはブロック体で書かれており、署名がなかった。

「犯人は女の便箋と鉛筆を使っとる」警視は唸るように言った。「なかなか洗練された書きかただ」

「要点だけを簡潔かつ冷静に書いていますね。上品で残酷な緻密《ちみつ》さがある」エラリーはつぶやいた。そして、書置きを警視に返すと、再び、その眼は窓の外に見える避難用の外階段の方にさまよっていった。「無傷、ねえ」

令嬢が消え入るような声で言いだした。「前にも似たような手紙が参りました。一週間ほど前です。ある晩、父が手紙を読んでいるのを偶然、見かけました。父が隠そうとしたので、わたくし――わたくし、むりやり見せてもらったんです。脅迫状でした。〝安全料〟として二万五千ドルを一括で払えという要求でした。払わなければ、その時は――その時は……」

「お父さんを殺すと？」

「誘拐すると。それに、身代金として五万ドルを要求すると」不意に、感情を抑えていた冷静さが消えて、令嬢は椅子から飛び上がると、眼を炎に燃やして叫んだ。「どうして何もしてくださらないの！　犯人はいま、父を拷問している最中かもしれないのに、父は殺されそうになっているかもしれないのに……」そして椅子にすとんと坐りこみ、さめざめと泣きだした。

「さあ、さあ」警視は慰めた。「気をしっかり持ってください、お嬢さん。お母さんのことを考えなくては」

「母は死んでしまいますわ」令嬢は泣き続けた。「母の顔をごらんになったら、あなたもわかります――」

「お嬢さん」エラリーがそっと声をかけた。「最初の脅迫状はどこにありますか」

令嬢は顔をあげた。「父が燃やしてしまいました。母に言ってはいけないと口止めされました。どこかの頭がおかしい人から来たもので、何でもないからと言って。父は笑い飛ばしていました」

エラリーは無念そうに頭を振ると、開け放された窓の外をまた見やった。「寝室のドアが、だとすれば――」口の中でつぶやきかけ、言葉を切ると、ドアに歩み寄った。ヴェリー部長刑事が無言で脇にどいた。ドアに鍵穴はなかった。ドアノブには寝室側だけに、ひねって鍵をかけるつまみがついている。エラリーは、ふむとうなずいた。「寝室側から鍵をかけたわけか。ううん……ということは、窓から出ていったわけだな」

「そのとおりだ」

それは小さな上げ下げ窓で、下の窓ガラスができるだけ上にあげられていた。窓枠の外には、ほぐした土とからからに乾燥したゼラニウムの茎でいっぱいのウィンドウボックスがある。ボックスは窓枠と同じ幅で、三十センチほどの高さがあり、そのせいで窓の開いている空間は、ボックスの上から六十センチほどしかない。そしてこのボックスは狭い窓枠に作りつけられていて、取り外すことはできなかった。エラリーはまたたいて、窓から身を乗り出し、避難用の外階段の鉄板を張りあわせた床をじっくり調べた。雪におおわれた表面はくっきりと輪郭《りんかく》のはっきりした足跡のくぼみがついているだけで、それ以外の場所は何の跡もついていない処女雪のままだった。上に向かう足跡、下に向かう足跡が入り乱れているその外階段は、そのまま真下の路地に続いている。エラリーはずっと下を見下ろした。見えるかぎりどの足跡も輪郭がくっきりしている。窓枠の外の出っ張った梁《はり》に吹きつけられて積もった雪はきれいなままだ。

「それじゃ」警視が淡々と言った。「もう一度、あの絨毯をよく見てみろ」

エラリーはじんじんしてきた頭を引っこめた。あの敷物が何を語っているのか、エラリーにはよくわかっていた。三組の違う男物の靴の跡が、敷物の深みのある灰色を泥で汚している。三組とも大きな靴だが、ひと組は先が鋭く尖《とが》っており、ふた組目は先が丸っこく、三組目は先が角ばっていた。足跡はあちらこちらに向かっており、敷物はまるでその上で格闘があったかのように、皺が寄り、乱暴に削《けず》られている。

エラリーの細い鼻腔がひくつき始めた。「もちろん、お父さんが言いたいのは」ゆっくりと口を開いた。「この足跡にはおかしな点がある、ということですよね」

「大当たりだ」警視は咽喉《のど》の奥で笑った。「この事件がどうにも妙ちきりんなところがあると、さっきわしが言ったのはそれのことさ。足跡専門の連中がその敷物の跡と、外の足跡を調べとった。おまえの見立てはどうだ」

「どれも同じように、右の靴跡の方が薄くついていますね」エラリーはつぶやいた。「特にかかとが。ほとんど全部の右の靴跡はかかとがついていない」

「そうだ。今回の仕事をやらかした連中は、三人とも片足が悪いってわけだ」

エラリーは新しいたばこに火をつけた。「ナンセンスですね」

「なんだと?」

「ぼくは信じない。そんなことは——ありえない」

「おまえはそう言うがな」老紳士はにやりとした。「ただ足が悪いというだけじゃない、三人とも右の足が悪いんだ」

「いや、ありえませんって!」エラリーはぴしりと言った。

令嬢は口をぽかんと開けた。警視はもじゃもじゃの眉を上げた。「うちでいちばんの腕利きの専門家が、ありえないどころか、それが現実に起きたことだと言っとるんだぞ」

「専門家がどう言おうとかまいません。揃いもそろって同じ具合に足の悪い男が三人って」エラリーは眉を寄せた。「ぼくは——」

ヴェリー部長刑事がさっとドアを開けた。外で何やら騒ぎが起きているのが聞こえる。わめき声の渦と共に、分厚いたばこの煙の雲が寝室に流れこんできた。小柄な女と運動家らしい体格の背の高い男が、まるで蠅《はえ》にたかられるはちみつの壺のように、新聞記者の群れにのみこまれて、あっぷあっぷしている。部長刑事が猛然と走り、腹の底から一喝して、たちまちブン屋どもを追い払った。

「どうぞ、おはいりください、どうぞ」警視が優しく言いながら、ドアを閉めた。女の視線を受けて、令嬢は立ち上がった。そして互いの腕に飛びこみ、そろって胸が破れるほどに泣きだした。

「やあ、キタリング君」エラリーが気まずそうに言った。

長身の青年は硬い頬に心配する皺を刻んだまま、小声で返した。「やあ、クイーン君。ひどいことになったな。J・Eも気の毒に。あのろくでもない女のせいで――」

「知り合いなのか?」警視が眼をきらりと光らせた。

「クラブで一、二度、会ったことがあります」エラリーがゆっくりと言った。

キタリングというのはまだ若いが、しっかりした青年だった。独身で、裕福で、高級クラブによく出入りしていて、ニューヨークではなかなかの顔だ。写真はしょっちゅう、グラビア新聞を飾った。ポロのプレイヤーで、血統書付きの犬のブリーダーで、レース用の帆船を持っている。そのキタリングは、泣いている女たちから離れて、檻《おり》に閉じこめられた獣のように、落ち着きなく歩きまわっていた。

突然、室内はさまざまな声でいっぱいになった――警視と、ロザンヌと、シャーマン夫人の声である。エラリーは開け放たれた窓のそばで考えごとをしながら、ぼんやりとその声を聞いていた。警視は気の毒そうな口調で状況を説明した。キタリングはみがかれた床の上を歩きまわり続けていた。その足取りは猫のように、すべることなくしっかりしている。

シャーマン夫人はベルベット張りのスチール椅子に沈みこんでいた。やわらかそうな顔を涙が幾筋も流れていたが、もう泣いてはいなかった。四十歳前後と思われるが、もっと若く見える。その物腰は気品があり、女王のようでさえあった。どんな痛みも冒《おか》すことのできない威厳と備わった美しさがある。「わたくしはジョーとここの女との関係を存じておりました」低い声で夫人は言った。「ずいぶん前から」そして、娘の手を握った。「ええ、ロー、お母さんは知っていたの。何も――何も言ったことはないけれど。ビルは――」夫人は長身の男を振り返った。「――ビルも知っていることよ。そうでしょう、ビル?」夫人の顔が一瞬、苦痛にわななないた。

キタリングは気まずそうな顔になった。「まあ、一応は」荒々しい口調で言った。「だけど、ジョーは別に本気じゃなかったんですよ、エニード。それはわかるでしょう――」

「ええ」シャーマン夫人は重々しく言った。「本気だったことは一度もなかったわ。わたくしにも、ロザンヌにも、家の者みんなに、とてもよくしてくれています。ただ、主人は――主人は、弱い人なんです」

「ほかにも同じようなことがあったんですか、奥さん」警視が訊いた。

「ええ……そういうことがあるたびに、わたくしにはわかっていました。女にはわかるものですわ。主人は一度――」手袋をはめた手が握りしめられた。「――一度ですが、わたくしに知られたと気づいていました。主人は恥じ入って、わたくしに平謝りして、か、顔も、あげられずにおりました」夫人は言葉を切った。「もう二度としない、と約束してくれました。でも、結局はまた同じことになりました。きっとそうなると、わたくしにはわかっていたのです。主人はどうしても誘惑に勝てなかっただけですの。それでも、最後には必ずわたくしのもとに帰ってきてくれました。主人が愛してくれていたのは、いつもわたくしだけだったのです」夫人はまるで、警視たちに説明しているのではなく、自分自身を納得させようとしているかのように話し続けていた。

令嬢は腹立たしげに頭を振った。そして、母親の片方の手を取った。キタリングがそっと低い声で言った。「さあ、もういいでしょう、エニード。わかりましたから――いまさら言ってもしょうがない。そんなことは全部、問題じゃありません」彼は冷静なまなざしで真正面から警視を見つめた。「誘拐の件はどうなったんです、警視。いちばんの問題はそれだ。犯人は本気なんでしょうか」

「あなたはどう思うのかな」警視はぴしりと切り返した。

シャーマン夫人が出し抜けに立ち上がった。「ああ。ビル、なんとか、して、ジョーを取り返して！」夫人は叫んだ。「お金ならいくらでも払います。どんなことでも――」

警視は肩をすくめた。「そこは警察委員長とご相談いただかなければいけませんな、奥さん。わしが個人的に許可することはできな――」

「馬鹿なことは言わないでいただきたい。邪魔はさせない」キタリングは怒鳴った。「奴らは犯罪者なんだ。何をするかわからない。ジョーの命がいちばん大事――」

「まあまあ」エラリーが穏やかに割ってはいった。「このまま続けても、らちはあかない。キタリング君、シャーマン氏の財政状態はどうだった？」

「財政状態？」キタリングはじろりと眼を怒《いか》らせた。「我が国のドルと同じくらい健全だよ」

「トラブルはまったくないのか」

「まったくない。おい、クイーン君、何が言いたい？」青年の眼はいまや燃えていた。

「つっつっ」エラリーは舌打ちした。「まあ、落ち着けよ、きみ。ところで、きみはシャーマン氏とリリー・ディヴァインの関係を知っていたと言ったね。きみが知っているということを、シャーマンさんは知ってたのかい」

キタリングは目を伏せた。「ああ」ぼそぼそと答えた。「火遊びは危険だと、ぼくは忠告した。きっとよくないことが起きる、いつかあの女のせいで危険なことになるのは目に見えていたからね。だいたい、あの女はむかし、暗黒街とつながりが——」不意に絶句し、キタリングの顎《あご》が落ちた。「たいへんだ！」青年は叫んだ。「クイーン君！　警視！　それです！」

「どれです？」警視は言った。どういうわけか、警視はおもしろがっているようだった。

「ビル！　何か思いついたの？」ロザンヌが叫んで、駆け寄ってきた。

「ちょっと思い出しただけだよ、ロー」キタリングは早口に答えると、行ったり来たりし始めた。「そうだ、そうに決まってる。暗黒街——当然じゃないか。警視、あの女のむかしの男をご存じですか」

「もちろん」警視は微笑した。「マック・マッキーです」

「あのギャングの！」シャーマン夫人はかすれる声を出し、眼を恐怖に染めた。

「知ってたんですか」キタリングはかっと赤くなった。「なら、どうして何もしないんです。わからないんですか？　今度の計画を立てたのはマッキーに決まってる！」

「お父さん」エラリーがむっとしたように言った。「どうしてぼくに教えてくれなかったんです。この仕事にマッキーも指を突っこんでるんですか」

「話すひまがなかったんだよ。いま、ひっぱってくるように、部下をやっとるところだ」老人は頭を振った。「そうは言っても、何もお約束はできませんよ、奥さん。奴はまったく関わりがないかもしれない。だが、犯人だったとしても、きっとがっちりしたアリバイを用意しとるはずです。とにかくずる賢い奴ですからな。こちらとしては手さぐりで前進するしかない。では、そろそろ皆さんはお帰りになって、我々にまかせていただきたい」警視は間をおかずに続けた。「キタリングさん、ご婦人がたを家に送ってくださらんか。今後はこちらから報告を差しあげます。まだ時間がかかりそうだ。身代金の受け渡しについて向こうからの要求を聞き出さなければなりませんから。それほど深刻な事態ではない可能性もあります。わしは――」

「わたくしどもはここに残らせていただきます」シャーマン夫人が静かに言った。

「エニード――」キタリングが言いかけた。

ばあん、とヴェリーの背中にドアがぶち当たり、ふたりの制服警官が、おおいのかかったかごを持ってはいってきた。女ふたりは青ざめて部屋の片すみに引っこんだ。キタリングは女たちのあとを追いながら、なんとか説得しようとしている。三人とも、クロゼットからは眼をそらしていた。

「そのマッキーって男はどういう奴なんです」遺体安置所《モルグ》の係員たちがクロゼットから何かを引きずり出している間に、エラリーは低い声でそっと父親に訊いた。「その線はどの程度、脈がありそうなんですか」

「かなりあるな。当然だが、二年くらい前までリリーがマックと暮らしとるのは知っとったさ。しかし、今夜、おまえが来る前に、ここの一階におる電話の交換手に事情聴取したんだが、あることがわかった」

「マッキーがリリーに今夜、電話をかけてきたんですか」エラリーが鋭く訊ねた。

「リリーがマッキーにかけた。八時、少し前にな。交換手に、ある番号につないでくれと頼んだそうだ――その番号は、我々が把握《はあく》しとるマッキー一味の根城の番号だった。交換手の娘は穿鑿《せんさく》好きで、盗み聞きしとった。リリーが電話をかけた男を〝マック〟と呼んで、いますぐ部屋に来てほしいと頼んでいたそうだ。ずいぶん取り乱しているようだったと交換手は言っとる」

「マッキーは来たんですか」

「ドアマンは否定した。しかし、入り口ならほかにもあるからな」

エラリーの眉が困惑したように蠢《うごめ》いた。「ええ、ええ、わかってます、だけど、リリー・デイヴァインが八時に電話をかけたなら、どうしてそいつは――」

警視はくすくす笑った。「わしには考えがあるぞ」

遺体安置所の係員が何かをかごの中に落とすと、ずしん、という音がした。シャーマン夫人は失神しそうな顔になり、キタリングは夫人を支えて、低い声で慌てたように話しかけ続けている。エラリーは三人をちらりと見てから、囁《ささや》いた。「外の避難階段の鉄板に積もった雪につけられた足跡は、そこの絨毯のと同じ靴の跡ですか」

「何を考えとるんだ、おまえ」警視は訊き返した。「当たり前だ」

「シャーマン氏はここに衣類を置いていたんですか」

「エラリーや」警視は情けなさそうに言った。「わしはおまえに一般常識ってものを一から教えなおさにゃならんのか？　置いとったに決まっとるだろう！」

「靴は？」

「その辺のことは全部、調べ済みだ。靴は全部ここにある、どれも同じサイズで、どれひとつとして、絨毯や雪についた靴の跡とは一致しない。それで、この仕事は三人の人間がやったことだと我々は判断したわけだ。どの靴もシャーマンのものとは違う。ここにある靴は全部乾いとるしな」

「どうして断言できるんです」

「玄関に濡れたゴム長があったからさ」

「シャーマン氏は足が悪いんですか？」

警視は腹立たしげに言った。「なんでわしがそんなことまで知っとらにゃならんのだ」遺体安置所の係員たちがかがみこみ、かごの前後についている持ち手を握ると、重たい足音をたてて部屋から出ていった。「奥さん、ご主人ですが、足がお悪いのかな？」

夫人は震えあがって、また椅子に坐りこんだ。「足が？　いいえ？」

「片足をかばって歩くようなことは？」

「いいえ」

「お知り合いの中に、足の悪い人はいますか？」

「いませんよ！」キタリングが吼えた。「今度は何をわけのわからないことを言ってるんです。あの卑劣な殺人鬼のマッキーを捕まえるという話はどうなったんだ」

「そろそろお引き取りいただきましょうか」警視は淡々と答えた。「あなたがたみんなです。ここから先は警察の仕事ですから」

「ちょっとだけ待ってください」エラリーが言った。「いくつかはっきりさせておかなきゃならないことがあります。外の避難階段の足跡ですが、やっぱり同じ特徴なんですか?」

「もちろんだ。おい、おまえの狙いは何だ?」

「ぼくが知りたいですよ」エラリーはぷりぷりしながら言った。「ぼくはただ、とにかく呆れているだけです。片足の悪い男が三人って……奥さん、ご主人はどちらかというと大柄な人ですか」

「大柄?」夫人はきょとんとした。「はい、たいへんに。一九〇センチ以上あります。体重は九十七キロですわ」

エラリーはふむふむとうなずいたが、なぜか落ち着かない様子だった。そして、父親に囁いた。「雪の中にシャーマン氏の靴の跡はひとつもついてないんですか」

「ない。運ばれていったんだろう。頭を殴られるかなにかして」

「ひっかき傷ですな」警視の肩越しに、太い声が聞こえてきた。

「ああ、きみか、トマス。どういう意味だ、ひっかき傷ってのは」

「つまりですね、警視」ヴェリー部長刑事はがらがら声で言った。みずからに閃《ひらめ》いた天啓《てんけい》の偉大さに眼を輝かせている。「引きずっていかれたんですよ。そこの敷物から窓に行くまでの間のワックスがけした床に、ひっかき傷があります。ということは、犯人は窓までシャーマンを引きずっていって、持ちあげて、窓から出して、かついで階段をおりていったって寸法です。階段の下は中庭になってます。そこを通ってあがってきたんでしょうな。男と女がいちゃついているところに踏みこんで、女の方を縛りあげて、さるぐつわを噛ませて、シャーマンの頭をどかんと一発やって、引きずって——」

「きみにしちゃ上出来だぞ」警視は唸った。「そこのひっかき傷はかなりしっかりついとる。鑑識によると、靴のかかとでつけられたそうだ。ぐずぐずしちゃおれん。あ、待て、もうひとつ大事なことがあった」

キタリングがぎこちなく割りこんだ。「警視。ぼくたちは失礼します。あとのことはくれぐれも、よろしくお願いしま——」

「うん、うん」エラリーはぴしりと言った。「キタリング君、いい子だから、ちょっと待っててくれ。お父さん、いま何を言いかけたんです。実はぼくにも考えがひとつ——」

寝室のドアの外から、しゃがれた怒鳴り声が響いてきた。ヴェリーが、がばっとドアを開ける。居間は男たちでいっぱいだった。ふたりの刑事がキャメルのコートを着こんだ大男と取っ組みあっていた。転がりこんだ幸運に狂喜乱舞したカメラマンたちが、ここぞとばかりにカメラのフラッシュを焚きまくったせいで、マグネシウムの煙がもうもうと部屋じゅうにたちこめている。そのほかに男がふたり、悪態をつきつつも用心深く抵抗せずに、ほかの刑事たちによって壁に押しつけられていた。

「何ごとだ?」警視はおもしろそうに戸口から声をかけた。騒ぎはぴたりとおさまって、大男は暴れるのをやめた。たちまち、その眼に理性の光が戻ってきた。「マッキー！」老紳士がゆっくりと言った。「なんと、まあ。おまえさんらしくもない、マック。暴力をふるうとは！恥ずかしくないのかね。もういい。放してやれ。おとなしくなるはずだ」

男が巨大な肩を乱暴にひと揺すりすると、刑事たちはうしろに跳ね飛ばされ、あえいでいた。

「こいつは罠《わな》かい」男は怒鳴った。

「わたくしたち、失礼しますわ」ロザンヌが小さな声を出した。

「いや、いてください、お嬢さん」警視は振り向きもせず、微笑みながら言った。「はいれ、マック。トマス、そのドアを閉めろ。そこのきみたち」警視は怒鳴った。「マッキーの友達をおもてなししていろ」

一同は寝室の中に引き返した。大男は警戒しているようだった。まぶたはカエルのようにぼってりと重く、分厚いくちびるはだらしなく開いている。しかし、その顎はがっちりと大きく、眼の奥にはずる賢い光があった。シャーマン家の女ふたりは震えあがってキタリングの背に隠れ、頼られた青年もまた顔面蒼白《そうはく》になった。一瞬、殺し屋の眼に野獣の残忍さがむき出しになり、ぎらりと光る。しかし、そんなマック自身もまた、落ち着かない様子だった。

「どうして連行されたかわかっとるんだろう、マック」警視は大男のすぐそばまでずいと近づき、残忍そのものの眼をまっすぐに見上げた。

「耄碌《もうろく》したね、警視さんよ」マッキーはがらがら声で言い返した。そう言いながら、その眼は、シャーマン母娘《おやこ》と、キタリングと、エラリーと、小さな敷物と、開けっぱなしの窓と、開いたままのクロゼットのドアを、次々に見ていった。「おれは連行されちゃいねえ。自分でここに来たら、あんたの手下どもがいきなり襲いかかってきたんじゃねえか」

「ほう、そうか」老人は穏やかに言った。「友好的な訪問として、ここにやってきたと、そう言うんだな？　リリーに会うためか」

ヴェリーは大男の背後で、いつでも動けるように待ち構え、うろうろと歩きまわっている。この巨人ふたりの体格は縦も横も同じくらいだ。しかし、予想に反して、マッキーはおとなしかった。

「だったらなんだ？　悪いか？　あいつはどこにいる？　ここで何があったんだ？」

「おまえさん、知らんのか」

「何を言ってやがる！　知ってたら訊くか？」

「やれやれ」警視は笑いをもらした。「あいかわらず若いころと変わらん、口の減らん奴だな。そこの人たちと会ったことはあるかね、マック」

マッキーの視線がキタリングと女ふたりをさっとなでた。「いいや」

「誰だか知っとるか？」

「知らねえな」

「シャーマンさんの奥さんと娘さん、そしてキタリングさんはジョゼフ・E・シャーマンさんの仕事上の関係者だ」

「それがどうした」

「それがどうした、ときたか」警視はつぶやいた。「聞け、馬鹿者！」突然、大声で怒鳴ると、はったと睨みつけた。「リリーが殺《や》られて、J・E・シャーマンが誘拐された。心当たりはあるか？」

大男の顔の日焼けした肌の下にうっすらと青い色がさしてきた。舌が一度、くちびるをなめた。「リリーが殺られたって？」マックはつぶやいた。「ここでか？」死体を探すように、あたりを見回した。

「ああ、ここで。絞め殺されたんだ。たしかに、いつもの手口と違うことは認めるがな、マック。おまえさんの仕業にしちゃ、やり口が上品すぎる。しかし、誘拐はおまえさんの専門だ――」

大男はガラパゴスの大亀のように首を引っこめた。肩が脂肪と筋肉の塊《かたまり》となって盛りあがり、すがめた眼が細く細く、ほとんど見えなくなった。「もし、おれがその仕事に関係したと思ってるんなら、警視、あんた完全に耄碌してるよ。いいか、おれにはアリバイが――」

「薄汚い人殺し野郎が」キタリングがくぐもった声で言った。マッキーがさっと振り向きざまにコートの脇の下に手を差し入れ、何かをつかみかけた。が、すぐに自制し、身体の力を抜いた。「ジョー・シャーマンをどこにやった！」キタリングが飛びかかったのがいきなりすぎて、ヴェリー部長刑事もエラリーもとっさに反応できず、マッキーの顎にパンチが飛んだ。痛烈な一打は、生肉を歩道に叩きつけたような音がした。マッキーはよろめき、眼をぱちくりした。だが、報復しようという動きは見せなかった。ただ、眼だけが燃えていた。導火線のようにじりじりと燃える眼が、キタリングを睨みつけている。ロザンヌとエニード・シャーマンが泣きながら、キタリングの両腕にしがみついた。エラリーは口の中で呪いの言葉をつぶやき、ヴェリー部長刑事は男ふたりの間に割ってはいった。

「そのくらいでいいだろう」クイーン警視がぶっきらぼうに言った。「下がりなさい、キタリング君。あなたがたもです、奥さん。ほら、お嬢さんも」そして、聞き取れるか聞き取れないかという小声でキタリングにのみ囁いた。「いまの一発は間違いだ、きみ。行きなさい!」

キタリングは両腕をおろし、ため息をついた。ふたりの女は無言で青年を寝室からひっぱって出ていった。三人は外で大騒ぎしている新聞記者たちの渦の中にのみこまれた。

マッキーは両腕をぶるぶる震わせながら、燃える眼で灰色のドアを焦がすほどに、睨みつけていた。そして、ほとんどくちびるを動かさずに、ひとりごとをつぶやいた。

＊

「リリーは今夜、おまえさんに電話をかけた、違うか?」警視は告発するように攻め立てた。

殺し屋は用心深く、くちびるをなめた。「いや。そのとおりだ」

「何のために? 要件は?」

「さあね」

「リリーはおまえさんに来てほしいと言ったのか」

「そうだよ」

「むかし、リリーと同棲しとっただろう」

「はっ、何をいまさら。あんた、全部知ってるくせに」

「今夜、リリーはおまえさんに、八時に電話をかけたな」

「ああ」

警視は思わせぶりに言った。「いまはもう十時だ。ブロンクスからここに来るまで二時間もかかったのか」

「野暮用ができてね」

「シャーマンを知っていたか」

「名前だけはな」

「リリーがシャーマンと同棲しているのは知っとったのか」

マッキーは肩をすくめた。「おい、やめてくれ警視、おれにいちゃもんつけても無駄だぜ。そりゃ知ってたさ、それがどうした？　あの女とはもう何年も前に切れてる。今夜、あいつが電話してきた時、めんどくせえことに巻きこまれてるらしかったからよ、むかしのよしみでちょっと様子を見てやろうと思ってここに来てみたんだ。それだけさ」

「ぼくは思うんだが」エラリーが穏やかに言った。「マッキーさん、あなたは靴を脱いだ方がいいんじゃないかな」

殺し屋はあんぐりと口を開けた。「なんだって？」

「靴を脱ぐんだよ」エラリーは辛抱強く言った。「前世にはあなたの身体のどこかの皮だったかもしれないやつだよ。ヴェリー、マッキーさんと一緒に来たふたりの——ええと——紳士たちの靴を持ってきてくれないか」

ヴェリーは出ていった。マッキーは眼のくらんだ牡牛のように、茫然と敷物を見つめ、次に泥だらけの足跡を見てから、口の中で何やら罵《ののし》ると、うしろめたそうに自分の巨大な足をちらりと見た。そしてひとことも言わずに、ベルベット張りのスチール椅子に腰をおろすと、泥まみれのオックスフォード靴の紐をほどき始めた。

「そいつはなかなかの思いつきだぞ、エル」警視は満足げに言いながら、うしろに下がった。

ヴェリーは濡れた靴をふた組持って引き返してきた。その背後から、居間にいるマッキーの連れたちの、馬鹿にするような笑い声がげらげらと追ってくる。エラリーは無言で仕事に取りかかった。しばらくすると、エラリーは顔をあげ、巨大な靴をマッキーに返し、あとのふた組をヴェリーに渡した。

「どうした、はずれかい？」マッキーは鼻先で笑うと、靴紐を結び始めた。「だから、あんたらの眼は節穴だってんだよ」

「ヴェリー、外のふたりのどっちか、足が悪いようだったか」引き返してきた部長刑事にエラリーは訊ねた。

「いいえ」

エラリーは親指の爪の上でたばこをとんとん叩きながら、うしろに下がった。マッキーはいやらしい笑い声をたてると、帰ろうとして立ち上がった。「ちょっと待て、マック」警視が言った。「おまえさんは勾留中だ」

「ああ、なんだって？」

「容疑者として勾留中だ」警視は淡々と言った。「おまえさんとリリー・ディヴァインは、シャーマンを食い物にしようとした。そしておまえさんは、女にシャーマンの弱いところを攻めさせて、手玉に取らせた」マッキーは恐ろしい眼で睨みつけ、怒りのあまり蒼白になった。

「今夜、おまえさんは罠の準備を整えてここに来た。そしてリリーを裏切り、口を封じるために始末した。仕上げに置手紙を残し、シャーマンを連れてとんずらした。さて、何か言うことはあるかね？」

「何かもへったくれもあるか！　そこの絨毯の靴の跡はどうなんだよ。おれの靴と合わねえのは、あんたが自分の眼で確かめたろうが！」

「賢いな」警視は言った。「違う靴をはいとったんだろう」

「馬鹿も休み休み言いやがれ。それじゃ、八時にリリーがおれに電話をかけてきたのはどうなんだ。外にいた誰かが言ってたぜ、ほとんど同じ時刻に殺されたって。あいつの電話におれが出たってことは――」

「ほう、賢いもんだな。なに、どうせおまえさんはここにずっといたんだろう。女のすぐそばにいて、その電話をかけさせたんだ、そしてアリバイを作った」

マッキーはにやりとした。「いいぜ、証明してみせろや」不愛想にそれだけ言うと、きびすを返し、出ていった。ヴェリーがそのあとをついていく。

「で、片足の悪い靴跡は？」ドアが閉まると、エラリーがぼそりと言った。「ねえ、お父さん。さっきの親分さんと子分たちが足の悪いふりをしたってんですか」

「しちゃいかんか」警視はいらだったように口ひげをひっぱった。

「答えられない質問でしたね」エラリーは肩をすくめた。「それはともかく、さっきお父さんはぼくに、ほかにも何かあるようなことを言いかけたでしょう。なんだったんです」

「ああ、そうだった、そうだった！　この部屋からある物がなくなっとるんだ」

エラリーは眼をむいた。「なくなってる？　なんでそれを先に言ってくれなかったんです」

「だっておまえ――」

「できすぎだ」エラリーは興奮したようにつぶやいた。「いくらなんでもできすぎだ。まさか、鞄がなくなってるってんじゃないでしょうね。スーツケースとか。何かそんなようなものが」

警視はかすかに驚きの色を浮かべた。「なんだと、エル！　どうしてわかった？　あの黒人のメイドの話じゃ、リリー・ディヴァインの持っていた、からっぽのワニ革のハンドバッグが消えとるそうだ。リリーに追い出されるほんの一時間前に、そいつがクロゼットにあるのを見たと言っとる。ほかになくなったものはひとつもない」

「よしよし。うまいぞ！　行き先が見えてきた。あの黒人の娘……ああ、ヴェリー、戻ったね。頼むから、あの娘をここに連れてきてくれないか」

ヴェリーは黒人のメイドを連れてきた。メイドはすっかり病人だった。エラリーは容赦《ようしゃ》なくいきなり質問を浴びせた。「ここの床を最後にワックスがけしたのは、いつだ？」

「はあ？」メイドは眼を大きく見開いた。警視はあっけにとられていた。「そ、それは、あの、今日でございます」

「今日のいつだ？」

「ひ、昼過ぎでございます、だんな様。あた、あたしがやりました」

「上等だ、うん」エラリーはせかせかとつぶやいた。「よしよし、うまいぞ。ああ、きみ、もういいよ、ありがとう。部長、この子を連れてってくれ」

「しかし、エル――」警視が抗議しかけた。

「実に結構だ」エラリーはつぶやき続けた。「実に結構なんだが。しかし、このパズルには、あとひとつだけピースが足りない。こいつがないと……」エラリーはくちびるを噛んだ。

「おい、聞け」警視がゆっくりと言った。「おまえは何をつかんどる？」

「全部――でもあり、全然でもあり、ってとこですかね」

「はっ！　で、シャーマンはどうするんだ」

「奥さんの希望に全面的に従いなさい。いちばん大事なのは、シャーマン氏の身の安全です。そのあとのことは――成り行きにまかせましょう」

「そうかね」警視は肩を落として、あきらめたように言った。「しかし、わしにわからんのは――」

「三人の足の悪い男、ですか」エラリーはため息をついた。「たいへん興味深いです。実に興味深い」

＊

ジョゼフ・E・シャーマンはセンター街にある警察本部のリチャード・クイーン警視のオフィスの肘掛け椅子に坐り、しゃがれた声でみずからの体験の一部始終を語っていた。警察のラジオカー（連絡用短波無線装備の車）が一時間前にペラム街で、シャーマンを――薄汚れ、髪は乱れ、茫然としている氏を拾いあげたのだ。しばらくは言っていることが支離滅裂《しりめつれつ》で、妻と娘のことをとぎれとぎれに訊いてばかりいた。飢えで朦朧《もうろう》としかけているようで、眼は何日も寝ていないかのように真っ赤で落ちくぼみ、ぎょろついていた。それはリリー・ディヴァインの死体と誘拐犯からの手紙が発見された三日後のことだった。警察は表向き、介入しない形を装った。三通目の手紙が、殺人の翌日、シャーマン夫人の手元に郵送されてきた――同じく筆跡がわからないようにブロック体で書かれた手紙には、またも五万ドルの要求がなされており、実に巧妙な身代金の受け渡しの方法と場所が指示されていた。キタリングが現金を用意し、仲介者として行動した。身代金は前日に支払われた。そして今日、ここにシャーマンがいて、巨体を神経の消耗と肉体の疲労とで震わせているというわけだった。

「何があったのですか、シャーマンさん。犯人はどんな連中でしたか。話せるだけのことを全部、話してください」警視は優しくうながした。銀行家は食べ物とウィスキーで元気をつけられていたものの、悪寒に襲われているかのようにがたがたと震え続けていた。

「家内は――」シャーマンはぼそぼそと言いかけた。

「ええ、ええ、奥さんなら大丈夫ですよ。こちらから迎えを出しました」

ヴェリー部長刑事がドアを開いた。シャーマンがよろよろと立ち上がり、わけのわからないことを叫びながら、妻の腕の中に倒れこんだ。ロザンヌは泣きながら、父の手にすがりついた。キタリングも一緒に来ていた。一歩下がったところで、石になったようにじっと見つめている。誰も、何も言わなかった。

「あの女は――」ついにシャーマンが口を開いた。

エニード・シャーマンは夫の口をそっと指先でふさいだ。「もう何もおっしゃらないで、ジョー。わた――わたくしには、わかっていますわ。あなたが無事に戻ってきてくださって本当によかった」夫人は涙を眼にいっぱい浮かべて、警視に向きなおった。「いますぐ、主人を家に連れ帰ってもよろしゅうございますか、警視様？　主人はこんなに――こんなに……」

「我々は、何があったのかを知らなければならないのですよ、奥さん」

銀行家はおどおどした眼でキタリングをちらりと見た。「ビル、すまない……」そして、肘掛け椅子にまた坐りこみ、あらためて妻の手を握りしめた。その巨体は椅子からはみ出しそうだった。「知っていることはお話しします、警視さん」低い声で言い始めた。「疲れてしまって。たいしたことは知らないんです」警察の速記者が机の脇で書き留めていく。エラリーは窓辺に突っ立ったまま、しかめ面でくちびるをしきりに嚙んでいる。「私はあの晩――行きました――女の部屋に。いつもどおり、です。あの女が、なんとなく変なそぶりを――」

「なるほど」警視ははげますように相槌《あいづち》を打った。「ところで、彼女があの有名なギャングのマック・マッキーのむかしの愛人だったことはご存じでしたか」

「最初は知りませんでした」シャーマンの両肩ががっくり下がった。「知った時にはもう、どうしようもないほど――深みにはまりこんでしまっていたのです。知っていたら絶対にそんな……」シャーマン夫人が夫の手に手を重ねて力をこめると、シャーマン氏はゆっくり、感謝する眼で妻を見た。「あの女と私が――一緒にいた時に」銀行家はひどく小さな声で続けた。「玄関の呼び鈴が鳴りました。あの女がそれに応じて出ていきました。私はおとなしく待っていました。たぶん、私は少し怖かったのだと思います――その――他人にこんなところを見つかることが。そうして……何が起こったのか、わかりませんでした。誰かの手がいきなり、私の眼の上にかぶさってきて――」

「男の手ですか、女の手ですか？」エラリーが鋭く訊ねた。

シャーマン氏の血走った眼が声の方を向いた。「わ――わかりませんでした。それで、何か布きれのような物が、鼻に押しつけられて――甘ったるくて、吐き気をもよおすような臭いがして。なんとか逃れようともがきましたが、だめでした。覚えているのはそれだけです。あとは何もかもが空白で。クロロフォルムを嗅がされたに違いありません」

「クロロフォルム！」その場にいた全員がびっくりして、エラリーを振り返った。エラリーは眼をらんらんと光らせ、シャーマンを凝視している。「シャーマンさん」ゆっくりと言いながら、歩み寄ってきた。「それはつまり、あなたはそのあとずっと、身体の自由がきかない状態だったという意味ですか。意識がなかったと？」

「はい」シャーマンはきょとんとして答えた。

エラリーはぐっと背を伸ばした。「そうですか」奇妙な口調で言った。「これでやっと欠けていたピースが見つかった」そして、窓辺に戻っていき、外を眺めていた。

「欠けていたピース？」銀行家は口ごもった。

「いいから、さっさと終わらせましょう」キタリングが荒々しく言った。「ジョーはこんな状態なんですから――」

シャーマンは震える片手で口元をおおった。「眼が覚めた時、ひどい吐き気で辛かったです。目隠しをされて、手足を縛られていて。自分がどこにいるのかわからなかった。そばには誰もいませんでした。一度だけ、誰かが口に食べ物を入れてくれて。それから――どのくらい時間がたったのかはわかりませんが――私は運び出されて、いつのまにか車に乗っていました。どこかの道端で車から放り出されて、気づくと手足が自由になっていて。それで、自分で目隠しの布をはずして……あとは皆さんもご存じのとおりです」

沈黙が落ちた。警視はぎりっと歯を鳴らすと、不機嫌そうに言った。「つまり、あなたは誘拐犯の顔をひとりも見ていないと、まったく誰も特定できないと、そういう意味ですか、シャーマンさん？　声はどうです。なんでもいい、捜査の手がかりになることはないんですか！」

銀行家の肩がますますがっくりと下がった。「何もありません」ぼそぼそと答えた。「もう帰ってもいいでしょうか」

「待ってください」エラリーが言った。「ほかに、教えていただける情報はお持ちじゃありませんか？」

「えっ？　いいえ」

エラリーは眉を寄せた。「何か隠していることはありませんか、シャーマンさん。どうも、あなたはこの事件の起訴を取り下げることを望んでいるように見えますが、ぼくの気のせいでしょうか」

「隠していることは何も……ええ、取り下げてください」シャーマンはつぶやいた。「全部、取り下げてください」

「残念ですが」エラリーは低い声で言った。「それは無理です。なぜなら、シャーマンさん、ぼくは誰があなたを誘拐し、リリー・ディヴァインを殺したのか、知っているからですよ」

「あなたは、ご存じとおっしゃるの？」ロザンヌが小さな声で言った。銀行家は石になったように坐ったままで、キタリングは一歩、前に出かけたが、踏みとどまった。

「知識とは、なかなかあやふやなものですが」エラリーは言った。「しかし、人智の及ぶ範囲でなら――ぼくは知っています」たばこをぐいとくちびるの間に押しこむと、眉を蠢かした。戸口に立つヴェリー部長刑事は、両手をポケットから出し、何かを期待するようにあたりを見回した。「実に妙な事件ですよ、これは。たいして時間をかけずに証明できるでしょう――興味深い解答を」

「しかし、エラリー――」警視は眉間に皺を寄せた。

「いいですか、お父さん。あのワックスをかけた床のひっかき傷のことを、よく考えてみてください。お父さんのところの専門家が、あれは靴のかかとでつけられた傷だと断言したでしょう。そして、ここなる善良な部長刑事は、靴のかかとでついた傷ということは、シャーマンさんが誘拐犯たちの手によって、窓に向かって引きずられていったことを示す証拠に違いないと指摘しました」

「うん、それが何だ？」警視はぴしりと言った。シャーマン一家は口もきけず、ただ魅入られたように坐りこんでいた。キタリングは身じろぎひとつせずにいる。

エラリーがゆっくりと言った。「それがすべてですよ。「まことに残念ながら、我らが善良なる部長刑事は間違っていると」部長刑事はうつむいた。「もし、ワックスをかけたての床に靴の跡がつくほど、人間の身体がずるずる引きずられていったのなら、当然、ひっかき傷は二本つくはずです。なぜなら、二足動物にはたいてい足が一本ではなく二本ついているものだということは子供でも知っている事実ですからね。だから、ぼくは思いました。〝その床の傷が何を意味しているにしろ、身体を引きずられたことでついたものではありえない〟と」

「つまり、どういうことだ？」老紳士は唸った。

「そうですね」エラリーは微笑んだ。「そのひっかき傷が靴のかかとでつけられたものであり、なおかつ、身体を引きずられていった人間の靴のかかとでつけられたものではない、のであれば、唯一の常識的な考えは、誰かが床の上で足をすべらせたということでしょうね。そもそも、お父さんだってあの夜、すべって転びそうになっていたでしょう？　さて、ではこの推論を裏づける証拠はあるでしょうか」

「なんなんだ、これは。論理学の講義か?」キタリングがつっけんどんに言った。「演説をぶつのはきみの勝手だが、何もこんな時にやることはないだろう」

「少し黙っていてくれませんか、キタリングさん」警視が言った。「裏づける証拠だと?」

「三人の足の悪い男です」エラリーは静かに言った。

「三人の足の悪い男だと!」

「そのとおりですよ。あの足跡には片足をかばって歩いた形跡があった。犯人が足を痛めている明確な証拠です。床で足をすべらせた、という仮説を支持する有力な根拠と言えるでしょう。すべった者は足首をくじいたか、脚を打ったか何かして、たとえ大けがでなくとも、一時的に、足を引きずらなければならなくなったと考えるのが自然です。わかりますか?」

「わたくし、失礼しますわ」ロザンヌが突然言った。その頰は真っ赤に燃えている。

エラリーが静かに言った。「お坐りなさい、お嬢さん。さて、我々の前には三組の、足をかばって歩いた足跡があります。すべて異なる靴の跡です。この事実がどうにも信じられないということを、お父さん、ぼくは指摘しようとしていましたよね。あの部屋で三人、いやたとえふたりでも、すべって転んで、同じように足を痛めたなんてことがあるでしょうか。馬鹿げていますよ。そもそも、床にはひっかき傷がひとつしかありませんでしたしね。それに、まったく同じ現象が三度重なるなんてことは――三人が三人とも右の足をくじくなんてことは――どう考えても真実のはずがない、嘘の匂いがぷんぷんします」

「あの、それは」シャーマン夫人は戸惑ったように眉を寄せて考えながら訊いてきた。「主人を誘拐したのは、三人の男ではなかったということでございますか、クイーン様」

「そのとおりです」エラリーはゆっくりと言った。「ここまでの論拠から推理するに、ひとりの男が——つまり、床の上ですべって転んだ男が、三通りの異なる靴の跡をつけたに違いありません。では、どうやってひとりですべての足跡をつけたのでしょうか。当然、三足の靴をはきかえたのですよ」

「しかし、その使った靴はどうなったんだ、エル」

「靴は見つかりませんでした。ということは、靴は現場から持ち去られたに違いない。証拠はあるでしょうか。あります。リリー・ディヴァインのバッグがひとつ、なくなっている」エラリーの銀色の眼が険しくなった。「さて、この事件の鍵は、次の質問の解答にあります。なぜこの男は手間ひまかけて、明らかに異なる靴の跡をわざわざ三組もつけて、偽の足跡を残そうとしたのか。この答えも明らかです。誘拐が、ひとり以上の人間——今回の場合は、三人による犯行に見せかけたかったからですよ。こうすれば、まるでギャングの仕業のように見える。逆に言えば、足跡をつけたこの男は、ギャングとはまったく関係がないということになります。まあ要するに、この足の悪い男はおそらく一匹狼で、ひとりでリリー・ディヴァインを殺害し、シャーマンさんを誘拐したに違いないと言っていいでしょう！」

誰も、口をきこうとしなかった。ヴェリー部長刑事は固唾《かたず》をのんで成り行きを見守りつつ、両手を握ったり開いたりしている。

エラリーはため息をついた。「あの窓と避難用の外階段が、事件の残りのほとんどすべてを語っています。寝室のドアに内側から鍵がかかっていたということは、誘拐犯は部屋の中から外階段に出られる唯一の窓から脱出したはずです。問題の窓は小さく、しかも窓枠には作りつけのウィンドウボックスがくっついていました。ウィンドウボックスに窓の下三分の一ほどがふさがれて、実際に身体を通すことのできる空間は縦六十センチほどしか残っていません。

さて、見てのとおり、シャーマン氏は巨漢と言っていい体格の持ち主です——身長は二メートル近く、体重は百キロほどある。足をくじいた男が、意識のないシャーマンさんの身体をどうやって、あの小さい窓の空間から運び出したのか。肩にかついで、窓にのって、通り抜けたのでしょうか。この条件下では、考えるまでもなく馬鹿げています。はっきり言って、もっとも難易度の高い方法だ、そもそも、最初《はな》からそんなことをやろうと思いもしないでしょう。たとえ思いついたとして、すぐに無理だとわかったはずです。シャーマンさんの身体を運び出すには、あとふたつだけ別の方法がありました。ひとつは、まず自分が窓によじのぼって、外に出て、シャーマンさんの身体をウィンドウボックスの上にひっかけて、外から手が届くようにしておいて、外階段の上に引きずりおろす、というやりかたです。しかし、犯人はその方法は取りませんでした。外階段に積もった雪にも、窓枠の真下の雪にも、重たい身体がほんの一部でものった形跡が一切なかった。残るもうひとつの方法は、最初にシャーマンさんの身体を階段に突き落としておいて、そのあと、窓を乗り越えるというやりかたです。しかし、この場合もまったく同じ反証が存在します。雪には意識のない身体がのっかった跡が一切ない。ついていたのは足跡だけです」

警視は眼をぱちくりさせた。「しかし、わしにはわからんのだが――」

「ぼくにもわかりませんでした、初めのうちは」エラリーの顔はいまや、石のようだった。「端的に結論を言ってしまえば、疑いようもなく、意識のない身体はあの窓から運び出されなかった、ということです！」

ジョゼフ・E・シャーマンがしゃがれた叫び声をあげて立ち上がった。汚れた頰は、涙で縞模様になっている。「もういい！」シャーマンは大声をあげた。「私がやったんだ！　私が最初から最後まで計画した。最初の脅迫状も、そのあとのも全部、私が書いた。三足の靴は二週間かけてわからないように一足ずつ部屋に持ちこんで隠しておいたんです。あの夜――その、私が、つまり――あれをやった夜、ウィンドウボックスの土を使って、靴の裏を泥だらけにしました。そして、私の誘拐の巻き添えになったように見せかけて、あの女を殺したんです。殺したのは、あの女が私から金をしぼり取ってばかりいたからだ、あの魔女！　私にエニードと離婚して自分と結婚しろと、何度も何度もしつこく。あの女と結婚！　冗談じゃない、そんなこと我慢できるわけがない。私は罠に落ちてしまったんです。逃げ場がなかった……」

シャーマン夫人は、死にゆく獣のようなどんよりとくもった瞳で夫を見つめていた。「でも、わたくしは知っていました――」囁くように言った。

シャーマン氏は冷静さを取り戻した。そして、落ち着いた声で言った。「おまえが知っていることを、私も知っていたよ、エニード。だが、私は正気じゃなかったんだ」

警視は憐れむような眼で見つめながら言った。「トマス、その人をお連れしてくれ」

「それにしても、おまえはあの場でとっくに、事件の真相をすっかり見抜いていたんだろうが」

一時間後、シャーマン氏の拘禁という、なんとも気の滅入る仕事がすんでから、警視はとげまじりの声でぶつくさ言った。

エラリーは大まじめにかぶりを振った。「いいえ。間違いなくシャーマンに意識がなかったと知るまでは、はっきりと確証を持てませんでした。だからぼくは、身代金を払って、あの男が戻ってこられるようにしろと助言したんですよ。とにかく、あの男から話を聞きたかった。シャーマンが、部屋でクロロフォルムを嗅がされたと言った瞬間に、事件は解決しました。なぜなら、あの窓からは意識のない身体が運ばれも、引きずり落とされもしなかったと、ぼくは知っていたからです。ということは、クロロフォルムを嗅がされた、と言った時、シャーマンは嘘をついたことになります。言い換えれば、誘拐事件はなかったということです。誘拐事件がなかったとなれば、床の上ですべって転んだのも、足をくじいたのも、リリー・ディヴァインを殺すのが目的だったことをごまかすためにギャングによる誘拐事件をでっちあげて、ギャングが誘拐する時に女を誤って殺したように見せかける殺人の計画を立てたのも、すべてシャーマンだったことになります。シャーマンが床の上ですべって転んだのはまったくの偶然で、足をくじいたという特徴が足跡に残っていたなんて、本人は気づいていなかったんじゃないですか」

ふたりはしばらく無言で坐っていた。エラリーはたばこを吸い続け、警視は鉄格子のはまった窓の外を見つめている。やがて、老紳士はため息をついた。「あの人が気の毒でならんよ」

「誰がですか」エラリーは気のない口調で訊いた。

「シャーマンの奥さんさ」

エラリーは肩をすくめた。「お父さんはむかしから、情にもろいですからねえ。だけど、今度の事件で何より驚くべきことは、我々の得た教訓ですよ」

「教訓だと？」

「極悪非道の犯罪者でも、時には真実を話すことがある、という教訓です。リリーは本当にマック・マッキーに電話をかけたんですよ、おそらく、シャーマンに結婚を断られたので、マッキーお得意の圧力をちょいとシャーマンにかけてもらうために。とはいえマッキーは間に合わず、のこのこと警察の腕の中に飛びこんでしまったというわけです。だけど、あの男は最初から最後までずっと本当のことを言っていた……そんなわけで、ぼくは思うんですがね」エラリーはのんびりと言った。「市拘置所《トゥームズ》に電話をかけたらどうです――些細《ささい》なことですし、お父さんは興奮してすっかり忘れているようですが――かわいそうなマックはもちろん、釈放してやらなきゃだめですよ」

見えない恋人の冒険

The Adventure of the Invisible Lover

ロジャー・ボウエンは三十歳で、碧眼《へきがん》で、色白だった。かなりの長身で、笑いすぎるほどよく笑い、お坊ちゃん風のハーバード仕込みの発音で話し、酒はときどきカクテルをたしなむ程度だが、健康のためにはどうかと思う程度に紙巻きたばこ《シガレット》を吸っていた。唯一、いまも存命している親戚――サンフランシスコで、主にロジャーからの仕送りに頼って生活している、年老いた伯母をたいへん気にかけており、読書はラファエル・サバチニとバーナード・ショーの間を行ったり来たりしていた。ニューヨーク州はコーシカの町（人口七四五名）という、いったいどの程度の法があるやらわからない土地で弁護士事務所を開業した。ここはロジャーの生まれ故郷で、カーターじいさんの果樹園でリンゴを泥棒したり、すっぱだかになってメイジャーの小川で泳いだり、土曜の夜にはコーシカ・パヴィリオン（ふたつのバンドが交代で演奏してくれるので、いつまでもダンスを愉しめる）のテラスで、アイリス・スコットと刺激的にはじけたりしたものだった。

ロジャーの知り合い（というのはつまり、コーシカの人口の百パーセントに当たるのだが）の言によると、ロジャー・ボウエンは〝貴公子《プリンス》〟であり、〝本物の好青年〟であり、〝教養があることを鼻にかけないお人よし〟であり、〝実にいい男〟だった。友人たち（というのはつまり、中央通りはずれのジャスミン通りにあるマイケル・スコットのまかない付き下宿に暮らす仲間たちがほとんどなのだが）の言によれば、この町のどこにも、ロジャーほど陽気で、親切で、優しくて、誰からも好かれている青年はいない。

ニューヨークからコーシカの町に着いて三十分とたたないうちに、エラリー・クイーン君は、コーシカの全住民が、いま町内でもっとも話題の住人に抱《いだ》いている感情を、すっかり知ることができた。中央通りで食料品店を営むクラウス氏からいくらかのことを、郡裁判所前の道路でおはじき遊びをしていたどこかのわんぱく小僧から汁気たっぷりの美味《うま》い話を、コーシカ郵便局長の妻のパーキンズ夫人からはたっぷりと情報を聞いた。しかしながら、ロジャー・ボウエン本人からはほとんど何も聞き出せなかった。見たところ、実にまっとうな青年で、ただただショックを受け、茫然としているようだった。

郡刑務所を出ると、マンハッタンから大慌てで駆けつけることとなった原因の、ロジャー・ボウエンの親しい仲間たちが待つ下宿に向かいながら、エラリー・クイーン君の胸を打ったのは、あのような美徳の塊《かたまり》たる善人の鑑《かがみ》が、陰鬱《いんうつ》な鉄格子のはまった牢屋の寝棚で絶望にさいなまれつつ横たわり、第一級殺人を犯した罪人として裁判を待たなければならないなどという、実に理不尽極まりない事実だった。

＊

「まあまあ」しばらくののち、エラリー・クイーン君は薔薇《ばら》のカーテンに囲まれたテラスでゆっくりと前にうしろに体重を移しながら言った。「もちろん、状況はそこまでお先真っ暗ってわけじゃないでしょう? ボウエン君についてぼくが聞いてまわったかぎりじゃ――」

アンソニー神父は骨張った両手を力いっぱい組んでいた。「私がこの手でロジャーに洗礼をほどこしたのです」震える声で神父は言った。「絶対にありえません、クイーンさん。私が洗礼をほどこしたのですよ! 自分はマクガヴァンを撃っていない、とあの子は私に言いました。私はあの子を信じます。あの子が私に嘘をつくはずがない。それなのに……ロジャーを弁護してくれる、郡いちばんの弁護士のジョン・グレアムがですよ、クイーンさん、これまでに手がけた中でもっとも最悪の状況の事件だと言うのです」

「そいつは」大男のマイケル・スコットは、盛りあがった胸の上でサスペンダーをぱちんぱちん言わせながら唸った。「あの坊主が自分でそう言ってたことだがな。おれはロジャーが自白したって信じねえぞ、くそったれ! ああ、失礼しました、神父さん」

「あたしに言わせればね」ガンディ夫人は車椅子の中からぴしゃりと言った。「ロジャー・ボウエンがあのニューヨークから来たいやったらしい黒髪のろくでなしを撃ったなんて言う人間は、大馬鹿ですよ。あの事件の起きた夜に、ロジャーが部屋にひとりでいたからどうだって言うの? 誰だって眠る権利はあるでしょうよ、ねえ? そんなことにどうして証人がいるって言うんですか、ねえ、クイーンさん? あのかわいそうな子は遊び人じゃないんですからね、誰かさんと違って!」

「アリバイがないって言うのがね」エラリーはため息をついた。

「そこがまずいんだよな」唸るように言ったプリングルはコーシカ警察署長で、たいへんに肥え太った、屈強な老人だった。「そのせいで最悪なことになっちまった。あの夜、ロジャーが誰かを連れこんでくれとったらなあ。いやいや」ガンディ夫人の怒りに燃える眼に睨まれて、警察署長は慌てて付け加えた。「もちろん、ロジャーはそんなことをするような男じゃないのはわかっとりますよ。しかしなあ、ロジャーがマクガヴァンと喧嘩をしたってのを聞いた時には――」

「おや」エラリーは静かに言った。「殴り合いでもしましたか？　何か、脅迫のようなことを言ったとか？」

「いえ、クイーンさん、殴りあったというわけではないのですが」アンソニー神父は口ごもった。「ただ、口喧嘩をしたのは本当です。マクガヴァンが真夜中に撃たれたのと同じ日のことで、殺されるほんの一時間ほど前にロジャーと言い合いをしています。ですが、実のところ、これが初めてというわけではなくて。それまでにも何度か、かなり激しく言い争いをしているのです。地方検事が十分に満足する動機が成立するほどに」

「問題は弾なんだ」マイケル・スコットがうめいた。「あの弾が！」

「そうなんですよね」ドッド博士が言った。小柄でネズミのような、外見からしてインテリ風の医師はしょんぼりとした口調で語った。「私は郡検死官で、地元の葬儀屋も営んでいる者です、クイーンさん。マクガヴァンの死体から私が銃弾を摘出したんですが、それを調べるのも私の仕事でした。プリングルがロジャーを殺人容疑で逮捕して、ロジャーの銃を押収した時、当然、線条痕《せんじょうこん》を比較したわけですが……」

「線条痕？」エラリーがゆっくりと言った。「本当ですか！」まさかというような賞賛のまなざしで、プリングル署長とドッド検死官を見つめた。

「あ、いえ、それについては、私は専門家ではないので自分の鑑定結果を鵜呑みにしたわけじゃないんですが」検死官は急いで言った。「それでも、私が顕微鏡で比較したところではどう見てもたしかに……。ええ、本当にいやな仕事ですよ、クイーンさん、しかし、義務は義務ですし、法の番人のひとりとして、守らなければならない職務上の誓約というものがありますのでね。それで、その銃弾と拳銃とを、ちゃんとした専門家に調べてもらうためにニューヨークへ送りました。報告書の結果は、我々の鑑定を裏づけるものだったんです。そうしたら、もうどうしようもないじゃないですか。プリングル署長はロジャーを逮捕せざるを得ませんでした」

「この世には」アンソニー神父が静かに言った。「もっと崇高な義務というものがあるのですよ、サミユエル」

検死官はいっそうしょんぼりした顔になった。エラリーが口を開いた。「ボウエン君は銃携帯許可証を持っていたんですか？」

「ああ」太っちょの警察署長はぼそぼそ答えた。「この辺じゃ誰でも持っとるよ。あすこらへんの丘はいい狩場なのさ。凶器は三八口径だよ——ロジャーの銃も三八口径だ。コルトのオートマチックで、すごくいい銃だ」

「銃はうまかったんですか？」

「そりゃあもう！」スコットは力強く断言した。「あの坊主は名人だ、本物の」その険しい顔が浮かない表情になった。「おれが保証する。このおれは、ベローの森の激戦（第一次世界大戦のフランスの激戦地）をくぐり抜けてきたんだ。しつこく追っかけてきやがったドイツ野郎に撃たれた榴散弾《りゅうさんだん》のかけらが六つ、右脚に残ってるのが証拠の勲章さ」

「射撃の名手ですよ」検死官は口ごもった。「私たちはよく一緒に兎狩りに行きましたが、五十メートル先を走っている兎を、ロジャーがコルトの拳銃で仕留めるのを見たことがあります。ライフルは使いませんでした。本当のスポーツをするのに、おもしろみがなくなってしまうと言って」

「しかし、そういったことについて、ボウエン君はどう言ってるんです？」エラリーは自分のたばこの煙に眉をしかめながら、問いつめた。「ぼくには何ひとつ話してくれないんですが」

「ロジャーは」アンソニー神父は小さな声で言った。「自分はやっていない、と言っています。マクガヴァンを殺したりしていないと。私にはその言葉だけで十分です」

「しかし、地方検事にはまったく十分ではない、というわけですか」エラリーはまた、ため息をついた。「それでは、ボウエン君の拳銃が使われたということは、論理的に考えれば――彼が本当のことを言っているのならば――誰かがボウエン君の銃を盗んで、殺人のあとに、こっそり戻しておいたということになりますよね？」

　男たちは気まずそうに、互いに顔を見合わせた。アンソニー神父だけはかすかに、誇らしげな微笑を浮かべていた。やがてスコットが、がらがら声で言いだした。「それがいまいましいことにな。グレアムが――弁護士だよ――ロジャーに言ったのさ。〝いいかね。きみの銃が盗まれた可能性があると証言しなきゃだめだ。そう言うことに、きみの命がかかってるんだぞ〟そうしたら、あの馬鹿たれはどう言ったと思う？　〝いやです〟だとよ。〝だってそれは本当じゃない、グレアムさん。誰にも銃を盗むことはできなかった。ぼくは眠りがうんと浅いんです〟だと。〝銃をしまった引き出しはベッドのすぐ横にある。それに、あの夜はドアにかんぬきをかけて寝た。ぼくの部屋にはいって銃を盗っていくなんてことは誰にもできない。だから、ぼくは絶対にそんな証言をするつもりはありません〟だとさ！」

エラリーはふーっと煙を出しながら口笛を吹いた。「我らが英雄、というわけですか。うん、そいつはどうも――」ひょいと肩をすくめた。「では、その――ええと――一連の口論というやつについてですが。ぼくの理解が正しければ、その口論の原因というのは――」

「アイリス・スコットよ」落ち着いた声が網戸の扉の方から聞こえてきた。「あっ、立たないでくださいな、クイーンさん！　んもう、お父さんったら、わたしは大丈夫よ。おとなだもの。それに町じゅうの人が知っていることを、クイーンさんに隠す意味なんてないでしょう」不意に声を詰まらせたので、言葉が途切れた。「何がお知りになりたいの、クイーンさん？」

どういうわけか、クイーンさんは一時的にまともに口がきけなくなったようだった。まるで初めて美術館に来た田舎者のように、ぽかんと口を開けて突っ立ったまま、見とれている。仮に、コーシカの中央通りの土埃にまみれて、完全無欠のダイヤモンドがきらめいているのを見つけたとしても、これほど茫然とはしなかっただろう。美女とはどこにおいても稀《まれ》なものである。コーシカの町においては、それこそ奇跡そのものだ。なるほど、では、この絶世の美女がアイリス・スコットなのか。おお、マイケルよ、よくぞ、ふさわしい名をつけたものだ！　生き生きとして、やわらかな肌の麗しい乙女は、アイリスの花のごとく、みずみずしく繊細であった。まさかこんな土地に咲くとは！　不思議な切れ長の黒い瞳はエラリーの心をとらえて離さず、その愛らしさに我《われ》を忘れそうになった。戸口の薄暗がりにひとりたたずむ娘は、美そのものだった。ただ見るだけで、眼の喜びだった。この乙女に誘惑する力が備わっているとすれば、それは完璧さが無意識にひきつける魅力であった——眉の弧、くちびるの曲線、彫刻を思わせる整った胸の形。

そして、エラリー・クイーン君はここに至ってようやく、なぜロジャー・ボウエンほどの善人の鑑が、電気椅子に直面するはめになり得たのか、理解したのである。たとえエラリー自身の眼に、アイリスの美しさがまったく映らなかったとしても、このテラスに集《つど》う男たちを見れば、その魅力は一目瞭然《りょうぜん》だっただろう。ドッド検死官は、遠くからあがめるようなまなざしで、遠慮がちにアイリスに見とれている。プリングル署長はまるで渇《かわ》く者が求めるように娘を凝視している——そうなのだ、あの恐ろしく肥《ふと》った老人のプリングルさえもが。アンソニー神父神父の老いた眼は誇らしげでもあり、いくぶん悲しそうでもあった。しかしマイケル・スコットの瞳には、この美しい乙女が自分の娘であるということへの、あふれんばかりの歓喜があるのみだ。キルケーのごとき妖婦とヴェスタ神殿の清らかな処女が一体となったこの美女は、詩人が詩を作る恍惚《こうこつ》にはいりこむのと同じくらいあっさり、男を殺人に駆り立てても不思議でなかった。

「いやあ！」深く息を吸いこみながら、エラリーはやっとのことで口を開いた。「実に嬉しい驚きでしたよ。ぼくが正気を取り戻すまでの間に、どうぞ、おかけください、お嬢さん。察するに、マクガヴァンもあなたを崇拝していたひとりだったんですね？」

娘の靴のヒールがテラスでかすかな音をたてた。「はい」沈んだ声で答え、アイリスは膝の上の象牙細工のような両手をじっと見つめた。「そんなふうに言っていただいてもいいかもしれません。そして、わたしは――わたしも、あの人が好きでした。ほかの人たちと違っていて。ニューヨークから来た画家さんでしたから。半年くらい前にコーシカに現れて、わたしたちの町の有名な丘の風景を描きにきたと言ってくれたんです。あの人はとても物知りでした。フランスやドイツやイギリスを旅行して、大勢の有名人と知り合いで……。わたしたち、ほとんどこの町しか知らなくて、ほんとに、田舎者なんです、クイーンさん。わたし、いままで、あ、あんな人に会ったことがなくって」

「あのけがらわしい悪魔め」ガンディ夫人はほっそりした顔をしかめ、口の中で罵《ののし》った。

「立ち入ったことをお訊きしますが」エラリーは微笑んだ。「彼を愛していましたか？」

プリングルのもじゃもじゃと毛の生えた耳のまわりを一匹のミツバチがぷーんと音をたてて飛びまわっている。老署長は腹立たしげに、ぴしゃりとそれを叩いた。アイリスが口を開いた。

「わたし――わたしは――あの人が亡くなったいまは、いいえ、そんな気持ちはありません。亡くなったら――どうしてかわかりませんけれど――なんだか、違って感じられるようになったんです。たぶん、わたしは――あの人の本当の顔が見えるようになったんだと思います」

「でも、長い時間を一緒に過ごしたんでしょう――生きているころには」

「はい、クイーンさん」

短い沈黙のあと、マイケル・スコットが重々しく言いだした。「おれは娘の行動には口出しせん方針だ。こいつの人生はこいつのもんだ。けど、おれはマクガヴァンをいい奴だと思ったことは一度もねえ。あいつは口のうまいはったり屋で、煮ても焼いても食えねえ奴だ。おれはあいつの足の先から頭のてっぺんまで、ひとっかけらも信用しちゃいなかった。アイリスにも注意したんだがな、親の言うことなんてきかないのさ。若い娘らしく、すっかりのぼせあがっちまってな。あのろくでなしは、予定よりずっと長くだらだらとこの町に居坐って――うちの部屋代を踏み倒しやがった」いまいましげに言った。「五週分もな。どこにぐずぐずする理由がある？　なんも下心なしでそんなことをするかい？」

「これはまた」エラリーはのんびりと言った。「非の打ちどころのない、レトリカルな疑問ですね。ところで、お嬢さん、ロジャー・ボウエン君はどうでしたか」

「わたしたちは――一緒に育ったんです」アイリスは変わらない沈んだ声で答えた。不意に、娘はさっと頭をあげた。「むかしからずっと、決められているみたいで。たぶん、わたしはそれがいやでたまらなかったんだと思います。それにロジャーったら、わたしのことにいちいち干渉してくるんですもの。ロジャーはマクガヴァンさんにとても腹をたてていました。一度なんて、何週間か前のことですけど、ロジャーはあの人を、殺してやると言って脅してたんです。わたしたちみんなに聞こえるところで。あの時、ふたりは――そこの客間で口論していて、わたしたちはそこのテラスに坐っていて……」

再び、沈黙が落ち、やがてエラリーが優しく言った。「それで、あなたはロジャー君が、その都会っ子の遊び人を撃ったと思っているんですか」

アイリスはその男心をかき乱す眼をあげて、エラリーを見上げた。「いいえ！　わたし、絶対に信じません。ロジャーはそんなことしません。あの人はただ、かっとなっただけなんです。本気で言ったんじゃありません」そこまで言うと、娘は声を詰まらせて、なんともぞっとすることに、さめざめと泣きだした。マイケル・スコットはレンガのように真っ赤になり、アンソニー神父は顔をくもらせた。ほかの男たちは皆、おろおろしている。「ご、ごめんなさい」アイリスは声を絞り出した。

「あなたは誰がやったと思いますか」エラリーは優しく訊ねた。

「クイーンさん、わたしには、わかりません」

「皆さんはどうです」一同はかぶりを振った。「ええと、たしか、プリングル署長、マクガヴァンの部屋は、殺人の夜にあなたが発見した時のまま、まったく手つかずで保存されているとおっしゃっていたと思うんですが……それはそうと、遺体はどうなったんです？」

「それですが」検死官が言った。「もちろん、検死を終えてから、検死審問のために保存している間に、遺体を引き取ってくれる身内のかたを探しました。ですが、マクガヴァンはどうやら天涯孤独の身の上のようで、親類どころか、ただの友人さえ、ひとりも名乗り出てこなかったんです。遺品はニューヨークのアトリエにほんのわずかに私物が残っていたくらいで。それで、私が遺体をきれいに整えて、手続きも全部すませて、コーシカ新墓地に埋葬したんです」

「ほら、部屋の鍵だよ」署長はぜいぜい言いながら、よっこらしょと立ち上がった。「私は丘のふもとの村に行く用事があるんでね。わからんことはドッドに訊けばなんでも答えてくれるでしょう。なんとか、いい結果が――」署長はお手上げだというように言葉を切ると、テラスからよたよたと出ていった。「神父さんも来ますか」振り向きもせずにそう言った。

「はい」アンソニー神父は答えた。「クイーンさん……どうにか、本当に、頼みますよ――」痩せた肩を落とすと、神父はセメントで舗装された歩道をプリングル署長のあとに続いてのろのろと歩いていった。

「では、ガンディさん、失礼します」エラリーはそっと声をかけた。

*

「誰が死体を発見したんですか」建物のひんやりした薄暗がりの中、重たい足取りで二階にのぼっていきながらエラリーは訊ねた。

「私です」検死官はため息をついた。「私もマイケルの下宿に十二年、世話になっているんですよ。マイケルの奥さんが亡くなってからずっと。歳とったひとり者同士ってわけです、ねえ、マイケル」ふたりはそろってため息をついた。「あれは三週間前の、ひどい大嵐の夜のことで――雷がらがら、雨ざあざあの、覚えてるでしょう？　私は自分の部屋で本を読んでました――もうじき真夜中になるころで――ベッドにはいる前に用を足しておこうと思って、二階の廊下の突き当たりにあるバスルームに行くことにしたんです。それでマクガヴァンの部屋の前を通りました。そしたらドアが開いていて、部屋の明かりがついていたんです。あの男は椅子に坐ってました、ドアの方を向いて」検死官は肩をすくめた。「ひと目で死んでいるとわかりました。心臓を撃たれて。パジャマに血が……すぐにマイケルを起こしました。アイリスが物音を聞きつけてやってきました」一行は階段のてっぺんでひと息ついた。エラリーは娘がほっと息をつく気配と、マイケル・スコットがぜいぜいと息をついている音を聞き取った。

「死んでから、だいぶ時間がたってましたか」エラリーはそう言いながら、検死官が人差し指で示している、閉じたドアの方に歩きだした。

「死後数分というところです。まだ温かかった。即死と思われます」

「たぶん、嵐がうるさくて誰も銃声を聞いていないでしょうが——遺体の傷はひとつだけだったんでしょうね?」ドッド博士はうなずいた。「それじゃ、行きますよ」エラリーはプリングル署長からもらった鍵を鍵穴に差しこみ、ひねった。そして、ドアを押し開けた。誰ひとり、声を発しなかった。

　室内は太陽の光があふれていた。まるで生まれたての赤ん坊と同じくらい、暴力とは無縁に見える。とても広くて、エラリーに割り当てられた部屋とまったく同じ形だ。家具もすべてエラリーの部屋のものと変わらない。ベッドもそっくりで、置いてあるのもふたつの窓の間という完全に同じ位置だ。絨毯も、書き物机も、脚付きの簞笥も……おっと！　ひとつ違いがあるじゃないか。

エラリーはつぶやくような声で言った。「おたくの部屋はどれも、まったく同じしつらえなんですか」

スコットはもじゃもじゃの眉をあげた。「そうだよ。ボロ家を下宿屋に改装して、この商売を始めた時、オールバニーの倒産した店からまとめて備品を買い取ったんだ。全部、同じ品物さ。だから、うちの部屋は全部、同じ家具を同じように置いてあるよ。なんでだね」

「特に理由はありません。ちょっと興味があっただけで」エラリーは戸枠に寄りかかると、たばこを一本取り出し、休みなく動く銀の瞳で現場をくまなく見回している。争いがあった形跡はひとつもない。戸口の真正面にはテーブルが一台と籐椅子が一脚あり、その椅子はドアと向きあっている。ドアと籐椅子を結ぶ直線がまっすぐ突き当たる奥の壁には、古風な脚付き箪笥がぴったり寄せて置いてあった。エラリーの眼がさらに鋭くなった。振り向きもせずに、エラリーは言った。「あの脚付き箪笥ですが。ぼくの部屋のは窓の間に置いてありましたね」

背後で娘がはっと息をのむのが聞こえた。「まあ……お父さん！　あの箪笥はあんなところになかったわ――マクガヴァンさんが生きていた時には！」

「妙だな」スコットはすっかりたまげていた。

「でも、事件のあった夜は、いまの場所にあったんですか」

「それは――ええ、はい、そうです」アイリスは、わけがわからないというようにまごついた顔で言った。

「そういえばそうですね。私も覚えています」検死官は眉を寄せた。

「結構です」エラリーはゆっくり言って、よいしょ、とドアから身体を離した。「とっかかりが見つかりました」エラリーは大またに脚付き箪笥に歩み寄ると、ひっぱって、壁から離した。そうしてできた隙間《すきま》にはいって床に膝をつくと、箪笥のうしろの壁を一寸きざみにじっくりと調べ始めた。不意に、その動きが止まった。壁の下部分の羽目板から三十センチほど上のしっくいに、奇妙なくぼみを見つけたのである。直径一センチもない、いびつな円形で、二ミリほど壁にめりこんだ痕《あと》だ。床を見れば、しっくいのかけらがぱらぱらと落ちている。

立ち上がったエラリーは、失望の空気をまとっていた。そして戸口に引き返した。「たいしたものはありませんね。この部屋が殺人の夜以来、まったく変わっていないのはたしかなんですか」

「おれが保証する」スコットが断言した。

「ふうむ。ところで、マクガヴァンの私物がいくつか残ってますね。ドッド先生、プリングル署長は事件の夜、この部屋を徹底的に調査したんですか」

「それはもう」

「だけど、何も見つからなかった」スコットが唸った。

「本当ですか？　まったく何も？」

「なんだね、クイーンさん、署長がここを調べてるところを、おれたちはみんなここで見とったんだぞ！」

エラリーは、妙に熱心に室内を調べながら、微笑んだ。「いえ、他意はないんですよ、スコットさん。さて！　それじゃ、ぼくは自分の部屋に戻って、このややこしい問題をじっくり考えてみます。この鍵はぼくがあずかってもいいですか、ドッド先生」

「もちろんですよ。ほかに何か知りたいことがあれば、なんでも――」

「いえ、いまは特に。もし訊きたいことを思いついた時には、先生はどこにいらっしゃいますか」

「中央通りの私の葬儀屋にいます」

「わかりました」そして、どこか曖昧《あいまい》な、疲れたような笑みを再び浮かべると、錠前の鍵をまわして、重たい足取りで廊下を歩いていった。

＊

部屋は涼しく、気持ちがよくて、エラリーはベッドにごろりと仰向けになると、ずきずき痛む頭のうしろで両手を組み、考え始めた。家全体はとても静かだった。窓の外でコマドリが一羽さえずり、ミツバチが一匹音をたてているのが聞こえるだけだ。はためくカーテンの向こうから、甘い香りをのせて丘の風がはいりこんでくる。

一度、アイリスの軽やかな足音が廊下から聞こえてきた。そして、マイケル・スコットのがらがら声がまた、一階から二階まであがってくる。

エラリーは寝ころんだまま、さらに二十分ほどたばこをふかしていた。いきなり、がばっとベッドから跳ね起きると、ドアに突進していった。細く開け、耳を澄ます……よし、誰もいない。エラリーはこっそり廊下に出ると、忍び足で死んだ男の部屋に向かい、封鎖されたドアの前に立って、鍵を開け、中にはいり、内側から鍵をかけなおした。

「もし、この不条理な世界にまともな意味があるとすれば――」つぶやきかけて、口をつぐむと、マクガヴァンが死んだ時に腰かけていた籐椅子に急いで歩み寄った。ひざまずいて、籐椅子の背の固い編目をじっくりと調べていく。しかし、椅子の背はどうもなっていない。

眉を寄せながら、エラリーは立ち上がり、うろうろし始めた。恐ろしく猫背の老人のように背を丸め、下くちびるを突き出し、両眼をうんとすがめて、部屋の端から端まで歩きまわっている。家具の下を見るために、床の上に腹ばいになりもした。戦地で敵味方のはっきりしない危険な中間地帯を進む破壊工作兵のごとく、ベッドの下を這いずりまわりさえもした。床の捜査が完全に終わったものの、成果はまったくなかった。エラリーは渋い顔で、服の埃を払い落とした。

鬱々《うつうつ》としながら、くずかごの中身を取り出していたエラリーの顔が急に輝いた。「そうだっ！　もし、そうなら――」部屋を出て、外から鍵をかけると、素早く、用心深く、廊下の端から端まで歩いて耳をそばだてた。どうやら、ここにはいま、エラリーひとりしかいないようだ。そんなわけで、音もなく、罪の意識もなく、エラリーはそれぞれの寝室に忍びこんで、ひとつひとつ調べ始めた。

四つ目にはいった部屋で、エラリーがきっと見つかるに違いないと推理していた品物が見つかった。その部屋は、エラリーがなんとなくあの人物の部屋に違いないと目星をつけていた場所でもあった。

細心の注意を払って、部屋を完全に元どおりに直してから、エラリー・クイーン君は自分の部屋に引き返して、顔と手を洗うと、ネクタイを直し、もう一度、服にブラシをかけなおしてから、夢見るような笑みを浮かべ、一階におりていった。

＊

テラスでガンディ夫人とマイケル・スコットがひま潰《つぶ》しに、普通は四人でやるホイストをふたりで遊んでいるのを見て、エラリーは声をたてずにくすくす笑うと、一階の奥に向かった。広い洞窟のような台所で、アイリスが大きなコンロにかけた鍋にはいった、ぴりっと刺激的でおいしそうな香りの何かを一生懸命にかきまわしているのを見つけた。熱気で頬が真っ赤に染まり、ぱりっと糊のきいた真っ白いエプロンを着たアイリスは、とても美しかった。

「どうでしたか、クイーンさん?」アイリスは熱っぽく訊ねてくると、おたまを置いて、真剣な、すがるような眼でエラリーを見つめてきた。

「あなたはそんなにも彼を愛しているんですね」エラリーはアイリスの愛らしさにうっとりして、ため息をついた。「ロジャー君は幸運だな! ねえ、かわいいお嬢さん――ぼくは、こんな保護者めいたことを言っていますが、内心、狂おしいばかりに羨ましくてたまりませんよ――ええ、進展しています。本当です。あの色男君の未来は、今朝よりも薔薇色に近づきました。そう、大丈夫、ぼくたちは大きく前進しています」

「それは、つまり、あなたがおっしゃるのは——あの人が——あらっ、クイーンさんったら！」

　エラリーはぴかぴかの台所の椅子に腰をおろし、陶器のテーブルにのっている大皿から、砂糖を振ったクッキーを一枚くすねると、むしゃむしゃと食べ、ごくりと飲みこみ、しばし、味を評価するような顔をしてから、にっこり微笑んで、もう一枚つまんだ。「あなたの手作りですか？　おいしいですね。まさに良き妻の鑑、ルクレチア（貞節で知られる古代ローマの女性）だ！　いや、ペネロペー（貞節で知られるオデュッセウスの妻）の方がふさわしいかな？　うん、そう、その方がいい。これがあなたの料理《クッキング》の見本だとすると——」

「お菓子作り《ベーキング》よ」アイリスは出し抜けに駆け寄ってきて、すっかりたまげているエラリーの手をつかむと、自分の胸に押し当てた。「ああ、クイーンさん、もしあなたがあの人を助けられたら——助けてくださったら——わたし、いままで知らなかったんです、わたしが——あの人をこんなに愛していたなんて、いま——いまのいままで……。ああ、牢屋なんて！」アイリスは身震いした。「なんでもします、わたし——なんでも——」

　エラリーは眼をぱちくりさせ、襟《えり》をゆるめると、まったく動揺していないような顔で、そっと手を抜き取った。「さあ、さあ、お嬢さん、あなたならやってくれるとわかっていました。しかし、ぼくにこんなことはもうしないでください。神様にでもなった気がしますよ。ふう！」エラリーは額の冷や汗をぬぐった。「それじゃ、いいですか、お嬢さん。よく聞いてください。あなたにできることがあります」

「なんでもします！」アイリスは、ぱあっと顔を輝かせてエラリーを見つめた。

エラリーは立ち上がると、汚れひとつない床を大またに行ったり来たりし始めた。「ぼくの見たところ、どうやらサミュエル・ドッド先生は職務に忠実なかたのようですが、実際、そうなんですか」

アイリスはきょとんとした。「サム・ドッド先生？　どうして急にそんな——あの人なら、とても仕事熱心でまじめな人ですけど？」

「やっぱりね。おかげで、面倒なことになる」エラリーは苦笑した。「なれど、我々は現実に向きあわなければならぬ。そうでしょう？　さて、我が女神よ、この憂き世に降臨《こうりん》せし、古今東西にてもっとも麗しき美女よ、あなたには今夜、サム・ドッド博士を仕事の虫生活からほんのちょっぴり引き離すために、あの先生を誘惑してほしいのです。いかがでしょう？」

黒い瞳に怒りが閃《ひらめ》いた。「クイーンさんっ！」

「つっつっ、だめだめ。怒った顔もきれいですけどね。ぼくは何も——ええと——思いきったことをやってほしいと言ってるわけじゃないんです、お嬢さん。もう一枚、クッキーをいただきますよ」エラリーは二枚、つまんだ。「たとえば今夜、あの先生を映画に誘い出せませんか？　あの人にこの家の中にいられるとちょっと面倒なので、邪魔されないようにどこかに行っていてもらいたいんです。でないと、あの先生はぼくを止めるために、州兵を動かすかもしれない」

「サム・ドッド先生なら、わたしの言うことはなんでもきいてくれるわ」女神はあっさりと言った。頰から紅潮は消えていた。「でも、どうしてそんなことをしなきゃならないの？」

「なぜなら」エラリーはもうひとつクッキーを頬張って、もごもごと声を出した。「ぼくがそうしてほしいからですよ。今夜、ぼくは先生の権威を踏みにじることをするつもりです。どうしてもやらなければならないことがあるんですが、それがいろいろとめんどくさい書類だの手続きだのを用意しないでやると、犯罪にはならないものの、明らかに違法行為になってしまうんですよ。ドッド先生にもできれば手伝ってほしいんですが、どうも彼の性格を考えると、手伝ってくれなさそうですからね。そんなわけで、先生はむしろ何も知らずにいる方が、先生もぼくもいわゆる良心の呵責《かしゃく》というやつに悩まされずにすむってわけです」

アイリスはエラリーを冷静に、値踏みするように見つめてきた。そのまっすぐな視線に、エラリーはたじたじとなった。「それはロジャーのためになることですか?」

「それはもう」エラリーは熱をこめて断言した。「どれほどためになるかわからないくらいに」

「なら、わたし、やります」そして、急に目を伏せると、エプロンをいじりだした。「それじゃ、すみませんけど、お台所から出てくださいますか、エラリー・クイーンさん。お夕食を作らなければならないので。それから――」アイリスはコンロの前に飛んでいくと、おたまを手に取った。「――あなたって、とってもすてきなかたね」

エラリー・クイーンさんは息をのみ、頬を真っ赤に染めると、慌てて退散した。

*

網戸のドアを押し開けると、テラスからはガンディ夫人の姿が消えていた。スコットとアンソニー神父が黙りこんでじっと坐っているだけだった。「まさにぼくの求めていた人々だ」エラリーは陽気に言った。「あの足の悪いガンディさんはどこに行ったんです？　そういえば、あのご婦人は車椅子でどうやって階段をのぼりおりしてるんだろう」

「してないよ。あの人の部屋は一階だ」スコットが答えた。「で、どうだね、クイーンさん」

その眼は憔悴《しょうすい》しきっていた。

アンソニー神父は、何ものにも揺らがない真剣なまなざしでまっすぐエラリーを見つめている。

エラリーの顔が、すっと無表情になった。腰をおろすと、揺り椅子をふたりの椅子に近づけた。「神父さん」エラリーは静かに言った。「これはぼくの勘ですが、あなたは人間が作った法より、はるかに高みにある法に仕えておいでのかたですね――心の底から」

老いた神父はしばらくエラリーを見つめた。「法律のことはよく知りませんが、クイーンさん。私はふたりのあるじにお仕えしております――主《しゅ》キリストと、主が命を投げ出された人々の魂です」

エラリーは無言でその返答をじっくり考えた。やがて言った。「スコットさん、さっきあなたはご自分のことを、ベローの森の激戦をくぐり抜けてきた勇者だとおっしゃいました。では、あなたは死なんてものはちっとも怖くないですよね」

逞《たくま》しい猛者《もさ》のきつい眼がエラリーの眼を突き刺すように見た。「いいかい、クイーンさん、おれは目の前で親友がまっぷたつになるのを見た。奴のはらわたを素手でかき集めもした。ああ、おれは地獄だってちっとも怖かない。おれはそこにいたんだからな」

「たいへん結構です」エラリーはそっと言った。「実に、たいへん結構です。アラミス（三銃士のひとり、聖職志望者）、ポルトス（三銃士のひとり、怪力の大男）、そしてぼくが――まことに僭越《せんえつ》ながら――ダルタニアン（三銃士の年若い友人）、ということにしましょうか。多少無理がありますが、まあ、なんとかなるでしょう。神父さん、スコットさん」神父とアイリスの逞しい父親は、エラリーのくちびるをじっと見つめた。「今夜、ぼくが墓をあばくのを手伝ってくれませんか？」

*

ヴァルプルギスの夜祭（ドイツでは聖ヴァルプルガの祝日五月一日の前夜、魔女がブロッケン山上で魔王と酒宴を開くと言われる）は何カ月も前に終わったはずだが、この夜は魔女たちが踊り狂っていた。不気味な丘陵《きゅうりょう》にかかる黒い月の陰で踊りながら、金切声で叫び、悲鳴のような雄叫びをあげる声が風にのって、無言で待ち構える墓石の上を通り抜ける。

エラリー・クイーン君は、この夜、三人組で来て本当によかった、と彼らしくもなく思っていた。墓地はコーシカの町はずれにあり、鉄柵で仕切られ、枝のからまりあう木々に囲われている。氷のような風が三人の頭上に死を吹きつけてきた。丘の中腹のあちこちに散らばる墓石は、まるで風にきれいにみがかれ、真っ白になった死人の骨のように、ちろちろと輝いている。怒った獣のような黒い雲が月の面《おもて》を半分隠し、木々はひっきりなしにすすり泣いている。踊り狂う魔女たちの存在を感じても、不思議ではなかった。

三人はひとことも喋らずにひたすら歩き、本能的にぴったり寄り添っていた。悪霊などものともしないアンソニー神父が先陣を切り、まるで背の高い船のように、ざわざわと騒がしい空気を左右にかき分けて、衣《ころも》をはためかせながら進んでいく。その顔は暗く、重々しかったが、落ち着いていた。エラリーとマイケル・スコットは、鋤《すき》やつるはしやロープやかさばる大きな包みの重みに、ふうふういっていた。影に侵された丘の中腹は蠢《うごめ》き、ざわざわと囁《ささや》きが聞こえるのに、命あるものといえばこの三人しかいない。

多くの墓石が集まる中心から少しはずれたあたりの、まだ掘り返してまもない土の上に、マクガヴァンの墓はあった。寂しい丘の小高いその場所は、ハゲタカのねぐらのようだった。死者の上にこんもりと盛られた土はまだ新しく、その下に横たわる者がいることを示すしるしは、細い棒きれ一本だけだった。黙りこんだまま緊張に顔を引きつらせて、ふたりの男はつるはしをふるいだし、アンソニー神父は見張りに立った。月は夜の空を泳いで、狂ったように雲の中を出たりはいったりしている。

固められていた土がだいぶほぐれると、ふたりはつるはしを放り出し、鋤で土をやっつけ始めた。ふたりともこの仕事のために、服の上からあらかじめ古いオーバーオールを着こんでいた。

「やっとわかりましたよ」エラリーは墓の横に積みあがった土の山の傍《かたわ》らでひと息つきながらつぶやいた。「死体泥棒の気持ちが。神父さん、あなたが一緒に来てくださって本当によかった。ぼくは生まれながら想像力が逞しすぎるたちでしてね」

「何も怖いことはありませんよ、我が子よ」老神父はいくらか苦々しげに言った。「ここにいるのは死者ばかりですから」

エラリーは身震いした。スコットが唸った。「さっさとやっちまおう！」

そして、ついにふたりの鋤が木に当たって、うつろな音を響かせた。

どうやって成し遂げたのか、エラリーはもはやはっきりとは覚えていなかった。これは巨人のやるべき仕事であった。完了するよりずっと前からエラリーの全身は汗で濡れそぼり、冷たい風が吹きつけてくると、まるで氷柱《つらら》を突き刺されるようだった。自分が肉体を持たない、悪夢の中の亡霊になった気がした。スコットがひとり黙々と力仕事のすばらしい才能を発揮している間、エラリーはその隣でぜいぜいと息を切らしており、アンソニー神父はあいかわらず、生《き》まじめな顔で見守っていた。やがて気がつくとエラリーは、地面にぱっくりと口を開けた穴の脇で、二本のロープを必死にひっぱり、スコットは穴の向かい側で、ロープの反対側の端をひっぱりあげていた。何か、長くて黒い塊のような重たいものが、命あるもののようにゆらゆらりと危なっかしく揺れながら、深淵《しんえん》から上がってくる。最後のひと踏ん張りのあと、それは穴の脇にどすんとのっかったが、上下がひっくり返り、エラリーはぞっとして、震えあがった。そのまま尻もちをつくように地べたに坐りこむと、おぼつかない指でたばこをさぐった。

「ぼくは――すみません――一服――させて――」もごもごと言いながら、我を忘れたようにたばこを夢中で吸い始めた。スコットは落ち着き払って、鋤にもたれて立っている。アンソニー神父だけが松の木の箱に歩み寄ると、ひっぱって底が下になるようにしてから、ゆっくりと弱々しい手つきで蓋をはずしにかかった。

エラリーはぽかんと老人を見つめていた。やがて、慌てて立ち上がると、たばこを捨て、歯を食いしばってみずからを叱咤《しった》すると、神父の両手からつるはしをひったくった。ぐいと大きく力をこめると、蓋は音をたてて持ちあがった……

スコットはがっしりした口を引きしめ、前に進み出ながら、両手に軍手をはめた。それから、死んだ男の上にかがみこんだ。アンソニー神父はうしろに下がり、疲れた眼を閉じた。一方、エラリーは、ジャスミン街からはるばる運んできた、でこぼこかさばる包みを必死になってほどき始めた。『コーシカ・コール』紙の編集部からこっそり借りてきた三脚付きの大きなカメラが現れた。さらに、何やらごそごそといじくっている。

「ありますか?」エラリーはしゃがれた声を出した。「スコットさん、ありましたか?」

いかつい男はきっぱりと言った。「あるよ、クイーンさん」

「ひとつだけ?」

「ひとつだけだね」

「ひっくり返してください」しばらくしてからエラリーは言った。「ありますか?」

スコットが言った。「あるね」

「ひとつだけですか?」

「ああ」

「ぼくがあるだろうと言った場所に?」

「うん」

するとエラリーは頭上高く何かを上げると、もう片方の手でカメラのレンズの向きを、泥まみれの棺の中に横たわるものに向け、わななく手をぐっと握りしめた。とたんに、鬼火のように青い光が、ばしゃっという例の音を響かせ、丘の中腹を煉獄《れんごく》の炎のように明るく照らし出した。

＊

そしてエラリーは骨折り仕事の途中で手を休めると、鋤にもたれかかって口を開いた。「ひとつ、話をさせてください」マイケル・スコットは黙々と働き続け、うんと力をこめるたびに、広い背中の筋肉がうねうねと動いている。アンソニー神父は再びくるまれたカメラの包みの上に腰かけ、老いた顔を両手でおおっていた。

「では、話すとしましょうか」エラリーは淡々と語りだした。「実に驚くほど狡猾《こうかつ》きわまる事件が天の配剤によってくじかれた物語を……まことに神はおわしますね、神父さん。

マクガヴァンの部屋で脚付き簞笥がいつもとは違う位置に、どうやら殺人が起きたあたりの時間帯に移動されたらしいことを発見した時、ぼくはこれを動かしたのは犯人自身ではないかと考えました。もしそうなら、その行動には必ず理由があったはずです。それでぼくは簞笥をどかしてみました。すると、それがあったうしろの壁の、腰板から三十センチほど上のしっくいに、小さな丸いくぼみがあったのです。くぼみと、その前にある簞笥を直線で結ぶと、さらにふたつのものが延長線上にあることに気づきます。マクガヴァンが撃たれた時に坐っていたと思われる、ドアの方を向いた籐椅子と、犯人が引き金を引いた時に立っていたに違いない戸口です。偶然でしょうか？　そうは思えませんでした。

　ぼくはひと目見て、弾丸が当たった痕に違いないと気づきました――しかも、くぼみの浅さから言って、力を使い果たした弾のようだ。犯人が立っていて、被害者は坐っていて――仮に、弾が心臓をぶち抜いて体外に飛び出したとして――椅子の数メートルうしろにある壁に、犯人の撃った弾が当たった痕がついたとすれば、下降線をたどるその直線上の、実際にくぼみが見つかった場所あたりにつくに違いない」

　土くれが棺の上で、どさりと鳴った。

「そうなると、もうひとつ明らかなことがあります」エラリーは奇妙な声で言いつつ、鋤を握りなおした。「弾丸がマクガヴァンの身体を貫通したのであれば、当然、マクガヴァンが坐っていた籐椅子の背にも穴が開いているはずです。ぼくは問題の椅子を調べました。弾痕はなかった。では、壁にくぼみをつけた弾丸はマクガヴァンの身体を貫通したのではなく、マクガヴァンに当たらなかったのかもしれない。言い換えれば、その嵐のうるさい晩に、銃弾は二発撃たれて、一発は体内に留まり、もう一発は壁にくぼみをつけたのかもしれない、と思ったわけです。しかし、あの部屋はすみからすみまで調べつくされたと誰もが証言しているのに、第二の弾丸が発見されたという話はついぞ聞こえてこない。ぼく自身も床を一寸きざみに調べましたが、結局見つからなかった。ところで、第二の弾丸があそこにないということは、犯人が、壁についた銃弾の痕を隠すためにえっちらおっちら脚付き箪笥を動かした時に、その弾丸を拾って持ち去ったことになります」エラリーはそこでひと息つくと、暗い眼で少しずつ埋まっていく墓穴を見やった。「しかし、なぜ犯人は弾丸をひとつだけ持ち去り、肝心な方を――被害者の体内の弾丸をそのままにしておいたのでしょうか？　まったく意味が通らない。しかし、逆に考えれば意味が通るのです。つまり、最初から第二の弾などなかった。弾が一発しか発射されていないのであれば」

　丘の斜面は影の中で魔女たちが踊り狂うたびに、びりびりと震えた。

「ぼくは」エラリーは疲れたように続けた。「この仮定のうえに立って、推理を進めることにしました。もしも弾丸が一発しか発射されていないのなら、それはマクガヴァンを殺した弾にほかならず、彼の心臓を撃ち抜き、背中から飛び出し、籐椅子の背を突き破り、そのまま部屋を突っ切って飛び続け、奥の壁のぼくがくぼみを見つけた位置にぶつかり、力を使い果たして、下に落ち、床に転がったはずです。では、なぜ、マクガヴァンの椅子の背には、弾丸の通り抜けた穴が開いていないのでしょうか。理由はひとつしかない。すなわち、それがマクガヴァンの椅子ではないからです。犯人は、弾丸が死体の外に飛び出した事実を隠すために、ひとつのことをやってのけた。つまり、脚付き箪笥を移動させました。ならば、さらにもうひとつのことをやってのけても不思議はないでしょう？　そうです、椅子を交換したのですよ。スコットさん、おたくの下宿の部屋はどれも内装がまったく同じですね。ということは、犯人はマクガヴァンの椅子を自分の部屋に持ち帰り、かわりに自分の椅子をマクガヴァンの部屋に運んだに違いない。ここまでのぼくの推理が当たっているかどうかは、背に穴の開いた籐椅子を――椅子に坐っている人間の心臓をぶち抜いた弾丸が開けそうな場所に穴のある籐椅子を発見できれば、すぐに証明できます。そしてぼくはそれを見つけましたよ――スコットさん、おたくの下宿の、ある人物の部屋でね」

　掘り返された醜い土はすでに丘の斜面と同じ高さまでたいらに埋め戻され、あと少し、小さな山を残すだけだった。アンソニー神父は友人を、心痛に満ちた憂いにかすむまなざしで見守っていた。一瞬、黒い雲が月の前に垂れこめて、一同は闇に包まれた。

「なぜ」エラリーはつぶやいた。「犯人は人体を貫通した弾の存在を隠したのでしょうか。理由はひとつしかない。その弾が発見され、調べられたくなかったからです。しかし、弾丸は発見され、調べられています」雲が、焦《じ》らすようにずれていき、再び、月光は一同を照らし出した。「それならば、発見された弾は本物でなかったということになります！」

　ようやく仕事は終わった。土饅頭《つちまんじゅう》は月光を浴びて、暗がりにぼうっと浮かびあがり、その丸く盛りあがった、黒い、なめらかな表面を輝かせている。アンソニー神父は呆《ほう》けたように手を伸ばし、ちっぽけな木の墓標をつかむと、こんもりと丸い土の墓に突き刺した。マイケル・スコットがようやく腰を伸ばし、額をぬぐった。

「本物じゃなかったって？」スコットはしゃがれ声で訊いた。

「本物じゃなかったんです。いいですか、あの弾が発見されたことによって、いったいどんな結果が生じましたか。ロジャー・ボウエンが犯人である、という結果に直結したじゃありませんか。その弾は間違いなく、ボウエンの所持する三八口径オートマチックから発射されていましたからね。しかし、もしそれが本物の弾でなかったとすると、ボウエンは何者かにはめられ、濡れ衣を着せられたことになる。その何者かは、眠りの浅いボウエンからこっそり拳銃を盗むことはできなくとも、ボウエンのオートマチックから発射された弾丸を前もって手に入れることのできる人物であり、なおかつ、ボウエンの——いわば——無実の弾を、実際にマクガヴァンを殺した本物の弾とすり替えることが可能な人物ということになります！」エラリーの声が甲高くなり、耳障りにきしんだ。「犯人の銃が発射した弾にはもちろん、ボウエンの銃の線条痕はついていません。犯人の銃の弾が発見されれば、ボウエンの三八口径の銃から撃たれたものでないことは、鑑定で明らかになり、濡れ衣工作はすぐにばれる。ですから、犯人は本物の、実際に死をもたらした弾丸を現場から持ち去り、壁についたくぼみを隠し、籐椅子を交換しなければならなかったのです」

「しかし、なんでまた」スコットは首を締めつけられるような声を出した。「その馬鹿たれは、椅子も壁の痕もそのままほったらかして、見つかるようにしとかなかったんだね？　自分の撃った弾を拾って、かわりにボウエンの弾を床に落としときゃいいじゃないか。それがいちばん簡単だろうに。そしたら、犯人は弾が身体を貫通しちまった事実を隠す必要もなくなるんじゃないかね」

「いい質問です」エラリーはそっと言った。「本当に、なぜでしょうか？　犯人がそうしなかったのであれば、それは、犯人はやりたくてもやれなかった、不可能だったということになります。犯人はマクガヴァンを殺したその時、ボウエンから盗んでおいた発射済みの弾を、持っていなかったのです。ちょうどその時、手の届かない場所に、問題の弾を置いてきてしまったのですよ」

「てことは、犯人は弾が死体の外に飛び出すとは全然考えてなかったのか」スコットが叫んで、太い腕を大きく振りまわすと、その影がマクガヴァンの醜い墓を切り裂くように動いた。「そして、ボウエンの弾と本物の弾を、あとですり替えることができる自信があったわけだな。殺したあとに、警察の捜査のあとで……」

「そのとおりです」エラリーはつぶやいた。「まさに、そこなんですよ――」不意に、言葉を切った。純白の透けるような衣をまとった幽霊が、丘の斜面をこちらに向かって、暗い土の上をすべるように近づいてくる。アンソニー神父が立ち上がった。その姿は、この世の人とは思えないほど大きく見えた。エラリーは思わず、鋤を握りしめた。

ところが、マイケル・スコットがしゃがれ声で叫んだ。「アイリス！　どうした――」

アイリスは半狂乱でエラリーに飛びついた。「クイーンさん！」娘はあえいだ。「こっちに――こっちに来る！　ばれたの――あなたと父とアンソニー神父様が鋤を持ってこっちの方に来るところを見た人がいたって……プリングル署長がサム・ドッドさんを呼びにきたの……だから、わたし走って――」

「ありがとう、アイリスさん」エラリーは優しく言った。「あなたはいろいろな美徳を備えておいでですが、勇気もお持ちだったんですね」しかし、彼は動こうとしなかった。

「おい、ずらかろう」スコットが声をひそめて言った。「おれは、捕まりたく――」

「これは犯罪ですかね？」エラリーは囁き返した。「祝福された死者と交流を持つ方法を求めることは。いいえ、ぼくは待ちますよ」

ふたつの点が現れ、踊る人形に変化《へんげ》したと思うと、どんどん大きくなりながら、狂ったように丘の斜面をのぼってきた。ひとり目は大柄で肥えていて、片手の中で何かが鈍く光っていた。そのうしろから、小柄で顔面蒼白《そうはく》の男がよたよたと現れた。

「マイケル！」プリングル署長はリボルバーを振りまわして、怒鳴った。「神父さん！　あんたもか、クイーンさん！　いったい何をやっとるんだ？　あんたら全員、気でも狂ったのか？　墓をあばこうなんて！」

「よかった」検死官はぜいぜい言っていた。「間に合った。まだあばいていない――」彼は土饅頭と土を掘る道具を、ほっとした顔で見ていた。「クイーンさん、あなたは知っているはずですよ、これが違法だってことくらい――」

「プリングル署長」エラリーは残念そうに言いながら、前に進み出て、銀色の瞳でつらぬくように検死官をまっすぐ見据えた。「この男を、マクガヴァンの計画的殺人と、ロジャー・ボウエンをおとしいれたかどで、逮捕してください」

＊

テラスは紫色の影に包まれていた。月はとうのむかしに沈み、コーシカの町は眠りに落ちていた。アイリスの白いドレスがかすかにちらちらと輝き、マイケル・スコットのパイプの先がひっきりなしに赤く光るのみだった。
「サム・ドッドが」スコットはつぶやいた。「あいつ、なんで。だっておれは、サム・ドッドとは長いつきあいで――」
「ああ、神父様！」アイリスはうめいて、手を伸ばすと、すぐそばの揺り椅子に収まっているアンソニー神父の手にすがりついた。
「ドッド以外にありえなかったんですよ」エラリーは疲れたように言った。足は手すりにのせている。「スコットさん、あなたはまさに的を射ていたんです、犯人は、あとで弾を偽物とすり替える自信があったと、そして、自分の撃った弾がマクガヴァンの身体を貫通してしまうとは思っていなかったと、あなたはおっしゃいましたね。もしも、犯人が撃つ前から考えていたとおりにマクガヴァンの体内に弾が残っていたら、それを偽物とすり替えることができるのは誰ですか？　殺人事件において必ずなされる検死を手がける検死官、ドッドだけです。弾がマクガヴァンの死体を貫通していた、という事実を隠し続けることができるのは誰ですか？　埋葬のために死体の処置をする葬儀屋、ドッドだけです。弾が体内にあ
った
と実際に証言したのは誰でしたか？　死体を解剖した、ドッドだけです。もし、やましいところがなければ、なぜ嘘をつく必要がありますか。ボウエンの銃で撃った弾を証拠品として提出したのは誰ですか？　死者の心臓から摘出したと主張した、ドッドだけです」アイリスが小さくすすり泣きをもらした。「裏づけですか？　山ほどありますよ。ドッドはこの家に下宿しています。殺人の夜にマ

クガヴァンの部屋に行くのは簡単です。そして、死体を〝発見〟したのはドッドでした。ということは、必要な細工をいくらでも好きなだけ、何の邪魔もはいらずにやれたわけだ。死亡時刻を割り出して決定したのは、検死官であるドッドです。ということは、ドッドは実際の犯行時刻よりもあとにずらして、脚付き箪笥を移動したり、椅子を交換したりするのに使ってしまった時間を取り戻すことができる。またドッドは本人が認めているとおり、ロジャー・ボウエンとしょっちゅう兎狩りに出かけていました。つまり、ボウエンのオートマチックから発射されて獲物に当たり損ねたはずれ弾を、簡単に入手できた。ドッドは検死官として、専門知識がありました。線条痕のことを考えつくには、専門知識が必要です。ドッドは検死官として、弾道学に関する専門知識と、線条痕を調べるための顕微鏡を持っていました……。さらに、ぼくは物証を握っています。背もたれに穴の開いた籐椅子を発見したのは、ドッドの部屋でした。そしてもっとも重要な事実は、もしも墓から掘り返したマクガヴァンの死体の胸に、弾がはいった穴がひとつ、背中に弾が抜けた穴がひとつあるのがわかれば、それはドッドが正式な報告書に虚偽の記述をしたことを示し、ひいては、ぼくの一連の推理が正しかったことを完璧に立証できる、ということです。我々が死体を掘り返すと、思ったとおり、弾が抜けた穴が見つかりました。ぼくの撮った写真が、ドッドを電気椅子に送ることでしょう」

「そして、神の御許《みもと》にもでしょう、我が子よ?」アンソニー神父は暗がりの中で静かに言った。

エラリーはため息をついた。「ぼくは、ドッドの撃った弾がマクガヴァンの身体を貫通したことには、大いなる力が働いたのだと思いたいです。もし、ドッドの予想していたとおり、マクガヴァンの心臓の中に弾が留まっていたならば、壁にくぼみはできず、籐椅子の背にも穴は開かず、そうなれば、死体を掘り返す理由はまったくなかった。その場合、ドッドは検死をすませたあとで、あらかじめボウエンから盗んでおいた弾丸を、死体の中から摘出したと言って提出しただろうし、ボウエン君は非常に運の悪い青年となったでしょう」

「でも、サム・ドッドさんなのよ！」アイリスは叫んで、両手で顔をおおった。「わたし、まだ子供だった小さいころからずっと、あの人のことを知ってるわ。あの人はいつだって、とても穏やかで、とても優しくて、とても――とても……」

エラリーが立ち上がり、彼の靴が暗いテラスの上でかすかな音をたてた。白いドレスがちらちらと神々しく輝く娘の上にかがみこむと、エラリーは片手でアイリスの顎《あご》をそっとすくいあげ、なんとも言えない奇妙な思慕の念をこめて、まったく見えない顔をまじまじと見下ろした。

「あなたのような美しいかたはね、お嬢さん、天からの危険な贈り物なのですよ。わかりませんか、あなたの優しいサム・ドッドは、ひとりのライバルを消すために、マクガヴァンを殺し、もうひとりのライバルを消すために、殺人の罪をロジャー・ボウエンに着せようとしたのです」

「ライバル？」アイリスはきょとんとした。

「ライバルだと、けしからん！」スコットは怒鳴った。

「我が子よ、あなたの眼は」アンソニー神父が囁いた。「なかなかよろしい」

「希望は、人の胸に永遠にわき続けるものですが、時に、死を呼ぶこともあります」エラリーは静かに言った。「サム・ドッドは、あなたを愛しているんです」

チークのたばこ入れの冒険

The Adventure of the Teakwood Case

ニューヨーク市西八十七丁目にあるアパートメントの、木材や革に囲まれた居心地のよいクイーン家の居間は、シーマン・カーター氏と同じくらい風変わりな客なら何度も迎えてきたが、これほどまで取り乱している客はいまだかつてなかった。

「あのですね、カーターさん」エラリー・クイーンはおもしろそうに言いながら、長い脚を暖炉に向かって伸ばした。「そりゃ、ずいぶんな勘違いです。ぼくは刑事じゃありません。うちで刑事をやってるのは父ですよ！　公式に事件を捜査する権限がないのは、ぼくもあなたとまったく同じですから」

「いえ、大事なのはまさにそこなんです、クイーンさん」カーターは石ころのような眼をぎょろつかせ、ぜいぜいと息を切らしながら言った。「警察のお世話にはなりたくないのでして。なんとか、非公式に助けていただけないものかと。クイーンさん、あなたに助けてほしいんです、この恐ろしい連続盗難事件を解決してくれませんか、そのう――えへん！――ご内密《サブ・ローザ》に。そうでなければご自宅まで押しかけてきたりしません。どうかどうか、お願いします、クイーンさん、ゴシック・アームズ・アパートメントハウスに悪い噂がたつようなことになっては困るんです。うちは一流のお客様に最高のサービスをさせていただいている――」

「ふうう、いいですか、カーターさん」エラリーは、あいもかわらず手から放せない紙巻きたばこ《シガレット》の煙をのんびりと吐きながら、諭した。「悪いことは言わない、警察に届けなさい。だいたい、この五カ月間に五回も泥棒にはいられたんでしょう。盗られたのはどれも宝石で、みんな別々の階に住む、まったく違う入居者が被害を受けたと。しかもまた二日前に、新たな事件が起きたわけですよね――部屋の壁に埋めこんだ金庫からダイヤのネックレスが盗られたと。アパートメントの古顔で、身体の不自由なマロリー夫人の……」

「マロリーさん！」カーターはまるでタコが身体をくねらせるように、全身を不気味に震わせた。「あのおばあちゃんときたら！　ヒステリーを起こして――いや、もう、たいへんでしたよ、クイーンさん。やれ警察に通報しろだの、保険会社に知らせろだの、がみがみともう……実際、どうすればいいやら、私どもは困っているんです」

「ぼくに言わせてもらえば」エラリーは、男の震えるでこぼこの頬を、鋭い眼でじっと見つめた。「いますぐ、警察に届けないとたいへんな泥沼にはまりこむことになりますよ、カーターさん。あなたはつまらないことを大げさに考えすぎているだけです」

電話のベルが鳴って、クイーン家の何でも屋のジューナ少年が寝室に駆けこんでいった。かと思うとすぐに戸口から、小さな浅黒い顔をぴょこんと突き出した。「エラリーさん、お電話ですよう。クイーンお父さんがかけてきて、すごく急いでるみたいです」

「失礼」エラリーは即座に言うと、寝室に姿を消した。

次に出てきた時、エラリーのほっそりした顔から、楽しそうだった余裕の表情はすっかり消えていた。それまで着ていたくたくたの古いガウンを脱ぎ捨て、長身の上から下まで、きっちりと外出着に着替えている。

「あなたも驚かれること請け合いですが」淡々とした声で言った。「またひとつ、事実は小説より奇なり、という言葉の実例が生まれましたよ、カーターさん。ぼくはたったいま、驚くべき偶然の一致という一撃を食らったところです。マロリー夫人の部屋は何階にあるとおっしゃいましたか」

シーマン・カーター氏は、鳴動する火山のガスをはらんだ中腹のごとく震えていた。小さな眼はガラス玉のようにうつろになっている。「ああ、神様！」金切声をあげ、よろよろと立ち上がった。「今度は何があったんです？　F号室ですよ、十六階の！」

「そりゃよかった。いいですか、カーターさん、重大事件をなんとか内々のうちに片づけようというあなたの見上げた努力ですが、失敗に終わりました。いまからぼくはあなたに、及ばずながら力をお貸しすることにします。ただし、これからぼくらが行こうとしている《アン・ルート》場所は、盗みよりもっと深刻な犯行現場です。ぼくの父のクイーン警視が知らせてくれたところによると、ゴシック・アームズ・アパートメントハウスのH号室で、ひとりの男がすっかりいかれた状態で発見されました。ひとことで言えば、殺されてるんです」

*

急行エレベーターがエラリーと管理人を十六階に運んだ。おりると、西廊下の中央にあるエレベーターホールに出た。そこから真正面を向くと、西廊下と垂直にのびる中央廊下の突き当たりに、西廊下と並行して走る東廊下のエレベーターホールとエレベーターのブロンズのドアが見える。カーターはまん丸い図体をゼラチンのお化けのように震わせながら、エレベーターを出て、西廊下を右に歩いていった。やがてふたりは、口笛を吹いている刑事が見張りに立つドアの前に来た。金文字でHと書かれたドアは閉じたままだ。カーターが開け、ふたりははいっていった。

そこは小さな控えの間で、開いたドアの奥に見える広い部屋は、男たちでいっぱいだった。エラリーは制服警官の脇を通り抜け、父親に——銀色の美しい羽と明るい小さな眼の小鳥を思わせる小柄な紳士に——軽くうなずいてみせると、部屋の真ん中の小さなテーブルのそばにある肘掛け椅子で動かなくなっている人物を見下ろした。

「絞殺《こうさつ》ですか」

「そうだ」クイーン警視は答えた。「ときに、連れのかたはどなただね、エラリー」

「シーマン・カーターさん、この建物の管理人ですよ」エラリーは、カーターがクイーン家を訪問した目的について、面倒ながらも説明した。その間じゅうも、エラリーの眼は休むことなく現場の様子を観察して動きまわっている。

「カーターさん、この死んどる男は誰です?」警視が訊ねた。「ここの誰も知らんようだが」

カーターは象のような足の片方から、もう片方に体重を移した。「誰って?」カーターは口ごもった。「だ、誰って。だって、ルボックさんでしょう?」

モーニングコートのボタンホールに花をさし、いやに気取った様子の青年が、遠慮がちに咳《せき》払いをした。一同はそちらを振り返った。「ルボックさんじゃありませんよ、カーターさん」青年はおずおずと言った。「たしかに、うしろから見るとそっくりですけど」にやけたような気取ったくちびるが、恐怖で青白くなっている。

「あの人は？」エラリーが訊いた。

「フリスと申します。私の補佐の」管理人はもごもごと答えた。「そうだな、フリス、おまえの言うとおりだ」管理人は肘掛け椅子をぐるりとまわし、死体がもっとよく見えるようにした。

小ざっぱりとした血色のよい長身の男が、きびきびと部屋にはいってきた。黒鞄を持っている。カーターが、ユースタス先生、と呼びかけていた。医師は黒鞄を椅子のそばに置くと、死んだ男の身体を調べ始めた。ユースタス博士は、この高級アパートメント常駐の医師ということだった。

エラリーは警視を脇にひっぱっていった。「何かありましたか」低い声で訊ねた。

警視は気前よく嗅ぎたばこを鼻の穴いっぱいに詰めこんで、盛大にくしゃみをした。「何もない。完全な謎だ。死体は一時間ほど前に偶然、発見された。中央廊下をはさんだ向かいのC号室の女が、このスイートルームでひとり暮らしをしとるジョン・ルボックの様子を見にきたんだとさ。すくなくとも、女はそう言っとる」警視が軽く顎《あご》をしゃくった先には、銀髪の若い女がいた。念入りにほどこした化粧が、涙で惨憺《さんたん》たる有様だ。警官に見守られて、部屋の向こうでしょんぼりと坐っている。「ビリー・ハームズって娘っ子だ。ローマ劇場の三文芝居におぽこ娘役で出とるらしい。締めあげてやっと、ふた月前からルボックの遊び相手をやっとると白状した。あの娘の世話をしとるメイドの話だと――まったくありがたいものだな、メイドってのは！――二週間ほど前に、痴話喧嘩をしとったそうだ。どうやら、ルボックは愛人の部屋代をこれ以上は払わんと言ったらしい。それで甘いパパさんの株は急降下ってわけだ」

「すてきなカップルですね」エラリーは言った。「それで？」

「あの女はずかずかとこの部屋にはいってきて――薄暗くて、よく見えなかったらしい。テーブルの小さいランプだけがついていて――女は男が寝ていると思いこんで、肩を揺すったら、ルボックでなかったうえに、死んどったというわけだ……よくある話さ。それで大声をあげたら、大勢の人間が駆けつけた――隣近所だな。そこにおる連中だ」エラリーがそちらを向くと、ビリー・ハームズの近くに五人の男女が固まっていた。「全員、この階の住人だ。あの年配の夫婦――オーキンズ夫妻は、西廊下をはさんだ向かい側のA号室。その隣でぶすっとした顔の奴は宝石商のベンジャミン・シュリー――B号室に住んどる。あとのふたりはフォレスター夫妻だ――亭主の方は市内で、怪しげな商売をやっとるらしい。この夫婦はD号室。ビリー・ハームズの隣の部屋だな」

「で、この人たちから何か引き出せたんですか」

「いや。手がかりひとつ出とらん」警視は白い口ひげの端を嚙みちぎった。「ルボックは今朝、外出したっきりだ。かなりの遊び人で、女関係もなかなか派手らしい。メイドのひとりの話じゃ、フォレスターの女房にも手を出しとった――まあ、ちょっといい女だろ？　しかし、ほかの連中とはまったくつきあいがなかったようだな」警視は肩をすくめた。「もう聞きこみは始めた――ルボックは無職だが、収入源は誰も知らん。だが、わしらの興味があるのはルボックじゃない、もちろん、行方は探しとるぞ。ヘイグストロームにまかせた。しかし、ここの使用人の誰ひとりとして、そこで絞め殺されとる男を知らんのだ。全員、一度もそいつを見たことがない。そして、身元のわかる所持品も何ひとつない」

ユースタス博士が警視に合図を送った。医師は死体の検分を終えて立ち上がっていた。クイーン父子は椅子に戻っていった。「見立てはどうです、先生」警視が訊いた。

「背後からの絞殺ですね」医師は答えた。「まだ一時間もたっていません。私が言えるのはそれだけです」

「いやいや、助かります」

エラリーは、死体が坐る椅子のそばの小さなテーブルに向かって歩いていった。男の衣服のポケットの中身がそこに積んである。すり切れた安っぽい札入れには五十七ドル分の紙幣がはいっていた。そして、コインが数枚。小さなオートマチック。エール錠が一本。ニューヨーク地元紙の夕刊。ローマ劇場のくしゃくしゃになったプログラム。ローマ劇場の本日の日付入りの半券。湿ったハンカチ二枚。ゴシック・アームズ・アパートメントのロゴが紙蓋に印刷された真新しい紙マッチがひとつ。つやつやした緑色の紙巻きたばこの箱がひとつ。たばこの箱はてっぺんの銀紙の半分と青い封が破かれている。その中にはたばこが四本しか残っていないが、箱そのものはまったく型崩れしておらず、買ったばかりなのは明らかだ。

見たところ、たいして役にたつものはなさそうだった。

エラリーは小さな鍵をつまみあげた。「これはどこの鍵かわかりましたか」警視に訊ねた。

「ああ。この部屋の鍵だよ」

「合鍵ですか？」

シーマン・カーター氏がエラリーの手からおぼつかない指でそれを受け取り、ためつすがめつし、おどおどしているフリスと何やら協議してから、エラリーに返した。「これは、オリジナルの鍵です、クイーンさん」声を震わせた。「合鍵じゃありません」

エラリーは鍵をテーブルの上にぽいと投げた。鋭い眼が部屋じゅうをさまよい始める。テーブルの下に小さな金属製のごみ箱を見つけ、エラリーはそれをひっぱり出した。中はきれいで、銀紙と青い紙を丸めた玉と、皺《しわ》だらけのセロファンがあるほかには、何もない。エラリーはすぐさま、発見物をたばこの箱と見比べた。皺をのばした銀紙と青い紙は、たばこの箱のてっぺんの破り取られた穴の部分にぴたりと合った。

警視は、息子の真剣に考えこむさまを見て微笑んだ。「そう悩む必要はないぞ、おまえ。その男は一時間半前に外から一階のロビーにはいってきて、フロントでそのたばこを買った。紙マッチはもちろん、そこでもらったものだ。そのあと、ここに上がってきた。エレベーターボーイがこの階でおろしたのが、男の目撃された最後だ」

「殺した犯人以外にね」エラリーは眉を寄せて言った。「それはそうと……このたばこの箱の中を見てみましたか、お父さん」

「いや。なんでだ？」

「もし覗いていたら、この中にはたばこが四本しかないのを見ていたはずですよ。この事実はなかなかに意味深長であると、愚考する次第であります」

それ以上は何も言わず、エラリーはのんびりした足取りで室内を歩きまわりだした。それは広い部屋で、金《かね》のかかった、いかにも道楽者らしい趣味の調度品に彩られていた。しかし、エラリーはジョン・ルボックのインテリアに興味があってきょろきょろしているのではなかった。灰皿を探していたのである。いろいろなサイズや形の灰皿があちこちに置かれていた。どれも汚れひとつなくきれいだった。エラリーの視線は床にまで落とされたが、しばらくすると、目当ての物が見つからなかったかのように、もとの高さに戻った。「それは寝室に続いてるんですか？」そう言いながら、エラリーは部屋の南東のすみにあるドアを指さした。警視がうなずくと、エラリーは部屋を突っ切って、ドアの向こうに消えていった。

新たな一団が——警察のカメラマンや、指紋採取係や、ニューヨーク郡首席検死官補だ——エラリーが出ていくのと入れ違いに、どやどやと居間にはいっていった。カメラのフラッシュが焚かれる鈍い音と、老警視が十六階の住人たちをまた尋問し始めたがみがみ声がエラリーの耳にも届いてくる。

エラリーは寝室を見回した。ベッドは天蓋付きで、絹の布におおわれ、房飾り《タッセル》がごてごてとぶらさがっている。床には豪奢《ごうしゃ》な中華風の絨毯が敷かれている。やたらと華やかな金ぴかの調度品の数々に、シンプルな物を好むエラリーの眼はちかちか痛みだした。とりあえず出入り口を探してみた。ドアは三つ——たったいま、エラリー自身が居間からはいってくるのに開けたドア。右を向くと、もうひとつのドアが見える。ここを開けると西廊下だ。さらにもうひとつ、左側にもドアがある。ノブをまわしてみると、鍵がかかっていた。だが、鍵はこちら側の鍵穴にささっている。鍵を開け、ドアを開けると、家具のまったくない、ルボックの寝室とは作りが対称の部屋に出た。さらにその奥は、がらんとした居間と、何もない控えの間に続いている。どうやらここはG号室で、空き部屋のようだ。調べてみると、このG号室から外の廊下につながるドアはどれも鍵がかかっていないことが、すぐに判明した。

エラリーはため息をつくと、ルボックの寝室に引き返して、もう一度、鍵をかけなおし、鍵は鍵穴にもとのまま残しておいた。ふと、何の気なしに思いついて、エラリーは立ち止まると、ハンカチを取り出し、ドアノブをきれいにぬぐった。それがすむと、まっすぐ衣装戸棚に歩み寄り、ラックに下がる何着もの男物の服のポケットをさぐり始めた——たくさんのコート、スーツ、帽子が贅沢《ぜいたく》に並んでいる。エラリーは奇妙な作業を繰り返し始めた。ポケットの塵《ちり》にしか興味がないのだろうか、ポケットの中の布をひっぱり出しては、縫い目の隙間《すきま》にたまった埃を調べていく。「たばこの粉がないな」エラリーはひとりごとを言った。「おもしろい——しかし、ここから何がわかる?」

エラリーはすべてのポケットを直すと、注意深く服をすべて元どおりにし、衣装戸棚の扉を閉めて、西廊下に通じるドアに向かった。ドアを開けて部屋の外に出ると、西廊下を歩いて、ルボックのスイートルームの玄関をめざした。すると、エレベーターの近くで、カメラマンと指紋採取係とヴェリー部長刑事と背の高いひょろりと不気味なプラウティ検死官補が集まって、和気あいあいと喋っているのが見えた。

H号室の前でまだ見張りに立つ――あいかわらず口笛を吹いている――刑事に会釈をして、エラリーは控えの間にはいり、そこのクロゼットにかかっているすべての衣服のポケットを、さっきと同じ妙なやりかたで調べ始めた。エラリーの表情を見るかぎり、まったく成果はなかったようだった。

居間の話し声が急に大きくなったので、エラリーはクロゼットのドアをぱたんと閉じた。父の声が聞こえてくる。「気をたしかに、しっかりしなさい、ルボックさん」

エラリーは急いで居間にはいっていった。近所の住人たちは出ていったか、監視付きで自分たちの部屋に戻されたかして、すでにいなかった。この芝居のもとからいる登場人物で残っているのは、シーマン・カーター氏とユースタス博士だけだ。しかし、新入りがひとり増えていた――小柄でほっそりして頬のこけた、砂色の髪と青い瞳の伊達男《だておとこ》は、きれいに剃《そ》った顎をおかしなほどわなわなと震わせながら、死んだ男をじっと見下ろしている。

「どなたですか?」エラリーは愛想よく声をかけた。

男は振り返り、呆《ほう》けたような眼でエラリーを見ただけで、また死体の方に顔を向けた。

「ジョン・ルボックさんだ」警視が言った。「この部屋の住人だよ。ついさっきやっと見つかった――ヘイグストロームが連れてきてな。それでそこの椅子の青年の身元がわかったところだ」

エラリーはジョン・ルボックの顔をまじまじと観察した。「ご親戚ですか、ルボックさん？どことなく似ていらっしゃいますね」

「そうです」ルボックはやっと我《われ》に返って、かすれた声を出した。「これは――兄です、私の。私は――いえ、兄は、今朝、グアテマラからニューヨークに来たんです。兄は技師で、会うのは三年ぶりでした。私の行きつけのクラブのひとつに兄が探しにきたんです。ただ、私は先約があったので、兄に私のアパートメントの鍵を貸してやりました。そうしたら、兄はどこかの劇場の昼公演《マチネー》でも見て時間を潰《つぶ》して部屋に行くから、その時に会おうと言ったんです。それで、いま帰ってみたら、こんな――」丸まっていた肩をぐっと張り、うんと息を吸いこむと、ガラス玉のような青い瞳に理性が少しずつ戻ってきた。「いったい、どういうことなんだ」

「ルボックさん」警視が言った。「お兄さんには敵がいましたか」

砂色の髪の男はテーブルの端をつかんだ。「知りません」ルボックは途方に暮れたように答えた。「ハリーのくれた手紙には一度もそんな――そんなことは書いてなかった」

エラリーが言った。「ルボックさん、テーブルの上にある物を調べてもらえませんか。お兄さんのポケットにはいっていた物です。ここにあるはずなのに、なくなっている物はありませんか」

伊達男はテーブルの上を見つめた。そしてかぶりを振った。「わかりません、私には全然」

エラリーは男の腕に手をかけた。「ルボックさん、お兄さんのシガレットケースがなくなっていないのはたしかですか」

ルボックははっと驚いた顔になった。そのどんよりした眼に好奇心のようなものが浮かんでくる。一方、警視は唖然として突っ立っていた。

「シガレットケースだと？　シガレットケースがどうした、エラリー。そんなものはなかったぞ！」

「まさにそこが重要なポイントですよ」エラリーは優しく言った。「で、どうなんです、ルボックさん」

ルボックは乾いたくちびるをなめた。「言われてみれば――ええ」やっとのことで言った。「どうしてそんなことをご存じなのか、てんでわかりませんが。私も忘れていたくらいなのに！　三年前、ハリーがアメリカから中米に移住する前に、そっくりなシガレットケースをふたつ持ってきました」言いながら、ルボックは上着の内ポケットをまさぐり、鈍い黒の薄いケースを取り出した。東洋風の精巧な模様が銀で象嵌されており、ひとかけらの銀片が溝から欠け落ちている。

エラリーが眼を輝かせて、蓋を開けると、紙巻きたばこが六本はいっていた。エラリー自身、大のつくたばこ愛好家で、シガレットケースに目がないのである。

「ハリーの友達が」ルボックは弱々しい声で続けた。「バンコクからケースをふたつ、ハリーに送ってよこしました。ご存じでしょうが、世界でいちばん上等なチーク材は東インド諸島でとれるんです。ハリーが私にひとつくれたので、それからずっとこれを愛用してます。でも、どうして知ってたんですか、クイーンさん、このことは――」

エラリーはぱちんと蓋を閉めなおすと、ルボックにケースを返した。にこにこして答えた。

「物事を知るのがぼくらの仕事ですのでね、ただし、ぼくがこのことを知っていたのは、ちっとも不思議はないんですよ」

ルボックがそのケースを胸ポケットに大切そうに――まるで宝物を扱うように――しまいなおしていると、控えの間からぼそぼそと話し声がして、白ずくめの研修医がふたり、はいってきた。警視がうなずいてみせると、ふたりは持ってきた担架を広げ、肘掛け椅子から死んだ男を持ちあげて無造作にキャンバス地の上に放り出すと、毛布でおおい隠し、まるで殺したての牛の脇腹をそいだ肉の塊《かたまり》のようにさっさと運んでいった。ジョン・ルボックはまたテーブルの端をつかんだ。青白い顔がいっそう白くなったかと思うと、咽喉《のど》から異様な音をたて、吐き気に耐えられないように、床に崩れ落ちていった。

「危ない！　先生！　ユースタス先生！　おおい、ドク、プラウティ、来てくれ！　早く！」

警視は叫びながら、エラリーと共に前に飛び出し、気絶しかけた男の身体をつかまえた。ユースタス博士が鞄を開けると、プラウティ博士が部屋に駆けこんできた。ルボックはもつれる舌でつぶやいた。「どうも――私には――きつすぎた――みたいで――ああやって運ばれるのを――見ていたら――かわいそうなハリー……鎮静剤か何か――くれますか――気つけになるような」

プラウティ博士はふんと鼻を鳴らすと、またさっさと出ていった。ユースタス医師は瓶を探し出し、ルボックの鼻の穴の下に持っていった。その鼻がひくついたかと思うと、ルボックは弱々しく微笑んだ。「どうぞ」エラリーは自分のシガレットケースを取り出した。「一服やるといい。気が鎮《しず》まりますよ」しかしルボックはかぶりを振ると、ケースを押しやった。「だい――大丈夫です」なんとか立ち上がろうともがきながら、声を絞り出した。「すみません、みっともないところをお見せして」

エラリーは、テーブルのそばで眼のくらんだサイのように立ちつくし、顔から滝のような汗を流している管理人に声をかけた。「この部屋の掃除を担当しているメイドをよこしてください、カーターさん。いますぐ」

肥《ふと》った男は勢いこんで何度もうなずくと、力の抜けた足でできるかぎり速く、居間からよちよちと出ていった。ヴェリー部長刑事がちょうどはいってくるところで、顔をしかめてカーターを見やった。エラリーは目顔で父に合図すると、控えの間に向かって顎をしゃくった。老警視は言った。「ルボックさん、ちょっとここで休んでいなさい。すぐに戻ります」

エラリーと警視は控えの間に出ていき、エラリーが居間との境のドアをそっと閉めた。

「今度はなんだ?」警視は唸った。

エラリーはにこりとした。「お待ちあれ」そして、背中で両手を組み、行ったり来たりし始めた。

黒い制服を着た、こぎれいな黒人の小柄の娘が、玄関のドアの前に急ぎ足で現れた。娘の顔は恐怖で紫色になっている。

「やあ」エラリーは声をかけた。「おはいり。きみがいつもこの部屋を掃除しているメイドさんかな」

「はい、だんな様！」

「今朝も普段どおりに掃除をした？」

「はい、だんな様！」

「じゃ、掃除の前に灰皿に灰はあったのかな？」

「いいえ、だんな様！　ルボック様のお部屋にたばこの灰なんかいっぺんもあったことないです。お客様があった時は別だけど」

「それ、たしかかい？」

「誓います、だんな様！」

娘は逃げるように出ていった。警視が言った。「わしには何がなんだかわからん」

エラリーはのんきそうな仮面を脱ぎ捨てると、父親のほっそりした小柄な身体を引き寄せた。

「いいですか。いまのメイドの証言が、たったひとつ、ぼくらの必要だったものです。実に微妙でやっかいな状況ですよ、我が尊きご先祖様。とりあえず、ぼくの推理を聞いてください。ハリー・ルボックの死体のポケットから、たばこの箱がひとつ出てきました。見るからに新しいたばこですが、ここに上がってくる前に買っていったというフロントの証言と、この部屋のくずかごで見つけたアルミ箔と青い紙が箱のそれとぴったり合った事実、セロファンのラップがあったこと、箱がまったく型崩れしていないことなどから、たしかにそうであると立証されます。ハリーはこの部屋に上がってきて、弟を待つことにしました。肘掛け椅子に腰をおろし、控えの間に背を向けて坐っていたわけです。待つ間、ハリーはたばこを吸いませんでした。部屋のどこにも灰はなく、吸い殻も落ちていません。それなのに、この真新しいたばこの箱の中には、四本しかたばこがはいっていない。たばこひと箱は、二十本入りです。では残りの十六本はどうなったのでしょう。第一の可能性は、犯人が箱を開けて、中からたばこを盗んでいったというものです。これは心理的に無理がありすぎる——殺人犯が、殺した相手のたばこの箱を開けて、新しいたばこを漁《あさ》るという姿は想像がつきません。第二の可能性は、犯人が部屋に現れる前に、ハリー本人が買ってきたばかりのたばこの箱を開けて、シガレットケースに中身を移そうとした可能性です。これはなくなっているたばこの本数の説明にもなります。たいていのシガレットケースにはいるのは十六本だからです。ええ、ぼくは十六本のたばこは、あの技師のハリーが自分のシガレットケースに移し替えたに違いないと確信しました。なら、そのケースはどこに行ったんでしょう？　ここにないということは、明らかに、犯人が持ち去ったのです」警視は息子の言葉を頭の中でよく嚙みくだき、やがてうなずいた。「よろしいですね。さて、ではいったいどういうことになるでしょうか。たばこそのものは買ったばかりだから、盗みの目的のはずがない。ならば、シガレットケースが目当てだったに違いないということになります！」

クイーン警視は老いたくちびるをぎゅっとすぼめた。「しかし、なぜだ？　あのケースには、秘密のばねも隠し場所もないぞ。あれは木の板が薄すぎて、ものを隠せるような隙間は作れないはずだ」

「わかりません、本当にわからないんですよ、お父さん。いったい、なぜなのか、理由はまったくわからない。だけど、事実はいま言ったとおりなんだ。

次に、ジョン・ルボックです。実は、三つの心理的なサインがあります……もっと具体的に説明しましょうか。まずは、メイドの証言です。この部屋には来客があった時以外に、たばこの灰があったことは一度もないということでした。これは喫煙者ではないというサインではありませんか？　そうなんです《ウィ》よ、お父さん《パパ》。いいですか、ジョン・ルボックは気絶しかけた時、何か鎮静剤が欲しいと言ったくせに、ぼくの差し出したたばこを断った！　喫煙者ではないというサインではありませんか？　間違いありません。ストレスを受けた時、喫煙者はたばこに頼るものです――ニコチン中毒者にとって、たばこは鎮静剤そのものだ。三つ目ですが、ジョン・ルボックのクロゼットにあるどの服のポケットにも、たばこの葉の粉末が落ちていませんでした！　ぼくの上着のポケットの中を見たことがありますか。縫い目の間という間にたばこの葉の粉がはいりこんでいますよ。ジョン・ルボックの服にはそれがまったくない。喫煙者ではないというサインではありませんか？　さて、お答え願いましょう」

「よかろう」警視は小声で言った。「ルボックは喫煙者ではない。なら、なんで、たばこの詰まったシガレットケースを持ち歩いとったんだ？」

「まさにそこですよ！」エラリーは叫んだ。「さっき我々は、殺された男がシガレットケースを盗まれた可能性がある、と推理しました。一方、ジョン・ルボックは喫煙者でもないのに、シガレットケースを持っている……どうです？　ならば、ジョンがぼくたちに見せたケースは殺された兄ハリーの持ち物だった、と考えるのは、それなりに筋が通っている――いや、まさに筋が通っていると言っていいでしょう！」

「そうなるとジョンは、ハリーを殺した犯人ということになるが」警視はつぶやいた。「だが、あのケースには十六本もはいっていなかったぞ、エル。それに、中にはいっていた六本は、違う銘柄のたばこだった」

「そりゃそうですよ。当然、我らが親愛なる伊達男殿は技師の兄が買ったたばこを捨てて、本数も銘柄も変えて入れ替えるでしょうからね。ぼくは別に、そうだったに違いないと結論づけているわけじゃありませんよ。しかし、いまのところ、ジョンに対する風当たりはかなりきついと言えるでしょう。もし、兄を殺した犯人だとすると、チークのシガレットケースがふたつあったというジョンの話は、万が一、身体検査でもされてチークのケースを持っているのを見つかった場合の予防線として、とっさにでっちあげた作り話ということになります」

控えの間のドアをノックする音に、クイーン父子はさっと振り返った。しかし、そこにいたのはユースタス博士だけだった。居間に続くドアを開けたまま、医師は控えの間にはいってきた。「お話し中、すみませんが」医師はぶっきらぼうに詫びた。「ほかの患者を診《み》なければなりませんので」

「いつでも連絡がつくようにしてもらいましょうか、先生」警視は有無を言わさぬ口調で言った。「たったいま、ジョン・ルボックを警察本部に連行して、ちょっとばかり話を聞くことにしたので、お定まりの手続きとして、先生の証言も必要なのでね」

「ルボックを?」ユースタス博士は驚いたように眼を丸くしたものの、ひょいと肩をすくめた。「なんとまあ、いいえ、私が口を出すことじゃありませんが。私は中二階の診療所におりますが、留守にする時はフロントに行き先を言づけていきます。そちらの準備ができたら、いつでも呼びにきてください、警視」そして軽く頭を下げ、出ていった。

「ルボックを下手に脅さない方がいいですよ」警視が居間に向かって歩きだすと、エラリーが注意した。「ぼくの推理は海神トリトンのひげよりも、ぽたぽたと水が垂れているかもしれませんからね」

父子が居間に通じるドアを開けると、ヴェリー部長刑事がひとりきりで、さっきまで死んだ男の坐っていた椅子に腰かけ、足をテーブルにのっけてくつろいでいた。「ルボックはどこだ?」エラリーが早口に訊いた。

ヴェリーはあくびをした。その口は白く光る石に縁取られた真っ赤な洞窟のようだった。「二、三分前に、寝室に行きましたよ」がらがら声で部長刑事は答えた。「別にかまわんと思いましたので」そう言いながら、閉まっている寝室のドアを指さした。

「なっ、馬鹿な!」エラリーは叫んで、部屋を走り抜けた。ひっぺがすように、乱暴に寝室のドアを開けた。寝室はもぬけの殻《から》だった。

警視は廊下にたむろする部下たちを怒鳴りつけ、ヴェリー部長刑事は赤ワインのような顔色になり、椅子から飛び上がった……。口々に警告が叫ばれる。警察官たちがわらわらとフロアをしらみ潰しに探し始める。オーキンズ老夫妻がA号室から白い頭をひょっこり突き出す。ビリー・ハームズ嬢はレースのシュミーズ姿で中央廊下に飛び出てくる。魔女のような老婆がF号室から無鉄砲に車椅子を走らせ、その不器用な操縦のおかげで、ふたりの刑事が呪いの言葉を吐きながら吹っ飛ばされ、床の上に大の字になって転がる。その一幕は、さながらドタバタ喜劇映画の早回しのようだった。

エラリーは、ヴェリー部長刑事らしからぬ大失敗をぐずぐずと愚痴《ぐち》って時間を無駄にしたりしなかった。西廊下にいた刑事から、すぐに東のドア、すなわち、ジョン・ルボックは寝室の西側のドアから外に出てこなかったことを聞き出すと、すぐに東のドア、ジョン・ルボックは隣の空き部屋に続くドアに向かって走った。さっき、鍵穴にさしておいた鍵がなくなっている。ドアノブの丸い部分に触らないように気をつけながら、芯の部分をひねろうとした。びくともしない。ドアには鍵がかかっていた。

「東の廊下だ!」エラリーは怒鳴った。「そっちのドアが開いてる!」そして、先頭切ってルボックの部屋を飛び出し、角を曲がって中央廊下を駆け抜け、もう一度角を曲がって東廊下にはいると、空き部屋のG号室の鍵がかかっていない寝室のドアを開け放った。一同はもつれあうように戸口からなだれこみ――ぴたりと止まった。

ジョン・ルボックは帽子もコートも身に着けず、まぎれもなく暴力的な死によって、ねじくれた全身をこわばらせ、床に倒れていた。ルボックは絞殺されていた!

*

惨劇の跡を発見した瞬間、エラリーは口を開けて、おぼれる者のようにあえいだ。容疑者本人が殺されるとは！　そのまま寝室のドアの——ジョン・ルボックの寝室に通じるドアの——そばに立つヴェリー部長刑事の方にじりじりと下がり、身を隠した。

エラリーの眼が何気なくこのドアに向けられたとたん、はっと鋭くすがめられた。最後に見た時にはH号室側にささっていた鍵が、いまはG号室側にささっている。エラリーは考えながら指先でそれをつつき、そっと部屋を抜け出した。

中央廊下に出て指紋係をつかまえると、ルボックの寝室の側から隣室との境目《さかいめ》のドアの前に連れていった。「このドアノブから何か出るかやってみてくれないか」指紋係は仕事に取りかかった。ドアノブの黒い石にまいた白い粉の中に、いくつかのはっきりした指紋が浮かびあがる。カメラマンがはいってきて、指紋の写真を撮った。

一同はG号室のがらんとした寝室に集合した。医師たちは検死を終えて、低い声でクイーン警視と何やら話している。エラリーはジョン・ルボックの死体の手を指し示して合図した。

ややあって、埃っぽい床から立ち上がった指紋係は、十の指紋のインク跡がついた白いカードをひらひらさせていた。そのままドアに歩み寄ると、鍵をはずし、死体から採取した指紋と、ルボックの寝室側のノブについている指紋とを比較した。「オーケイ」専門家は言った。「あの死体の手だね、このノブをつかんだのは」

エラリーはため息をついた。

そしてジョン・ルボックの、まるで激しい格闘の最中《さなか》に石化したような死体の傍《かたわ》らに膝をつき、ルボックの上着の胸ポケットの中をまさぐった。

やがてエラリーは、チークのシガレットケースをしみじみと眺めていた。「ぼくは、この伊達男殿の亡霊に、誠心誠意、我が非礼を詫びなければならない。この男が言ったとおり、ケースは本当にふたつあった……これはついさっきルボックがぼくらに見せてくれたケースとは別の物です！」

　警視はぽかんと口を開けた。先に見せられたチークのシガレットケースの銀細工は一カ所、銀のかけらがはがれ落ちていたのだが、エラリーの手が持っているケースの紋様はどこにも欠けがなく、完全であった。

「結論は簡単明瞭です」エラリーは言った。「ジョン・ルボックを殺した犯人は、胸ポケットのチークのシガレットケースが目当てだった。いまや何もかもが明らかだ。犯人はこの部屋でジョンを絞殺したあと、死体からシガレットケースを盗んだ。それから、ハリーの――兄貴の方ですね――死体から盗んでおいたケースに、ジョンのケースにはいっていたのと同じ銘柄のたばこを入れ替えてから、ジョンの死体の胸ポケットにしまっておいた――ここにあるのはジョンのシガレットケースである、と警察を騙《だま》すために。実に頭がいいですが、ジョンのケースの銀細工がひとかけら欠けていて、技師の兄貴のは無傷だったおかげで、この悪だくみはおじゃんになったわけだ。たぶん犯人は違いに気づいていなかったんでしょう」

　エラリーは一同を振り返った。そして片手をあげて、皆を黙らせた。「紳士淑女諸君、犯人はやりすぎました。奴はもうおしまいです。どうか皆さん、これからぼくが事件のおさらいをして事実を指摘していきますから、よく聞いていてください……カーターさん、もうそんなに震えなくていいですよ。あなたの管理人としての心配事は解決したと、ぼくが断言しましょう」

エラリーは死者の足元に立った。その細い顔は無表情だった。一同はわけがわからないという眼でエラリーを見た。戸口の刑事たちは、エラリーの合図で部屋を出ていった。入れ替わりに、オーキンズ夫妻、ガウンを着てきたビリー・ハームズ、苦々しい顔をした宝石商のシュリー、D号室のフォレスター夫妻、車椅子のマロニー夫人までもが、どやどやとはいってきた。

「今回の事件では、いくつかの推理が必然の帰結として導き出されます」エラリーは淡々とした講義口調で語りだした。その眼は室内の誰も見ておらず、ジョン・ルボックの死体の、うっ血した首の血管に向かって話しかけているかのようだった。「ひとり目の犠牲者の死体から盗られた唯一の品物は、チークのシガレットケースでした。これは、第一の殺人の目的が、チークのシガレットケースであったことを意味します。さらに、第二の犠牲者、ジョン・ルボックが殺された。この時、ジョンのケースが盗まれ、かわりに、最初に盗まれたシガレットケースが死体に残されます。ゆえに、シガレットケースをすり替えることのできた唯一の人物は、ひとり目の犠牲者のケースを盗んだ人間——すなわち、最初の事件の殺人犯ということになります。つまり、ハリーとジョンのルボック兄弟は、同一人物によって殺された。ふたつの犯罪とひとりの犯人が存在する。これが基本となる推理です。

なぜハリー・ルボックは殺されたのでしょうか。答えは単純、犯人がハリーとジョンの兄弟を取り違えたからですよ。絞殺したあと、チークのシガレットケースの中身を確かめて、初めて気づいたのです。人違いだった！と。

犯人が人違いをしたのは無理もありません。ひとり目の犠牲者は背後から首を絞められていた。ぱっと見、ハリーはジョンと外見がそっくりでした。明らかに、犯人はルボックがふたりいることを知らなかったのです。言い換えれば、ハリーのシガレットケース、つまり、いまここにあるケースは本来、犯罪とはまったく関係がなかったことになります」

　エラリーはぐっと身を乗り出した。「さて、ここからが重要です。ふたつのシガレットケースそのものには、何も隠すことができません——たとえば、秘密の隠し場所といったものは、どちらにもない。ということは、犯人の目当てはケースそのものではなく、その中身ということになります。シガレットケースには何がはいっているでしょうか。あのふたつのケースには何がはいっていましたか。たばこだけです。しかし、たばこを奪うためだけに、どうして殺人を犯すのでしょうか。どう考えても、たばこそのものが目当てのはずはない。だが、もしもたばこの中に何かが隠されていたとすれば——もしも、紙巻きたばこの中から葉が取り出され、その空洞に何かが隠され、たばこの端にまた葉を詰めなおされたとしたら……ここまでの推理から、我々はある具体的な仮説に至ることになります」

　エラリーはまっすぐに身を起こし、深々と息を吸いこんだ。「ええと、あなたはマロリーさんですよね?」エラリーは車椅子の老女に声をかけた。

「そうですよ!」老夫人は答えた。

「二日前に、ダイヤのネックレスを盗まれたばかりだそうですね。ダイヤの大きさはどのくらいですか」

「小さなえんどう豆くらいです」マロリー夫人は甲高く叫んだ。「あのネックレス、二千ドルもしたんですよ、ダイヤがたくさんついていて」

「小さなえんどう豆くらい。ふうむ。実に主婦らしい表現です、マロリーさん」エラリーは微笑んだ。「少しずつ、見えてきましたよ。さっきぼくはジョン・ルボックのたばこが何か価値ある品物の隠し場所であったかもしれない、と仮定しましたね……たとえば、マロリーさんのたいそう高価なえんどう豆のようなものです！」

一同は、農家の庭のにわとりの群れよろしく、ぎゃあぎゃあと騒ぎだした。エラリーは皆を黙らせた。「そんなわけで我々は、皆さんの隣人のジョン・ルボックさんが、ただの遊び人の伊達男だったばかりでなく、宝石泥棒だったのではないかという仮説にたどりついたわけです」

「ルボックさんが！」シーマン・カーターはショックを受けた声で、甲高く叫んだ。

「そうなんですよ。クイーン警視は、我らが遊び人殿の収入源を突き止めることができませんでした。ひょっとして、ルボックはジゴロだったのか？　いや、ジゴロは女の部屋代を払ったりしません。金を払うのはむしろ女の方だ。しかし、宝石泥棒となれば！　これで小さな謎は解けることになります」ビリー・ハームズ嬢は白い首をダチョウのごとくのばし、洟《はな》をすすった。「ところで、ジョン・ルボックは、ダイヤを隠したたばこのために殺されたことに注意してください」エラリーは続けた。「ルボックがダイヤを持っていたことを――もっと言えば、そんな奇想天外な場所に隠していたことを、知っていたのはいったいどこの誰でしょう？　当然、共犯者以外にありえない。言い換えると、ハリーとジョンのルボック兄弟を殺した犯人を捕らえれば、ジョン・ルボックの窃盗の共犯者も捕まえることになるのです」

漂っていた安堵の空気は再び、恐怖になりかわった。誰も身じろぎひとつしなかった。マロリー夫人は、ジョン・ルボックの紫色の顔を、これ以上ないほど憎らしそうに睨みつけている。エラリーはまた微笑した――実にいたずらっぽい、腹に一物ありそうな笑顔だった。「では」やわらかく言った。「この小さな芝居の最後の幕、すなわち第二の殺人事件を詳しく見ていくとしましょうか。ジミー」エラリーは本部の指紋の専門家に声をかけた。「何を見つけた?」

「そこの床で死んでる男の指紋が、あっちのドアの反対側についてたよ――その男の寝室側に」

「ありがとう。実はですね、ジョン・ルボックが殺される直前、ぼくは偶然、彼の寝室のドアノブを拭いて――この空き部屋との境目のドアです――指紋を全部拭き取っていたんです。ということは、ついさっきルボックが自分の寝室にはいった時に、このノブをつかんだことになる。それはすなわち、ルボックがみずからの意思でそこのドアを開けて、この空き部屋にはいったことを意味します。ルボックは逃亡しようとしたのでしょうか。いいえ。第一に、ルボックは帽子もコートも身に着けていなかった。第二に、遠くまで逃げることはとうてい望めませんでした。たとえ逃げきったとしても、逃亡したという事実によって、兄殺しの嫌疑をかけられてしまう――ご承知のとおり、ルボック自身は殺されてしまったのだから、当然、無実に決まっています。では、ルボックはなぜ、この空室にはいったのでしょうか。

ぼくはほんの少し前に隣のルボックのアパートメントにいて、警視と控えの間で立ち話をしていました。あの時のぼくらには、ジョン・ルボックが兄を殺した犯人だと信じるだけの理由がありました。それで、こちらの話をルボックに聞かれないように、居間に続くドアをぼくがこの手で閉めておいたのです。ところが、ユースタス先生がこのアパートメントのほかの患者を診察したいと言って居間から出てこられた時、まずいことにドアは開けたままになっていた。その時たまたま警視は、ドアが開いていることに気づかずに、これからジョン・ルボックを警察本部に連れていって〝話を聞く〟つもりだと――平たく言えば、身体検査をして、徹底的に取り調べるつもりだと、口にしたところだったのです。実にまずい。ヴェリー部長刑事、きみはあの時、ルボックと一緒に居間にいたね。警視がそう言ったのがきみに聞こえたかい？」

「聞こえました」部長刑事はぎりっと床をかかとで削《けず》りながら小声で答えた。「たぶんルボックにも聞こえたと思います。その直後に、寝室に何かを取りにいきたいと言いだしましたから」

「証明終了《QED》です」エラリーはつぶやいた。「ルボックは自分が警察本部に連行されると聞きつけて、とっさに頭をめぐらせたのです。盗んだダイヤが、自分のチークのシガレットケースに入れたたばこの中に隠してある。徹底的に身体検査をされたら、間違いなく見つかってしまう。このたばこを手放さなければ！　これでルボックがなぜ空き部屋にはいっていったかわかりますね――逃亡するためではない、あとでまた回収するまで、一時的にたばこを隠しておくためです。当然、ルボックは戻ってくるつもりだったのですよ。

　しかし、犯人はいったいどうやって、ジョン・ルボックがあとで回収できる唯一の隠し場所、すなわち隣の空室に宝石を隠そうと、一瞬のうちに決断したことを予測できたのでしょうか。それは唯一、犯人も警視がルボックを警察本部に連れていくと言った言葉を聞き、その言葉をルボックも聞いたことを知り、すぐにルボックがどんな行動をとろうとするか予見できた場合だけにかぎられるのです」

エラリーは凄みのある微笑を浮かべると、ぐっと身を乗り出した。長い指が猛禽《もうきん》のかぎづめのように獰猛《どうもう》に曲がり、全身の筋肉が張りつめるのがわかった。「警視の言葉を聞いた人間は、たった五人です」鋭く言った。「まず、警視自身。それから、ぼく。ヴェリー部長刑事。死んだジョン・ルボック。そして――」

ビリー・ハームズ嬢が金切声で悲鳴をあげ、マロリー老夫人は傷ついたオウムのようにぎゃあぎゃあとわめいた。何者かが東廊下に出るドアに突進し、あたかも気の狂った雄の象のように、さもなくば血に飢えた戦士のように、あるいは獰猛な怒りに燃える古代のバイキングのように、大声で吼えながら、人々を追い散らして道を開けさせていく……。ヴェリー部長刑事がその一二〇キロもある筋肉の塊の巨体を投げ出し、襲いかかった。すさまじい格闘が起き、部長刑事の巨大なこぶしが唸りをあげ、もうもうと埃が舞い上がる……。エラリーは無言でその場に立って待っていた。これまでにこういう機会に何度もヴェリー部長刑事の活躍を見てきた警視は、ただため息をつくばかりだった。

「裏切り者の悪党で、二重殺人鬼だ」部長刑事が対戦相手を、親が見てもわからないほど真っ赤なぐちゃぐちゃにのしてしまうと、エラリーはようやく口を開いた。「この男は、自分の泥棒としての正体を知り、当然、人殺しを疑っていたこの世で唯一の人間である、共犯者のジョン・ルボックを始末したかったばかりでなく、マロリー夫人の宝石もひとりじめしたかったのです。お父さん、ダイヤモンドはこの男が身に着けているか、鞄の中か、そいつの部屋のどこかにありますよ。問題は」エラリーはたばこに火をつけると、石と化した人々の視線を浴びながら、ゆうゆうと吸った。「まったく単純で、厳密に理詰めで考えていけば解けるものだった。あらゆる事実がそこの床に転がっている男が唯一の犯人であることを指し示していました」

ヴェリー部長刑事の容赦《ようしゃ》ない手につかまれ、もがいている男。それは、ユースタス医師だった。

双頭の犬の冒険

The Adventure of "the Two-Headed Dog"

車高の低いデューセンバーグが、コッド岬の付け根にあるマーサのブドウ園を突っ切り、丸裸で葉擦れの音ひとつしない並木にはさまれた陰気な埃っぽい道路を、バザーズ湾に向かって派手な音をたてて飛ばしていく。ハンドルを握る長身痩軀《ちょうしんそうく》の男は、頭上を悲しげなうめき声をあげて吹き抜ける潮風の中に、何かの気配を感じて思わずぞっとした。この新しい道路を行く旅人の多くが、大西洋の風に叩かれ、波しぶきの細かな粒に肌を刺されて身震いし、先祖の中の海に毒された者の血が呼ぶ風の声に、気持ちをざわつかされる。しかし、このオープンカーを走らせている青年をぞっとさせているのは、血の呼び声でも追憶の念でもなかった。妖魔バンシーのごとく不気味に泣きわめく風は全然魅力的でなく、ちくちくする波しぶきはまったく快適でなかった。鳥肌が立っているのは本当だったが、それは単に、コートが薄くて、十月の風が冷たくて、波しぶきがどうしようもなく不快で、ニューベッドフォード郊外の無情な黄昏《たそがれ》が名状しがたいほどに陰気で、宵闇の幽霊がひしめいているからである。

大きなハンドルのうしろで震えながら、青年はヘッドライトをつけた。数メートル先に古風な看板がほの白く浮かびあがり、青年はそれを読み取るためにスピードを落とした。がたがたの鉄棒に吊るされた看板はきいいい、きいいい、と音をたてながら、派手に風にあおられている。

看板には双頭の何か恐ろしく化け物じみた動物が描かれていたが、名も知れぬ描き手ですら、その動物がいったい何なのか知らないようだ。怪物の下にはこんな文句が書かれていた。

〈双頭の犬〉亭
ホーセイ船長の宿
一室二ドルから
長期・短期宿泊　歓迎
自動車のキャンプ旅行者には
清潔で近代的なバンガローを提供
車庫完備
ようこそ

「こんな夜は、宿の亭主が地獄の番犬《ケルベロス》でもありがたいね」旅人は苦笑まじりに大きくハンドルを切った。並木にはさまれた砂利の車路《くるまみち》にはいり、ほどなくして、こぎれいに真っ白く塗られた壁に、緑のよろい戸がまびさしのように鮮やかに浮かぶ、背の高い大きな家の前で車を停めた。投光照明に照らし出された箱型の建物をしげしげと観察してみると、この宿はとてつもなく広い敷地内に広がっているのがわかった。建物の両端をぐるりと囲むように車路が続いているので、建物の裏の暗がりにまわってみると、バンガローがいくつもあった。さらに大きな離れの建物がどうやら車庫のようだ。宿は古き良きニューイングランドの趣《おもむき》があったが、隣に現代的なバンガローが林立しているのが、どうにも興ざめだった。表側の玄関ドアの上には、船用の巨大なひしゃげた真鍮《しんちゅう》のランタンが、きしりながら光を放っているものの、せっかくのむかし風の雰囲気が現代風味のせいで台なしになっている。

「まあ、最低よりはマシかな」ぶつぶつ言いながら、クラクションに寄りかかった。「見た目はひどいが！」この世のものとは思えない大きな音が派手に鳴り響くと同時に、重厚な木の扉がぱっと開いた。厚地のダブルのジャケットのよく似合う若い娘が、真鍮のランタンの真下に現れた。

「はあ」旅人はため息をついた。「農家の娘さんか。うん、ぼくはどうも目的地を間違ったらしい。待てよ、ひょっとしてこのお嬢さんがホーセイ船長なのかな？　やあ、船長さん、この荒れた夜、精も根も尽き果てて疲れきった哀れな旅人に、一夜の宿と食べ物を恵んでいただけますか？　あそこの看板に描かれたできそこないのケルベロス君は、あまり歓迎してくれているように見えませんでしたが」

「営業ならしていますよ、あなたのおっしゃるのがそういう意味なら」若い娘は教養のある口調できびきびと答えた。「それから、わたしはホーセイ船長ではありません。娘です。どうぞ、降りてください。あなたのその――」娘は埃まみれの古ぼけたデューセンバーグをしげしげと見て、ふふんと鼻を鳴らし、にっこりした。「――りっぱな馬車は車庫に入れさせますね」

旅人が砂利の上にまろび出て、がたがた震えていると、どこからともなく、デニムのオーバーオールを着た油くさい生き物がよたよたと現れて、無言で車に乗りこんだ。

「お車を車庫にしまって、アイザック」若い娘が命じた。「お荷物は?」

「悪霊ひしめく海の墓場からここに来る途中で、落っことしてきたみたいです」長身の青年はうめいた。「いや、助かった、ありましたよ!」笑いながら、ぼろぼろのスーツケースを車の中からひっぱり出した。「それじゃ、頼んだよ、カローン君(ギリシャ神話の冥府の川の渡し守)、ぼくの馬をよろしく。……ああ! この海辺のうまい空気を汚染しているのはタラですね? まあ、そうだろうな」

「今日はほぼ満室で」娘はそっけなく言った。「本館にお部屋をおとりできません。バンガローをお使いください。ちょうどひとつだけ空いていますので」

青年はちらちらと炎の揺らめくランタンの下で立ち止まると、おごそかな声で言った。「ぼくはどうも、ここいらの雰囲気が気に入ったとは言えませんね、お嬢さん。このあたりでは幽霊をペットに飼う習慣があるんですか? ダックスベリーからここまでの道のり、ずっと首のまわりをひんやりした指になでまわされるのを感じましたよ。ところで、晩餐《ばんさん》は?」

ミス・ホーセイは、あらためて見ると、実に若く、赤褐色の髪と、つんと尖《とが》ったくちびるの、とてもかわいい娘だった。そして、怒っていた。「あのね、あなた――」

「まあまあ」青年は穏やかに言った。「お客様には愛想よくするものですよ、お嬢さん。ああ、〝夕食〟と言わなかったぼくが悪いんだな、きっと。普通は夕食って言いますよね」

尖っていた娘のくちびるが不意にほころんだ。「ふふ、もう、いいわ。あなたは変わっているけれど――いいかたなのね。〝できそこないのケルベロス〟っていう、あなたのさっきの冗談には、かちんときたけど。ケルベロスって頭がふたつある犬のことでしょ？　たしかにあの絵はあまり上出来じゃありませんけど――」

「ニューベッドフォードの学者さんでいらっしゃるのかな？　いや、お嬢さん、ケルベロスは頭を三つ、あるいは五十、もしくは百も持っていると、さまざまな文献に諸説ありますが、ふたつというのは、ぼくは不勉強なもので、これまでに聞いたことがないです」

「あらまあ」ホーセイ船長の娘は言った。「わたし、大学の専攻でギリシャ語をとったんですけど、てっきり頭はふたつだと思っていたわ。そんなことより、どうぞ、おはいりになって」

ふたりは、煙のたちこめる大きな部屋にはいっていった。がやがやとお喋りをする人々がいっぱいで――ひと目で旅行者の群れだと知った青年は、うんざり顔になった――いくつかの古い美しい家具は、ぞんざいに扱ってはばちが当たりそうなほど貴重な時代ものだ。〝真鍮の痰《たん》壺《つぼ》とインクがぽたぽたと垂れるペン時代〟風の机が部屋の一角を優美に飾り、その前には、白い髪と、青い眼と、赤い頰の、瘦せて背の高い老人が、人のよさそうな表情を浮かべて、ある じ然として坐っていた。真鍮のボタンがついた、色褪せた紺《こん》の上着を着ている。

「この人が」娘は、旅人がスーツケースをリノリウム張りの床におろすと、急にしとやかに言った。「ホーセイ船長です。大昔の船乗りですわ」

「お目にかかれて嬉しいです、ホーセイ船長」長身の青年はもそもそと言った。「ひょっとして、もとはホセアだったのを呼びやすくしたお名前ですか？」

「まあ、そんなとこだな」宿のあるじは笑いながら、大きな骨張った手を差し出した。「ようこそおいでなすった。うちの娘のジェニーとはもう紹介済みだね？　あんたたちふたりが外でやりあっとるのを聞いてたよ。ジェニーの言うことは気にせんどくれ。これは教育を受けとるもんでな、舌がめっぽう鋭いんだ、むかし、どっかの野郎がジャックナイフを研《と》ぎながら言ってたとおりさ。なんたって、ラドクリフ（全寮制女子カレッジ。のちにハーバード大学に併合）を出とるんだ」老人は誇らしげに言った。

ジェニーは真っ赤になった。青年は言った。「それはすばらしい。ぜひ、そこのギリシャ語の講義を見学したいものです」そう言いながら、宿帳に手をのばした。そして疲れた指で自分の名を書いた。「では、手と顔を洗わせてもらって、腹いっぱい夕食をいただいてもよろしいでしょうか」

ジェニーは宿帳を確かめ、そのとたん、眼を丸くして叫んだ。「えっ、まさか、あなたは――」

「これだから」エラリー・クイーン君はため息をついた。「有名人ってのは困るんだよな。まさか、この近所で殺人事件が起きたなんて言わないでくださいよ――まあ、たしかに、このあたりの雰囲気はどう見ても、悲劇のひとつやふたつ起きてもおかしくないように思えますけどね。実にトマス・ハーディ的だ。実のところ、ぼくは人殺しから逃げだして、いまも逃げているところなんです。我が忠実なロシナンテに飛び乗って、全速力でニューイングランドに逃げこんできたんですよ、人殺しのない日常が欲しくて」

「でも、あなたはあのエラリー・クイーンさんでしょう、あちこちで事件を解いている――」

「しいっ、静かに」エラリーは厳しい口調で囁《ささや》いた。「違いますよ。ぼくは英国皇太子のディヴィ（のちのエドワード八世）で、パパ・ジョージにお許しをもらって、お忍びで諸国漫遊《まんゆう》の旅をしているところです。頼みますよ、ジェニー、気をつけてください。みんなが聞き耳を立ててるじゃないですか」

「クイーンさんだって？」ホーセイ船長はよく響く大声で言うと、にっこりした。「ほう、ほう。あんたさんのお名前はかねがねよく聞いとるよ。いやいや、よく来なさった。ジェニー、おまえ、マーサのところに行って、クイーンさんのために食事を用意するように言ってこい。みんなで階下《した》の酒場で食おう。それじゃ、どうぞ、こっちに――」

「みんな、と言いますと？」エラリーは弱々しく言った。

「そりゃあ、あんた」ホーセイ船長はにんまりした。「あんたさんのようなおかたにはめったにお目にかかれんからの、クイーンさん。ええと、最後に新聞で読んだ、あんたの活躍した事件はなんだったかな……？」

*

階下の真鍮と木で造られた室内はビールと魚料理の香りであふれていた。エラリー・クイーン君は、敬意に満ちてわくわくしているたくさんの眼に注目されているのを、ひしひしと感じていた。同席の面々が、さほど邪魔をせずにゆっくり食事をさせてくれる心づかいを持ちあわせていたことを、エラリーは心の中で神に感謝した。牡蠣《かき》、タラのすり身料理《コッドフィッシュ・ケーキ》、焙《あぶ》ったサバ、泡立つビール、さくさくのアップルパイ、そしてコーヒー。エラリーはかたっぱしからもりもりと腹に詰めこんで、やっと人心地がつき始めた。外では風が吹き荒れ、幽霊が徘徊していようとも、ここは暖かく、陽気で、気さくな話し相手たちもいる。

一風変わった集まりだった。ホーセイ船長はどうやら、ニューヨークからの高名な客人をかぶりつきで見物する栄誉を分かちあおうと、自分の友人たちの中でも選り抜きの面々を呼び集めたらしい。まずバーカーという男は、本人の言によれば〝強い酒《ハードウエア》の好きな、建築金物《ハードウエア》売りの行商人〟ということだった。「機械にセメント、生石灰、それと日用品でもなんでもござれだ、クイーンさん」バーカーは針のように痩せ細った鋭い眼の男で、いかにも旅商人らしくぺらぺらと口達者だった。自分自身のように細長い、両切りの葉巻を吸っている。

それから、ハイマンというずんぐりむっくりの男は、ぽってりしたあばただらけの顔をして脂でぎとついているが、片眼が斜視気味のせいか、おどけたような表情に見えた。ハイマンは〝しらふ《ドライ》の、雑貨《ドライグッズ》を売る行商人〟で、その陽気な悪ふざけだらけのやりとりから、ふたりが気のおけない友人同士であり、ふたりが――ハイマン曰く――〝旅の空の下〟にいる時には、だいたい三月《みつき》にいっぺんほど旅路の途中で出くわすということだった。というのも、ふたりとも尊敬すべき会社から割り当てられた受け持ちの区域が南ニューイングランド一帯だったからである。

ホーセイ船長の三人目の親友は、衣装さえつければ海賊のロング・ジョン・シルヴァーそのものだった。そのしかめ面といい、まさに海賊めいた風貌をしている。海賊の伝統たる冷たい青い瞳を持ちあわせているばかりか——エラリーは初めてそれを見た時、思わず口の中のつるつるする生牡蠣をごくりと飲みこんでしまったが——片足が木製の義足なのだ。そしてまた、海の男の符丁だらけの荒っぽい言葉を話した。

「ふうん、そんじゃあんたが名探偵さんかい」エラリーがおいしいパイの最後のひとかけらを、ぬるくなったコーヒーの最後の残りで飲みくだしたところで、ライ船長という名の、義足の海賊ががらがら声で言った。「聞いたことねえな」

「失礼だぞ、ブル」ホーセイ船長が唸った。

「いえいえ」エラリーはゆったりと、紙巻きたばこ《シガレット》に火をつけながら言った。「ざっくばらんで、かえって気持ちがいいです。ホーセイ船長、ぼくはお宅が気に入りましたよ」

ジェニーが言った。「クイーンさんは、うちの宿の名前を不思議がってらしたのよ、お父さん。あのね、クイーンさん、あそこのバーの上に飾っている芸術品が、名前の由来です。父の、むかしの思い出の品なんですよ」

そう言われて初めてエラリーはバーの上に、風雨にさんざんさらされて色褪せた、不気味な彫刻が、釘で打ちつけてあるのに気づいた。それは、道路で風にあおられて揺れていた看板の怪物を立体化したものだった——なんとなく犬に見えなくもない頭がふたつ、毛深い一本の首から枝分かれするように生えた、なんとなく犬に見えなくもない生き物の、胸から上だけの彫刻である。

「わしのじいさんが持っとった三本マストの捕鯨船、ケルベロス号の船首像だ」ホーセイ船長は陶器のパイプのもうもうという煙の向こうから、どら声を響かせた。「この宿を開いた時にジェニーが、あれがどえらくぴったりだと言いだしてな。そんで、うちに〈双頭の犬〉亭って名前を、ジェニーがつけたんだ。いい名前でしょう?」

「犬と言えばさ」ハイマンが笛のように甲高い声で言った。「ホーセイ船長、ここで三月《みつき》前に起きた事件のことを、クイーンさんに話してやんなよ」

「うん、うん、そうだ」バーカーも大声を出した。「そりゃ、船長、あの話は絶対、クイーンさんにしなきゃ」エラリーを振り返ったバーカーの咽喉《のど》ぼとけが、威勢よく上下に跳ねた。

「あれはね、きっとこのじいさまの身の上に起きた、いっとうおもしろい出来事ですよ、クイーンさん。はっはっはっ!　いや、あんときゃ、この宿がひっくり返る大騒ぎだったたね」

「おおう、そうだ、そうだ!」ホーセイ船長が吼えた。「ころっと忘れとった。そりゃもう、正真正銘の犯罪さ、クイーンさん。もうびっくり仰天したのなんの。あれは——ええと、たしか……」

「七月だったよ」バーカーが助け舟を出した。「私もハイマンもいつもどおり、夏の旅の途中、ここで一緒になって」

「ああ、あん時はほんとにどうしようかと思ったよ!」ずんぐりむっくりのハイマンがぼそぼそと言った。「いまだに考えるだけで鳥肌が立つからなあ」

そこまで言ったところで、一同は妙に黙りこんでしまい、エラリーはひとりひとりを興味津々で眺めていた。ジェニーのこざっぱりした若々しい顔にも、妙に落ち着きのない表情が浮かび、ライ船長さえも神妙な顔でおとなしくなった。

「あれは」ついにホーセイ船長が低い声で語りだした。「月のいまごろのことだ。あの晩はそりゃあ荒れた天気でな、クイーンさん。この沿岸一帯が大しけで。地獄の底も抜けるんじゃないかって大雨と雷だった。わしが知っとるかぎりでいちばんと言っていい、夏の大嵐さ。それでな、クイーンさん、わしらみんなが上階でのんびりくつろいどったら、アイザックが――これは、うちの雑用をさせとるぐずだがね――外からでっかい声で、たったいま客がひとり、車でやってきて、めしを食わせて、ひと晩泊めてくれっちゅうとると、まあ、こう言うんだ」

「あんなの忘れられないわ――あの気持ち悪い小男」ジェニーは身震いした。

「話をしとるのは誰だ、ジェニー？」ホーセイ船長がたしなめた。「ともかく、あの晩も今夜と同じで、ほとんど満室だったんだ――バンガローがひとつしか開いてなかった。その男はずぶ濡れでがたがた震えとった。防水帽とゴムタイヤの間で、ずっと地獄の責苦を受けとったわけだからな。そんで、男はひと晩、バンガローに泊まることになった」

「あのう、それで犬は？」エラリーはため息をついた。

「まあ、待ちな、クイーンさん、じきに話してやらあな。ともかく、みっともねえ小男で――なんだかとろくさそうなちびすけで、眼がきょろきょろして、そりゃもうはっきりわかるぐらいびくついとった」

「そうだそうだ、びくびくしてたな」ハイマンがつぶやいた。「誰とも眼を合わせなくてさ。

五十前後ってとこかな。なんか事務員みたいな奴だと思ったよ」

「あの顎《あご》ひげさえなけりゃね」バーカーが思わせぶりに言った。「もう、真っ赤っかなんだから。あんなもん、名探偵でなくたって、ひと目見りゃ付けひげだってわかりますよ」

「じゃあ、変装してたんですか」エラリーはあくびを嚙み殺した。

「そうなんだよ、あんた」ホーセイ船長は言った。「ともかく、あの男はモースって名前を宿帳に書いて――ジョン・モースだとさ――階下でめしをかっこんでたよ。そのあと、アイザックと一緒に、ジェニーがバンガローに連れてったのさ。ジェニー、そのあとのことはおまえからクイーンさんに話せ」

「気持ち悪い男でした、とっても」ジェニーは震える声で言った。「あの男ったら、絶対に車をアイザックに触らせようとしないんです――車庫には自分が運転していくと言ってきかないの。そのあと、どのバンガローか指さして教えるように言われました。バンガローまで一緒についてくるなって。だから、わたしは言われたとおりにしてあげたのに、あの男――疲れた声でしたけど、で、でも、すごく乱暴に、わたしに向かって悪態をつくんですよ、クイーンさん。この人は危険だと思ったわ。それで、わたしはそこから離れて、アイザックもいなくなりました。だけど、わたしは見張っていました。そしたらあの男、こそこそと車庫に引き返していったんです。そのまましばらく出てきませんでした。それから、あの男は車庫を出てくると、バンガローにはいって、ドアに鍵をかけました。鍵をまわす音が聞こえたんです」娘がそこでひと息ついた瞬間、煙がたちこめる空気の中で、最高に異様な緊張が火花を散らした。エラリーはなぜか、もはやちっとも眠くなくなっていた。「それから、わたし――わたしは、車庫にはいっていきました……」

「どんな車でしたか」

「古いダッジだと思います、オープンカーのカーテンがしっかり閉まっていました。でも、あの男があんまり、この車を隠そうとして怪しいから――」娘はごくりと咽喉を鳴らすと、弱々しく微笑んだ。「わたし、車庫にはいって、いちばん近いカーテンに手をかけてみたんです。好奇心は猫を殺すって本当ね、もうちょっとで、思いっきり手に嚙みつかれるところでした」

「ああ、車の中に犬がいたわけですね」

「そうなんです」娘は急にぶるっと震えた。「わたし、車庫のドアを開けっぱなしにしていたの。ちょうど稲妻が光った時に中がよく見え……ええ、あの時、稲妻が光ってたんです。そしたら何かがゴムの防水カーテンに食いついてきたものだから、とっさに手を引っこめたの。思わず悲鳴をあげそうになりました。だって、その人――じゃなくて、それの声が聞こえてきたんだもの。低い、唸るような、獣の声が」一同はいまや、しんと静まり返っていた。「稲光に照らされて、カーテンの穴から尖った黒い鼻が突き出ていました。ふたつの獰猛《どうもう》な眼が見えて。犬でした、大きな犬。その時、外で物音がして、振り返ると――あの赤ひげの小男がいて。わたしを睨みつけて、何か怒鳴ってきたんです。それで、わたし、逃げました」

「無理もないですね」エラリーはつぶやいた。「ぼく自身も、猛犬はあまり好きとは言えませんから。いまどきの軟弱な若者なもので。それで？」

「その犬は、腹に仔《こ》がおったんじゃねえのか」ライ船長が、がらがら声で言った。「そういう犬はめっぽう気が荒えもんだ。鞭でも食らわさねえと、どうにもならんぞ。おれもな、むかし、でけえのを一頭、飼ってたんだ、マスチフを――」

「黙ってろ、ブル」ホーセイ船長がいらだった声を出した。「おまえはあの時、いなかっただろうが、何も知らんくせに。うちのジェニーはな、たかが犬っころを怖がるようなたまじゃねえんだ。いいか、言っとくがな、ありゃあ普通の犬じゃなかった！」

「おや、ライ船長はその時、ここに泊まっていなかったんですか」エラリーは訊いた。

「ああ。あのあと二、三週間たってから顔を出しやがったのさ。ともかく、そんなのはどうでもいいことだ。ジェニーが戻ってきてから、当然、わしらみんなで、その野郎の話をしたんだが、それが――本当に不思議でしょうがねえ――全員が、どうもあの男の汚ねえつらを見たことがある気がするって言ったんだ」

「本当ですか」エラリーはつぶやいた。「あなたたち全員が？」

「とりあえず、あたしがあいつをどこかで見たことがあったのはたしかですよ」雑貨売りの旅商人がもそもそと言った。「それにバーカーもです。あとになってから、ふたり――」

「うるせえぞっ！」ホーセイ船長が吼えたてた。「話しとるのはわしだろうが、え？　そんで、わしらは寝にいった。ジェニーとわしとほかの連中もみんな車庫の裏にあるバンガローに向かったのさ。あの夜はバーカーもハイマンもバンガローに泊まったんだ。母屋《おもや》の部屋は女教師の軍団で全部ふさがっちまってたもんでな。そんで、わしらみんなで戻る途中、モースのバンガローを覗いてみたんだが、ほら穴みてえに真っ暗だった。そのあと、朝の三時か四時ごろに、騒ぎが起きた」

「ところで」エラリーが言った。「部屋に戻る前に、そいつの車を調べたりしたんですか？」

「そりゃもちろんだ」ホーセイ船長は苦虫を嚙み潰《つぶ》したような顔で言った。「わしは犬っころなんぞ、ちっとも怖くないからな。だけど、犬は車の中にはおらんかった。犬の匂いはしとったがね。あのモースって奴は、ジェニーがいらんことをして車を覗きにいったあと、犬をバンガローに連れてったんだろうな」

「その男は犯罪者だったんでしょう？」エラリーはため息をついた。

「どうしてわかったんです？」バーカーが叫んで、眼を見開いた。

「いえ、まあ」エラリーは慎み深くそう言いつつ、内心ではやれやれと嘆息していた。

「たしかに犯罪者だった」ホーセイ船長は強調するように断言した。「いま話すからもうちっと待ってくれ。朝早く――まだ真っ暗だった――わしの部屋のドアをがんがんノックする奴がおるんで、ドアを開けたらそこにアイザックが裸にジャケットをひっかけただけで、ふたりの強面《こわもて》の客と一緒に、ずぶ濡れで立っとったんだ。まだひどい土砂降りでな。長くなるからはしょると、そのふたりはモースを探しにきた刑事たちだったのさ。ふたりはわしにスナップ写真を見せてきたよ。きれいにひげを剃《そ》った写真だったが、ひと目であいつだとわかった。あのふたりは、そいつが赤い付けひげで変装していると知っとった。しかも、犬を連れて旅をしとることも――でっかい警察犬だ――宝石を持って逃げる前から飼ってたそうだ。なんでもシカゴの郊外に住んどって、ときどき犬を散歩させとるところを、近所の連中がよく見とったらしい」

「ちょっと待ってください」エラリーが急に坐りなおした。「まさか、ジョン・ジレットだったって言うんですか、去年の五月にシカゴのシェイプリー宝石店からコーモラント・ダイヤを盗んだ宝石細工職人の？」

「そいつだ！」ハイマンは斜視気味の眼をぱちぱちとしばたたいて叫んだ。「ジレットですよ！」

「ぼくはあの盗難事件が起きてすぐに、新聞で読んだのを覚えていますが」エラリーは考え考え言った。「そのあとのことは全然、追っていませんでしたね。それで、どうなりました？」

「あの男はシェイプリー宝石店で二十年も働いていたんですって」ジェニーはため息をついた。「いつも無口で、正直で、とても腕がよかったって。宝石をカットする職人さんだったそうです。それなのに、欲が出て、コーモラント・ダイヤを盗んで、行方をくらましてしまったの」

「十万ドルもするって話ですよ」バーカーが小声で言い添えた。

「十万ドルだと！」突然、ライ船長がわめきだし、義足で石の床を踏み鳴らした。やがて、椅子にもたれなおすと、口にパイプを押しこんだ。

「大金だな」ホーセイ船長はうなずいた。「その刑事たちはジレットを追って全国を駆けずりまわっとったんだが、いっつもあと少しというところで逃げられちまったそうだ。しかし、とうとう犬から足がついた。デッドハムで犬を連れて歩いているのを見られたんだとよ。こういうことはほとんど全部、あとで刑事たちから聞いたんだがな。わしがバンガローに案内してやると、ふたりは中に飛びこんでいった。もぬけの殻《から》さ。刑事たちが来るのを聞きつけたか見張ってたか知らんが、ともかく、とんずらしちまったんだよ」

「ふうむ」エラリーは声をもらした。「車に乗っていかなかったんですか」

「できなかったんだろ」ホーセイ船長はむっつりと言った。「危なくて車を取りにいけなかったんだろ。車庫はわしが寝とった部屋のすぐ近くだし、その前で刑事たちがわしと喋ってたんだから。あいつはバンガローの裏に広がる森を突っ切って逃げたに違いねえ。刑事たちは気が狂ったみてえに怒ってたよ。雨のせいで足跡は残ってなかったしな。きれいさっぱり行方をくらましちまった。きっとランチを盗んだか港に隠したかしといて、ナラガンセット湾に逃げこんだか、ブドウ園にもぐりこんだかしたんだろ。とうとう、見つからんかった」

「車以外に遺留品は何もなかったんですか」エラリーはつぶやいた。「本人の持ち物とか。ダイヤとか」

「そんなもの残ってるわけない」バーカーが鼻を鳴らした。「あいつがどんな奴だと思ってるんです──どうしようもない馬鹿だとでも？　ホーセイ船長が言ったとおり、きれいさっぱりいなくなっちまったんですよ」

「ええ」ジェニーが言った。「犬以外は」

「聞けば聞くほど、どうしようもない悪党のようですね」エラリーはくすくす笑った。「それはつまり、警察犬を残して逃げたって意味ですか？　犬は見つかったんですかね」

「刑事たちが見つけた」ホーセイ船長は顔をしかめた。「あのふたりがバンガローに飛びこむと、暖炉の火格子にでっかくて頑丈な二重の鎖がつないであった。犬はおらんかった。そいつは森の中に五十メートルくらいはいったところで見つかったよ。死んどった」

「死んで？　どんなふうに？　どういうことですか？」エラリーは身を乗り出して問いつめた。

「頭をかち割られとった。ふた目と見られん有様さ。雌だったな。血まみれの泥だらけだったよ。刑事たちの話じゃ、ジレットが逃げる直前に犬を処分したんだろってことだ。連れ歩くのにも足がつきやすくなっちまったからだろうな。死骸は刑事たちが持って帰った」

「なるほど」エラリーは微笑んだ。「それじゃ、その時は上を下への大騒ぎだったでしょう、船長。でも、かわいそうに、ジェニーはいまだにショックから立ちなおっていないようですが」

娘はぶるっと震えた。「あのおぞましい、は、蠅《はえ》のことは一生忘れられませんわ。そ、それに――」

「おや、まだほかにあるんですか。それはそうと、車と犬の鎖はどうなったんです」

「全部、刑事たちが持っていっちまったよ」ホーセイ船長が野太い声で言った。

「それに」エラリーは言った。「そのふたりが本物の刑事だったことに間違いないんですか」

その言葉に、一同は仰天した。バーカーが大声をあげた。「そりゃそうですよ、クイーンさん！　いや、だって、ボストンなんて遠いところからここまで記者たちがわんさか来てて、あのふたりは写真のためにポーズを取ったり、取材を受けたりなんだりしてたんだから！」

「いろいろ可能性を考えているだけですよ」エラリーは穏やかに答えた。「さっきお嬢さんは〝それに〟とおっしゃいましたね。それに、何です？」

気まずい沈黙が落ちた。バーカーとハイマンはきょとんとしていたが、ふたりの老船乗りとジェニーは青くなった。

「どうしたの？」ハイマンは裏返った声を出し、眼をきょろきょろさせた。

「それがな」ホーセイ船長はぼそぼそと言った。「まあ、ただの馬鹿げた気の迷いだと思うんだがな。ただ、いまじゃ、あのバンガローは前と違って、なんだか、どうも変なんだ、あの――あの夜から」

「ちょっとちょっと」バーカーがくすくす笑った。「私は今夜、まさにそのバンガローで寝なきゃならないんだよ、船長。どういう意味だい――変ってのは」

ジェニーはもじもじしながら言った。「あら、本当に、お父さんが言うように馬鹿げたことなのよ。でも、七月のあの夜から、あそこではものすごく変なことが起き続けているんです、クイーンさん。まるで――ま、まるで幽霊がうろついているみたいで――」

「幽霊！」ハイマンが傍目《はため》にもわかるほど、顔面蒼白《そうはく》になって縮みあがった。

「まあまあ」エラリーは笑いながら言った。「どう考えても、それはジェニーさんの思い過ごしでしょう？　ぼくは幽霊ってのはイギリスの古い城にしか居着いていないものだと思ってましたよ」

「好きなだけ笑いたけりゃ笑いな」ライ船長がむっつりと言った。「けどな、おれはむかし一度だけこの眼で幽霊を見たことがあるぞ。あれは一八九三年の冬のハッテラス岬（航行に危険なため、大西洋の墓場と呼ばれている）の沖で――」

「黙っとれ、ブル」ホーセイ船長がいらだってさえぎった。「クイーンさん、わしは信心深い男だ、真夜中の海でどんだけ強面の幽霊がうようよしとろうが、ちっとも怖かねえ。しかしな──こいつは、どうも、おっそろしく妙なんだ」船長がかぶりを振ると同時に、煙突から一陣の風が吹き降りて、暖炉の灰を巻きあげた。「おっそろしく妙なんだ」船長はゆっくりと繰り返した。「あの夜から二回、あそこのバンガローを貸したんだが、どいつもこいつも、変な音がするってえのさ」

バーカーがげらげらと笑いだした。「なかなかよくできたお話だ！　冗談がうまいね、船長！」

「冗談なんぞじゃねえ。ジェニー、おまえから話してやれ」

「わたし──わたしもひと晩、あの部屋に泊まってみたんですけど」ジェニーは低い声で言った。「クイーンさん、これでもわたし、人なみの分別は持っているつもりです。バンガローは中がふた部屋になっていて、苦情というのは、お客様が寝室で眠ろうとすると、変な音が──その、居間から聞こえてくるっていうんです。わたしがバンガローに泊まった夜も、やっぱり──ええ、わたしも聞きました」

「音？」エラリーは眉を寄せた。「どんな音です？」

「それは、あの」娘は言いよどんでいたが、肩をすくめて答えた。「すすり泣きみたいな音です。うめくような、つぶやくような、鼻を鳴らすような。それと、ずるずる、ぱたぱた、がりがりっていう音も──どう言い表せばいいのかわかりませんが、とにかく」ぶるっと震えた。

「もう、全然――人間のたてる音とは思えなくて。いろんな種類の音がするんです！　まるで――まるで、幽霊が集会を開いているみたいに」エラリーがおもしろそうに眉を上げると、ジェニーは小さく笑ってみせた。「わたしのこと、馬鹿みたいだと思ってらっしゃるでしょ。でも、本当なの――あの、押し殺したような、こそこそした、人間離れした音を聞いていると……本当に頭がおかしくなりそう」

「あなたは、その幽霊氏の――ええと――訪問の現場を、音がしている間に調べたのですか」

エラリーは穏やかに訊ねた。

ジェニーはつばを飲んだ。「一度だけ、覗いてみました。でも真っ暗で、何も見えなくて。ドアを開けたとたんに、ぴたっと音は止まってしまいました」

「そのあと、また音はしたんですか」

「そんな、待つなんてとてもできなかったわ、クイーンさん」震え声で言いながら、ジェニーは笑った。「すぐに寝室の窓から飛び出して、命からがら逃げてきちゃいました」

「ふうん」バーカーはいかにも商売人らしい抜け目のない眼をすがめた。「私がいつもいつも言ってきたんですがね、ここいらの土地はたった一センチ四方に、トランク一杯分の小説よりもたくさんの想像力をはらんでいるんだ。まあ、私はね、ちょっとやそっとの音じゃ、目を覚ましませんよ。万が一、音がしたことに気がついたら、何が音を出しているのか、なんで鳴ってるのか、突き止めてやります！」

「部屋を替わりましょうか、バーカーさん？」エラリーが控えめに言った。「ぼくはむかしから、ものすごく怖いくせに好奇心があるんです——正気とは思えないくらい——幽霊というものに。一度もお目にかかったことがありませんのでね。どうです？　取り換えませんか」

「いやいや」バーカーは笑いながら立ち上がった。「私はね、クイーンさん、たぶん世界でいちばん幽霊なんてものを信じてない人間ですよ。かわいい三二口径のコルトも持ち歩いていますし——」ふんと笑った。「——ほら、私、金物屋ですからね——それに、鉛玉《なまりだま》の味が好きな幽霊なんざ、聞いたことがありません。では、私はそろそろ寝させてもらいますよ」

「そうですか」エラリーはため息をついた。「そうおっしゃるなら仕方ない。残念だな。一度でいいから幽霊に遭ってみたかった——鎖をがちゃがちゃ鳴らして、全身から悪臭ふんぷんたる海の藻をずるずる引きずっているような……。じゃあ、ぼくも休もうか。ところで、ホーセイ船長、幽霊がうろつくのは、そのジレットが泊まっていたバンガローだけなんですか」

「ああ、あれだけだ」宿の亭主は仏頂面《ぶっちょうづら》で答えた。

「そのバンガローに誰も泊まっていない時にも、物音はするんですか」

「いや。わしらがふた晩ほど見張ったんだが、何も起きなかった」

「どうも妙だな」エラリーは指の爪を噛みながらしばらく考えていた。「まあ、いいや！　では、お嬢さん、そしてお集まりの皆さん、お先に失礼します」

「待って」ハイマンが慌てて言いながら、椅子から飛び上がった。「あの庭をひとりで歩くなんて冗談じゃない……ま、待って、待ってったら！」

＊

宿の裏手はひどく寂しい場所だった。一同が酒場から裏口に続く階段をのぼって外に出ると、その寒々とした荒涼たる景色は、まるで実際に殴ってきたかのように、一同の全身を打った。エラリーの耳に、遠くから全速力で走ってきたような、ハイマンの荒い息づかいが聞こえてくる。蒼《あお》い月が出ていた。同行者たちの顔をその光が照らしている。ハイマンの顔は引きつり、怯えていた。バーカーの顔はおもしろがっていながらも、用心を忘れていなかった。バンガローはそのほとんどが真っ暗で、しんとしている。もう夜は更けていた。

一同は本能的にひとかたまりになって、肩を寄せあい、砂地を歩いていく。風はバンガローの向こうの暗い森を通り抜けて、ひっきりなしにひゅうひゅうと怒り狂った叫びをあげていた。「おやすみなさい」ハイマンが唐突にぼそりと言うと、バンガローのひとつに向かって、脱兎のごとく駆けだした。ハイマンが中に転げこみ、ドアに鍵をかける音が聞こえてきた。やがて、がたんがたんという、太っちょの旅商人が大慌てで窓を閉めてまわる音が、一同の耳に届いた。そして、幽霊を追い払うための光で室内を満たしたとたんに、正方形のまばゆい黄色が暗がりに浮かびあがった。

「ハイマンの奴、すっかり参っちまったようだな」バーカーは大笑いして、骨張った肩をすくめた。「ほら、クイーンさん、ここがお化けの出る部屋ですよ。こんな馬鹿な話、聞いたことありますかね。まったく、年寄りの船乗りってのはどいつもこいつも——迷信深くてどうしようもない。だけど、ジェニーには驚いたな。あの子は学《がく》のある娘さんなのに」

「本当に、ぼくと部屋を替わる気は――」エラリーは言いかけた。

「ありません。私なら大丈夫ですよ。商品見本を入れたトランクにライウィスキーの一クォート瓶（約一リットル）をぶちこんでありますからね、こいつはこの世でいちばんの幽霊よけだ」バーカーは咽喉の奥で笑った。「じゃ、おやすみなさい、クイーンさん。ぐっすり眠って、お化けにかじられないように気をつけて！」そして、肩をぐっと張り、何やら物悲しい曲を口笛で吹きながら、ぶらぶらとバンガローに向かって歩いていき、姿を消した。すぐに光がさっと輝き、ひょろ長い痩せた姿が正面の窓辺に現れ、ブラインドをおろした。

「暗がりの中で口笛ねえ（夜の口笛は霊を呼ぶと言われている）」エラリーは考えこんだ。「すくなくともこの点じゃ、あの男はなかなか度胸があるな」そして、ひょいと肩をすくめると、持っていたたばこをはじき飛ばした。自分にはどうでもいいことだ。どうせ単なる自然現象だろう――煙突を吹き降ろす風のすすり泣き、ネズミの爪がひっかく音、ゆるんだ窓枠のがたつき。これが幽霊の正体というわけだ。明日になれば、ここからすっぱり抜け出して、ニューポートの友人の家に向かっている……エラリーは自分のバンガローのドアにぴたりと張りついた。

　誰かが母屋の裏口の陰にうっそりと立ったまま、庭をじっと見ている。

　エラリーは身をかがめ、あちこちのバンガローの壁から壁に身を隠しながら、そっと母屋に近づいていった――微動だにしない観察者に向かって、猫のようにそっと近づいていったエラリーだが、やがて、この隠密行動の馬鹿馬鹿しさに気づいた。我《われ》に返って、舌打ちした時には、時すでに遅かった。そもそも観察者はとっくにエラリーを観察していたのである。それは、この雑用係のアイザックだった。

「空気を吸いにきたのかい？」エラリーは軽い調子で声をかけながら、新しいたばこをまさぐった。男は返事をしなかった。エラリーは言った。「ええと――アイザック、と呼んでもいいかな、つかぬ事を訊くがね――バンガローは空室の間はずっと窓を閉めきってあるのかい」

こんもりと弓のように盛りあがった広い両肩が、小馬鹿にするようにひょいとすくめられた。

「ああ」

「鍵をかけて？」

「いや」男は歳を経た雷鳴のような野太い声で答えた。そして、陰の中から出てくると、エラリーの腕をぎゅっとつかんだものだから、その手からたばこがこぼれ落ちた。「酒場であんたら、馬鹿にして笑いくさっとったな。よく聞きな。笑ったり、罰当たりなことを言うもんじゃねえ。『いいか、ホレイショー、天と地の間にはな、人の頭じゃ想像もつかんものがあるんだ。アーメン！』」それだけ言うと、アイザックはきびすを返し、姿を消した。

エラリーは誰もいない陰の中を、困惑しつつも腹立たしい眼で睨んだ。ギリシャ語を学んだという宿の娘。シェイクスピア（『ハムレット』）を引用する、よぼよぼの田舎の年寄り！　いったいここでは何が起きている？　ふと、エラリーは自分の想像力の逞《たくま》しさがいやになり、ぶつくさ言いながら自分のバンガローに戻っていった。それでいて、風が切りつけてくるたびに、ぞっとして震えてしまうのだった。そして、静かな森からまったく自然な夜の音が聞こえるたびに、髪の付け根がぞわぞわするのを感じていた。

何かが遠くで叫んでいた——かすかだが必死な、永遠に地獄をさまよう魂の声が。それはまた叫んだ。また一度。いま一度。

＊

エラリー・クイーン君は、びっしょりと冷や汗をかいて、ベッドの上に起きなおると、全身全霊をこめてじっと耳を澄ました。バンガローの寝室も、外の漆黒の世界も、深淵《しんえん》のごとき静寂に包まれている。いまのは夢だったのか？

そのまま数分ほど、坐ったまま耳を澄ましていたが、まるで何時間もたったように感じられた。それから、暗がりの中、手さぐりで腕時計を探した。蛍光の針は文字盤の一時二十五分を指して光っていた。

正真正銘の静寂の中の何かに引きずられるように、エラリーはベッドから出ると、服を着て、バンガローのドアに向かった。庭は闇の池のようだった。月はとうのむかしに沈んでいる。風は過ぎ去った時のどこかで息絶えて、ひんやりした空気はそよとも動かない。悲鳴は……ある確信がエラリーの中で大きくなってきた。あれはバーカーのバンガローから聞こえてきたのだと。

固い土の上でじゃりっと大きく靴音を響かせ、エラリーはバーカーのバンガローの玄関のドアに歩み寄り、ノックをした。返事はない。もう一度ノックをした。

背後から、異様に緊張した深みのある男の声が聞こえてきた。「じゃあ、あんたもあれを聞いたんだね、クイーンさん？」はじかれたように振り向くと、肩のすぐうしろに、ホーセイ老船長がズボンとスリッパとぶかぶかのセーター姿で立っていた。

「なら、やっぱり気のせいじゃなかったのか」エラリーはつぶやいた。もう一度ノックをしたが、やはり返事はない。ドアノブをひねろうとしたが、鍵がかかっている。エラリーがホーセイ船長を見ると、船長も見返してきた。不意に無言のまま老人は、バンガローのまわりをぐるりとまわって、森に面した裏手に向かった。バーカーの居間の窓は開け放しで、ブラインドだけがおりていた。ホーセイ船長がそれをぐいと押しのけ、室内の分厚い闇の中に懐中電灯の光をまっすぐ突き入れた。ふたりははっと息をのんだ。

パジャマとバスローブを着て、骨と皮ばかりの素足にスリッパをひっかけた、バーカーのひょろ長い身体が、部屋のどまんなかの絨毯の上に倒れていた――どこからどう見ても身の毛がよだつほど暴力的な死を迎えて、開きかけのジャックナイフのように全身をくの字に折り曲げて。

ほかの者たちがどうやって知ったのか、誰も訊ねようと思いもしないようだった。どうやら死の翼は、ひと羽ばたきであっという間に、人々の意識の中に飛びこんでいくのだろう。死体の傍《かたわ》らに膝をついていたエラリーは立ち上がって、戸口をふさぐようにジェニーとアイザックとハイマンが詰めかけているのに気づいた。ホーセイ船長がドアを開けたのだ。そのうしろからは猛禽《もうきん》のようなライ船長の顔が覗いている。誰もが、程度の差はあるがほぼ寝間着姿だった。

「死後数分ってとこだな」エラリーはつぶやきながら、床に転がる死体を見下ろした。「ぼくらの聞いた悲鳴が断末魔の叫びか」たばこに火をつけ、窓辺に近寄り、窓枠にもたれて立ったまま、うつむいてたばこをふかしながら考えこんでいた。誰も口をきかず、動こうとしない。バーカーが死んだ。ほんの数時間前まで生きて、笑って、呼吸をして、冗談を言っていた。そのバーカーがいまは死んでいる。奇妙なことだった。

そしてまた、絨毯の中央の死者がいるごく狭い範囲のほかは、部屋がまったく荒らされた様子がないのも、奇妙なことだった。部屋の片すみにはふたつの大型トランクが開けっぱなしで置かれていて、その中にはいくつもの頑丈な引き出しが見える。それらにはバーカーが売っている金物《かなもの》の見本がはいっていた。室内の家具は整然と、もとの状態のままだ。バーカーの死体のまわりの絨毯だけが、まるで正確にその場所で格闘があったことを示すように靴のかかとで削《けず》られ、皺《しわ》だらけになっている。部屋の備品ではない物の残骸が一メートルほど離れた場所に転がっていた。ガラスも電球も砕けた懐中電灯。

死者はなかば仰向けの状態で横たわっている。眼はかっと見開かれ、この世のものならざる恐怖と不安の極みを浮かべて、何かを凝視しているようだ。指はパジャマのはだけた襟元《えりもと》を、まるで誰かに首を絞められているかのようにつかんでいる。が、絞殺《こうさつ》ではない。失血死だ。死者の咽喉は、頭をのけぞらせているせいで痛々しくむき出しになり、頸動脈のあたりをずたずたに、むごたらしく切り裂かれているのが丸見えだった。両手もパジャマの上も絨毯も、いまだに固まっていない血でべっとり汚れている。

「嘘だろ、おい」ハイマンは絶句した。そして両手で顔をおおうと、声もたてずに泣きだした。

ライ船長が荒っぽくハイマンを外にひっぱっていき、ががら声で何ごとかを怒鳴っていた。やがて、肥《ふと》った男がとぼとぼと自分のバンガローに戻っていくのが聞こえてきた。

エラリーは、部屋にはいる時によじのぼった窓の、ブラインドの向こうにたばこをはじき飛ばすと、バーカーの商品見本がはいったトランクに歩み寄った。そしてすべての引き出しを開けた。しかし、そこにあるはずのない物はひとつもなく、ハンマーも、のこぎりも、のみも、電化製品も、セメントや生石灰や石膏のサンプルも整理整頓されたまま、手つかずの状態で並んでいた。どちらのトランクにもまったく荒らされた形跡が見つからないので、エラリーは無言で寝室にはいっていった。かと思うと、何やら考えこむ様子で、すぐに戻ってきた。

「こう――こういう事件の時はどうすりゃいいんだね?」ホーセイ船長はかすれた声を絞り出した。風雪に痛めつけられた顔が、湿った灰の色になっている。

「ねえ、クイーンさん、いまなら幽霊のことをどう思ってるの?」ジェニーはくすくす笑った。が、その顔は恐怖で引きつっている。「ゆ、幽霊が……こんな、こんな!」

「ほらほら、気をしっかり持ってください」エラリーは低い声で言った。「どうするって、もちろん地元警察に通報するんですよ、船長。一刻も早くそうした方がいい。殺人はほんの数分前に起きた。犯人はまだこの近くにいるはずだ――」

「なんだと、おるのか、近くに?」ライ船長は野太い声で唸ると、義足の音をたてながら部屋にはいってきた。「おい、ホーセイ、何をぐずぐずしとる!」

「わしは――」老人はぼうっとした様子で頭を振った。

「殺人犯は裏窓から抜け出した」エラリーは静かに言った。「おそらく、ぼくが入り口のドアをノックした音を聞いて。血のしたたる凶器を持って逃げた。窓枠にいくつか血痕が残っているのがその証拠です」その声音にはなんともいえず妙な響きがあった。自嘲と不安がないまぜになったような響きが。

ホーセイ船長が重たい足取りで出ていった。ライ船長はしばらくためらったあと、友人のあとをどすんどすんと追っていった。アイザックは口もきけずに死体を凝視したまま突っ立っている。けれども、ジェニーの若々しい頬には血の色が戻って、その眼には徐々に理性の光を取り戻していた。

「どんな凶器なんですか、クイーンさん」小さいがしっかりした声でジェニーは訊ねてきた。「こんな恐ろしい傷、いったいどうやったらつけられるのかしら」

エラリーは、はっと顔をあげた。「え?」そして、微笑んだ。「そこが」あっさりと言った。「まさに肝心な問題です。鋭利でありながら、のこぎりの歯のようにぎざぎざのもの。実におぞましい、殺しの道具だ。何か想像を絶する、とっぴな手段を使ったのでしょう」ジェニーが眼を丸くすると、エラリーは肩をすくめた。「これは奇妙な事件だ。ぼくにはもう、だいたいのことがわかっていますが――」

「でも、あなたはバーカーさんのことを何もご存じないでしょう!」

「知識というものはですね、お嬢さん」エラリーはおごそかに言った。「エマーソンが指摘したとおり、恐怖を中和する解毒剤です。しかも、何の触媒も必要としない」そこで少し、口をつぐんだ。「ジェニーさん、この先はあまり愉快とは言えないものを見ることになります。あなたはご自分の部屋に戻られた方がいい。手伝いなら、アイザックに残ってもらいますから」

「あなたは、それじゃ——」ジェニーの眼にまた恐怖の光がちらちらと揺れ始めた。

「どうしても調べなければならないことがある。お願いですから、帰ってください」ジェニーは妙なため息をつくと、きびすを返し、出ていった。アイザックはまるで動かない廃船のようにでかい図体をぴくりともさせずに、死体を見つめ続けている。「きみ、アイザック」エラリーはてきぱきと言った。「ぼやっとしてないで、手を貸してくれ。遺体を移動させたいんだ」

大男はやっと身じろぎした。「だから言っただろうが——」かすれ声で言いかけたが、不意にぎゅっとくちびるを結んだ。やがて、ほとんどふくれっ面で、のろのろと前に出てきた。ふたりはどんどん冷たくなっていく死体を無言で持ちあげると、寝室に運んでいった。引き返してきたアイザックは、褐色の固そうな塊《かたまり》を取り出すと、端をかじり取った。そして、ぶすっとした顔で嚙みたばこをのろのろと嚙んでいた。

「何もなくなっていない、盗られた物はない、いまのところ、それだけは確実に言える」エラリーはほぼ自分に向かって喋っていた。「これはいい兆候だ。実にいい兆候だ」アイザックは無表情でエラリーをじっと凝視している。エラリーは頭を振ると、居間の中央に戻った。そして、膝をつくと、バーカーの死体が横たわっていた場所の絨毯を調べ始めた。死体の倒れていたあたりに一カ所、乱れた毛の海に囲まれた島のような、つるつるの場所がある。エラリーは眼をすがめた。これは、まさか……。はやる心を抑えつつ、うんと顔を近づけて、念入りに絨毯を観察した。ああ、そうだ、間違いない！

「アイザック！」大男がのっそりと近づいてきた。「ここを見てくれ、これはどうしてこうなった？」エラリーは指さした。死体がのびていた場所の絨毯の毛はひどくすり切れていた。よく調べてみると、それは奇妙なひっかいた痕《あと》で、まるで時間をかけてしつこく削り取ろうとしたかのようだった。ひと目でわかるとおり、この絨毯がそんなふうにこそげ取られているのは、その部分だけである。

「さあな」アイザックはめんどくさそうに言った。

「バンガローを掃除するのは誰だ？」エラリーはぴしりと訊いた。

「おれだよ」

「あの場所――あそこがすり切れているのに気がついていたか？」

「まあな」

「いつだ、おい、いつ気づいた？　最初に気がついたのはいつだ？」

「そうだな――夏のなかばごろだったかな」

エラリーは飛び上がった。「バンザイ《Banzai》！　期待以上だ。これで決着がついたぞ！」アイザックは、エラリーが突然、気が狂ったとでもいうように、おっかなびっくり見つめていた。「これまでは」エラリーはぶつぶつとつぶやいている。「机上《きじょう》の空論にすぎなかったが、こいつのおかげで――」そこで、くちびるを結んだ。「きみ、ここには何か武器があるか？　拳銃は？

ショットガンは？　なんでもいい」

アイザックは不愛想に答えた。「まあな、ホーセイ船長がどっかに古い銃をしまってたっけな」

「借りてくるんだ。きちんと油をさして、弾をこめて、すぐに使える状態にして。ほら、突っ立ってないで、急げ！　それから――そうだ、アイザック。ここの全員に、このバンガローから離れているように言うんだ。絶対に近寄るなと！　音をたてるな。邪魔するな。警察以外はこっちに来るなと。わかったか？」

「まあな」アイザックはもそもそ言うと、いなくなった。

ここで初めて、恐怖に似た色がエラリーの眼に浮かびあがった。身体をひねって窓の方を向き、一歩踏み出したが、思いとどまったように足を止め、頭を振ると、急ぎ足で暖炉に近づいた。ずっしり重たい鉄の火かき棒がある。急いでそれをつかむと、寝室に駆けこみ、ドアを半分閉めた。息を殺して動かずに、アイザックの重たい足音が外から聞こえてくるのを待った。

居間を駆け抜けて外に飛び出すと、アイザックの手から旧式の大きなリボルバーをもぎ取って、すぐに追い返し、弾丸が装塡《そうてん》されて、きちんと動作するか確かめてから、居間に戻った。今度はさっきよりも自信ありげに行動している。エラリーは絨毯の〝雄弁な〟場所にひざまずくと、足元に拳銃を置き、素早く絨毯をめくりあげて木の床をさらけ出した。それから、顔をくっつけるように念入りに調べた。やがて絨毯をもとに戻すと、拳銃をまた取りあげた。

＊

十五分後、戸口に現れた者たちを、エラリーは人差し指を立ててくちびるに当てながら出迎えた。やってきたのは三人の屈強な、尖った顔のニューイングランド男たちで、全員、拳銃を抜いていた。まわりのバンガローはどれもこれも明かりがともり、泊まり客たちが窓からのんきに頭を突き出し、物珍しそうにきょろきょろしている。

「くそっ、野次馬め！」エラリーはうめいた。「あの馬鹿な連中に、なんでもないから大丈夫だと言ってください。力ずくでも中に押しこめて。皆さん、警察のかたですね？」責任者らしい見知らぬ男に囁きかけた。

「ええ。私はベンソンです」男は低い声で答えた。「むかし、あなたのお父さんにお世話になったことが――」

「そんなことは、いまはいいです。とにかく、明かりを消させて、音を絶対に出さないようにさせてください。わかりましたか？」警官のひとりが飛び出していく。「おはいりください、はいったら絶対に音をたてないで」

「しかし、その旅商人の死体はどこに？」ニューベッドフォード男は追及してきた。

「寝室です。死体はどこにも行きませんよ」エラリーはぴしゃりと言った。「急いで、皆さん、頼みます」一行を居間に追い立て、室内のくぼみに押しこんで用心深くドアを閉めると、明かりのスイッチをぱちんと切った……室内の光景が一瞬またたき、消えた。

「いつでも銃を撃てるようにしていてください」エラリーは囁いた。「今度の件についてどのくらいご存じですか」

「どのくらいって、ホーセイ船長が電話で話してくれたバーカーのことと、それからここで変な音がするとかなんとか――」ベンソンが小声で言いかけた。

「十分です」エラリーはわずかに前かがみになり、何も見えないにもかかわらず、部屋のどまんなかをじっと見据えている。「ぼくの推理が正しければ、もうじき皆さんは対面することになります――バーカーを襲った殺人犯に」

男ふたりは、ひゅっと息を吸いこんだ。「まさか」ベンソンはやっと声を出した。「どうして――なんでそんな――」

「しっ、静かに！」

一同は永遠ともいえる時間、待った。何の音もしなかった。やがてエラリーの背後でひとりの警官が神経質にもぞもぞ動き、何やらつぶやいた。その後の静寂は耳がしびれそうだった。不意にエラリーは、大型のリボルバーの握りをつかんでいる自分のてのひらがじっとり濡れていることに気づいた。音をたてないよう、ふとももで汗を拭く。その眼は黒い室内の何も見えない中心を見つめたまま、微動だにしなかった。

どのくらいの間、そこで身を寄せあい、縮こまっていたのだろう。だが永劫《えいごう》の時が過ぎて、一同は何か……部屋にいる、と感じた。耳に音が聞こえたわけではない。音にならない音、それなのに、その無音は雷鳴よりも大きく轟《とどろ》いた。何かが、誰かが、部屋の中央にいる……。

皆、思わず息をのんだ。この世のものとは思えないほど気味の悪い、すすり泣くような、うめくような、ほとんど聞こえないかすかな声と、氷を削るような、何かをひっかくような、不思議な音が聞こえてくる。

エラリーの背後のあの神経質な警官がついに自制心を失った。我を忘れ、恐怖の悲鳴をあげた。

「馬鹿野郎!」エラリーは怒鳴ると同時に、引き金を引いた。何度も、何度も、何度も、部屋に侵入した見えない何ものかの気配を必死に追って、撃ち続けた。室内は硫黄の臭いが充満し、たちこめる硝煙に巻かれて皆、咳きこんだ。突然、人間のものとは思えない、咽喉の奥底から不気味に響くような甲高い悲鳴がひとつ、闇を裂いて長く尾を引いた。エラリーは電光石火の速さで照明のスイッチに飛びつき、ぱちんと入れた。

室内はもぬけの殻だった。しかし、新しい血の痕がぽたぽたとおびただしく、開いた窓までジグザグに続いて、ブラインドがまだ揺れている。ベンソンは口汚く罵《のの》り、窓枠を飛び越えて出ていき、部下もあとを追っていった。

そのとたん、ドアがすさまじい音をたてて開いたかと思うと、何組もの眼がぎょろぎょろとこちらを見た。ホーセイ船長、ジェニー、アイザック……。「どうぞ、はいってください」エラリーは疲れたように声をかけた。「いま、森の中に重傷を負った殺人犯が逃げこんだところですが、時間の問題だ。逃げきれはしない」そして、いちばん近い椅子にどすんと腰をおろし、震える指でたばこをさぐった。眼の下には緊張のあまり隈《くま》が浮いている。

「でも、誰が――いったい――」

エラリーはどうでもいいというように手を振った。「まったく簡単な話です。しかし奇妙な、とてつもなく奇妙な話だ。これほど奇妙な事件はぼくの記憶にはありません」

「それじゃ、あなたはご存じなのね、誰が――」ジェニーは息を詰まらせながら言いかけた。

「もちろんです。知らないことも、あれこれ事実をつなぎあわせて知ることができます。その前に、やらなければならないことがある……」エラリーは立ち上がった。「ジェニーさん、もうひとつ、別のショックに耐える自信はありますか」

ジェニーは蒼白になった。「どういう意味ですか、クイーンさん」

「あなたなら大丈夫そうだな。ホーセイ船長、すみませんが手を貸してください」エラリーは、バーカーの商品見本がはいったトランクのひとつに歩み寄ると、のみをふたつと斧《おの》を一丁、取り出した。ホーセイ船長はぎょっとしたように眼を見張っている。「ほらほら、船長、もう危険はありませんから。その絨毯をめくってください。これからある物をお見せします」エラリーは、言うとおりにし終わった老人に、片方ののみを手渡した。「床板を固定している釘を引き抜いてください。丁寧に、きれいにやっていきましょう。床板を台なしにする意味はない」

エラリーはもう一本ののみを手に、床板の反対側の端に向かった。ふたりはしばらく無言でのみと斧を使い、ようやくそのあたりの床板の釘をすべて引っこ抜いた。

「下がって」エラリーは静かに言うと、かがみこみ、床板を一枚、また一枚と、取りのけていった……ジェニーが絹を裂くような悲鳴をあげ、父親の広い胸に顔を埋めた。

床の下、バンガローを支える固い土の上には、やっとそれとわかる程度に形の残った、見るからに恐ろしい、白っぽいぐずぐずの、人体の残骸が横たわっていた。塊のあちらこちらから、骨がはみ出ている。

「皆さんがいまここでごらんになっているこれが」エラリーはきしる声を押し出した。「宝石泥棒、ジョン・ジレットの成れの果てです」

「じ、ジレットだと！」ホーセイ船長は言葉を詰まらせ、穴を覗きこんだ。

「殺されたのですよ」エラリーはため息をついた。「三カ月前に、あなたの友達のバーカーの手によって」

*

エラリーはテーブルのひとつから長いテーブルクロスを取ると、床に開いた穴をばさっとおおった。「もう、おわかりでしょうが」茫然とした沈黙の中、エラリーは低い声で語りだした。「七月の問題の夜、バンガローに泊めてくれと言ってきたジレットを、皆さんは、なんだか見たことがある気がすると思ったそうですが、明らかにバーカーは、新聞記事の写真を覚えていて、正体を見破ったのです。バーカー自身、その夜はここのバンガローのひとつに泊まっていました。そして、ジレットがコーモラント・ダイヤを持っていることを知っていた。皆が寝静まったあと、バーカーはこのバンガローに忍びこみ、ジレットを殺したのですよ。商売柄、ありとあらゆる金物の道具に加えて生石灰も持ち歩いていたバーカーは、絨毯の下の床板をはがして、ジレットの死体を床下に隠すと、生石灰をかけて肉の自然分解を早めて腐敗臭で発見されるのを防いでから、もう一度、床板を釘づけしなおしたのです……。もちろん、話はこれだけではありませんが。推理によって一度、殺人犯の正体を特定してしまいさえすれば、すべてがぴったりと辻褄《つじつま》が合いました。当然のことですがね」

「だけど」ホーセイ船長は、吐き気をこらえているような声で、あえぎながら言った。「あんたはどうしてわかったんだね、クイーンさん。そんで、犯人ってのはいったい――」

「曖昧《あいまい》な手がかりはいくつかありました。そのうちに、ぼくの漠然とした仮説を裏づけてくれる、あるものを見つけたのです。皆さんにわかりやすく話を進めるために、まずはこの裏づけから説明しましょうか」エラリーは、はねのけられていた絨毯に手をのばし、さっとひっぱって広げ、妙に毛足のすり減った場所が見えるようにした。「わかりますか。この一カ所以外、絨毯にはこんなに妙に毛のすり切れた部分はどこにもない。そして注目すべきは、ここがまさにバーカーが襲われ、殺された場所だという点ですよ。この一カ所以外、ぐしゃぐしゃになった部分はありません。つまり、ここが短い格闘の渦の中心だったに違いない……さて、船長、あなたの絨毯がこんなに変なすり切れかたをしているのは、なぜだと思いますか」

「そうさな」老人はもごもごと言った。「かきむしったように見えるな、まるで――」

開いた窓の向こうからベンソンの声が聞こえてきた。その声は、とても信じられないという響きをはらんでいた。「見つけましたよ、クイーンさん。森の中で死んでいました」

一同は窓辺に群がった。窓の下、冷たい土の上に、ベンソンの懐中電灯のぎらつく光に照らされて、巨大な雄の警察犬が横たわっていた。毛皮はぼろぼろで汚れて泥だらけで、頭にはずっと前にひどく殴られたような無残な傷痕《きずあと》が残っている。胴体には、エラリーの撃ったリボルバーから放たれた弾丸に開けられたばかりの穴が、ふたつあった。永遠に唸り続ける口元についた血はすでに乾いていた。

*

「いいですか」ややあって、エラリーが疲れた口調で言った。「絨毯のあのすり切れた部分をひと目見てぼくは、何かがひっかいたようだと思いました——まるで、ひっかいてから、ごしごしこすったように。このひっかいた痕は、動物を連想させます。人に飼われている動物の中でも、犬は特に熱心にひっかく習性がありますからね。つまり、夏の間は夜になると犬がこの部屋を何度も訪れて、絨毯の問題の場所をかきむしっていたに違いない、とぼくは推理したわけです」

「でも、どうしてそんな確信が持てたんですか」ジェニーは納得がいかないというように食い下がった。

「その事実だけでは確信できませんでしたよ。しかし、裏づけがいくつかあった。たとえば、あなたの〝幽霊〟が出すという音です。説明を聞くかぎり、まさに犬がたてる音そのものです。実際、お嬢さん、あなた自身が言っていたでしょう、〝人間のたてる音とは思えない〟と。〝うめくような、つぶやくような、鼻を鳴らすような音〟、さらには〝ずるずる、ぱたぱた、がりがり〟という音もしたと。最初から犬だと思っていれば、うめきもつぶやきも鼻を鳴らす音も、ほら、どれも痛みや悲しみを訴える犬の鳴き声に聞こえませんか。ずるずる、ぱたぱたは——犬がうろつく足音です。がりがりは——犬が何かをひっかく音で……今度の場合は絨毯ですね。ともかく、ぼくはこの音が重要な手がかりだと感じました」エラリーはため息をついた。「そして、あなたがたの幽霊がこのバンガローを訪れるのに選んだ時期、という問題もある。話を聞くかぎり、その幽霊はバンガローに誰も泊まっていない時は、絶対に現れないようでした。しかし、何ものかが忍びこむとすれば、むしろ、誰も泊まっていない時を狙うはずです。なぜ、バンガローの中に人がいる時しか来ないのでしょうか。さて、アイザックの話では、バンガローが空いている時には窓はすべて閉められているということです——鍵はかけずに、ただ閉めただけですが。侵入者が人間であれば、窓が閉じてあるというだけであきらめたりしないでしょう。そういう連中は、鍵がかかっていてもおかまいなしに、はいりこみますよ。これもまた、侵入者が動物であることを示唆《しさ》する事実です。そいつは、窓のどこか一カ所でも開いている時しか、中にはいることができないんですから」

「なんとまあ！」ホーセイ船長はつぶやいた。

「ほかにも裏づけの材料はいろいろある。今回の事件では雌の警察犬が一頭いたことがはっきりわかっています。ジレットが連れてきた飼い犬ですね。ところが、シカゴの刑事たちがバンガローの中に踏みこんで、ジレットが逃亡したらしいという（バーカーが願ったとおりの）状況を発見した時、間接的な証拠を——彼らがこの時に気づいていさえいればと悔やまれますが

――同時に見つけていたんですよ。犬は一頭ではなく、二頭だったという証拠を。なぜなら、そこには頑丈な二重の鎖があったからです。なぜ二重の鎖が必要なのでしょうか。どれだけ怪力の犬だろうと、鎖なんて頑丈なやつが一本あれば足りるでしょう。これこそ、実はもう一頭、生きた犬がいるという――誰も気づかなかったけれども、ジレットが最初から犬を二頭、連れて歩いていたに違いない、という状況証拠です。だから、ジェニーさんが車庫でジレットの車の中を覗こうとした時、手に噛みついてきた犬のうしろに、実はもう一頭いたんですよ。ジレットは、犬から足がつくことを恐れ、自分のバンガローに二頭とも連れてきて、鎖でつないだのです。バーカーが泥棒を殺している間、犬たちはどうすることもできなかった。バーカーは二頭の犬の頭をこっぴどく殴りつけたに違いありません――おそらく、まさにこの鉄の火かき棒を使って――二頭とも息の根を止めるつもりだったのでしょう。犬が吠えたり唸ったりした声は、その夜の雨と雷にかき消されました。のちに床板を釘で打ちつけた音も。それからバーカーは、二頭の死体を森に引きずっていったに違いありません。こうしておけば、ジレットが二頭を殺したと世間は思う、と考えたのでしょうね。しかし、雄犬の方は、動けなかっただけで死んではいなかった――犬の頭についていたひどい傷痕を皆さんも見ましたね、あれでぼくは、バーカーが犬たちをどんな目にあわせたのか、想像できました。やがて雄犬は息を吹き返し、逃げて身を隠したというわけです。どうですか、二重の鎖、当日の夜の嵐、頭の傷――すべてを組みあわせると、これ以外には考えられないという物語が一本、はっきりと見えてくるでしょう」

「だけど、どうして――」少し前に、バンガローにもぐりこんできたハイマンが言いかけた。

エラリーは肩をすくめた。「どうして、と言いたくなる疑問はたくさんありますよ。たまたまバーカーの咽喉に残っていた傷のおかげで、犬の仕業だというぼくの仮説は裏づけられました――頸動脈のあたりをずたずたに切り裂いていたでしょう。あれは犬の殺しかたですよ。しかし、どうして、とぼくは自問しました。なぜ、あの犬はこの近辺に、人目を避けながらも居着いていたのだろうか――森の中を野犬同然にさまよい、わずかな獲物や生ごみを漁《あさ》ることでやっと飢えをしのぐ生活を続けてまで。なぜあの犬は何度でもこのバンガローに戻り、よりによってあの絨毯をひっかき続けることに執着していたのだろうか。答えはひとつしかありえない。犬の慕《した》う何かが、絨毯の下のまさにあの位置にあったのです。つがいの片割れであろう、もう一頭の犬ではありません――雌犬は死んで、どこかに運ばれてしまいました。ということは、飼い主に違いない。しかし、雄犬の飼い主はジレットです。では、ジレットが実は逃げたのではなく、床下にいるという可能性はあるだろうか。答えはひとつしかありえない。床下にいるのなら、死んでいるってことです。そこまでくればあとは簡単だ。今夜、バーカーはこのバンガローにどうしても泊まると言ってききませんでした。バーカーは絨毯のところに行くと、かがみこんで床から持ちあげようとした。それを見ていた犬は、窓から飛びこんでいき……」

「そんじゃ、まさかあんたは」ホーセイ船長が息をのんだ。「あの犬っころがバーカーを覚えとったと言うんかね?」

エラリーは力なく微笑んだ。「さあ、どうでしょう。ぼくは犬に人間のような知性があるとは思っていません。もちろん、ときどき、犬が驚くほど頭のいいことをすることは知っていますが。あの犬が覚えていたとすれば、ジレットが殺された夜に犬もバーカーに殴られて身体が麻痺《まひ》していたけれども、床下に死体を埋める様子を見ている間、犬は意識があったということになるでしょうね。まあ、単にどこかの不審者が自分の主人の墓をあばこうとしていると思っただけかもしれませんが。なんにせよ、ぼくはバーカーがジレットを殺したに違いないと知りました。商品見本のはいったトランクの中身と、死体に生石灰がかけられている事実を考えあわせれば、真相は明々白々というものですよ」

「でも、クイーンさん、バーカーはなぜ戻ってきたのかしら」ジェニーがとても小さな声で言った。「なんて馬鹿なことを——まともな神経じゃないわ」ジェニーは身震いした。

「ぼくが思うに、その答えは」エラリーはつぶやいた。「実に単純だと思いますよ。ひとつ考えがあるのですが——」一同は寝室の片すみに集まっていた。エラリーは居間にはいっていくと、ベンソンと部下が床の穴のまわりに這いつくばるようにして、その下にあるぐずぐずの塊をハンマーやのみでかき崩しているところに歩いていった。「どうですか、ベンソンさん」

「あったぞ、おい！」ベンソンは大声で吼えると、飛び上がって、ハンマーを放り出した。

「あなたの言ったとおりでしたよ、クイーンさん！」その手にあるのは巨大なダイヤモンドの裸石《ルース》だった。

「思ったとおりだ」エラリーはつぶやいた。「もしバーカーが意図的にここに戻ったとすれば、理由はひとつしかない。だって死体は完璧に隠されて、世間ではジレットが生きてぴんぴんしているかと思われていたのですからね。バーカーが戻ったのは――戦利品のためです。おそらく、ジレットを殺した時に戦利品だと思った物を持ち去ったのでしょう。ところが、バーカーは騙《だま》されたのです――宝石職人だったジレットは抜け目なく、高跳びする直前にこのダイヤのレプリカを模造ダイヤで作っていたのですよ。そして、バーカーが盗んだのはこのレプリカの方だった。バーカーが自分のミスに気づいたのは、七月にここを離れてからのことで、まさしくあとの祭りでした。そんなわけで、次に自分のセールスの旅の行き先がニューベッドフォードになるのを待たなければならなかったのです。この床下を掘り返すために。そして、絨毯のまさにその位置にしゃがみこんだら、犬が飛びかかったというわけですよ」

しばらく、誰も口をきけずにいた。やがてジェニーがそっと口を開いた。「あなたってとてもすば――ええと、あなたの、推理は、とてもすばらしいと思うわ、クイーンさん」そして、髪が気になるようになでつけた。

エラリーは足を引きずるようにゆっくりと、戸口に向かって歩いていった。「すばらしい？この事件では、殺人犯の正体が風変わりだったことを除けば、すばらしいことは一点しかありませんよ、お嬢さん。いつの日か、偶然の符合という現象についてちょっとした論文を書いてみたいですね」

「それって？」ジェニーは訊いた。

エラリーはドアを開け、爽やかな朝の空気にとけこむ、爽やかな潮の香気を、ありがたく胸いっぱいに吸いこんだ。寒々とした黒い空にひと条《すじ》、夜明けの最初の光が射しこんでくる。

「名前ですよ」エラリーはくすりと笑った。「この宿の」

ガラスの丸天井付き時計の冒険

The Adventure of the Glass-Domed Clock

エラリー・クイーン君は〝かの有名なニューヨーク市警察捜査課のクイーン警視の御曹司《おんぞうし》〟という権威ある肩書きをみずから進んで背負ったおかげで、これまでに何百という犯罪事件の解明に関わってきたわけだが、その中でも〈ガラスの丸天井《ガラスドーム》付き時計の冒険〉と自身が呼んでいるものほど分析の簡単なものはなかった、と常日ごろから語っていた。「あまりにも簡単だからね」好んでそう言っていた――それも大まじめに！――「代数学のもっとも基礎の知識しか持たない高校二年生でさえ解ける方程式レベルの簡単さだよ」このような意見を述べた結果、エラリーは、正規警察の哀れな無教養の新米刑事（というのは代数学の基礎知識どころか初歩の初歩さえ怪しいのが相場なのだ）に、そんな〝簡単な〟問題が解けると思いますか？と問い返されたものである。エラリーのあいかわらず大まじめな返答というのが、「失敬、なら訂正しよう。こう言い換える。常識というものを持ちあわせている人間なら誰でも、あの事件を解決できる。五から四を引いた答えが一になる、というレベルの問題だ」

　これはちょっぴり残酷な宣告というものである。なぜなら、その事件を解く機会のあった――そしてもちろん、やる気満々だった――者たちの中に、エラリー・クイーン君自身の父の警視もいたのだ。言うまでもないが、警視は犯罪捜査官として決して無能ではない。ところで、エラリー・クイーン君ほどの抜きんでた頭脳の持ち主ともなると、彼がいったい何を考えて、どこに行こうとしているのか、まわりにはさっぱりわからない、ということはままあるものだ。というのも、エラリーの超人的な推理力は、常人の常識力とは比べものにならない、桁外《けたはず》れの能力だったからである。そもそも、次に挙げていく要素で構成された問題を、一般的には初歩とは呼ばない。すなわち、本物の紫水晶、零落《れいらく》した大陸の貴人、銀の〈親愛の大杯《ラヴィング・カップ》（もとは宴の回し飲み用。いまは優勝カップ）〉、ポーカーのゲーム、五つの誕生祝いの熱烈なメッセージ、そして何よりもちろん、初期のアメリカ文化《アメリカーナ》を伝えるあの奇妙な醜い〈ガラスの丸天井付き時計〉と目録に記された骨董品、等々でこの問題は構成されていたのだ！　一見、この事件は奇妙奇天烈《きてれつ》で、狂人の見る支離滅裂《しりめつれつ》な悪夢のように思える。エラリーの言う〝常識〟を持ちあわせた者なら誰でもそう言ったに違いない。しかしながら、エラリーがこれらの変てこな要素をひとつひとつ正しい順序に並べなおし、このなぞなぞの〝明々白々な〟解答を――複雑怪奇のヴェールの向こうに隠された謎を見通せる自分と同レベルの天才的な能力など誰でも持っていて当然だ、という、いかにも知識人らしく浮世離れした悪気のなさで！――指摘してみせると、クイーン警視も、善良なるヴェリー部長刑事も、ほかの者たちも、あまりに解答が明快であることに、ごしごしと眼をこすらずにいられないのだった。

＊

物語は、殺人事件にはつきものの死体で幕を開ける。始まりから、かすかに麝香《じゃこう》の香りが漂うマーティン・オールの骨董品店の中に立ちつくし、かつてはマーティン・オールという人間であった凄惨《せいさん》な残骸を見下ろした者は皆、この事件全体をおおう得体のしれない不気味さに、ぞっとしたものだ。クイーン警視自身は、これまでに自分の積み重ねてきた経験に頼ることを放棄した。警視に二の足を踏ませたのは、事件の血なまぐささではない。そもそも警視にとって血みどろの現場など見慣れた日常の風景と変わらず、流血ごときで怖気《おじけ》づくことなどありえなかった。五番街の高級な骨董品店の小柄な主《ぬし》、マーティン・オールの城は逸品ぞろいの宝庫である。その店主がぴかぴかに光る小さな頭を真っ赤に叩き潰《つぶ》されたというのは——実際の詳細なる状況ではあるが、どうでもいいことであった。凶器はずっしりした文鎮《ぶんちん》で血まみれだったが、指紋はきれいに拭き取られて、死骸からそう遠くない場所に転がっていた。何が起きたのかについては明白である。そうではなく、誰もが驚きのあまり瞠目《どうもく》したのは、オールが受けた暴行そのものではなく、オールが暴行を加えられたあとに、店の冷たいセメントの床に倒れてもがき苦しみながらも、とったと思われる行動だった。

オールを襲った犯人が、瀕死の骨董商をほったらかして店から逃げたあとに起きた出来事を、時系列にそって組み立てていくのは、まったく簡単なことに思われた。すなわち、店の中央で殴り倒されたオールは、痛めつけられた身体をカウンターにそって奥の方へ二メートル近くも引きずっていき——真っ赤な跡が雄弁に物語っていることだ——超人的な力を振り絞って、貴石と半貴石のはいったショーケースの高さまで身を起こすと、力の抜けたこぶしで薄いガラスを叩き割り、宝石がのったトレイの上に手をさまよわせ、大きな紫水晶《アメジスト》の裸石《ルース》をさぐり当てると、左手にしっかと握りしめたまま、うしろざまに倒れ、今度はアンティークの置時計を陳列したテーブルぞいに一メートル半も這っていき、もう一度、身体を起こして、石の台座にのっていた品物――ガラスドーム付きの古い時計――を引きずり落としたものだから、傍《かたわ》らの床に落ちた時計は、もろいガラスでできた丸天井《ドーム》が粉々に砕け散っていた。そしてついにマーティン・オールはその場でこと切れた。左のこぶしは紫水晶を握りしめ、血の流れる右手はまるで祝福するかのように置時計の上にのせたままで。いかなる奇跡か、置時計の機械は落下しても壊れていなかった。自分のすばらしい時計コレクションをすべて動かし続けておくことは、マーティン・オールの病的なこだわりの趣味のひとつであった。そんなわけで、マーティン・オールの死体を取り囲むひと握りの男たちの困惑した耳に届いたのは、もはやガラスドーム付きでなくなった置時計の快いチク、タク、チク、タク、という音だった。

摩訶不思議だって？　いやいや、狂気の沙汰《さた》というものだ！

「いくらなんでも限度ってものがあるだろうに」ヴェリー部長刑事が唸った。

＊

ニューヨーク郡首席検死官補のサミュエル・プラウティ博士は検死をすませて立ち上がると、死んだマーティン・オールの尻を――骨董商はうつ伏せに倒れていたのだ――つま先でちょいとつついた。

「こりゃまた、とんでもないじいさんだ」しかめっ面で言った。「六十過ぎのくせに、そこいらの若いのより、ずっとスタミナがあるぞ。執念か、とにかくタフだね！　頭から肩にかけて滅多打ちにされて、犯人も死んだと思って放置していったくらいなのに、部屋じゅうをぐるぐる這いずりまわるぐらい、しぶとく生きてたんだからなあ！　普通なら、もっと若いのでも途中で死んでるぞ」

「先生の専門家としての感心ぶりを聞いて、背筋が寒くなりましたよ」エラリーは言った。彼はほんの三十分ほど前に、クイーン家のはしっこい何でも屋のジューナ少年にゆっさゆっさと揺さぶられ、心地よく暖かいベッドの中で起こされたばかりだったのである。警視はとっくに家を出ており、気が向いたら来い、とエラリーに伝言を残していた。エラリーは犯罪の匂いを嗅ぎつけるとすぐに気が向くたちだったが、まだ朝食をとっておらず、めっぽう機嫌が悪かった。そんなわけで、エラリーがタクシーを飛ばして五番街を猛スピードで走り抜け、マーティン・オールの店に着いてみると、警視とヴェリー部長刑事がすでにごちゃごちゃの犯行現場にいて、悲嘆のあまり茫然としている老女――マーティン・オールの老いた妻である――となまりのきつい英語で〝元伯爵〟のシャルルと名乗る、すっかり怯えきった大男を尋問しているところだった。元伯爵シャルルは、革命の苦難の末か、はたまた革命まで秒読みという切羽詰まった状況に危機を覚えたかして、大陸での地位も生活もすべて捨てることが賢明であるという判断を受け入れた不幸な貴族たちのひとりであることがわかった。彼はいまニューヨーク社交界で珍しがられながら、細々と日々をつむいでいた。この事件は一九二六年のことで、ヨーロッパから亡命してきたことが、この民主主義の国では目新しいものとしてもてはやされていた時代である。ずっとあとになってからエラリーは、これが一九二六年というばかりでなく、その年の三月七日の日曜日に起きたものだと几帳面《きちょうめん》に正確な日付を指摘したが、事件当時には、この日付にほんの少しでも重要性があると考えるのは馬鹿げていると思われたものだ。

「誰が死体を発見したんです」エラリーはこの日最初の紙巻きたばこ《シガレット》をすぱすぱやりながら訊いた。

「そこの、元お貴族様ですよ」ヴェリー部長刑事が巨大な肩を持ちあげた。「それとこのご婦人です。その伯爵様だかなんだかは、この店のお仲間で――殺されたじいさんのサクラをやってたようですな。オールは、伯爵が店に客を連れてくると、マージンを渡していたそうで――相当な数の客をひっぱってきていたようですよ。それはともかく、こちらのオール夫人は昨夜、ご亭主が帰ってこなかったので心配していたそうです。ポーカーから……」

「ポーカーだって？」

伯爵の辛気《しんき》くさい顔が明るくなった。「はい。はい。それは驚くべきゲームです。私はあなたがたのとてもすばらしいお国に仮の住まいを移してから、初めて遊びかたを覚えました。ミースタ・オールと、私と、あと何人かでここに集まって、毎週やっていました」伯爵は顔を伏せ、またいくらか怖くなったようだった。そして死体をちらりと見ると、あとずさり始めた。

「昨夜もポーカーをしたんですか？」エラリーは不機嫌丸出しの声で訊ねた。

伯爵はうなずいた。クイーン警視が言った。「いま、そのポーカー仲間たちを駆り集めるところだ。そこのオールと、伯爵と、ほかにあと四人でポーカークラブのようなものを作って、毎週土曜の夜にオールの店の奥の部屋に集まって、ひと晩じゅうやっとったらしいな。奥の部屋を見たが、カードとチップのほかはこれと言って何もない。オールが自宅に帰ってこなかったので、夫人はすっかり心配になって伯爵に電話をかけたそうだ――伯爵は四十丁目あたりのせまっ苦しい安ホテルに住んどるらしい――今朝になって、伯爵が夫人のところに駆けつけて、ふたり一緒にここにやってきて……見つけたのがこれ、というわけだ」警視はマーティン・オールの死体とそのまわりに散らばるガラスのかけらを憂鬱《ゆううつ》そうに、というよりもむしろ憤懣《ふんまん》やるかたなしというまなざしで指し示した。「狂気の沙汰だろう、え？」

エラリーはオール夫人を見やった。夫人はカウンターに寄りかかり、凍りついた顔で涙もなく、まるで自分の眼が信じられないかのようにただ、夫の死体を見下ろしていた。と言っても、見えるものはほとんどないのだが。なぜならプラウティ博士が新聞の日曜版をシーツがわりに死体にかぶせていたために、左の手首から先だけが――まだ紫水晶を握ったままのこぶしが――見えるだけだったのだ。

「まったく信じられないくらいそのとおりですね」エラリーはぶっきらぼうに言った。「その奥の部屋には、オールが帳簿をつけていた机があるんじゃないんですか」

「あるとも」

「オールの死体は書類とか紙きれとか身に着けていませんでしたか」

「紙きれだと？」警視はきょとんとしておうむ返しに答えた。「いいや、全然」

「鉛筆は？　ペンは？」

「いいや。それがどうした、なぜだね」

エラリーが返事をする前に、茶色いパピルスをくしゃくしゃに丸めたような皺《しわ》だらけの小柄な老人が、入り口の刑事を押しのけてはいってきた。まるで夢遊病のような足取りだ。老人の視線は新聞紙におおわれたぐずぐずの塊《かたまり》と血痕の上でぴたりと動かなくなった。見ているものが信じられないというように老人は四度、眼をぱちぱちさせたと思うと、泣きだした。しゃくりあげるたびに、しなびた全身がひきつけるように上下する。茫然自失していたオール夫人が、急にはっと我《われ》に返った。「ああ、サム、サム!」そして、新たに登場した老人の骨と皮ばかりの肩に両腕をまわすと、一緒に泣きだした。

エラリーと警視は顔を見合わせ、ヴェリー部長刑事はげんなりした顔で大げさにため息をついた。すると警視は泣いている老人の細い腕をつかんで、揺すぶった。「おい、しっかりしろ!」警視は叱るように言った。「誰だね、あんたは?」

老人はオール夫人の肩から、涙でぐしょぐしょの顔をあげた。そして、つっかえつっかえ喋った。「さ、サム・ミンゴー、サム・ミンゴーです、オールさんの助手をやっとります。誰が――誰が――ああ、信じられないよ!」それだけ言うと、またオール夫人の肩に顔を埋めてしまった。

「気がすむまで泣かせるしかないな」警視は肩をすくめた。「エラリー、おまえはこの事件をどう見る? わしはもうお手上げだ」

エラリーは答えるかわりに両眉を上げてみせた。玄関から、刑事がひとり、青ざめて震えている男を連れてはいってきた。「アーノルド・パイクです、警視。いまさっきベッドから引きずり出してきたばかりです」

パイクは頑健《がんけん》そのものの体格で、顎《あご》が突き出ていた。そんな外見の割にすっかり震えあがっていて、すっかり途方に暮れているようだ。眼をマーティン・オールの成れの果てらしき塊に向けたまま、ひっきりなしにコートのボタンをかけたりはずしたりしている。警視が声をかけた。「昨夜、きみと何人かで集まって、ここの奥の部屋でポーカーをしたそうだね。オールも一緒に。何時にお開きになったのかな」

「真夜中に。十二時半に」パイクの声は酔っているように呂律《ろれつ》がまわっていなかった。

「何時に始めたんだ」

「十一時に」

「なんだって?」クイーン警視は呆れたように言った。「そんなおとなのポーカーがあるか、子供の遊びじゃあるまいし……で、パイクさん、オールを殺したのは誰だと思う」

アーノルド・パイクはやっとのことで死体から視線をむしり取った。「そんな、私にはわかりません」

「わからないって?　ふん。全員、仲がよかったのかね?」

「はい。はい、それはもう」

「ご職業は、パイクさん?」

「株式仲買人をやっています」

「それじゃあ――」エラリーが言いかけて、ぴたりと口をつぐんだ。ふたりの刑事に追い立てられて、三人の男たちが店内にはいってきたのだ――全員が怯えた様子で、明らかに、いきなり叩き起こされ、大急ぎで着替えさせられたような外見をしており、誰もが一歩部屋にはいってすぐに、新聞紙をかぶせられた床の上の塊を、流れた血の痕を、砕けたガラスのかけらを、まじまじと見ていた。三人とも、あの驚くべき元伯爵シャルルのように、直立不動で硬直しており、滑稽《こっけい》な石像のようだ。突然、衝撃を受けると、人間は茫然自失してしまうものである。

明るい色の眼をした肥《ふと》った小男はもそもそと、自分はスタンレー・オックスマンという者で、宝石商だと名乗った。マーティン・オールはいちばん古くからの親友でした。とても信じられない。なんて恐ろしい、こんなことってない。マーティンが殺されたなんて！　いえ、説明なんてさっぱり思いつきません。マーティンは変人だったかもしれないが、自分の知るかぎり、この男に敵なんてひとりもいなかった。等々、オックスマンが話し続ける間、残るふたりは凍りついたまま立ちつくし、自分の番を待っていた。

ひとりはいかにも遊び人らしい男で、かつてはスポーツ青年だった名残を漂わせている。わずかに腹が出てきて白目は黄ばんでいるものの、若い盛りのころの面影は残っている。オックスマンが、この男は共通の友人でレオ・ガーニーという、新聞で連載記事を書いている記者だと紹介した。さらにもうひとりはJ・D・ヴィンセントといって――警視がちょっと煽《あお》ると、オックスマンは期待以上にぺらぺらと喋りまくった――アーノルド・パイクと同じくウォール街の人間で――いったいどんなことをするのか定かではないが〝相場師〟ということだった。

ヴィンセントはギャンブラーらしい精悍《せいかん》な顔のずんぐりした男だが、口がきけなくなっているようだ。ガーニーはオックスマンが一同のスポークスマンをつとめてくれていることを喜んでいるようで、セメントの床の上の死体をひたすら見つめ続けていた。

エラリーは暖かなベッドを思い、朝食抜きの胃袋が暴れるのを抑えこんで、ため息をつくと、仕事に取りかかった——その間じゅう、警視の鋭い質問と、もたもたした返答に耳を澄ましていた。エラリーは血の痕を追って、オールがガラスケースから宝石をつかみ出した地点まで歩いていった。ケースは正面のガラスが叩き割られ、穴は細かく鋭いぎざぎざで縁取られている。ケース内の黒いベルベット地の上に、一ダース以上の金属の皿が前後二列に並べられていた。それぞれの皿には宝石がたくさんのって——さまざまな美しい色の貴石や半貴石がきらびやかに飾られている。前列中央の二枚の皿が特に、エラリーの目をひいた——ひとつには、赤、茶、黄、緑のよくみがかれた宝石。もうひとつのは、どれも半透明の淡い青緑のような色で小さな赤い斑点のある一種類の石だけだ。このふたつの皿は、オールの手が叩き壊した場所から一直線に並んでいることにエラリーは気づいた。

エラリーは震えている小柄な助手のサム・ミンゴーのところまで歩いていった。ミンゴーはもう泣きやんで、オール夫人の隣に立って、子供のように夫人の手をぎゅっと握っている。

「ミンゴー」エラリーは声をかけて、老人にそっと触れた。ミンゴーはぎょっとして、すじ張った筋肉を引きつらせた。「怖がらないでいいよ、ミンゴー。ちょっとだけ、ぼくとこっちに来てもらえるかな」エラリーはあやすように微笑みかけると、老人の腕を取って、ガラスが粉々のショーケースの前にひっぱっていった。

そしてエラリーは言った。「マーティン・オールはこんながらくたをどうしてケースに飾っていたんだろう。一応、そこにルビーと、そっちにエメラルドはあるけど、あとはどれもこれもたいして……骨董だけでなく、宝石も売ってたのかい」

オールの助手は口ごもりながら答えた。「い、いいえ、そういうわけじゃ。ただ、あの人は安ぴか物が好きで。自分でもそう言っとりました、安ぴか物って。手元に置いて眺めるのがお好きだったんで。ほとんどは誕生石です。いくつか売ったのもありますが。一応、誕生月は全部そろってます」

「その赤い点々がはいった青緑の石は何かな？」

「ブラッドストーンです」

「で、こっちの皿の、赤と茶色と黄色と緑の石は？」

「全部、ジャスパーです。赤とか茶とか黄のは、並みの石で。そこにちょっとだけある緑のやつは、もすこし価値があります。……そのブラッドストーンもジャスパーの一種です。美しいでしょう！　それから……」

「うん、そうだね」エラリーは慌ててさえぎった。「オールが手に握っていた紫水晶はどの皿にはいってたんだろう」

ミンゴーは身震いすると、皺だらけの人差し指で、後列のいちばんすみの皿を指し示した。

「紫水晶は全部、あの一枚の皿にはいっていたのかい」

「そうです。ごらんのとおりで――」

「そこにいたのか！」警視が唸りながら近づいてきた。「ミンゴー！　店の在庫を見てくれんか。全部調べてくれ。何か盗まれた物がないかどうか」

「はあ、かしこまりました」オールの助手は気弱そうに言うと、のろのろした足取りで店内をうろつきだした。エラリーもあちこち覗いてみた。奥の部屋に続くドアから、オールが襲われた場所までは、七メートル半ほどだ。店の中に机は見えない、紙のたぐいもまったくない……

「おい、エル」警視が何やら困ったような口調で言った。「一応、とっかかりは見つかったようなんだがな。しかし、気に食わん。……やっと連中に吐かせた。どうもおかしいと思ったんだ、毎週土曜の夜に集まるポーカーのゲームを十二時半にお開きにするとは。思ったとおりだ、喧嘩になったんだとさ！」

「誰と誰のボクシング試合です」

「茶化すな。あのパイクって男だ、株屋の。どうも全員が酒を飲みながらゲームをしとったらしい。スタッドポーカー（カードの交換ができないポーカーの一種。最初の一枚だけ伏せて、あとの札は開いて配り、そのつど賭ける）で、オールはエース、キング、クイーン、ジャックの札《ふだ》をさらして、賭け金を釣りあげた。パイク以外の全員がおりた。パイクは六の札を三枚、さらしとった。オールが有り金全部を賭けると、パイクがさらにでかい勝負に出て、ご開帳ときた。オールは笑って、伏せた札を開けてみせた――二の札ときた！――これで賭け金はオールの総取りさ。パイクはごっそり巻きあげられて、がたがた文句を言い始めた。オールと、売り言葉に買い言葉で喧嘩が始まった――よくあるやつさ。伯爵の言い分じゃ、全員、酔っ払っとったらしいがな。殴り合い寸前までいったらしい。ほかの連中が止めたが、結局、ゲームはお開きになったというわけだ」

「全員、同時に帰ったんですか」

「ああ、そうだ。オールだけは散らかった奥の部屋を片づけるのに残ったがな。あとの五人は一緒に出て、二ブロック先で別れたそうだ。だから、オールが店を閉める前に、誰でも引っ返して仕事をすませることはできたってわけだ！」

「で、パイクはなんと？」

「何を期待しとるんだ、おまえは。当然、まっすぐ家に帰って寝たとさ」

「ほかの連中は」

「昨夜、ここを出たあとのことは何も知らんと言い張っとる……で、どうだ、ミンゴー。なくなったものはあるか」

ミンゴーは途方に暮れたように答えた。「全部、大丈夫に思えますが」

「やっぱりな」警視は満足げだった。「こいつは怨恨《えんこん》だ。それじゃあ、わしは連中ともう少し話をしようか……なんだ、どうした」

エラリーはたばこに火をつけた。「いろいろと考えていたんですがね。たとえば、オールがもうほとんど死にかけの動かない身体を引きずって店じゅうを這いまわり、ガラスの丸天井付き時計をぶっ壊し、宝石のショーケースから紫水晶をつかみ出したのはなぜなのか、お父さんは何か見当をつけましたか」

「そこが」警視の顔にまた困った表情が戻ってきた。「わしにはさっぱりわからん。どう考えればいいのか皆目《かいもく》――すまん」警視は急いで、待っている一団のもとに戻っていった。

エラリーはミンゴーのだらんと下がった腕を取った。「気をしっかり持って、ほら。ちょっとだけ、あの壊れた時計を見てくれないか。オールは怖がらなくていい――死人は噛みつきゃしないからね」エラリーは小柄な助手を新聞紙におおわれた死体の方に押しやった。「それじゃ、その時計について教えてくれないか。由来か何かがあるのかい」

「た、たいしたものはありません。そいつは、ひ、百六十九年前のものです。特に値打ちものってわけじゃありません。ただ、てっぺんがガラスのドームになっているので珍しいってだけです。この店には、ガラスのドームがついている時計はそれひとつしかありません。話せることはそれくらいで」

エラリーは鼻眼鏡《パンスネ》のレンズをみがき、鼻の上にしっかりとのせてから、かがんで、落ちている置時計を調べ始めた。その時計は、年月を経て擦り傷のついた、高さが三十センチほどの、丸くて黒い木の台座の上についていて――チクタクとのんきに音をたてていた。ガラスのドームは黒い台座の溝にしっかりとはめこまれ、時計を完全におおっていたはずだった。ガラスドームが砕けていなければ、置時計は台座からドームのてっぺんまで六十センチほどの高さがあったに違いない。

エラリーは立ち上がったが、そのほっそりした顔は何やら考えこんでいるようだった。ミンゴーはぽかんとした表情で、エラリーを不安げに見つめている。「パイク、オックスマン、ヴインセント、ガーニー、伯爵のうちで、この時計を所有していたことのある人間はいるかい」

ミンゴーはかぶりを振った。「いえ、だんな。これはもうずっとここにありました。売れなかったんです。あの人たちだって、欲しがるわけありません」

「ということは、あの五人の誰も、この時計を買おうとしなかったんだね」

「はあ、それはもう」

「なるほど」エラリーは言った。「ありがとう」ミンゴーは解放してもらえたと思ったのだろう。ためらいがちに足をもぞもぞさせていたが、やがて、沈黙している未亡人のそばに歩いていき、その傍らに立った。エラリーはセメントの床に膝をつくと、紫水晶をがっちり握りしめている死んだ男の指を苦労してゆるめた。紫色の石は透き通り、きらめいていた。エラリーは、わけがわからないというように頭を振ると、立ち上がった。

ずんぐりしているが精悍な顔をしたウォール街の相場師、ヴィンセントは錆びついた声で警視に言っているところだった。「――なんでおれたちが疑われるんだ。しかもパイクばかり目の敵《かたき》みてえに。ちょっと口喧嘩しただけだろ。おれたちはずっと仲良くやってきたんだ、おれたち全員。昨夜はみんな酔っ払って――」

「ああ、そうだな」警視は穏やかに言った。「昨夜、あんたがたは全員、酔っていた。酔っ払いってのはな、ヴィンセント、自分で自分が何をやっとるか、わけがわからなくなることがままあるもんだ。酒が影響するのは人間の頭だけじゃない、モラルにもだ」

「くそったれ！」黄ばんだ白目のガーニーが出し抜けに怒鳴った。「警視さんよ、偉そうに講釈垂れるのやめな。あんたは間違った木に向かって吼えてるよ。ヴィンセントの言うとおりだ。おれたちはみんな仲がよかった。先週なんかなあ、パイクの誕生日だったんだぞ」エラリーはぴたりと動きを止め、じっと聞き耳を立てている。「みんな、それぞれ誕生日のプレゼントを贈った。みんなでお祝いをしてやった。オールがいちばん大はしゃぎだったぞ。これが人ひとりぶっ殺す下準備に見えるかい？」

エラリーが進み出た。その眼はきらきらしていた。不機嫌さはどこかに飛んでいき、いまは獲物の匂いを嗅ぎつけた鼻孔がひくついている。「そのお祝いの会はいつ開いたんです」やわらかな声で訊ねた。

スタンレー・オックスマンが頰をふくらませた。「今度は誕生日の宴会まで疑うってんですかね！　先週の月曜ですよ、先生。こないだの月曜だ。それがなんです？」

「この前の月曜日」エラリーが言った。「それはすてきだ。パイクさん、あなたへのプレゼントは――」

「あのね、もういいかげんに……」パイクの眼は苦痛に歪《ゆが》んでいた。

「いつ受け取ったんです？」

「パーティーのあとに日をあらためて、先週中にもらいましたよ。それぞれ、メッセンジャーが届けてくれました。こいつらとはあれから昨夜のポーカーの集まりまでずっと、顔を合わせてません」

ほかの面々もいっせいにうなずいた。警視は困惑した顔でエラリーを見ている。エラリーはにやりとして、鼻眼鏡の具合を調節すると、傍らの父親に何やら話しかけた。警視の顔がはかりだとすると、困惑の重さが増したのがはっきり見てとれた。が、警視は静かに、白髪の株式仲買人に声をかけた。「パイクさん、ちょっとクイーン君とヴェリー部長刑事と一緒に出かけてきてもらいたい。なに、すぐにすみます。ほかの皆さんはわしとここに残ってもらいましょう。パイクさん、絶対に馬鹿なまねはせんように――くれぐれも忘れんでください」

パイクは口もきけずにいるようだった。顔をそむけるように首をねじると、コートのボタンを二十ぺんもかけなおしていた。ヴェリー部長刑事がパイクの腕を取り、エラリーがふたりの先に立って、まだ静かな早朝の五番街に出ていった。歩道でエラリーはパイクの自宅の住所を訊ね、茫然としているパイクが通りと番地を答えると、エラリーがタクシーをつかまえて、それから男三人は、一キロ半ほどアップタウン側まで無言のままタクシーに揺られていった。エレベーターボーイのいないエレベーターで七階まであがると、数歩先のドアの前まで行き、パイクがごそごそと鍵を探し出して、一行は部屋にはいっていった。

「贈り物を見せてください」エラリーは無表情に言った――これがタクシーを降りて初めて発した言葉だった。パイクはふたりを書斎のような部屋に案内した。テーブルの上に形の異なる箱が四つと美しい銀のカップが置かれている。「そこです」パイクはかすれた声で言った。

エラリーはさっとテーブルに近づいた。まず銀のカップを持ちあげてみた。そこには友情あふれる銘文が刻まれていた。

真の友
アーノルド・パイクへ捧ぐ
生　一八七六年三月一日
没
J・D・ヴィンセントより

「なかなかのブラックユーモアじゃないですか、パイクさん」エラリーはカップをおろしながら言った。「ヴィンセントが没年のところを空白にしているところなんか」パイクが何か言おうとしかけて、また身震いし、青白いくちびるをぎゅっと結んだ。
エラリーは小さな黒い箱を選んで蓋を取った。中には、紫のベルベット地のふくらみの間に作られたくぼみに、男物の印章付きの指輪《シグネットリング》がはさみこまれていた。実にすばらしい、ずっしりと重たい指輪の印には紋章が彫られている。「どれどれ、我らが伯爵様のお言葉を拝読するとしましょうか」エラリーはつぶやいた。箱にはいっていたカードには緻密《ちみつ》な手書きの文字で、フランス語の文章が書かれていた。

我が良き友、アーノルド・パイクの五十回目の誕生日を祝して。三月一日は余《よ》にとって悲しい日である。一九一七年のあの日——友好国ロシアの皇帝退位の二週間前に——平穏が、やがて大嵐となったことを思い出さずにいられないのだ……。しかし、おめでとう、アーノルド！　このシグネットリングを貴君への尊敬の証《あかし》として贈る。長寿を祈る！

シャルル

エラリーは感想を言わなかった。指輪とカードを箱に戻すと、次に大きくて平たい箱を取りあげた。中には四角に金《きん》の金具のついた財布がはいっていた。札入れのポケットのひとつにカードが入れてあった。

二十と一年、のんきに暮らして
男はもはや子供じゃなくなる
おもちゃなんぞは放《ほ》りだして
戦《いくさ》を前にふんどし締める――

だけどきみにはすてきなおもちゃを贈ろう
親愛なる白髪のじいさん
だってきみはまだまだ遊べるだろう
あと九年《くねん》と半年、おめでとさん！

「なかなかチャーミングな韻文《いんぶん》だ」エラリーはくすくす笑った。「ここにもひとり、忘れられた詩人がいる。こんなナンセンスな詩を書くのは新聞記者くらいなもんだ。これはガーニーからのですね？」

「ええ」パイクはもごもごと言った。「なかなかいい詩でしょう？」

「失礼ながら」エラリーは言った。「ひどいですね」そして財布を放り出すと、もっと大きな包みをつかんだ。中にはぴかぴか光るエナメル革の室内ばきがはいっていた。添えてあるカードにはこうあった。


ハッピーバースデー、アーノルド！　きみの百度目の誕生を祝う三月一日にも全員で集まって愉しく過ごさんことを祈って！

マーティン

「予言ははずれましたね」エラリーは淡々と言った。「こっちのは何かな」靴箱を置くと、平べったい小箱を取りあげた。中にはいっていた金メッキのシガレットケースは蓋に、Ａ・Ｐと頭文字が彫られていた。添えてあったカードにはこう書かれていた。


五十歳の誕生日おめでとう。一九三六年三月一日にきみの六十歳の誕生日を祝ってみんなでどんちゃん騒ぎをするのを楽しみにしているよ！

スタンレー・オックスマン

「ということは、スタンレー・オックスマンは」エラリーはシガレットケースを置いて言った。

「マーティン・オールほど楽観的じゃなかったというわけか。彼の想像力は六十歳を超えていませんよ、パイクさん。こりゃ、なかなか意味深長です」

「私にはわかりませんね――」株式仲買人は頑固《がんこ》に、ぶつぶつと言った。「どうして私の友人を巻きこもうとするのか――」

ヴェリー部長刑事にぐっと二の腕を握られ、パイクはたちまちしゅんとなった。エラリーはたしなめるように、大男に向かって首を振った。「それじゃパイクさん、そろそろマーティン・オールの店に戻りましょうか。もしくは、こちらの几帳面な部長刑事なら、犯行現場と呼ぶところでしょうが……実におもしろい事件だ。たいへん、たいへんにおもしろい。朝めし抜きで来た甲斐があったというものですよ」

「何か得るものがあったんですか?」ヴェリー部長刑事は、パイクが先に立って階下で待っていたタクシーに乗りこむのを横目に、しゃがれた声で囁《ささや》いた。

「巨人君」エラリーは言った。「すべての神の子は何かしら得ることができるものだ。しかし、ぼくは何もかも得ることができたよ」

＊

ヴェリー部長刑事は、骨董品店に戻る途中でどこかに消えてしまい、そのとたんに、アーノルド・パイクは元気になった。エラリーはからかうような眼でパイクを見ていた。「そうそう、パイクさん」タクシーが五番街にはいっていくと、エラリーは言った。「車を降りる前に、ひとつうかがっておきたいことがあります。あなたがた六人はどのくらい前からの知り合いなんですか」

株式仲買人はため息をついた。「ちょっとややこしいんです。私が本当に長く知っていると言えるのはレオだけですよ。つまり、ガーニーです。もう十五年も友達づきあいをしています。オールと伯爵は、たしか一九一八年に知りあったと聞きました。スタン・オックスマンとオールは知り合いです――でした――ずっと前からの。ヴィンセントは、私が仕事関係で一年前くらいに知りあって、うちの小さい集まりに紹介したんです」

「あなたはほかの人たちと――オックスマン、オール、伯爵と――いまから二年前には知りあっていましたか」

パイクはきょとんとした。「それがどうか……いえ、全然。オックスマンと伯爵だけは、一年半前にオールを通じて知りあいましたが」

「なるほど」エラリーはつぶやいた。「あまりにも辻褄《つじつま》がぴったり合うので、朝食なんかもうどうでもよくなりましたよ。さあ、着きました、パイクさん」

戻ってみると、すっかりふさぎこんだ集団が待ち構えていた――オールの死体が消え、プラウティ博士が去り、時計のガラスドームだったもののかけらを掃き寄せてあるほかは、何も変わっていなかった。警視はいらだちで癇癪《かんしゃく》を起こしており、ヴェリー部長刑事はどこにいるのか、エラリーはパイクのアパートメントで何を見つけてきたのかと詰め寄ってきた……。エラリーが何ごとかを囁くと、老警視は仰天した顔になった。そして、褐色の嗅ぎたばこ入れに指を突っこむと、お上品とは言えないお楽しみを味わった。

亡命者が空咳《からぜき》をして牡牛のような咽喉《のど》の音をたてた。「あなたは謎を解いたのですか？」がらがら声で言った。「そうですね？」

「伯爵殿」エラリーは重々しく言った。「たしかに、謎はすべて解けました」そして、出し抜けにくるりと振り向き、ぱんと両手を打ち鳴らした。一同は飛び上がった。「はい、皆さん、注目願います！　ピゴット」刑事のひとりに声をかけた。「そこのドアの前に立って、ヴェリー部長刑事以外、誰も通さないでくれ」

刑事はうなずいた。エラリーはまわりの顔を観察した。この中のひとりが内心、不安でいるとすれば相当、表情をコントロールする力があるに違いない。悲劇に遭遇した最初のショックが過ぎ去ったいま全員が、単に興味津々という顔つきをしている。オール夫人はミンゴーの弱々しい手にしがみついていた。その眼はエラリーの顔をひたと見つめたまま動かない。肥った小柄な宝石商も、新聞記者も、ウォール街の男ふたりも、元伯爵も……

「実におもしろい事件です」エラリーはにやりとした。「そして、興味深い点がいくつもあるにもかかわらず、たいへん初歩的な問題でもあります」エラリーはカウンターに歩み寄ると、死んだ男の手に握りしめられていた紫水晶を取りあげ、じっと見つめて笑みを浮かべた。それからカウンターの上にあるもうひとつの品物を見やった――丸い台座に彫られた円形の溝から、ガラスの丸天井の残骸がぎざぎざ飛び出した置時計。

「状況を考察しましょう。マーティン・オールは頭部を手ひどく殴られたあと、絶望的な最期の瞬間、火事場の馬鹿力を発揮して、宝石ケースがのったカウンターまでずるずる這っていき、この紫水晶を取り出してから、今度はあっちの石の台座まで這っていって、ガラスドーム付きの置時計を引きずり落としました。これで謎のミッションが完了し、オールは息絶えます。

なぜ虫の息の男がこんなわけのわからない行動をとったのでしょうか。ひとつだけ、誰もが考えつく常識的な解答があります。それは、オールが襲撃者の正体を知っており、なんとかして犯人の正体につながる手がかりを残そうとした、というものです」ここで警視がうなずくと、エラリーはくわえたたばこの渦巻く煙の陰でもう一度、にやりとした。「それにしても、よりによって、なぜこんな手がかりを残したのでしょうか。考えてみてください、瀕死の男が自分を襲った犯人の名を残そうとする時は、どんな方法を取ると思いますか。答えは簡単明瞭だ。書き残せばいい。しかし、オールの死体は、紙もペンも鉛筆も身に着けていなかった。手の届くあたりには紙が一枚も見当たらない。ほかに筆記用具がありそうな場所はどこでしょうか。ごらんのとおり、マーティン・オールは奥の部屋に続くドアから七、八メートルのところで襲われています。この距離はおそらくオールにとって、力が失われていく中、はてしなく遠く思えたに違いありません。となるとオールは、自分の血に指をひたしてドアを石版代わりにするという、とっぴな方法でも使わないかぎり、犯人の名前を書き残すことができなかったわけです。が、そのようなアイディアは思い浮かばなかったのでしょうね。

ひと息ごとに命がもれ出していくこの短い時間に、オールは頭をフル回転させたに違いありません。そのあと――宝石ケースまで這っていき、ガラスをぶち割り、紫水晶を取り出します。そのあと――台座まで這って、ガラスドーム付きの置時計を引きずり落とします。そのあと――死にます。ということは、紫水晶と置時計が、マーティン・オールから警察に遺された手がかりなのです。ほら、オールの声が聞こえるでしょう。〝私を失望させるな。明白で単純で簡単な手がかりだ。私を殺した犯人を罰してくれ〟と」

オール夫人が大きく息をのんだが、皺だらけの顔の表情はぴくりとも動かなかった。ミンゴーが鼻をぐすぐすさせ始めた。そのほかの者はしんと黙りこんで、エラリーの言葉の続きを待ち構えている。

「まず置時計から取りかかりましょうか」エラリーはゆっくりと口を開いた。「時計から最初に連想するものといえば、時間です。では、オールは台座から置時計を落とし、叩き壊して時計を止め、殺害時刻を特定するつもりだったのでしょうか。たしかに、可能性のひとつではあります。しかし、これが目的だったとすれば、失敗しています。なぜなら、時計は止まらずに、動き続けている。この事実だけでは、時刻を特定する目的説は無効になりませんが、事件全体をより深く考察すると、この説はまったく成り立たないことがわかります。というのも、あなたがた五人は全員一緒にオールの家を辞去している。襲われた時刻をそれぞれの帰宅時刻と照らしあわせたところで、あなたがたのひとりを間違いなく犯人であると特定するのは無理な話です。オールもそのくらい気づいたはずだ。つまりぼくが言いたいのは、オールにとって、時刻を特定するという行動は何の役にもたたないってことです。

さらに、もうひとつ――しかも決定的な――時刻を特定する目的説を無効にする考察があります。それは、オールがこのガラスドーム付き置時計にたどりつくまで、動いている時計が山ほどのったテーブルの横を通り過ぎていることです。オールの目的が時刻に関するものなら、手前のこのテーブルで止まって、たくさんある時計のひとつを落とせば、無駄な体力を使わずにすんだはずだ。しかし――オールはどうしてもガラスの丸天井付きの置時計にたどりつくために、時計がたくさんのったテーブルを意図的に無視している。つまり、目的は時刻の特定ではないのです。

ここまでよろしいですね。さて、そのガラスの丸天井付きの置時計は、店で唯一の品だったわけですから、常識的に考えれば、マーティン・オールの目的は時間や時刻でなく、この時計そのものだったはずです。しかし、この時計にいったいどんな意味があるのでしょうか。ミンゴーさんの話によると、問題の時計にオールと関係のある人物との関連性はまったくないということでした。時計の製作者という意味で手がかりを残したと考えるのは馬鹿げています。皆さんの中に、これだけの技術を持ちあわせているかたはいない。それに、宝石ケースの中には使えそうな物がたくさんあったのですから、宝石商のオックスマンさんを指し示すつもりだったわけでないこともたしかです」

オックスマンが汗をかきだした。その視線がエラリーの手の中の宝石の上で動かなくなる。

「ということは、オールが伝えようとしていたのは」エラリーは淡々と続けた。「時計に備わった本来の意味ではなかったのです。しかし、この時計は店内のほかの時計と比べて、どこが違うでしょうか」エラリーは人差し指をずばりと突き出した。「この時計はガラスの丸天井におおわれていました！」そしてゆっくりと身を起こした。「皆さんの中で、このガラスの丸天井付きの置時計からほぼそのまんまの形で連想される、ごく一般に知られている物を思いつくかたはいますか」

　誰も答えなかったが、ヴィンセントとパイクがくちびるをなめ始めた。「聡明なかたがたはどうやらお気づきになったようですね」エラリーが言った。「もっとはっきり言いますよ。さあ、これは何でしょうか――なんだかサム・ロイド（パズル作家）になった気がしますね！――台座の上にガラスのドームがのっかっていて、ドームの内側でチクタクと機械が音をたてているものはなーんだ？」答えはない。「まあね」エラリーは言った。「答えたくないのは当然でしょうね。もちろん、それは証券取引の値段や数量を自動的に印字する相場受信機、いわゆるチッカーですよ！」

　一同は愕然とエラリーを見つめたが、やがてすべての眼がJ・D・ヴィンセントとアーノルド・パイクの血の気の引いた真っ白な顔に向けられた。「そう。ヴィンセント氏とパイク氏の顔を皆さんが見るのも当然です。なぜなら、今回の事件のひと握りの登場人物で、相場チッカーと縁があるのはこのふたりだけですからね。ヴィンセント氏はウォール街の相場師で、パイク氏は株式仲買人です」ふたりの刑事が音もなく壁際を離れ、ふたりの男にそっと近づいた。「と、ここまで考察したところで」エラリーは言った。「いったん、ガラスの丸天井付き時計はおいといて、ぼくの手の中にある、すてきなちっちゃい安ぴか物を取りあげることにしましょう」言いながら、紫水晶をかかげてみせた。「紫水晶——見てのとおり、これは青紫をしています。この紫水晶は、マーティン・オールの必死の脳味噌にとって、何を意味したでしょうか。まず明らかなのは、これが宝石であるという点です。オックスマンさんがちょっと前に不安そうな顔をされましたが、心配する必要はありませんよ。この紫水晶の、宝石としての意味はふたつの理由によって除外されます。ひとつは、この紫水晶がのっていたトレイは、割られたケースの後列のすみっこにあったという事実です。つまり、オールはケースのうんと奥まで手を伸ばさなければならなかった。もし求めた物が単なる宝石であれば、手がもはや言うことを聞かなくなりつつあるのだから、もっと近くの取りやすい位置の宝石を適当につかめばいい。どれを取っても〝宝石商〟を連想させることはできる。しかし、オールはそうしなかった。手近にあるものを無視し——置時計の時と同じですよ——、わざわざ苦労して、とても取りづらい場所にある物を意図的に選び取りました。ということは、紫水晶は宝石商を意味するわけではなく、別の何かを示していることになります。

　ふたつ目はですね、オックスマンさん。オールは相場チッカーの手がかりだけでは容疑者をひとりに絞りきれないことに気づいていたのですよ。仲間のうちに相場と関わりのある者は、ふたりいる。しかし、オールを襲ったのはひとりでなくふたりだったという可能性はないでしょうか。いや、それはありそうにない。なぜなら、あの紫水晶によってあなたを、つまりオックスマンさんを指し示そうとし、ガラスの丸天井付きの置時計によってパイクさんかヴィンセントさんをあらわそうとしたのなら、この時点でもまだ手がかりが曖昧《あいまい》すぎる。では、犯人は三人いたのか？　いやいや、これ以上、想像をふくらませすぎてもわけがわからなくなるだけです。いちばん現実味があるのは、ガラスの丸天井付き置時計で容疑者をふたりに絞り、紫水晶でふたりのうちどちらかひとりを特定するつもりだった、という可能性でしょう。

紫水晶でどうやってこの中のひとりの紳士に絞りこむことができるでしょうか。紫水晶には、宝石であるという事実のほかに、どんな意味があるでしょう。そうですね、これは濃い紫色をしている。おや、するとあなたがたのうちひとりが条件にぴったりだ。この青みがかった深紫色はロイヤルパープルと呼ばれますが、株式仲買人よりは伯爵にふさわしい高貴な色で……」

元伯爵が唸った。その浅黒い顔が血でどす黒く染まったかと思うと、伯爵様はしゃがれ声で呪いの言葉をまくしたてた。

エラリーはにんまりした。「まあまあ、興奮なさらずに、伯爵殿。あなたが犯人として指摘されたわけじゃありません。もしあなたを候補者の中に加えるとなると、我々は三人目の人物を新たにひっぱりこむことになり、オールがウォール街関係者のどちらを告発したのかという疑問は解決されないままです。これじゃなんにもならない。どうぞ、お鎮《しず》まりください、高貴なる御方よ！

では、あらためまして、紫水晶にはほかに意味があるでしょうか。あります。たとえば、ハチドリの一種にアメジストと呼ばれる鳥がいる。いやいや、これは問題外だ！　ここに愛鳥家はいません。また、紫水晶は古代ヘブライ人の儀式に関係していました――ある東洋研究家から聞いた話ですが――高位の神官の胸当ての飾りか何かに用いられていたそうです。が、どう考えても、これはまったく関係ないですね。さて、ほかに考えうる、解答にふさわしい意味は、たったひとつだけです」エラリーはずんぐりした相場師に向きなおった。「ヴィンセントさん、あなたの誕生日はいつですか」

ヴィンセントは口ごもった。「十一月、ふ、二日だが」

「たいへん結構。それで、あなたは容疑者からはずれます」不意に、エラリーは口をつぐんだ。戸口でちょっとした動きがあったかと思うと、ヴェリー部長刑事が容赦《ようしゃ》のない険しい顔つきでずかずかとはいってきた。エラリーは微笑んだ。「やあ、部長、ぼくの動機についての勘は当たってたかい」

ヴェリーは答えた。「大当たりでした。多額の小切手にオールの筆跡をまねてサインしていましたよ。よくある金銭トラブルです。オールはとりあえず立て替える形で銀行に支払い、この件を内々に収めて、金《かね》は筆跡を偽造した犯人から取り返すとだけ言っていたそうです。だから応対した銀行の職員は、偽造犯が誰なのかはまったく知らないと」

「あっぱれだ、部長。我らが犯人君は明らかに、その金を弁償したくなかったわけだな。ま、人殺しなんて、もっとくだらない理由でやらかす奴はざらだしね」エラリーは鼻眼鏡を振りまわした。「ヴィンセントさん、あなたは容疑者からはずれたと言いました。それは、紫水晶の持つ、唯一残された意味が、誕生石であるという事実だからです。十一月の誕生石はトパーズだ。しかしながら、パイクさんは誕生日を祝ったばかりでしたね、それは……」

そしてこの言葉と同時に、パイクが息を詰まらせ、ほかの面々が興奮して急にざわざわと騒ぎだすと、エラリーはヴェリー部長刑事に小さく合図を送り、自身も前に飛び出した。しかし、ヴェリー部長刑事の万力のような手に骨まで砕かれそうになりながら、エラリーの愉快そうな眼を正面から睨み返しているのは、アーノルド・パイクではなかった。

新聞記者のレオ・ガーニーだった。

＊

「ぼくが言ったとおり」のちにエラリーはクイーン家の居間で親しい者に囲まれてくつろぎ、胃袋が食べ物で十分に満たされると説明を始めた。「馬鹿馬鹿しいくらい初歩的な問題だったでしょう」警視は暖炉の前で靴を脱ぎ、靴下の裏を火であぶりながらぶつくさ言った。ヴェリー部長刑事は頭をかいた。「あれ、ふたりとも、そう思いませんかね。

いいですか。置時計と紫水晶の手がかりが何を伝えようとしているのかと考えて、ぼくはすぐに、あのふたつがアーノルド・パイクを指し示すつもりだとわかりました。ところで、紫水晶は何月の誕生石か知ってますか。二月――世界じゅうのほとんどで用いられている二通りの方式、ポーランド式だろうがユダヤ式だろうが同じ、二月の誕生石です。置時計の手がかりで、では、容疑者はふたりにまで絞られました。ヴィンセントは誕生石がトパーズなので除外されます。ですから――パイクの誕生日は二月なのでしょうか。いや、それはおかしい。誕生会を開いているのですから――今年、つまり一九二六年の――三月に！　そう、三月の一日にですよ。さて、これは何を意味するでしょうか。それが意味するのはたったひとつ。パイクが唯一残った容疑者ということは、パイクの誕生日は二月だったということですよ。ただし、それは二十九日で、一九二六年はうるう年でないために、パイクは二月二十九日に相当する三月一日に自分の誕生日を祝うことにしたんです。

犯人を示す手がかりとして二月の誕生石を選んだのなら、マーティン・オールは、パイクの誕生日が実際は二月だと知っていたことになります。ところが、先週オールがパイクに贈った室内ばきに添えたカードにはなんと書かれていましたか。〝きみの百度目の誕生を祝う三月一日にも全員で集まって愉しく過ごさんことを祈って!〟とありましたね。一九二六年に五十歳になったってことは、パイクは一八七六年に──うるう年です──生まれたわけで、百歳になる一九七六年はもちろんうるう年だ。なら、百歳の誕生日は三月一日に祝うはずがない! つまり、オールはパイクの本当の誕生日が二月二十九日だと知らなかったことになります。知っていたのなら、カードにもそう書いたはずだ。オールはパイクの誕生日が三月だと思いこんでいたんですよ。

紫水晶を手がかりとして残した人物は、二月の誕生石を選んだのですから、パイクの誕生月が二月であると知っていたことになる。我々はたったいま、マーティン・オールはパイクの誕生月が二月なのを知らず、三月だと思っていたと立証しました。ならば、マーティン・オールは紫水晶を選んだ人物ではないのです。

裏づけがあるでしょうか。あります。三月の誕生石はポーランド式ではブラッドストーン、ユダヤ式ではジャスパーです。両方とも、ケースの奥の皿にはいっていた紫水晶よりも楽に手が届く場所にありました。言い換えれば、紫水晶を選んだ人間は、三月の誕生石をふたつとも無視して、二月の誕生石にわざわざ手をのばして取ったわけです。つまり犯人はパイクが三月でなく二月に生まれたのを知っていた。オールが誕生石を選んだのなら、パイクは三月生まれだと思いこんでいたはずだから、ブラッドストーンかジャスパーを選んでいたはずだ。つまり、オールはやはり条件からはずれるのです。

しかし、ぼくがいま立証したとおり、紫水晶を選んだのはオールでなかったとすれば、どういうことになりますか。そりゃ、もちろん、偽装ですよ。紫水晶を選び、置時計を壊したのはオールなのだと、何者かが我々に信じさせようと小細工したんですよ。目に浮かぶじゃありませんか、犯人がかわいそうなオールじいさんの死体を引きずりまわして、ずるずると血の跡をつけて歩く様子が……」

エラリーはため息をついた。「オールがあの手がかりを全部、残したなんて、ぼくは最初から信じちゃいなかった。あまりに都合がよすぎて、うますぎて、現実離れしすぎている。瀕死の男が、自分を殺そうとした犯人の正体を知らせる手がかりをひとつ残したというのは、まあ、そんなこともあるかもしれないが、しかし、いくらなんでも、ふたつというのは……」エラリーは頭を振った。

「もしオールが手がかりを残したのでないとすれば、誰がやったのでしょうか。言うまでもない、真犯人です。しかし、手がかりは意図的にアーノルド・パイクを指し示すものでした。ならば、パイクは犯人ではありえない。オールを殺した犯人だったなら、自分を指し示す手がかりを残すはずがないからです。

では、誰がやったのでしょう。ここで、ひとつの事実が光ってきます。オールを殺した人間はパイクに罪をきせようとして紫水晶を選んだのですから、パイクの誕生日が二月だと知っていたはずです。オールとパイクは条件からはずれましたね。ヴィンセントは、パイクの誕生日が二月であることを知りません。あの銀のカップに刻まれた銘文でそれははっきりしています。

そして元伯爵は、カードに〝三月一日〟と書いたってことは、やはり知らなかったんです。オックスマンも知りませんでした——パイクの六十歳の誕生日を一九三六年の三月一日に祝うと書いていましたが、一九三六年はうるう年ですから、二月の二十九日に祝うはずです……。オの誕生祝いのカードやら何やらは、どれも証拠品として有効であることを忘れないでください。これらはすべて犯行の前に贈られたもので、犯人の頭の中では、五人からパイクへ贈った誕生祝いのカードと今回の事件に関連性が生じるとは思いもよらないことだったからですよ。犯人の計画における致命的な欠陥は——ごく自然な勘違いだったわけですが——パイクの誕生日が本当は二月二十九日であることを、オールもほかの面々も当然知っているに違いないと、犯人が思いこんでいたことでした。おまけに、ほかの連中が知らないことを証明するカードを読む機会が一度もなかった。パイク自身が言っていたでしょう、月曜の夜の誕生パーティー以降、昨夜、つまり犯行当夜まで、仲間たちの誰とも会わなかったと」

「参りました」ヴェリー部長刑事は頭を振りながら言った。

「だろうね」エラリーはにやりとした。「さて、ぼくらはある人物に、わざと触れずにきました。レオ・ガーニー、特集担当の新聞記者君はどうでしょう。あの男が贈った詩もどきの駄文には、パイクはあと九年と半年たたないと二十一歳になれない、とありました。おもしろくありませんか？　うん、実におもしろい、わざわざ掘らなくていい墓穴を掘るとはね。なぜならこれは、ガーニーがこの詩を書いた時は、パイクが十一歳半にしかなっていない、とふざけて考えた証拠だからです。たかがくだらない冗談とはいえ、いったいどうしたらこんな内容の詩を書けるのか？　それは唯一、パイクの誕生日が実は二月二十九日で四年に一度しか来ないと、ガーニーが知っていた場合しかありえない！　五十割る四は十二・五です。ただし、一九〇〇年はどんな理由か知りませんが、なぜかうるう年ではなかったのでガーニーの言っていることは間違っていません。パイクは誕生日を実際には〝十一回と半分〟しか祝っていないんですよ」

そしてエラリーはやれやれというように言った。「パイクの誕生日が二月だと知っている唯一の人間ということは、紫水晶を選べたのはガーニーだけだったことになる。ゆえに、オールがパイクを告発したかのような細工をしたのは、ガーニーであった。ゆえに、オールを殺した犯人は、ガーニーである……

簡単でしょう？　子供の算数のように！」

七匹の黒猫の冒険

The Adventure of the Seven Black Cats

ちりんちりん、とアムステルダム街の〈ミス・カーレイのペットショップ〉で、ドアの上のベルが鳴ると、エラリー・クイーン君は鼻にきゅっと皺《しわ》を寄せて中にはいった。敷居《しきい》をまたいだ瞬間に、自分の鼻が大きくないことと、あらかじめ鼻の穴をすぼめていた自分の用心深さに感謝した。小さな店の中の臭いは、その程度といい、混ざり具合といい、ニューヨーク動物園と肩を並べてもまったく恥ずかしくなかった。それでいて、エラリーがたまげたことに、ここにはごくごく小さな動物しかいないのだ。店内に足を踏み入れるのとほぼ同時に、がうがう、きゃんきゃん、うーうー、ぎゃあぎゃあ、きいきい、わあわあ、があがあ、ひいひい、ちいちい、しゅうしゅう、おうおう、といっせいに大合唱を始めるものだから、天井が落っこちてこなかったのはまさに奇跡としか言いようがなかった。

「いらっしゃいませ」よく通る声が聞こえた。「ミス・カーレイと申します。どのようなご用でございますか?」

このすさまじい阿鼻叫喚《あびきようかん》の最中《さなか》でエラリー・クイーン君は自分が、水銀のようにきらめく生き生きした瞳を真正面から見つめていることに気づいた。ほかにもいろいろと気づくことはあった——たとえば、この女性は身体に余計な肉のついていないすらりとした若い娘で、金褐色の髪はふっさりと豊かで、みごとな曲線の持ち主で、すくなくともえくぼがひとつくっきりと浮かぶことなどが――けれども、この瞬間にもっともエラリーが心を奪われたのは、その瞳だった。ミス・カーレイは顔を赤らめて、もう一度、自己紹介を繰り返した。

「失礼しました」エラリーは慌ててそう言うと、用件に戻った。「どうやら動物の王国においては声量と、にお――ええと――香りは、身体のサイズと釣り合いが取れるものではないようですね。生きているといろいろなことを学べます！　では、カーレイさん、比較的無口で、いい匂いで、茶色い縮れ毛で、ぴょこんと立った穿鑿《せんさく》好きな耳が半分折れていて、うしろ脚の曲がっている犬はいますか？」

ミス・カーレイは眉間に皺を寄せた。

クイーン君は眉間に皺を寄せた。間の悪いことに、アイリッシュテリアは売り切れている。最後の一匹がちょうど出てしまった。かわりにスコッチテリアはどうかしら――？

を買ってくるようにと厳しく言い渡された。いいや、やかまし屋のジューナから、アイリッシュテリアに入ってもらえないに決まっている。陰気くさい顔をしたちびの替え玉なんかじゃ、気に入ってもらえないに決まっている。

「たぶん」ミス・カーレイはさすがにプロで、商売上手だった。「明日、うちのロングアイランドの犬舎から連絡がはいると思います。お名前とご住所を控えさせていただいてもよろしゅうございますか？」

クイーン君は若い娘の瞳をじっと見つめて、喜んでそうさせていただく、と答えた。そして、鉛筆とメモ帳を渡されると、この喜びを存分に示すべく、いそいそと手を動かした。

書かれたものを読んだとたん、ミス・カーレイの顔から商売人の仮面がはがれ落ちてしまった。「まさか、あのエラリー・クイーンさんなんですか！」ミス・カーレイは急に生き生きして叫んだ。「まあ、どうしましょう。お噂はとてもたくさん聞いていますわ、クイーンさん。八十七丁目にお住まいだなんて、まあ、ほんとに角を曲がってすぐそこ！　ああ、やだ、すごい、すごいわ、どうしましょう。まさか、お目にかかれるなんて夢にも思っていなくって――」

「ぼくもです」クイーン君はもそもそと言った。「ぼくもですよ」

ミス・カーレイはまた顔を赤らめると、無意識に髪をなでた。「うちのいちばんのお得意様がちょうどお宅と通りをはさんだ向かいにお住まいなんですよ、クイーンさん。正確に言うと、いちばん頻繁にいらっしゃるお得意様なの。お知り合いかしら？　ミス・タークルとおっしゃって――ユーフェミア・タークルさんです。あそこの大きなアパートメントハウスに住んでらっしゃるの。ご存じのかた？」

「いえ、残念ながら」クイーン君は上の空のまま答えた。「あなたは実にすばらしい眼をお持ちだ！　ええっと――ユーフェミア・タークルさんですって？　へえ、それはまた、この世は驚きに満ち満ちていますね。そのご婦人は名前と同じくらい奇妙奇天烈《きてれつ》なかたなんですか」

「まあ、ひどい」ミス・カーレイはぴしりとたしなめた。「たしかに変わったかたですけど。お気の毒なかたなの。リスのような顔のおばあさんで、お身体が不自由なんです。麻痺《まひ》してらっしゃるの。弱々しくて、とっても小柄で、ものすごく変わったかた。というよりも、どうかしていると言うか」

「そりゃお孫さんが苦労しそうだ」クイーン君は茶目っ気たっぷりに言うと、カウンターにのせたステッキを取りあげた。「猫を飼ってるんでしょう?」

「あらっ、クイーンさん、どうしておわかりなの?」

「まあ、おばあさんには」クイーン君はうんざりしたように言った。「猫がつきものですから」

「あなたなら、あのおばあさんにきっと興味をお持ちになりますわ」ミス・カーレイが熱心に言った。

「どうしてですか、ダイアナさん(身のこなしの美しい娘のこと)」

「わたしの名前は」ミス・カーレイははにかみながら言った。「マリーですわ。だって、本当に変わったおばあさんなんです、クイーンさん。それに、あなたは変わった人に興味をお持ちになると、いつもうかがっていますけど」

「ちょうどいまは」クイーン君は慌てて言うと、ステッキをしっかりと握りなおした。「怠惰《たいだ》な時間を愉しんでいるところで」

「でも、あなたはあの変わり者のタークルさんがどんなことをしているかご存じ?」

「まったく想像もつきません」クイーン君は正直に答えた。

「毎週一匹ずつ、うちの店から猫を買うんです、もう何週間も!」

クイーン君はため息をついた。「特に怪しむところはないと思いますがね。身体の不自由な老婦人が猫に夢中になる――いやいや、ちっとも変じゃありませんよ、ぼくが保証します。ぼくにもそんな伯母がいましたしね」

「そこがとても変なところなんですよ」ミス・カーレイは勝ち誇ったように言った。「あのおばあさんは猫が嫌いなんです！」

　クイーン君は二度、眼をぱちぱちさせた。そしてミス・カーレイのかわいらしい小さな鼻を見つめた。やがて、どこか上の空で、ステッキをカウンターの上にのせなおした。「それで、あなたはどうしてそのことをご存じなんですか？」

　ミス・カーレイは顔を輝かせてにっこりした。「妹さんがわたしに教えてくれたんです。こら、だめよ、ジンジャー！　ほら、ミス・タークルは自分ひとりでは全然、自由に動けませんから、妹さんのサラ・アンさんがおうちのことをやってらっしゃるんです。ふたりともかなりのお歳で、見た目もそっくりなの。しなびたリンゴみたいなおばあさんたちで、どちらも小柄でリスみたいなお顔で。それでね、クイーンさん、一年くらい前に、サラ・アンさんがうちの店にいらして、雄の黒猫を一匹買われたんです――あまり裕福でないから高価な猫は買えないとおっしゃって。それでわたしはただの――じゃなくて、ええと、普通の猫をお渡ししたんです」

「特に雄の黒猫という注文だったんですか？」クイーン君は食いつくように訊ねた。

「いいえ。どんな猫でもいいと言われました。猫ならどんな猫でも大好きだって。そうしたら二日とたたずに、また店にいらしたんです。猫を買い戻してもらえないか訊きにきたんですよ。お姉さんのユーフェミアさんが、まわりを猫がうろうろしているのは我慢できないと怒るんですって。ユーフェミアさんは猫が大嫌いだからって、サラ・アンさんはとてもしょんぼりしていました。あのかた、ユーフェミアさんのお家に居候《いそうろう》しているから、お姉さんのご機嫌を損ねることができないんですよ。わたし、お気の毒になって、猫をお引き取りしますと言ってさしあげました。でも気が変わったのか、でなければお姉さんの気が変わったのか、サラ・アン・タークルさんはその後、二度といらっしゃいませんでした。ともかく、それでわたしはユーフェミアさんが猫嫌いだって知ってるんです」

クイーン君は指の爪を噛んでいた。「変だな」つぶやいた。「まったくもって変てこな話だ。そのユーフェミアっておばあさんは週に一度のペースで猫を買っていたそうですね。どんな猫ですか、カーレイさん?」

ミス・カーレイはため息をついた。「たいしていい猫ではありませんわ。もちろん、あのかたは大金持ちですから――サラ・アンさんはそうおっしゃっていました――わたし、アンゴラを買ってもらおうとしたんです――とても美しい子がいたので――それから、品評会で賞を取ったマルタ猫をすすめてもみました。でも、ただの猫が欲しいとおっしゃるんです、ちょうど妹さんに売ったのとそっくりなのを。黒猫が欲しいって」

「黒猫……まさかそれは――」

「あら、あのかたは別に迷信深い人じゃありませんよ、クイーンさん。ただ、いろいろと変わっていて、ちょっと気味の悪いおばあさんってだけですわ。毎回、同じくらいの大きさの、眼が緑色で毛並の黒い雄猫を買われるんです。わたし、とても変だと思っているんですけど」

エラリー・クイーン君の鼻孔がわずかにひくついた。それはミス・カーレイのペットショップに充満する刺激的な香りのせいではなかった。タークルなる身体の不自由な老婦人が毎週、緑の眼をした黒い雄猫を買っていくだって！

「たしかにとても変ですね」エラリーはつぶやいた。その銀の眼がすがめられた。「それで、この驚くべき買い物はどのくらい長く続いているんですか」

「ほらね、やっぱり興味をお持ちになったでしょ！　もう五週間になるんですよ、クイーンさん。つい先日、わたしが自分で六匹目の猫をお届けしたばかりです」

「あなたが？　じゃあ、そのおばあさんはまったく動けないんですか」

「ええ。ずっとベッドの上です。一歩もあるけないんですって。そうなってからもう十年もたつっておっしゃっていました。ユーフェミアさんとサラ・アンさんは、お姉さんが脳卒中で倒れるまでは同居していなかったんですよ。いまは妹さんにすっかり介護してもらっていますけど――お食事も、入浴も、下《しも》のお……そのう、何もかもを」

「ではなぜ」エラリーは追及した。「妹さんに猫を取りにこさせなかったんでしょうね？」

ミス・カーレイの水銀のような瞳が揺らいだ。「わかりません」ゆっくりと言った。「ときどき、ぞっとしてしまうんです。おわかりでしょうけど、あのおばあさんはいつも電話でわたしに注文をなさいます――ベッドのそばに電話があって、腕をのばせば楽に届くんです――猫が欲しくなるたびに。それがいつも同じご注文なんですよ――黒い雄で、眼は緑色で、前と同じくらいの大きさで、できるだけ安い猫をって」ミス・カーレイのきれいな顔がつんとした。「ユーフェミア・タークルさんって、ずいぶんけちですのね」

「おもしろい」エラリーは考え考え言った。「すばらしくおもしろい。この話の根っこからは、防虫剤のようにぷんぷんと悲劇の香りが匂ってきますよ。では、妹の方は、あなたが猫を届けると、どんな態度を取りますか」

「こら、ジンジャーったら、いい子にしなさいって言ってるでしょ！　わかりません、クイーンさん、だって、いつもいらっしゃらないんですもの」

　エラリーは眼を見張った。「いない！　どういう意味です？　ユーフェミアはひとりではまったく動けないという話じゃ――」

「それはそうですけど、サラ・アンさんだって午後は毎日、ちょっと外の空気を吸いに出ますもの、ほら、映画とか。だから、お姉さんは午後、二時間くらいはおひとりなんですよ。たぶん、その隙《すき》に電話をかけてくるんだと思います。それに、配達の時間を厳しく指定されますし、お家にうかがう時は、いつもサラ・アンさんがいらっしゃらないんです。だからたぶん、猫を買っていることを妹さんには秘密にしているんだと思います。サラ・アンさんは外出する時、鍵をかけないままにしていますから、わたしもお部屋にはいることができるんです。ユーフェミアさんは猫のことを絶対に誰にも喋ってはいけないと、何度も何度も念を押されましたわ」

　エラリーは鼻から鼻眼鏡《パンスネ》をはずすと、ぴかぴかのレンズをみがき始めた――これは夢中になっている証拠なのだ。「ますます話がこんがらがってきますね」エラリーはつぶやいた。「カーレイさん、あなたは何かにぶつかりましたよ――それも、ぞっとする何かに」

　ミス・カーレイの顔は真っ白になった。「あなたはまさか思ってらっしゃるの――」

「すでに事件が起きていると？　ええ、思っています――だから、心配してるんです。たとえば、次から次に買った猫を妹にどうやって隠しておくつもりなのか。サラ・アンは眼が見えないわけじゃないんでしょう？」

「眼？　見えますよ、もちろん。ユーフェミアさんだって眼は悪くありませんし」

「冗談です。それはともかく、カーレイさん、いまのところわけがわからない」

「まあ」ミス・カーレイは明るく言った。「すくなくとも、あの有名なクイーン先生に頭をひねらせるお話ができて光栄でしたわ。それでは、お問い合わせのアイリッシュテリアが入荷次第、お電話をさしあ――」

エラリー・クイーン君は鼻の上に鼻眼鏡を置きなおすと、広い肩をそびやかし、再びステッキを取りあげた。「カーレイさん、ぼくは他人のやっかいごとに首を突っこみたがる、救いようのないおせっかい焼きでしてね。どうでしょう、このタークル姉妹の不思議な謎にも首を突っこんでみたいのですが、あなたにお手伝いしていただくというのは？」

ミス・カーレイの両頰にぽっと真っ赤な花が咲いた。「本気でおっしゃっているの？」娘は叫んだ。

「本気も本気です」

「ぜひ！　お手伝いって何をすればいいんですか」

「さしあたっては、タークル姉妹のアパートメントに案内していただいて、ぼくをあなたの店の客だと紹介していただきましょう。そうですね、あなたが先日、タークルさんに売った猫は、実はぼくが先に買う約束をしていて、どうしてもあの猫でないといやだと頑固《がんこ》に言い張るものだから、前に売った猫と別の猫を取り換えてもらいにきた、とか。なんでもいいから、ぼくがタークルさんと会って話す口実になるようなことを言ってください。いま昼過ぎですから、ちょうどサラ・アンさんが映画館にでも出かけて、クラーク・ゲーブルにうっとりしている頃合《ころあい》でしょう。あなたはどう思いますか」

ミス・カーレイは男心をかきむしる、すばらしい笑顔を投げかけてきた。「どうって――どうって、もう、もうすてきすぎて、言葉で言い表せません。ちょっとだけ待ってくださいな、クイーンさん。お化粧をぱっと直して、店をほかの人にまかせてきますから。絶対にこんなチャンス、逃せないわ！」

＊

十分後、ふたりは〈アムステルダム・アームズ〉なる、うらびれた建物の5－C号室のドアの前に置かれている、牛乳が口までいっぱいにはいった二本のクォート瓶を無言で見つめていた。ミス・カーレイは不安そうな顔になり、クイーン君はしゃがみこんだ。立ち上がった彼もまた不安そうな顔になっていた。

「昨日のと今日のだ」つぶやいて、ドアノブに手をかけ、ひねってみた。鍵がかかっている。

「たしか妹さんは外出する時に鍵はかけないとおっしゃいましたよね」

「中にいるのかもしれませんけど」ミス・カーレイはそう言ったものの、自信はなさそうだった。「でなければ、外出した時に、鍵をはずしておくのを忘れてしまったのかも」

エラリーは呼び鈴を押した。応答はなかった。もう一度鳴らした。そして大声で呼んだ。

「タークルさん、ご在宅ですか！」

「変だわ」ミス・カーレイは不安のあまり思わず笑い声をたてた。「いまの声は聞こえたはずですよ。寝室ふたつと居間ひとつの三部屋しかなくて、全部、このドアのすぐ裏にある控えの間とつながってるんですもの。台所はそのさらに奥なんです」

エラリーは次に大声で怒鳴ってみた。それからドアに耳を押しつけ、じっとしていた。古びてどこか荒《すさ》んだ廊下、ペンキのはげかけたドア……

ミス・カーレイのすばらしい眼はいまや、怯えて消えそうになっている銀のランプのようだった。ひどく奇妙な声で彼女は言った。「どうしましょう、クイーンさん。きっと何か、恐ろしいことが起きたんだわ」

「管理人を探します」エラリーは冷静に言った。

ふたりは一階のドアにかかったメタルフレームの中に〈管理人　ポッター〉と書かれた表札を見つけた。ミス・カーレイは軽く肩で息をしていた。エラリーが呼び鈴を押した。

背の低い肥《ふと》った女が、太い腕を肘まで石鹸のあぶくだらけにしたままドアを開けた。女は真っ赤な両手を汚いエプロンでぬぐうと、たるんだ顔にかかるびしょびしょの白髪の房をかきあげた。「なんだい?」女はぶっきらぼうに言った。

「ポッターさんの奥さんですか?」

「そうだよ。空き部屋なら、ないよ。門番に聞いてないのかい——」

ミス・カーレイは真っ赤になった。エラリーが慌てて言った。「いや、ぼくらは部屋を探してるわけじゃないんです、奥さん。ご主人はいらっしゃいますか」

「いないよ」ポッター夫人は警戒するように言った。「うちの人ならロングアイランドシティの化学工場でパートをしてるから、三時を過ぎなきゃ絶対に帰ってこないよ。何の用だい」

「では、あなたでもかまいません、奥さん。このお嬢さんとぼくは5‐C室に用があるんですが、呼んでも返事がないんです。ぼくらはタークルさんを訪ねてきたんですよ」

肥った女は顔をしかめた。「ドアが開いてないのかい？　この時間ならいつも開いてるよ。元気な方は外に行っちまってるけどさ、寝たきりの方は——」

「鍵がかかってるんです。呼び鈴を鳴らしても声をかけても返事がなくて」

「そりゃおかしいね」肥った女は甲高く叫び、ミス・カーレイをじろりと見た。「どういうことだろ——ユーフェミアさんは寝たきりなんだよ、絶対に外に出ないんだ。まさか、あのおばあちゃん、発作でも起こしたんじゃないだろうね！」

「そんなことはないと思いますが。サラ・アンさんを最後に見たのはいつです？」

「元気な方かい？　そうだねえ、ええっと。あれまあ、もう二日も前だ。そういや、寝たきりの方とも二日、会ってないね」

「そんな」ミス・カーレイは二本の牛乳瓶を思い浮かべて声をもらした。「二日ですって！」

「おや、あなたはユーフェミアさんとはよく会ってるんですか」エラリーは表情をあらためて訊いた。

「そうだよ」まだ、洗い桶の上にかがんでいるかのように、ポッター夫人は真っ赤な両手をこすりあわせだした。「昼間、妹が外に出てる間に、しょっちゅううちに電話をかけてきて、焼却炉にごみを持ってけだのなんだの、あれこれ用を言いつけてくるのさ。こないだは手紙を出してこいって言われたね。でも、あのおばあちゃんは――ちょいちょい、なんだかんだ、いいものをくれるんだよ。だけど、もう二日も……」

エラリーはポケットから何かをひっぱり出し、てのひらにのせて、肥った女の疲れた目の前に差し出した。「奥さん」厳しい声で言った。「部屋にはいりたい。何かまずいことが起きたんだ。あなたのマスターキーを貸してください」

「け、け、警察！」エラリーのてのひらの盾を見つめて、ポッター夫人は口ごもった。不意に、ばたばたと走っていくと、引き返してきて、エラリーの手の中に鍵を押しこんだ。「ああ、うちの人がいてくれたら！」夫人は嘆いた。「あんたはまさか――」

「このことは他言無用に願いますよ、奥さん」

口をあんぐりと開け、怯えきった顔の女をその場に残し、ふたりはボーイのいないエレベーターに乗りこんで五階に戻った。ミス・カーレイはくちびるまで真っ白になっている。気分が悪そうだった。

「たぶん」エラリーは鍵を鍵穴に差しこみながら、優しく言った。「カーレイさん、あなたは一緒に部屋にはいらない方がいいですよ。もしかすると、不愉快なことになっているかもしれませんから。ぼくは――」不意に言葉を切ると、エラリーは縮こまるように身をかがめた。

誰かがドアの向こうにいる。

間違えようのない、走る足音に続いて、不規則に何かをこする音が聞こえた。まるで何かが引きずられているような。エラリーは鍵をひねると、素早くドアノブをまわした。ミス・カーレイはその背後で小刻みに息をしている。ドアは一センチほど動いただけで、何かにひっかかった。エラリーたちはうしろに下がった。

「バリケードでドアがふさがれてる」エラリーは低い声で言った。「カーレイさん、下がって」そう言うと、横ざまに身体をドアに叩きつけた。ばりばりっと何かが砕ける音がして、ドアが勢いよく内側に開き、壊れた椅子がうしろざまに吹っ飛ぶのが見えた。「遅かった――」

「避難ばしご！」ミス・カーレイが金切声をあげた。「寝室にあるわ。左の部屋です！」

エラリーは大きな細長い部屋に駆けこんだ。ベッドがふたつあるその部屋はどことなく散らかっていて、窓が開いたままになっている。しかし、避難ばしごには誰の姿もなかった。エラリーは上の方を見た。鉄のはしごはくるりと端が曲がって、頭上一メートルほどのところで消えている。

「屋根に逃げちまったらしい」エラリーはつぶやき、窓の外に突き出していた頭を引っこめると、紙巻きたばこ《シガレット》に火をつけた。「吸いませんか？　それじゃ、ちょっと見てまわりましょう。どうやら血痕はなさそうだ。早とちりで騒ぎすぎたかな。何か興味深い物はありましたか？」

ミス・カーレイは震える指でさし示した。「あれがユーフェミアさんの――あの人のベッドです。乱れている方が。でも、どこに行ってしまったんでしょう」

ふたつあるベッドのうち、ひとつはきちんとベッドメイクされ、レースのベッドカバーもきれいに広げられていた。しかし、ユーフェミア・タークルのベッドは、まさに乱れまくっていた。シーツは引き裂かれ、はぎ取られ、マットレスは切り裂かれ、マットレスカバーの切れ端が床に散らばっている。枕はずたずただった。マットレスの中央のへこみが、行方不明の寝たきりの老婆がいつも寝ている位置を示している。

エラリーはじっと立ったまま、ベッドを観察した。やがて、室内を歩きまわって、かたっぱしからクロゼットのたぐいの扉を開け、中をさぐり、再び閉めなおしていった。エラリーは居間、台所、浴室をざっと見てまわった。その背後からぴったりくっついてくるミス・カーレイは、右の肩越しに何度も振り返る癖がついてしまっていた。しかし、室内には誰もいなかった。ミス・タークルのベッドのほかは何ひとつ荒らされた場所はないようだ。だが、この部屋はなぜか気味が悪かった。あたかも修道院の平穏の最中《さなか》に暴力が乱入したかのように思える。皿や食器や食事の食べ残しでいっぱいのトレイが床の、ベッドのほぼ真下に置かれていた。

ミス・カーレイは身震いし、エラリーにいっそう身を摺《す》り寄せた。「ここは、とってもとてもがらんとしていますね」そう言いながら、くちびるをなめた。「ユーフェミアさんはどこに行ってしまったの？　妹さんは？　それにいったい――誰がドアにバリケードを？」

「それよりもっと肝心なことがあります」エラリーは食事のトレイを見つめながらつぶやいた。「七匹の黒猫はどこにいるんでしょう」

「七――」

「サラ・アンが最初に買った一匹と、ユーフェミアの六匹ですよ。猫はどこにいるんだろう」

「きっと」ミス・カーレイは期待をこめて言った。「窓からみんな逃げていったんじゃないかしら、さっきの男が――」

「かもしれません。ですが、〝男〟とは言わないでください。まだわかっていないんですから」いらだった眼で見回した。「逃げたとすればたったいまに違いない。窓の掛け金が壊されている。ということは、猫はそれまで中にずっと――」不意に口をつぐんだ。「そこにいるのは誰だ?」エラリーは素早く振り向き、鋭く訊ねた。

「あたしですよ」遠慮がちな声がして、ポッター夫人がおそるおそる控えの間に現れた。その疲れた眼は恐怖と好奇心とできらきらしている。「どこに――」

「ここにはいません」エラリーはだらしない格好の女をじっと見つめた。「あなたが今日は、ユーフェミアさんも妹の方も一度も見ていないってのは本当ですか」

「昨日も今日も見てませんよ。あたしは――」

「この二日間に、救急車がこの辺に来ませんでしたか」

ポッター夫人は顔面蒼白《そうはく》になった。「いいや、そんなのは全然! だけど、あのおばあちゃんがどうやって外に出られたんだろ。一歩もあるけないのに。もし運び出されたら、誰かが絶対に気がつきますよ。門番だって。いま、あたしも門番に確かめてきたし。でも、誰もおばあちゃんを外に連れ出してないって言うんですよ。それに、あたしだってこの建物の中で起きたことならなんでも——」

「ご主人はこの二日間に、姉妹のどちらか一方でも見かけていませんか」

「うちの人ですか。おとついの晩に見てるはずだけど。いえね、うちのハリーもちょっとしたお小づかい稼ぎをさせてもらってるもんだからさ。ユーフェミアさんが大家に、模様替えをしろだの、寝室の壁紙を貼り替えろだの、いろいろ頼んだんだけど、みんな断られちまって。だもんだから、ひと月ちょっと前にユーフェミアさんがハリーに、こっそりそういう仕事をしてもらえないかって言ってきてね。本職の内装屋なみには払えないけど、それなりの手間賃は払うからって。それで、うちの人は時間の空いた時にちょこちょこ通ってたんだよ、たいていは夕方とか夜に——器用だからねえ、うちのハリーは。この壁紙、きれいでしょう、ねえ？　だから、うちの人はおとついの晩に、ユーフェミアさんを見てるはずなんですよ」そこまで言って、ポッター夫人は恐ろしい考えに頭をがんと殴られたようだった。いきなり、眼をぎょろりとむいて、すっかり裏返った甲高い声で叫んだ。「ま、まさ、まさか——いま、気がついたよ、まさか、あのばあさんに何かあったら、あたしら、お金を払ってもらえないじゃないか！　こんだけ仕事して……それに大家になんて言ったら——」

「はいはい、わかりましたから」エラリーはいらだって言った。「奥さん、この建物にはネズミがいますか」

　女ふたりはぽかんとした。「いいや、一匹もいないよ」ポッター夫人がゆっくりと口を開いた。「駆除の業者が来て——」控えの間で物音がして、一同ははじかれたように振り返った。

誰かがドアを開けようとしている。

「どうぞ」エラリーが鋭く言って、そちらに向かってずかずかと歩きだした。が、不安そうな顔がおそるおそる寝室を覗きこんでくると、ぴたりと足を止めた。

「すみません」飛び入りの客は、エラリーとふたりの女の姿を見てびっくりした顔で、おどおどと言った。「あの、その、部屋を間違えてしまったみたいで。ええと、この建物にユーフェミア・タークルという人は住んでますか？」針のように細い長身の青年は、怯えたような馬面で、つんつんと固い亜麻色の髪をしている。古くさい型の、着古してくたくたのスーツに身を包み、小さな手《て》提《さ》げ鞄を持っていた。

「ええ、住んでいますよ」エラリーは親しげな笑顔になって答えた。「どうぞ、おはいりください。ところで、あなたはどなたですか」

青年は眼をぱちくりさせた。「でも、あの、ユーフェミアおばさんはどこにいるんですか。ぼくはイライアス・モートン・ジュニアといいます。ここに、あの、いないんですか」青年の充血した小さな眼が困惑したように不安の色を浮かべて、エラリーとミス・カーレイを見比べている。

「ユーフェミア〝おばさん〟とおっしゃいましたか、モートンさん？」

「ぼくは甥なんです。市外から来ました――オールバニーから。どこに――」

エラリーはぼそりと言った。「急に訪ねてこられたんですか、モートンさん、ひとこともおばさんに前もって知らせずに？」

青年はまた眼をぱちくりさせた。まだ手提げ鞄の持ち手をしっかり握りしめている。不意に、どすんと鞄を床におろすと、ものすごい勢いでポケットというポケットをかきまわし始め、ようやく、ずいぶん汚れてくしゃくしゃになった手紙をひっぱり出した。「これを――その、二、三日前に受け取ったんですけど」そこで口ごもった。「ほんとはもっと早く来られたんですが、うちの父がふらっとどこかに行っちまって、それでどうにも――この手紙、ぼくにも何がなんだかわからないんですが」

エラリーは青年がおずおずとつまんでいる手紙をひったくった。それはありふれた茶色い包装紙で、痛々しいほどへたくそな文字がのたくっていた。封筒は安物だった。思うように動かない老いた手が鉛筆で殴り書きした文字は、恐ろしく読みづらかった。

愛するイライアスへ――何年もご無沙汰していますが、いま、おばさんはどうしてもあなたに助けてもらわなければなりません。イライアス、あなただけが、おばさんの本当に困った時に頼れるたったひとりの血縁なの！　かわいいイライアス、おばさんはいま、たいへんな危険にさらされています。どうか、この無力な、寝たきりで動くことのできない、かわいそうなおばさんを助けて。いますぐ来ておくれ。イライアス、だけどこのことは、お父さんにも誰にも言ってはいけないよ！　うちに着いたら、おばさんに頼まれたのでなく、自分から来たふりをしておくれ。お願いします。お願いします。どうか、どうか、おばさんの言うとおりにして。どうか、助けて！　あなたを愛する叔母――ユーフェミアより

「なんとゆゆしい手紙だ」エラリーは眉間に皺を寄せた。「相当、切羽詰まって書いたんだな、ねえ、カーレイさん。本物に間違いない。〝誰にも言ってはいけない〟か。うーん、モートンさん、お気の毒ですが、少し遅すぎたようです」

「おそす――でも――」青年の馬面が蒼白になった。「ぼくはすぐに出発しようとしたんです、だ、だけど、父がどこかに行ってしまって、いつもの――さ、酒癖で。探したんですが、見つけられなくて。どうしていいかわからなくて。やっぱり来てみることにしたんですけど。で、でも、じ、じゃあ、ぼくのせい――」青年の出っ歯が、かちかちと音をたてている。

「これはおばさんの筆跡ですか」

「え、はい。はい、そうです」

「察するに、あなたのお父さんはタークル姉妹の兄弟ではありませんね？」

「はあ。母が、叔母たちの姉で。母は亡くなりましたけど」モートンは身体を支えようと、手さぐりで椅子の背につかまった。「ユーフェミアおばさんは――し、死んだんですか？　それと、サラおばさんはどこに？」

「ふたりともいないんですよ」エラリーは自分の見つけた事実をてきぱきと説明した。「オールバニーから来た年若い訪問者は失神しそうな顔になった。「モートンさん、ぼくはこの事件についてー―ええと――個人の資格で調査をしている者です。ふたりのおばさんについてご存じのことをすべて教えてください」

「ぼくは、あ、あまり知らないんです」モートンは口ごもった。「子供のころに会ったきりでもう十五年も顔を合わせてないし。サラ・アンおばさんからはときどき、手紙をもらいます、ユーフェミアおばさんからは二回しかもらったことがありません。ふたりとも、一度も——まさか、おばさんからこんなふうに頼られるなんて想像もしてなかった——ユーフェミアおばさんが脳卒中で倒れてから……偏屈になったのは知ってます。サラおばさんからの手紙に書かれていたので。ユーフェミアおばさんは結構な金《かね》を持っていたそうです——どのくらいかは知りませんが——ぼくの祖父が遺したもので、ユーフェミアおばさんはそれをものすごくけちけち貯めこんでいる、とサラおばさんが書いてきました。サラおばさんは全然財産を持ってないので、ユーフェミアおばさんの介護を条件に居候させてもらうしかないんですよ。サラおばさんの話では、ユーフェミアおばさんは銀行というものを信用していなくて、その金を身のまわりに隠しているらしいんです。サラおばさんはどこに隠しているのか知らないそうです。だいたい、倒れてからずっと医者にかかろうとしないって言うんですよ、ものすごくけちだった——じゃなくて、けちだから。ふたりはあまりうまくいってなくて喧嘩ばかりしてると、サラおばさんはぼくに書いてよこしてました。それにユーフェミアおばさんはサラおばさんを泥棒扱いして、金を盗もうとしてるんだろうと、年がら年じゅう嫌味ばかり言ってるらしくて、自分でもよく我慢していると思うとも書いてありました。ぼくが知ってるのは——それだけです」

「かわいそうなおばあさんたち」ミス・カーレイは瞳を潤ませ、そっともらした。「そんな生活、とても辛いでしょうに！　でも、誰が悪いわけでもないわ、タークルさんもお気の毒な

──」

「モートンさん、ちょっとお訊きしたいんですが」エラリーはゆっくりと言った。「ユーフェミアおばさんが、大の猫嫌いだったというのは本当ですか」

ひょろ長い顎《あご》が落ちた。「ど、どうして知ってるんですか。ええ、大嫌いですよ。サラおばさんが何度も手紙に書いてきてました。サラおばさんはそりゃ頭にきてましたよ、だって猫が大好きで、もう自分の子供みたいにかわいがる人ですから。それでユーフェミアおばさんはやきもちを焼くんだか、腹をたてるんだかするらしいんですよ。あのふたりはもう、とにかく気が合わなかった──じゃなくて、合わないんだと思います」

「うっかり過去形になってしまうのもわかりますが」エラリーは言った。「ねえ、モートンさん、おばさんたちが単に旅行に行っただけとか、誰かに会いにいっただけとか、無事である可能性はあるんですから、気をしっかり持ってください。そうじゃないという証拠はないんです」しかし、エラリーの眼には鋭い光がまだ残っていた。「とりあえず、近場のホテルで休んでいたらどうです。何かあればこちらからすぐに連絡します」そして、手帳に七十丁目にあるホテルの名前と住所を走り書きし、破り取ると、モートンの湿っぽいてのひらに押しつけた。「大丈夫。ぼくにまかせてください」そう言うと、おろおろしている青年を部屋の外に追い立てた。ほどなくして、エレベーターのドアの閉まる音が聞こえてきた。

エラリーはのろのろと言った。「田舎の甥っ子が上から下まで戦仕度《いくさじたく》を整えて、駆けつけてきたってわけだ。カーレイさん、気つけ代わりに、あなたのそのきれいな顔を見せてくれませんか。まったく、あんな顔つきの人間は法律で取り締まってもらわないと」そして、しかめっ面でミス・カーレイの頰にそっと触れてから、少し考えて、今度は浴室に向かった。ミス・カーレイは再び頰をぽっと染め、急いでエラリーのあとについていきながら、また不安そうにちらりと肩越しに振り返った。

「どうしたんです?」ミス・カーレイの耳に、エラリーの鋭い声が届いた。「ポッターさん、そんなところにいないでこっちに――うわっ!」

「どうしたの?」ミス・カーレイは叫ぶと、エラリーに続いて浴室に駆けこんだ。

ポッター夫人は逞《たくま》しい前腕に鳥肌を立て、疲れた眼を恐怖に見開き、かっと口を開けたまま、浴槽の中を凝視している。やがて、言葉にならない声をもらすと、ぎょろりと眼をむいて、大慌てで部屋を飛び出し、逃げていってしまった。

ミス・カーレイは声をたてた。「ひどい!」そして、片手で胸を押さえた。「こんな――こんな、なんて残酷な!」

「残酷です」エラリーは重々しく、ゆっくりと言った。「そして、意味深長だ。ぼくもさっき、ここはちらっと覗いたんだが、見逃してしまったらしい……」言葉を切って、浴槽の上にかがみこんだ。その眼にも声にも、もはや茶化す色はなかった。ただただ吸い寄せられるように凝視しているだけだった。ふたりとも異様に黙りこんでいる。頭上に死の影がおおいかぶさっていた。

一匹の黒い雄猫が、浴槽の中で血しぶきと血反吐《ちへど》にまみれて、ぐったりと固く動かなくなって伸びている。緑色の眼をした大きな艶《つや》やかな黒猫はまぎれもなく死んでいた。頭は叩き潰《つぶ》され、胴体は数カ所、骨が折れているようだ。血が点々と浴槽の壁に飛び散って、こびりついている。凶器は冷酷無比な手によって、死体のそばに放り投げられていた。血がべっとりとついた、頑丈な持ち手の浴槽ブラシ。

「すくなくとも、消えた七匹のうち一匹の謎は解けた」エラリーは背を伸ばしながらつぶやいた。「ブラシで叩き殺したのか。見たところ死後一日かそこらしかたっていない。カーレイさん、ぼくたちは悲劇的な事件に関わることになったようです」

しかしミス・カーレイは、最初こそ恐怖ですくんでいたが、そのショックはいまや、燃えるような憤怒に取って代わられていた。「かわいい猫ちゃんをこんなふうに残酷に殺すなんて――人でなしだわ！」銀の眼が炎を噴き出さんばかりに燃えている。「あの恐ろしいおばあさんったら――」

「忘れちゃいけませんね」エラリーはため息をついた。「おばあさんは歩けないんですよ」

＊

「これはますます」しばらくしてから、エラリー・クイーン君は七つ道具入りの便利な小箱をポケットにしまいながら言った。「興味深いことになってきましたよ、カーレイさん。ぼくがここで何を見つけたと思いますか」

ふたりはまた寝室に引き返しており、エラリーが床から拾いあげて、行方不明の姉妹のベッドの間にあるナイトテーブルにのせた、ベッド用のトレイを並んで見下ろしていた。ミス・カーレイが思い返してみると、これまでにこの部屋を訪れた時はいつも、トレイはミス・タークルのベッドの上かナイトテーブルにのっていたらしい。その時、身体の不自由な老婆は血色の悪いくちびるを引きつらせつつ、最近はひとりぼっちで食事をするのだと話していたそうだ。長いことくすぶり続けていたサラ・アンとの不仲はとうとう、家庭内別居に至るほどにこじれてしまっていたのだろう。

「あなたがそこらじゅうに粉をかけて汚してまわっているのは見ていましたけど──」

「指紋検査です」エラリーはトレイの上にごろごろと転がっているナイフ、フォーク、スプーンを、謎めいたまなざしで見つめていた。「ぼくの道具はこういう時に結構役にたつんですよ。カーレイさん、ぼくがこの食器の検査をするのを見ていましたよね。昨夜、ユーフェミアがここで最後の食事をとった時に使われた食器だと思いますか」

「あら、それは当然でしょう」ミス・カーレイは眉を寄せた。「だって、ナイフとフォークに食べ物が乾いてこびりついているのが見えますもの」

「まさにそうです。そしてごらんのとおり、ナイフもフォークもスプーンも柄に何も彫られていない──銀のつるっとした表面です。だから、指紋が残っているはずなのですが」エラリーは肩をすくめた。「ないんですよ」

「どういう意味ですか、クイーンさん。どうしてそんなことが?」

「ぼくの言う意味は、何者かが食器から指紋を拭き取ったということですよ。どうです、変じゃありませんか」エラリーはぼんやりとたばこに火をつけた。「ともかく、それについて考察してみましょう。ここにあるのはユーフェミア・タークルがベッドで食事をするためのトレイで、料理と皿とその他の食器がのっている。彼女はベッドで、ひとりきりで食事をとる習慣があることがわかっている。しかし、ユーフェミアだけが食器を使ったのなら、誰が指紋を拭き取ったのか。ユーフェミアでしょうか。しかし、本人がそんなことをする必要がどこにあるでしょう。では、ほかの者でしょうか。しかし、ほかの者にとっても、ユーフェミアの指紋を拭き取る意味はないはずです。ユーフェミアの指紋がついているのは当たり前というか、むしろついていなければおかしい。となると、ユーフェミアの指紋は食器についていたのだが、ほかの人間の指紋もついたので、一緒くたに拭き取られてしまった、というのであれば説明がつきます。すると、何者かがユーフェミアの食器をいじくったということになる。なぜでしょう？

どうやら、ぼくはやっと」エラリーはぞっとするほど底冷えのする声で言った。「光明が見え始めました。カーレイさん、正義の女神に仕える巫女《みこ》の役をやってみたくありませんか」エラリーの語気にすっかりのまれてしまったミス・カーレイはうなずくことしかできなかった。エラリーは病人のトレイから、冷えきった食べ残しを集めて包みだした。「この包みをサミュエル・プラウティ博士に届けて――これが住所です――ぼくからだと言って、分析するように頼んでください。そこで結果が出るのを待って、報告書を受け取ったら、また戻ってきてくれますか。ここにはいる時には、誰にも見られないように気をつけて」

「お料理をですか？」

「料理をです」

「それじゃ、あなたは考えてらっしゃるのね――」

「考える時間は」エラリー・クイーン君は淡々と言った。「そろそろ終わりです」

＊

ミス・カーレイが行ってしまうと、エラリーは室内を念のため最後にもうひとめぐりし、まだ新しそうなからっぽの戸棚まで調べつくしてから、固くくちびるを結び、部屋の外に出て、玄関のドアに鍵をかけ――ポッター夫人から受け取ったマスターキーをポケットにしまうと――エレベーターで一階におり、ポッター家の部屋の呼び鈴を鳴らした。

粗野な顔のがっしりした小男がドアを開けた。帽子が頭のうしろから落ちそうになるほどずりあげている。そのうしろで、すっかり取り乱したポッター夫人がうろうろしているのが見えた。

「その人だよ、警察の人ってのは！」ポッター夫人は叫んだ。「ハリー、あんた、面倒を起こさないで――」

「おう、あんたか、デカってのは」がっしりした男は、肥った女を無視して唸った。「おれがここの管理人だよ――ハリー・ポッターってもんだ。工場から帰ったら女房が、タークルばあさんの部屋でまずいことになってるとかなんとか騒いでやがった。なんだ、なんだ、何があったんだ、え？」

「まあまあ、そんなに騒ぐ必要はないんですよ、ポッターさん」エラリーはもそもそと言った。「でも、あなたが帰ってくれてよかった。ぼくはいま咽喉《のど》から手が出るほど情報が欲しいんですが、あなたなら知っているかもしれない。おふたりのどちらでもいいんですが、このアパートのどこかで最近、見ませんでしたか——猫の死体を？」

ポッターの口があんぐりと開き、その女房は驚きのあまり咽喉をごろごろ言わせた。「おう、それが気持ち悪《わり》いんだがな、見たよ。うちのかかあの話じゃ、一匹はいま5-Cで、死んでるんだろ——まさか、あのばあさんふたりの仕業だったとは、全然思ってもみ——」

「どこで見つけたんです、数は？」エラリーはぴしりと訊いた。

「どこってそりゃ、焼却炉だよ。地下の」

エラリーはぴしゃりと腿《もも》を叩いた。「そりゃそうだ！　ぼくも焼きがまわったな。ああ、これで全部わかった。焼却炉と言いましたね？　で、ポッターさん、数は六匹でしたか」

ポッター夫人は、ひっと息をのんだ。「なんで、どうしてあんたが知ってるんだい」

「焼却炉か」エラリーは下くちびるを噛みながらつぶやいた。「ということは、骨か——頭蓋骨ですね？」

「そうだよ」ポッターは大声でがなった。うんざりした顔をしている。「おれが見つけたんだ。毎朝、焼却炉の灰を掃除するからな。猫の頭蓋骨が六つと、あとはばらばらの小さい骨だ。どこの馬鹿がそんなものをダストシュートにぶちこみやがったのかって、ここの住人全員を怒鳴りつけてやったんだが、どいつもこいつもだんまりで、とうとうわからずじまいだ。六匹全部いっぺんにじゃねえよ。四、五週間前からずっと続いてるんだ。だいたい毎週一匹くらいさ。あのくそばばあども。ぶち殺してやりて——」

「六匹見つけたというのはたしかですか」

「ああ」

「そのほかに、何か怪しいものはありませんでしたか」

「いいや、なんにもだよ、デカのだ・ん・な」

「ありがとう。この先はもう、問題は起きないと思いますよ。全部忘れてください」そう言うとエラリーは札を一枚、男の手の中に押しこみ、ふらりとロビーから出ていった。

それほど遠くに行ったわけではなかった。実のところすぐそこの歩道にある階段から、地下室におりていっただけだ。五分後、エラリーは再び5‐C号室の中に、そっとはいっていった。

＊

夕方近くになって、5‐C号室の前に立ったミス・カーレイは、ドアに鍵がかかっていることに気づいた。部屋の中からは、エラリーが何やらぼそぼそと喋る声に続いて、受話器を置く音が聞こえてくる。ほっとして、呼び鈴のボタンを押した。すぐさま、エラリーが飛び出してくると、ミス・カーレイをひっぱりこみ、音もなく再びドアを閉め、寝室に急《せ》きたてていった。ローズウッドの椅子にすとんと腰をおろしたミス・カーレイの、かわいらしい小さな顔には悔しそうながっかりした表情が浮かんでいた。

「戦《いくさ》から無事に帰還しましたね」エラリーはにっこりした。「さて、お嬢さん、吉と出たか凶と出たかうかがいましょう」

「あなたはたぶんとてもがっかりすると思いますけど」ミス・カーレイは眉を寄せていた。

「ごめんなさい、あまりお役にたてなくて――」

「我らがプラウティ博士はなんと言っていましたかね」

「役にたちそうなことは何も。わたし、プラウティ先生が好きよ、あのかたが検死官か何かで、レディの前で趣味の悪い小さなとんがり帽子をかぶっているような人でも。だけど、先生の報告書はあまり好ましくないわ。あなたがわたしに届けさせた食べ物には、まったく異状はないとおっしゃるの！　時間がたって、少し悪くなっているけれど、それ以外には別になんともないって」

「それほど悪い報告じゃないんじゃないかな」エラリーは陽気に言った。「ほらほら、ダイアナさん、元気を出して。そいつはあなたがぼくのために持ち帰れるものとしちゃ、ベストのニュースですよ」

「ベストですって――」ミス・カーレイは息をのんで言いかけた。

「ぼくの推理を実にうまい具合に後押ししてくれる。それこそメイ・ウェストのブラジャーのように隙間《すきま》なくね。我々はついに」言いながら、エラリーは椅子を引き寄せ、ミス・カーレイを真正面から見つめるように腰をおろした。「解決にたどりつきました。ところで、あなたがこの部屋にはいるのを誰かに見られましたか」

「地階から建物にはいって、そこからエレベーターでまっすぐここまで上がってきました。絶対、誰にも見られていません。でも、どうして――」

「すばらしい、機転の利くかただ。さて、少しあなたに説明する時間がありますね。ぼくはここで一時間ほど、ひとりで考えていたわけですが、えらくぞっとする話とはいえ、満足する結果が出ましたよ」エラリーはたばこに火をつけると、ゆったりと両脚を組んだ。「カーレイさん、あなたは頭がいいし、女性特有の天性の勘というものも持ちあわせている。というわけで、ぼくに付きあってください。ある裕福な、麻痺で身体がほとんど動かない老婦人が、五週間で六匹の猫を誰にも秘密でこっそり買い続けたのは、なぜでしょう」

ミス・カーレイは肩をすくめた。「わからない、と言ったじゃありませんか。わたしにはどう考えていいのか、ちっともわかりませんもの」その眼はエラリーの口元をひたと見つめている。

「いや、そこまで手のつけられない難問じゃない。よろしい、考えかたのヒントを差しあげましょう。ひとりの変人が短期間にこれほどたくさんの猫を買いこんだという事実が示唆《しさ》するのは、たとえば、まず――解剖ですね。しかし、タークル姉妹のどちらも科学者のたぐいではない。ということは、この可能性は除外される。ね、わかりましたか？」

「ああ、そういうふうに考えればいいのね」ミス・カーレイは意気ごんで言った。「わかりました。ええと、ユーフェミアさんはペットとして買ったわけがないわ、だって、猫が大嫌いなんですもの！」

「そのとおり。では、続けましょう。ネズミ退治のためでしょうか。いや、ポッターの奥さんの話では、ネズミは完全に駆除されています。交配のためでしょうか。それはおかしい。サラ・アンの猫は雄ですし、ユーフェミアも雄しか買っていない。それに、血統書付きというわけでもありませんから、わざわざそんな普通の猫のために金をかけてキューピッドのまねをしようという人間もいないでしょう」

「贈り物として買ったのかもしれませんわ」ミス・カーレイは眉を寄せて考えながら言った。「それならおかしくないでしょう」

「たしかに。しかし、そうは思えません」エラリーは淡々と言った。「この事実を知れば、あなたも違うと言うでしょう。このアパートの管理人が、地下の焼却炉の灰の中から六匹分の骨を見つけています。そして残る一匹は、そっちの浴槽の中で完全に死んでいました」ミス・カーレイは声も出せずにエラリーをまじまじと見つめた。「ここまで、わりと常識的な可能性を潰してきましたね。もっと、とっぴな考えはありませんか」

ミス・カーレイは青くなった。「まさか――まさか、毛皮をとるために？」

「ブラボー！」エラリーは笑った。「それはまたとっぴ中のとっぴな考えだ。しかし、違います。この部屋の中に毛皮はまったくありません。それに、浴槽の中で殺されていた雄猫君は、血まみれではありましたが、皮ははがれていなかった。さらにもっととっぴな考えとして、食用という線も捨てていい。文化的な人間にとってペットの猫を殺して食うのは、人間を食うのと同じくらい野蛮な行為だ。では、サラ・アンを怖がらせるためでしょうか。それはない。サラは猫に慣れているどころか、それこそ猫かわいがりするほど大好きですからね。サラをひっかき殺すためでしょうか。それには猫の爪に毒を仕込まなければならない。しかもサラ・アンばかりでなく、ユーフェミア本人にとっても危険だ。そもそも、なぜ六匹も必要だったのか。永遠の――ええと――闇の中の案内人としてでしょうか。いや、ユーフェミアは眼が見えますし、そもそもベッドから離れることがない。ほかに何か思いつきますか？」

「でも、そんなの馬鹿げています！」

「ぼくの紆余曲折する論理的な推理の過程を馬鹿にするものじゃありませんよ。馬鹿げているかもしれませんが、消去法においては一見、ナンセンスなことも無視してはいけないのです」

「そうだわ、ひとつ、ナンセンスでない答えを思いつきました」ミス・カーレイが突然、言いだした。「純粋な憎悪です。ユーフェミアさんは猫が大嫌いでしょう。頭が変になってしまって、ただ殺す喜びを味わうためだけに買ったんじゃないかしら」

「緑色の眼をした雄の、同じくらいの大きさの黒猫ばかりですか？」エラリーは頭を振った。「いくら偏執狂をこじらせていたとしても、そこまで徹底していたとは思えませんね。そもそも、サラ・アンが自分のペットの猫をあなたから買う前から、ユーフェミアは大の猫嫌いだったわけでしょう。違います、カーレイさん、ぼくに考えられる可能性はたったひとつしか残っていません」エラリーは椅子から飛び降りると、行ったり来たりし始めた。「それは単に唯一残ったというだけじゃない、いくつかの事実によって裏づけられている可能性だ……つまり、自衛です」

「自衛ですって！」ミス・カーレイは仰天して眼を見開いた。「でも、クイーンさん、どうして？　自衛のためには普通、犬を飼うでしょう、猫ではなく」

「ぼくが言っているのは、そういう意味の自衛じゃありません」エラリーは噛んでふくめるように言った。「生きたいという切実な願いと、たまたま持っていた猫に対する嫌悪が混ざりあった結果、猫がその目的にかなう理想的な道具になったというだけです。これは本当に恐ろしい事件ですよ、マリーさん。どの角度から見ても。ユーフェミア・タークルは恐れていました。何を？　自分の金目当てで殺されることです。その恐怖は、甥のモートンに書いた手紙から、ありありとわかります。そしてまた、ユーフェミアの吝嗇《りんしょく》ぶりや、銀行を信用しないことや、血を分けた妹を嫌っていることなどが積もりに積もって、ますます恐怖をこじらせていったに違いありません。では、暗殺から身を守る手段として、猫はいったいどのような役にたつでしょうか」

「あっ、毒！」ミス・カーレイが叫んだ。

「そのとおりです。猫は毒見役にされたのです。まさに中世への先祖返りというわけだ！　これを裏づける状況証拠はあるでしょうか？　山ほどありますよ。ユーフェミアは最近、ひとりきりで食事をするようになりましたね。これは何かこっそり隠れてやっていることを示唆しませんか。それから、かなりの短期間に猫を五回も注文しています。なぜでしょう？　それは、あなたから買った猫はそれぞれが与えられた役目を果たし、ユーフェミアの食事を味見して、すべての奴隷と同じ運命をたどったからです。だから、何度も猫を注文しなければならなかったのですよ。そして最後の裏づけですが。焼却炉から六匹分の猫の骨が見つかりました」

「でも、おばあさんは歩けないんですよ」ミス・カーレイは抗議した。「それなのに、どうやって死体を捨てることができたんですか?」

「ぼくの想像では、ポッター夫人が何も知らずに始末させられていたんだと思いますよ。覚えているでしょう、サラ・アンの留守中にしょっちゅうユーフェミアに呼びつけられて、ごみを焼却炉に持っていかされたと言っていたのを。その〝ごみ〟というのが猫の死体だったんでしょうね、たぶん中身が見えないようにしっかりくるんで」

「でも、どうしていつも、同じような大きさで緑の眼をした黒い雄猫ばかりだったのかしら」

「自明の理です。なぜかって? 明らかに、サラ・アンの目をごまかすためですよ。サラ・アンは緑の眼をした黒い雄猫を一匹、飼っていた。ユーフェミアはそれと同じ大きさで見た目がそっくりな猫をあなたから買った。部屋の中にいる黒い雄猫はもともと自分の飼っていた猫であると、サラ・アンに信じさせるためだけに買ったんですよ。ということは当然、ユーフェミアは暗殺を避けるためにサラ・アンの飼い猫を利用して、サラ・アンの猫が最初の犠牲になったことを意味します。この猫が死んだので、ユーフェミアはあなたからもう一匹、買ったんです──妹の目を盗んで。

　どうしてユーフェミアが、殺人犯が行動を起こすのと同時に、自分は毒殺されそうだと疑いを持ったのかはもちろんわかりませんがね。単なる偶然か、虫の知らせというやつか──少々、頭のねじがゆるんだ老婦人の考えることなんてわかったもんじゃない」

「でも、猫のことでサラ・アンさんをごまかそうとしていたとすると」ミス・カーレイは怯えきった声を出した。「それはつまり、ユーフェミアさんが疑っていたのは――」

「そう。妹が自分を毒殺しようとしていると思いこんでいたんですよ」

ミス・カーレイはくちびるを噛んだ。「ごめんなさい、もし――よろしければ――一本、いただけません？　わたし――」エラリーは無言でたばこを差し出した。「こんな恐ろしい話、いままでに一度も聞いたことがないわ。ふたりのおばあさんは血のつながった姉妹で、文字どおり世界でふたりきりで、ひとりはもうひとりに身のまわりの世話をしてもらわなければ生きていられなくて、もうひとりは経済的に養ってもらわなければ生きていけなくて、お互い助けあわなくちゃいけないのに、ふたりともおなかの中では全然違うことを考えていて――自分の身を守ることもできない、身体の不自由なおばあさん……」そこでぶるっと身震いした。「クイーンさん、あのかわいそうなふたりはどうしてしまったんでしょう」

「ふむ、考えてみましょうか。ユーフェミアは行方不明だ。何者かがすくなくとも六回、毒殺しようとして、ことごとく失敗したことがわかっています。論理的に考えて、七度目の襲撃があったとみるのが妥当でしょう、そして――ユーフェミアが謎めいた状況下で行方不明になっていることから――七度目のくわだては成功したと思われます」

「でも、そんな、どうしてわかるの、おばあさんが――な、亡くなったなんて」

「では、ユーフェミアはどこにいると思いますか」エラリーは淡々と言った。「それ以外の可能性はたったひとつしかない、ユーフェミアが逃げた、というケースだけです。しかし、身体が不自由で、歩くどころか、助けなしではベッドからおりることもできないんですよ。ユーフェミアを助けて逃がすことができるのは誰ですか。サラ・アンだけです。まさにユーフェミアが、自分に毒を盛ろうとしている犯人だと思いこんでいる人物だ。甥っ子に書いた手紙から、ユーフェミアがサラ・アンに頼ることができないと思っていたことがはっきりしています。となると、逃げたという可能性は消えますが、失踪しているのですから、ユーフェミアは死んでいるに違いない。さあ、がんばってついてきてくださいよ。ユーフェミアは毒入りの食べ物で殺されそうになっていることを知り、それに対する予防措置をとった。では、犯人はどうやってついにユーフェミアの防壁を——七匹目の猫の守りを——突破したのでしょう。いいですか、ユーフェミアは七匹目の猫に、ぼくらがトレイの上で見つけた食べ物の毒見をさせたと考えられます。プラウティ博士の報告書から、食べ物には毒がはいっていなかったとわかりました。つまり、猫は食べ物そのものが原因で死んだわけではない——それは、猫が撲殺されていたことでも裏打ちされています。しかし仮に、もし猫が食べ物で毒殺されなかったとすれば、ユーフェミアも同じはずだ。ところが、すべての状況証拠は毒殺されたに違いないことを示している。ならば、結論はひとつしかない。ユーフェミアは毒殺されたが、食事そのもので毒を盛られたのでなく、食事をとる過程で盛られたのですよ」

「どういうこと」ミス・カーレイは身を乗り出した。

「食器です！」エラリーは叫んだ。「ぼくは今日の昼間に、本人以外の何者かがユーフェミアのナイフ、スプーン、フォークに触ったことを、あなたに説明しましたよね。ということは、毒殺犯が、七度目は毒を、七度目は毒を食器に仕込んだことを示唆しませんか。たとえば、もしもフォークに、無色透明で無臭の液体の毒を食器に塗りたくって乾かしておいたら、ユーフェミアはきっと騙されるでしょう。猫は、ちぎった食べ物を手で与えられたので——フォークで動物にやる人はいませんよ——生きのびたのです。ユーフェミアは毒を塗られた食器を使って食べたので死んでしまった。心理的に考えても、もっともらしく思えます。

して、六回連続で失敗したことに業を煮やし、七度目は方法を変えてみた、と考えれば筋が通る。方法を変えたことが功を奏し、気の毒に、ユーフェミアは、死んだのです」

「でも、それならご遺体は——どこに——」

エラリーの表情がさっと変わり、音もたてずにくるりとドアに向きなおった。一瞬、全身を緊張させてじっと立っていたかと思うと、無言のままいきなり、恐怖に固まってしまったミス・カーレイの身体を無遠慮につかんで、寝室のクロゼットのひとつに乱暴に押しこむと、扉を閉めてしまった。ミス・カーレイはかびくさい女物の服のやわらかな海の中で半分おぼれそうになりながら、息を殺した。彼女もまた、玄関のドアの向こうで、金属が金属をひっかく、かすかな音を聞き取っていたのである。あれは——クイーンさんがあんなに慌てて行動したからには——毒殺犯に違いない。どうして戻ってきたの？ ミス・カーレイはおろおろと必死に考えをめぐらせた。ドアが使っている鍵は——簡単よ——合鍵だわ。最初に自分たちが犯人の不意をついた時は、ドアがバリケードでふさがれていた。ということはあの時、屋根から避難ばしごを伝って窓から侵入したに違いない。鍵は使えなかったのだ……誰かが廊下で見ている

422

かもしれないのだから……

あやういところで、ミス・カーレイは必死に悲鳴をのみこんだ。スイッチを切ったかのように、物思いがぷつりと止まる。荒々しい、乱暴な声——取っ組みあう音——ぶつかる音……戦っているんだわ！

ミス・カーレイは、思わず怒りに我《われ》を忘れた。クロゼットのドアを勢いよく開けて飛び出していく。両腕両脚をがっちりからませあい、エラリーが組み伏せられていた。一本の手がナイフを振りあげる……ミス・カーレイは飛びかかりつつ、反射的に足を蹴り出した。何かの砕ける、ばきっという音がして、ナイフが折れた手からこぼれ落ち、ミス・カーレイはうしろざまに倒れながら気が遠くなりかけた。

「カーレイさん——ドアを！」エラリーは大きくあえぎあえぎ叫んだ。片方の膝で何かを力まかせに踏みつけている。くぐもった咆哮《ほうこう》の向こうから、ドアをがんがん叩いている音がやっと聞こえて、ミス・カーレイはそちらに向かってふらふらと走った。気絶する直前、最後に覚えていたのは、紺《こん》の制服の一団が怒気をほとばしらせてなだれこみ、格闘するふたりの上に殺到していくさまであった。

*

「もう大丈夫ですよ」と、遠くで声がして、ミス・カーレイが眼を開けると、すっかり落ち着き払って、すでに身なりを整えなおしたエラリー・クイーン君が、覗きこんでいた。ミス・カーレイは目がくらみつつも、頭をゆっくりと動かしてあたりを見回した。暖炉。壁にかかったぶっちがいの二本の剣……。「怖がらなくて大丈夫ですよ、マリー」エラリーはにっこりした。「あなたは誘拐されたわけじゃない。ヴァルハラ（北欧神話。戦死した英雄の霊の招かれる宮殿）に招かれたんですよ。すべて終わりました。あなたはいま、ぼくのアパートメントのソファで休んでいるんです」

「まあ」ミス・カーレイはそう声をもらすと、よろよろと両足を危なっかしく床におろした。「わたし――わたしったら、みっともないところをお見せしてしまって。いったい何が起きたんですか」

「あそこに憑《つ》いていたけしからん幽霊をうまい具合に捕まえました。さあ、いまは休んでください、お嬢さん、すぐにお茶を入れてきま――」

「冗談じゃないわ！」ミス・カーレイはいきりたって叫んだ。「あなたがどうやってあの奇跡を起こしたのか知りたいもの。教えてください、早く、じらさないで！」

「仰せのままに。で、何が知りたいんです」

「あなたはあのおぞましい人でなしが戻ってくると知っていたの？」

エラリーは肩をすくめた。「可能性は高いと思っていましたよ。ユーフェミアは明らかに、隠し金目当てで毒殺された。殺されたのはどんなに遅くても昨日のことです――昨日の牛乳瓶があったのを覚えていますか――おそらくは一昨日の夜に死んだのでしょう。では、犯人は殺したあとに金を見つけたのでしょうか？　しかし、そうなると、今日の昼間に我々が脅かしてしまった、ドアをバリケードでふさいで窓から逃げていった侵入者は、いったい何者でしょう。

犯人に決まっています。しかし、犯行後に戻ってきたのなら、殺した時には金が見つからなかったということです。たぶん、殺した直後はやらなければならないことがたくさんあったので、金を探すひまがなかったんですね。ともかくぼくらは、現場に戻っていた犯人の不意をついてしまいました——おそらく、ベッドを荒らしていたところだったんでしょうね。犯人がまだ金を見つけていない可能性は十分にありました。もし本当に見つけていなければ、絶対に戻ってくるのもわかっていました——なんと言っても、犯人は金が目当てで殺したのです。だからぼくは、ほとぼりが冷めたころに戻ってくる方に賭けてみたわけですが、思ったとおり、のこのこ戻ってきてくれた。あなたがプラウティ先生のところに行っている間に、ぼくは警察に電話で応援を頼んでおいたんです」

「あなたは誰が犯人かご存じだったの？」

「もちろん。明々白々で証明はごく簡単でしたよ。犯人の第一の特徴は、近くにいる人間ということです。何度も毒を入れるには、すくなくとも毒殺未遂が始まったおそらく五週間前から、ユーフェミアか食事のどちらかの近くにいなければ無理だ。真っ先に疑われるのは妹でしょう。サラ・アンには動機があった——憎しみと、たぶん欲も。もちろん、機会もある。食事はサラ・アンが用意しましたからね。しかし、ぼくはサラ・アンをこの世でもっともまともな理由で容疑者からはずしました。

考えてみてください、七匹目の黒い雄猫を残酷に撲殺したのは誰ですか？　常識的に考えれば、被害者か犯人のどちらかに決まっています。しかしユーフェミアではありえない。猫が殺されたのは浴室ですが、ユーフェミアは麻痺のために歩くどころか寝たきりで、寝室を一歩も出られないのですから。なら、猫を殺したのは犯人に違いありません。しかし、犯人がサラ・アンなら、猫を殴り殺したりするでしょうか――大の猫好きのおばあさんですよ？　いやいや、考えられない。ゆえに、サラ・アンは犯人ではありえません」

「でも、それならいったい――」

「わかっています。サラ・アンがどうなったのかと言いたいんでしょう？」エラリーは顔を歪《ゆが》めた。「サラ・アンは、残念ですが、猫や姉と同じ運命をたどったのでしょうね。犯人の計画では、ユーフェミアを殺害し、サラ・アンが殺したように見せかけるつもりだった――いちばんもっともらしい容疑者ですからね。ということは、サラ・アンはこの場にいなくてはおかしい。それなのに、ここにいない。となると、サラ・アンの失踪が物語るのは――たぶん、犯人の自供によってぼくの仮説が正しいことが証明されると思いますが――おそらく、偶然、殺害の現場を目撃してしまい、犯人にその場で口を封じられたのですよ。さもなければ、犯人は絶対にサラ・アンを殺さなかったはずですから」

「お金は見つかったんですか」

「ありましたよ。すぐ見つかる場所に」エラリーは肩をすくめた。「ユーフェミアがいつもベッドに置いていた聖書の間にはさんでありました。ポオ流です、どう見ても」

「それで、あの」ミス・カーレイは声を震わせた。「おばあさんたちの遺体は……」

「そりゃ当然」エラリーはのろのろと言った。「焼却炉の中でしょうね。処理するなら、あそこがいちばん論理的にしっくりくる場所でしょう。火というのは事実、なんでも処理してくれる。骨がいくらか残るにしても、焼かないよりはぐっと楽に始末でき……いや、ええと、いちいちはっきり口にする必要はないでしょう。ぼくの言いたいことはわかりますよね」

「でも、そうすると――あなたが床に押さえつけていた悪党は誰だったの。あんな男、一度も見たことがないわ。まさか、あ、あれがモートンさんの酒癖の悪いお父さ……」

「いやいや違います。悪党と言いましたか、カーレイさん?」エラリーはひょいと眉を上げた。

「そもそも狂気と正気の境目《さかいめ》は紙一重で――」

「さっき、あなたはわたしを」ミス・カーレイは言った。「マリーと呼んでくれましたけど」

エラリーは急いで言った。「あの部屋にはサラ・アンとユーフェミアのふたりしか住んでいなかった、にもかかわらず、毒殺犯人は一カ月以上も病人の食事に近づくことができた――しかも、まったく怪しまれることなしに。そんな機会があったのは、いったい誰でしょうか。たったひとりしかいません。夕方から夜にかけて――言い換えれば、ちょうど夕食時に――あの部屋の内装工事を手がけていた者。化学工場のパートで働き、ここいらでは誰よりも毒物の知識を持ち、毒物そのものを手に入れる機会があった者。焼却炉の掃除を担当し、犠牲者たちの人骨を自分以外の誰にも見られる危険なしに始末できた者。ひとことで言えば」エラリーは締めくくった。「あのアパートの管理人、ハリー・ポッターですよ」

いかれたお茶会の冒険

The Adventure of the Mad Tea-Party

くすんだ褐色のレインコートに身を包んだ長身の青年は、こんな土砂降りは初めてだ、と考えていた。漆黒の空から唸りをあげて洪水のごとく落ちてくる水は、駅のランプの弱々しい黄色い光の中で鈍色《にびいろ》にきらめいている。ニューヨークはジャマイカ地区からの鈍行列車の赤いテールランプは、ついに西の闇の中に消えてしまった。小さな鉄道駅を囲むまばらな明かりの奥は深い闇で、何も見えないが間違いなく大雨である。長身の青年は駅のひさしの下で震えながら、どうして自分は、こんな最悪の天気の日にロングアイランドのど田舎にやってこようなんて正気の沙汰《さた》じゃないことをしちまったんだろう、と思わずにいられなかった。そもそもだ、あいつめ、オウェンはどこにいるんだよ？

もう電話ボックスを探して、断りを入れて、次のニューヨーク行きの列車に乗って帰ろう、とみじめな気持ちで決心したその瞬間、車高の低いクーペが一台、水を跳ね飛ばしながら闇の中からしゅうしゅうと音をたてて現れたかと思うと、急ブレーキをかけて停まり、運転手のお仕着せ姿の男がひとり飛び出して、砂利の上を走り抜け、ひさしの下に駆けこんできた。

「エラリー・クイーン様でいらっしゃいますか？」男は息を切らしてそう言いながら、帽子を振って水を切った。血色のよい顔をした、細い眼の、金髪の青年だ。

「そうだよ」エラリーはため息まじりに言った。ちっ、逃げ遅れたか。

「ミランと申します。オウェン様の運転手です」青年は言った。「本人がお出迎えできなくなりまして申し訳ございません。来客があったものですから。どうぞ、こちらです、クイーン様」

運転手がエラリーの鞄を拾いあげ、ふたりはクーペに向かって走り出した。エラリーは憂鬱《ゆううつ》どころかどん底の気分で、モヘア織りのシートの上に倒れこむように坐った。ああ、もう、オウェンも奴のご招待もくそくらえだ！　ぼくもぼくだよ、こうなるのはわかっていたはずなのに、なんで来ちまったのかな。そもそも、ほんの顔見知りでしかない。J・Jのめんどくさい友達のひとりというだけだ。どうしてどいつもこいつも強引なんだ。隙《すき》あらば、人を見世物にしようとしやがって。芸を仕込まれたアザラシだとでも思ってるのかね。おいで、おいで、ロロ君。ほーら、おいしいお魚をあげるよ！……犯罪の話を語らせて、お手軽にスリルを味わおうってんだろう。ぼくは珍獣じゃないぞ。いったん犯罪の話を口にしたら最後、いつまでも引き留められて、当分、家に帰してもらえないに違いない！　だけど、オウェンはエミー・ウィロウズも来ると言っていたな。エミーにはずっと前から会いたくてたまらなかったんだ。誰から聞いても、エミーというのは実に興味深い女性だった。高貴な血筋の外交官の娘なのに、親の顔に泥を塗って、身を持ち崩してしまったという評判だ——要は単に、女優になった、という意味なのだが。おそらく、エミーの親族というのは恐ろしく気位の高い一族なのだろう。先祖返りってやつか！　いまだに中世時代に生きている人というのはいるからなあ……。ふう。そういえばオウェンはぜひ〝屋敷〟を見てほしいと言っていた。ひと月ほど前に手に入れたばかりらしい。粋《いき》なんだぜ、とオウェンはいばっていた。〝粋なんだぜ！〟あの無粋《ぶすい》な男がねえ……。

クーペは暗がりの中、水を蹴立ててひた走り、ヘッドライトの光は厚い雨のカーテンを照らすばかりで、時折、一本の木が、一軒の家が、一株の灌木《かんぼく》が、ふっと浮かびあがるだけだった。ミランが咳《せき》払いをして、言った。「ひどい天気ですね。こんなにひどいのは、この春初めてですよ。その、雨が」

やれやれ、よりによって話好きな運転手ときた！　エラリーは腹の内でうめいた。「こんな夜は船乗りが気の毒だね」偽善者そのものの答えを返した。

「あはは」ミランは笑った。「たしかにそうですねえ。それはそうと、少し遅れられたんですか？　さっきのは十一時五十五分の列車だったでしょう。オウェン様は今朝、クイーン様が今夜九時半の列車でおいでになると言われましたが」

「野暮用でね」エラリーはもはや死んでしまいたい気分だった。

「というと、事件ですか、クイーン様？」ミランは浮き浮きした口ぶりになり、細い眼をぎょろりと大きくした。

助けてくれ、こいつもか……。「いやいや。親父が毎年恒例の象皮病にかかってね。たいへんさ！　今回はずいぶんひどくて、一時はもうだめかと思ったよ」

運転手はぽかんとした。やがて、腑《ふ》に落ちない顔をしつつも、叩きつける雨でびしょびしょの道路に注意を戻した。エラリーはほっと安堵の息をついて、眼を閉じた。

しかし、ミランは不屈の魂を持つ男らしく、ほんの一瞬黙っただけで、すぐにんまりすると――実を言えば、腹に一物あるような笑顔だったが――こう言った。「今夜は屋敷が上を下への大騒ぎだったんですよ。ご存じのとおり、ジョナサン坊ちゃまが――」

「ああ」エラリーはぎくっとした。ジョナサン坊ちゃまだって？　たしか痩せっぽちでぎょろぎょろした眼の、七つから十の間の悪ガキで、とにかく他人《ひと》をいらだたせることにかけては悪魔のように天才的な才能を持っていた、あいつのことか。ジョナサン坊ちゃまねえ……。エラリーはまたぶるっと震えたが、今度は恐怖の身震いだった。しまったぞ、ジョナサン坊ちゃまのことは、きれいさっぱり忘れていた。

「そうなんですよ、明日は坊ちゃまの誕生パーティーでして――たしか九つのお祝いで――だんな様も奥様も特別な計画を立てておいでで」ミランはまた、何か企んでいる笑顔になった。「とても特別な計画なんですよ。秘密の。あの子――その、ジョナサン坊ちゃまには、まだ何も教えてないんです。きっとびっくりしますよ！」

「どうだろうね」エラリーは不機嫌な声を出すと、むっつりと黙りこみ、それからあとは、運転手がいかに愛想よく声をかけても、その沈黙の殻《から》を破ることはできなかった。

＊

リチャード・オウエンの〝粋な〟家というのは、兵士の隊列のような木々が立ち並ぶ曲がりくねった車路《くるまみち》の突き当たりに建つ、装飾用の切妻や、L字形の建て増しや、色付きの石や、派手な雨戸を寄せ集めたものの、全然まとまりのないごてごての屋敷だった。家じゅうの明かりが煌々《こうこう》と輝き、玄関のドアが半開きになっている。

「着きましたよ、クイーン様！」ミランが陽気に叫んで、外に飛び出すと、車のドアが閉まらないように支えた。「ポーチまでほんのひと跳びです。大丈夫、濡れませんよ」

エラリーは車から降りて、言われたとおり、ひょいとポーチに跳んだ。ミランが車からエラリーの鞄をひっぱり出すと、踏み段を跳び越えてきた。「ドアは開きっぱなしだし、誰も出てこないし」ミランはにんまりした。「きっと使用人もみんな、出し物を見物してるんでしょう」

「出し物？」エラリーは胃のあたりにむかつきを覚えて、ぐっとつばを飲みこんだ。

ミランは玄関のドアを大きく押し開けた。「どうぞ、おはいりください、クイーン様。私はだんな様に知らせてきます……リハーサルをしてるんですよ。坊ちゃまが起きている間はできませんので、お休みになるまで待たなければならないもので。明日の出し物のためなんですが、坊ちゃまが何かあると疑いだしまして。いやあ、ごまかすのに骨が折れたのなんの――」

「だろうね」エラリーはつぶやいた。ジョナサンめ、一族郎党もろとも地獄に行っちまえ。エラリーが立っているのは小さな控えの間で、そこから見える広々として大勢の人が動きまわっている居間は暖かく、魅力的に見えた。「なるほど、出し物ってのは芝居か。ふむ……いや、ミラン君、おかまいなく。ぼくなら、そこの部屋にはいって、終わるまで勝手に待たせてもらうよ。芝居の邪魔をしちゃ悪いからね」

「かしこまりました」ミランはいくらかがっかりしたように言った。そしてエラリーの鞄をおろすと、帽子のつばに手を触れてから、外の暗がりの中に消えていった。ドアはかちゃりと音をたてて閉まったが、それは奇妙なことに、これっきりという響きをはらんでいた。雨と夜はドアの外に閉め出された。

エラリーは、ぐっしょり濡れそぼった帽子とレインコートをもそもそと脱ぎ、控えの間のクロゼットに几帳面《きちょうめん》に吊るして、鞄を部屋のすみに蹴りこむと、冷えきった両手をありがたい炎で温めるべく、居間にのっそりはいっていった。炎の前に立って、熱気の中にひたりながら、暖炉の向こうに見えるふたつの開いたドアを通り抜けてくる声を、ほとんど無意識のまま、ぼんやり聞き流していた。

異様に子供っぽい口調で、おとなの女の声が言っている。「いいえ、お願い、続けてちょうだいな！　もう絶対に口出ししない。そうね、そんな井戸もあるかもしれないわね」

「エミーだ」エラリーの意識は急にしゃっきりとした。「いったい何をしてるんだ？」手前のドアに歩いていき、戸枠にもたれかかった。

なんとも不思議な光景があった。全員が――エラリーの知るかぎりでは――そこにいた。どうやらここは図書室らしい。本がぎっしりと並ぶ、モダンな作りの広々とした部屋だ。その奥の方が片づけられ、糊のきいたシーツと滑車でこしらえた手作りの幕が、部屋の端から端にかけてある。いまはその幕が開けられ、家具をどかした場所には、新たに長テーブルが一台置かれ、白い布をかけた上に、ティーカップやお茶道具のあれこれが並べられていた。テーブルの上座にはエミー・ウィロウズがついていたが、エプロンドレスに、金褐色の長い髪を背中に滝のように流し、細い脚を白いストッキングで包み、かかとの低い黒のパンプスをはくという、異様に少女めいた格好をしている。その隣の席にいるのは、どこからどう見ても、化け物だった。ウサギに似た生き物だが、人間と同じ大きさで、長い耳が頭上にぴんと立ち、巨大な蝶ネクタイを毛むくじゃらの首に巻きつけ、咽喉《のど》の奥から出る声に合わせて、口が人のようにぱくぱく動いている。ウサギの隣にはまた別の化け物がいた。頭だけがかわいらしいネズミで、妙にのろくさく眠そうな動きをしている。どうやら眠りネズミらしいその化け物の向こう側には、四人組の中でもっとも珍妙な生き物が坐っていた――眉がもじゃもじゃの、ジョージ・アーリスに似た風貌で、襟《えり》には水玉模様の蝶ネクタイを締め、ヴィクトリア朝の古風なベストを着て、頭には恐ろしく背の高い帽子をのせていた。帽子のバンドにはさんだカードには〈このデザインの帽子　十シリング六ペンスで売ります〉と書いてある。

観客は女性がふたりだけだった。根っからのきつい性格を隠そうと、優しげな表情を常に貼りつけている、純白の髪の老婦人。もうひとりは、実に豊かな胸と、赤い髪と、緑の瞳がみごとな、とても美しい若い女だ。ふと気がつけば、もうひとつの戸口からふたりの召使が頭を突き入れ、感心して見つめながら、上品に笑っている。

「アリスの〝いかれたお茶会〟か」エラリーは苦笑した。「エミーが来ているって聞いた時点で、気がつくべきだったな。あのろくでもない悪ガキには贅沢《ぜいたく》すぎるぞ！」

「三人姉妹は井戸の糖蜜を汲む《ドロー》練習をしていました」眠りネズミはあくびをし、眼をこすりながら、きいきい声で言った。「そして、ありとあらゆる物を汲み《ドロー》ました――Mで始まるものならなんでも――」

「どうしてＭなの？」おとなの女の少女が問いつめた。

「どうしてＭじゃだめなんだ？」ウサギが怒ったように耳を振りたて、ぴしゃりと言う。

眠りネズミはうつらうつらし始めたが、すかさずシルクハットの紳士が盛大につねったので、悲鳴をあげて目を覚まし、続きを語り始めた。「――Ｍで始まるものならなんでも、ます落《マウストラ》とし《ップ》（ますを伏せて棒で支えた下に餌を置いたネズミ捕り）とか、満月《ムーン》とか、もの覚え《メモリー》とか、めいっぱい《マッチネス》とか――ほら、〝めいっぱい、たくさん〟って言うだろ――きみは、めいっぱいを描《ドロー》いた絵を見たことある？」

「そう言われても」少女はすっかり困惑して言った。「考えたこともな――」

「考えたことがない頭なら、黙っていろ」帽子屋が意地悪く言った。

少女はむっとした顔を隠そうともせず、立ち上がると、真っ白い脚をひらめかせつつ、歩き去っていく。眠りネズミはすっかり眠りこけてしまい、ウサギと帽子屋が立ち上がって眠りネズミの小さな頭をむんずとつかまえると、テーブルの巨大なティーポットの中に押しこみ始めた。

すると少女は右足をとんと踏み鳴らして叫んだ。「なによ、もう二度とあんなところに行くもんですか。あんな馬鹿げたお茶会って、生まれて初めてだわ！」

少女は幕の裏に姿を消した。それと同時に少女が滑車のロープをひっぱり、幕はするすると合わさって閉まった。

「すばらしい」エラリーは手を叩きながら、のんびりと声をかけた。「ブラボー、アリス。それから動物役のふたり、眠りネズミ君と三月ウサギ君にも、ブラボーと言わせていただくよ。もちろん、我が友、帽子屋君は言うに及ばず」

帽子屋は大げさに眼を丸くしてエラリーを見ると、頭から帽子をむしり取り、部屋の向こうから駆け寄ってきた。舞台化粧の下の、ハゲタカを思わせるその顔は、人の好さと狡猾《こうかつ》さを合わせ持っているようだ。太肉《ふとりじし》の男盛りで、いくぶん辛辣《しんらつ》で冷血そうな雰囲気を漂わせている。

「クイーン君！　来ていたのか！　きみのことをすっかり忘れるところだった。どうして遅れたんだ？」

「家庭の事情ってやつさ。ミラン君がよくもてなしてくれたよ。しかしオウェン、その衣装、きみにぴったりだね。どうしてきみがウォール街で働こうと思ったのかわからないな。きみは生まれながらのアリスの帽子屋じゃないか」

「本当にそう思うかい」オウェンは嬉しそうに咽喉を鳴らして笑った。「おれはもうずっと役者ってもんに憧れてたんだ。それで、エミー・ウィロウズのアリスの芝居のスポンサーをやってるわけさ。ほら、みんなを紹介しよう。お義母《かあ》さん」白髪の老婦人に声をかけた。「エラリー・クイーン君を紹介します。クイーン君、ローラのお母さんだ——マンスフィールド夫人だよ」老婦人はとても愛らしく優しげに、にっこりした。が、エラリーはその眼がまったく笑っていないのを見逃さなかった。「こちらはガードナー夫人」オウェンが続いて紹介したのは、実に豊満な胸の、赤毛と緑の瞳を持つ若い女だった。「信じられないかもしれんが、この美女はあの毛むくじゃらのウサギの奥さんなんだぜ。はっはっは！」

オウェンの笑い声には少し獰猛《どうもう》な響きがあった。エラリーは美しい女に一礼して、早口に言った。「ガードナーさん？　とおっしゃると、まさかポール・ガードナー氏の奥様ですか、建築家の？」

「ばれたか」三月ウサギがほら穴から響くような声で答えると、かぶりものの頭を脱いで、きらめく瞳の細い顔をあらわにした。「ごきげんよう、クイーンさん。ヴィレッジのシュルツ殺人事件で、あなたのお父さんのために証言して以来、ご無沙汰しています」

ふたりは握手を交わした。「これはサプライズですね」エラリーは言った。「いやあ、嬉しいな、本当に。奥さん、あなたは実に賢いご主人をつかまえましたよ。あの事件では、専門知識を駆使《くし》したすばらしい証言で、被告と弁護人が仲間割れしてつかみ合いの大喧嘩をするまで追いつめてくれました」

「ふふ、わたしは前々からいつも、ポールは天才だと言っていますのよ」赤毛美人はにっこりした。ちょっと印象的なハスキーヴォイスの持ち主である。「でも、うちの人はわたしの言うことを信じてくれませんの。わたしのことを、世界でただひとり、あの人を評価していない冷たい女だと思っていますのよ」

「こら、カロリン」ガードナーが声をたてて笑いながら抗議した。けれども、その瞳からはきらめきが消え、そしてどういうわけか、リチャード・オウェンをちらりと見た。

「もちろん、ローラのことは覚えていてくれただろう」オウェンは腹から響く声で言いながら、エラリーの腕をつかんでぐいぐいとひっぱっていった。「あの眠りネズミだ。かわいいネズミだろ、な?」

マンスフィールド夫人の様子から一瞬だけ、優しそうな雰囲気が消えた――ほんの一瞬だけだが。いかにかわいいと言われようと、よりにもよって夫から、客の面前でネズミ呼ばわりされたことに、眠りネズミがどう思ったのかは、毛むくじゃらの小さな頭のかぶりものの下で見えなかった。かぶりものを取った時、夫人は笑顔だった。疲れた眼をして血色が悪い、そろそろ頬の垂れてきた小柄な女性である。

「そしてこちらが」オウェンは、まるで牧場主が品評会で賞を取った乳牛を見せびらかすように、誇らしげに続けた。「唯一無二の存在、エミーだ。エミー、クイーン君を紹介するよ、前からきみに話していた、人殺しを嗅ぎつける男だ。クイーン君、ミス・ウィロウズだ」

「クイーンさん、ごらんのとおり」女優は囁《ささや》いた。「わたしたちみんな、役の衣装を着ているの。あなたがお仕事でいらしたのでなければいいんですけど。だって、もしそうなら、わたしたちはみんなすぐに私服に着替えて、あなたにお仕事を始めていただかなくちゃいけませんものね。わたしはわたしが実は罪人《つみびと》だってこと、よく知ってるわ。これまでわたしが頭の中で犯してきた殺人で有罪にされたら、チェシャ猫の九つの命をもらって生まれ変わっても足りないくらいよ。あの憎ったらしい批評家の連中――」

「その衣装は」エラリーは女優の脚を見ないように気をつけながら言った。「最高にお似合いですね。アリスのあなたはますます輝いていますよ」エミーはとても魅力的なアリスだった。少年のような、少女のような、ほっそりした身体つきをしている。「それにしても、これは誰の発案なんですか」

「おれたちみんな馬鹿なのか、いかれちまったのかって思ってるだろう」オウェンは咽喉の奥で笑った。「ほら、まあ、かけろよ、クイーン君。モード！」オウェンは吼えた。「クイーンさんにカクテルを差しあげろ。それと何か適当につまみを持ってこい」戸口から突き出ていた使用人の首が、慌てたようにしゅっと消えた。「明日開くジョニーの誕生パーティーのために、衣装をつけて総ざらいをしてたんだ。近所の子供たちをみんな招待したよ。エミーの最高にいかす思いつきさ。この衣装もみんな、劇場からわざわざ持ってきてくれた。きみも知ってるだろうが、この前の土曜の夜が千秋楽だったからな」

「それは知らなかった。〈アリス〉は立ち見以外は満員御礼《おんれい》って話じゃなかったか」

「そうだよ。だけどオデオン座を借りる契約が切れて、そのかわり、巡業公演のスケジュールがはいってるんだ。来週の水曜がボストンの初日だ」

ほっそりした脚のモードが、ピンクがかった謎の混ぜものをエラリーの前に置いた。エラリーは用心しいしいほんのちょっぴりなめ、顔をしかめずにすんだ。

「こんなところでお開きにするのは申し訳ないが」ポール・ガードナーが衣装を脱ぎながら言った。「しかしカロリンと私はこれから大雨の中を帰らなければならないので。明日も早めに来ないと……道路がきっと洪水のようになってるだろうし」

「ひどい大雨でしたよ」エラリーは礼儀正しく相槌《あいづち》を打つと、四分の三残っているグラスを置いた。

「だめよ」ローラ・オウェンが言った。眠りネズミの着ぐるみのぽってりしたおなかのせいで、夫人は男にも女にも見えない、ころころと小さな不思議な生き物に思えた。「こんな嵐の中を運転するなんて！　カロリン、あなたもポールも泊まっていきなさいな」

「たった十キロちょっとよ、ローラ」ガードナー夫人はもごもごと言った。

「馬鹿なことを言うな、カロリン！　こんな夜は百キロ以上もあるのと同じだぞ」オウェンがどら声でがなった。その頬は変に青白く、化粧の下でべっとりと汗をかいている。「それじゃ、話は決まりだ！　うちには、持て余すほどどっさり部屋があるからな。ポールの奴、この家を設計する時に、こんなこともあろうかと作っておいたんだろう」

「そこが建築家とおつきあいする時に困っちゃうところなのよね」エミー・ウィロウズが顔をしかめていった。無造作に腰をおろすと、長い両脚を椅子の下にすっとしまった。「お泊めできるゲストルームの数をごまかせないんだもの」

「エミーの言うことは聞き流していいぞ」オウェンはにやにやした。「芸能界の〝ペックのいたずら娘〟（「ペックス・バッド・ガール」米のコメディ番組）だ。礼儀作法がなっちゃいないのさ。さあ、さあ！　愉しい夜になるぞ。ポール、何か飲まないか」

「いや、ありがたいが遠慮しておくよ」

「きみは飲んでくれるだろう、な、カロリン？　ここにいるうちで粋ってもんがわかるのはきみだけだ」エラリーは、招待主が真っ赤な顔をてらてらさせて陽気にはしゃいでいるが、実は恐ろしく泥酔していることに気づいて、気まずくなった。

ガードナー夫人は重たげにまぶたのかぶさる緑の眼をあげてオウェンを見た。「ぜひ、いただくわ、ディック」ふたりは妙にむさぼるような眼で見つめあった。オウェン夫人は出し抜けに、にっこり微笑むと、くるりと背を向け、かさばってやっかいな衣装を苦労して脱ぎ始めた。同じくらい出し抜けに、マンスフィールド夫人が立ち上がると、全然眼が笑っていない例のふんわりと優しげな笑顔になり、優しそうな声で誰にともなく言った。「わ、た、く、しは失礼させていただきますよ。今日はなんだか疲れてしまって、もう歳ですから……ローラ、おやすみ」そう言うと、娘に歩み寄り、その皺《しわ》の刻まれた、うつむいている額にキスした。

皆が口々に何かをもごもごと言っていた。エラリーも何やらつぶやいたものの、頭はがんがんするわ、全身の血管にあのピンクの混ぜものがゆっくりとまわりながら火をつけていくわで、もうどこか遠くに行ってしまいたいと思わずにいられなかった。

＊

エラリー・クイーン君は突然、目を覚まし、うめき声をあげた。ひどい気分で、寝返りを打つ。窓を叩く雨の音に心が鎮《しず》まるどころか、気が高ぶってしまい、夜中の一時から何度も、うつらうつらしては目が覚めた。ついには思ってもみなかった不眠症に襲われ、なぜかまったく眠れなくなり、みじめな気持ちで眼をぱっちり開けていた。ベッドの上に起きなおり、脇のナイトテーブルでチクタクと音を雷鳴のように轟《とどろ》かせている腕時計に手をのばす。夜光塗料のついた針で、午前二時五分であることを確認した。

もう一度ごろりと横になり、頭のうしろで両手を組み、薄闇の空間を見つめた。マットレスは大富豪の家のマットレスはかくあるべしと言わんばかりに、分厚くふかふかだが、エラリーの疲れきった身体の節々を休めてはくれなかった。屋敷は暖かな雰囲気で居心地がよかったが、くつろげなかった。女主人はたいそう気配りが行き届いてありがたいが、妙に陰気くさくて、こちらが気まずくなるばかりだ。主人は嵐のように強引で、辟易《へきえき》せずにいられない。一緒に泊まっている客たちも、ひと癖ありそうな連中ばかりである。ジョナサン坊ちゃまは子供用のベッドで鼻を鳴らして寝ているだろう――エラリーは、鼻をぐすぐす鳴らして寝ているに違いないと確信していた……

二時十五分になると、ついに戦いをあきらめて立ち上がり、明かりのスイッチを入れて、ガウンに袖《そで》を通し、スリッパをはいた。ナイトテーブルに本も雑誌も一冊もないことは寝る前に確かめてある。すばらしく気のきくおもてなしだな！　ため息をついて立ち上がると、戸口に歩いていき、ドアを開けて、外を覗いた。小さな常夜灯が階段ホールの上でかすかに光っている。屋敷はしんと寝静まっていた。

急に不思議な臆病風に襲われた。なぜか断固として、寝室の外に出たくなくなった。

一瞬の恐怖の理由をあれこれ分析してみたものの、結論が出ないまま、エラリーは臆病な想像に怯《ひる》んだ自分の馬鹿さ加減を厳しく叱りつけ、廊下に足を踏み出した。自分は絶対に神経質でないし、霊感もない。これはきっとものすごく疲れていて、ひどい寝不足のせいで、心身共に弱っているせいだ、とエラリーは考えることにした。ここはすてきな家で、すてきな人たちばかりがいるんだ。そう自分に言い聞かせつつ、まるで、顎《あご》からよだれをしたたらせる恐ろしい獣に向かって「やあ、わんちゃん、きみっていい子だね」と声をかけている気がした。あの海の緑の瞳を持つ女。海色の小舟で海に誘われるようだ。それともえんどう豆の緑だろうか……。「部屋はないよ！　部屋はないよ！」……「お部屋ならたくさんあってよ」アリスが憤《ふん》慨《がい》したように言う……そしてマンスフィールド夫人の微笑みは見る者を震えあがらせた。次から次にわきあがる想像を力ずくでねじ伏せ、みずからを叱咤《しった》しつつ、エラリーは絨毯の敷いてある階段を、居間に向かっておりていった。

下は真っ暗で、どこに明かりのスイッチがあるのかまったく見えない。分厚いクッションにつま先をひっかけて転びそうになり、口の中で罵《ののし》った。図書室は階段をおりてすぐ、たしか暖炉の隣にあったはずだ。眼を凝《こ》らして暖炉を睨んだが、最後の熾火《おきび》も消えてしまっている。エラリーはそろそろと歩いて、ようやく暖炉のある壁にたどりついた。雨に降りこめられた静謐《せいひつ》の中、手さぐりで図書室のドアを探す。ひんやりしたノブに手が触れ、がちゃりと音をたてて、大きくドアを開け放った。暗がりに眼が慣れてくると、黒い霧のようにもやもやと広がる薄闇の中、何かはわからないが、そこにある静物の輪郭《りんかく》だけはどうにかかわかり始めた。

　ドアの奥からあふれて出た闇は殴りつけるように、エラリーに襲いかかってきた。ずっと濃い闇だ……。敷居《しきい》をまたぎかけて、動きを止めた。違うぞ。この部屋は全然、図書室じゃない。どうしてわかったのかは自分でもわからないが、違う部屋のドアを開けてしまったという確信はあった。きっと、まっすぐに進んだつもりで、右にそれてしまったに違いない。暗い森で道に迷った者がそうしがちなように……。目の前の、絶対の揺るぎない暗闇をじっと見つめていたエラリーは、やがてため息をついて引き返した。ドアがまたがちゃりと音をたてて閉まった。

今度は壁を手さぐりしながら、左側にずれていく。たしか一メートルそこそこ……ほら、あった！　すぐ隣の部屋だ。エラリーはしばらく立ち止まって、自分の霊感をためしてみた。よし、大丈夫だ。にんまりして、ドアを押し開け、大胆に中に踏みこむと、手近の壁に指を這わせてスイッチを探し、さぐり当てて、押した。光の洪水が勝ち誇ったようにすべてをあばき、図書室が現れた。

カーテンは閉じられていたが、この家の主人に二階へ案内される直前の、最後の光景よりもずいぶん散らかっている。

作りつけの書棚に近づき、いくつかの棚をざっと見てまわり、二冊の本のどちらにしようかと迷った末に、陰気な夜に読むにはこちらの方がいいだろうと、『ハックルベリー・フィンの冒険』を選んで、明かりを消し、手さぐり足さぐりでそろそろと居間を横切って階段に向かった。小脇に本をかかえ、階段をのぼり始める。その時、階段の上の方で足音がした。エラリーは顔を上げた。階段ホールの小さな電灯の下で、ひとりの男のシルエットが黒い影となって浮かんでいる。

「オウエンか？」自信なさそうに、男の声が囁いてきた。

エラリーは声をたてて笑った。「クイーンですよ、ガードナーさん。あなたも眠れないんですか」

男がほっとして、ため息をつくのが聞こえた。「そうなんですよ、まったく！　何か読む物でも取ってこようと思って、ちょうどいま、おりてきたんですが。カロリンは——家内はぐっすりみたいです、私と続き部屋でしてね。それにしても、どうして眠れるのやら——！　今夜はなんだか妙な雰囲気ですねえ」

「でなければ、酒を飲みすぎたかでしょう」エラリーは陽気に言いながら階段をのぼり始めた。ガードナーはパジャマとガウンという格好で、髪は寝ぐせでぼさぼさだった。「言うほど飲んじゃいませんよ。このひどい雨のせいだろうな。とにかく神経に障りますね」

「ですよね。てんでんばらばらな音が一致団結すると、ここまで足並みそろえて襲ってくるとは……ガードナーさん、眠れないならぼくの部屋で一服していきませんか」

「しかし、ご迷惑では——」

「ぼくを起こしておくことが？　ナンセンスですよ。ぼくが一階におりて本を漁《あさ》ってきたのは、何かで気をまぎらわせたかっただけですし。ハック・フィンよりお喋りの方がずっと気がまぎれる。まあ、ハック・フィンもなかなかいい奴ですけどね。さあ、どうぞ」

そろってエラリーの部屋に行き、エラリーが紙巻きたばこ《シガレット》を広げると、ふたりは椅子でゆったりくつろぎ、窓の外で降ってくる細い灰色の雨の向こうで夜明けの光がのろのろと這い上がってくるまで、喋りながら、たばこをくゆらしていた。やがてガードナーはあくびをしながら自分の部屋に帰っていき、エラリーは重苦しい眠りの底に落ちていった。

＊

エラリーは天井の高い異端審問室《いたんしんもん》で拷問台にのせられ、左腕を肩関節から引っこ抜かれようとしていた。その痛みはむしろ心地よかった。やがて目を覚ますと、明るい日の光に照らされたミランの赤ら顔が真上にあって、その金髪をかわいそうなくらい振り乱しているのが見えた。ミランはエラリーの腕を、渾身の力をこめてひっぱっている。

「クイーン様！」運転手は叫んでいた。「クイーン様っ！　お願いですから、起きてください！」

エラリーはびっくりして、がばっと起きなおった。「どうした、ミラン」

「だんな様が。い――いなくなったんです！」

エラリーはベッドから飛び降りた。「どういう意味だ？」

「消えてしまったんです、クイーン様。み――みんなで、探したんですが、どこにも。見つからなくて。だんな様は――」

「階下《した》に行け、ミラン」エラリーは冷静に指示しつつ、パジャマをはぎ取り始めた。「そして一杯やりたまえ。奥様に、ぼくがおりていくまで何も行動しないように伝えろ。誰もこの家を離れたり、どこかに電話をかけたりしてはいけない。わかったか？」

「はい、わかりました」ミランは低い声で言うと、よろよろと出ていった。

エラリーは消防士のように素早く着替えると、顔にばしゃっと水を叩きつけ、口をゆすぎ、ネクタイをつけ、階段を駆け下りた。まず、ローラ・オウェンが皺だらけのネグリジェ姿でソファに坐り、泣きじゃくっているのが見えた。マンスフィールド夫人はそんな娘の肩を慰めるようにさすっている。ジョナサン・オウェン坊ちゃまはぶすっとした顔で祖母を睨んでおり、エミー・ウィロウズは黙りこくってたばこを煙にし続け、ガードナー夫妻は灰色の雨に打たれる窓のすぐそばで、真っ青な顔で立っていた。

「クイーンさん」女優がいち早く口を開いた。「これはお芝居よ、即席で書いた脚本の。すくなくとも、ローラ・オウェンはそう思ってるわ。だから、大丈夫だって、安心させてあげてくれません？」

「それはできませんね」エラリーは微笑んだ。「事実を把握《はあく》するまでは。オウェンがいなくなったんですか？　どんなふうに？　いつ？」

「ああ、クイーン様」オウェン夫人は涙に濡れそぼった顔を上げた。「わたしにはわかります、何か――何か、恐ろしいことが起きたんです。そんな気がしますの――昨夜のことを覚えていらっしゃいますか、主人があなたをお部屋にご案内したあとのことを」

「ええ」

「あのあと、主人が階下に戻ってきて、月曜のために書斎で仕事をしなければならないから、わたしは先に寝ているようにと言われましたの。ほかの皆さんは寝室に行かれたあとでした。使用人も。わたしは主人に、あまり遅くならないように注意して、休みました。わたし――とても疲れていたものですから、そのまま眠ってしまって――」

「ご主人とは一緒の寝室ですか」

「はい。ベッドは別ですけれど。わたしはぐっすり眠って、三十分前に起きるまで一度も目を覚ましませんでした。目が覚めて、隣を見ると――」夫人は身を震わせ、またしくしくと泣きだした。母親はというと、どうしてやることもできないことに、腹をたてているようだった。

「主人のベッドには全然、眠った跡がありませんでした。あの人の服は――衣装に着替える時に脱いだ、もとの服は――ベッドのそばの椅子に、主人がかけた時のままで、ありました。わたしはもうびっくりしてしまって、一階に駆け下りました。そうしたら、主人がどこにもいないのです……」

「ええと」エラリーは面食らった声で言った。「ということは、奥さんにわかるかぎりでは、ご主人はまだあの妙ちくりんな帽子屋の扮装《ふんそう》をしているってことですか？　ほかの服は？　ご主人の私服で、なくなっているものはありませんか？」

「いいえ、いいえ、服は全部ありました。ええ、あの人は死んでしまったんです。わたしには、わかります。死んだのですわ」

「ローラや、いい子だから、落ち着いて」マンスフィールド夫人は咽喉を詰まらせながら、震える声を出した。

「ああ、お母さん、わたし、怖くてたまらな――」

「さあさあ」エラリーは言った。「ヒステリーを起こさないでください。ご主人は心配事がありましたか。たとえば、仕事のこととか」

「いいえ、絶対にありません。何もかもが順調だと、つい昨日、言っていたばかりですもの。それに主人は――もともと、何があっても気に病む性格ではありませんし」

「なら、記憶喪失というわけでもないか。最近、何かショックを受けるようなことは？」

「いいえ、いいえ」

「あの衣装を着たまま、職場に行ったという可能性はまったくないんですか」

「ええ。土曜日に出勤するということは絶対にありません」

ジョナサン坊ちゃまは、丈の短い上着《イートンジャケット》の両方のポケットに両手を乱暴に突っこむと、吐き捨てるように言った。「どうせまた酔っ払ってるんだろ。いつもママを泣かせて。あんな奴、もう二度と帰ってこなけりゃいい」

「ジョナサン！」マンスフィールド夫人が叫んだ。「いますぐ自分の部屋に戻りなさい、なんて悪い子だろう、いいかい、お行き！」

誰も口をきかなかった。オウェン夫人はまださめざめと泣いている。そしてジョナサン坊ちゃまは下くちびるをうんと突き出し、悪びれることなく嫌悪をむき出しに祖母を睨みつけ、乱暴に足音をたてて、階段をあがっていった。

「奥さんはどこで最後にご主人を見たんですか」エラリーは眉間に皺を寄せた。「この部屋ですか？」

「主人の書斎です」オウェン夫人は声をやっと絞り出した。「わたしが階段をのぼっていく時に、ちょうど主人が書斎にはいっていくところが見えたんです。あのドアですわ、あそこの」

そう言いながら、図書室のドアの右側にあるドアを指さした。エラリーはびっくりした。まさにそれこそ昨夜、図書室で本を借りようとして、間違ってはいりかけたドアだったのだ。

「あなたはどうお考えなの――」カロリン・ガードナーがあのハスキーな声で言いかけて、口をつぐんだ。くちびるはかさかさで、灰色の朝の光の中では、髪はたいして赤く見えず、瞳はそれほど緑に見えない。実際、洗いすぎた洗濯もののように顔がやつれ、今回の事態に身体の中に残っていた生気という生気を奪い取られてしまったかのようだ。

「おまえは首を突っこむんじゃない、カロリン」ポール・ガードナーが荒っぽく止めた。寝不足で眼の縁が真っ赤になっている。

「まあまあ」エラリーはつぶやいた。「ウィロウズさんのおっしゃるように、実はなんでもないことを大げさに騒ぎ立てているだけかもしれませんしね。ちょっと失礼します……書斎を見てみたい」

エラリーは書斎の中にはいり、うしろ手にドアを閉めると、ドアに背中をぴったりあずけて立ちつくした。小さな部屋は狭いせいで、実際よりも細長く見える。家具はほとんどなく、いかにも仕事をするためだけの部屋という感じだ。デスクまわりはすっきりして、無遠慮でずけずけとものを言う、まわりくどいことの嫌いなリチャード・オウェンの性格を反映した、シンプルモダンな机だった。部屋は塵《ちり》ひとつなくぴかぴかだ。ここが犯罪の現場だなどと想像するのも馬鹿げている。

エラリーは長いこと室内を見つめて考えこんだ。こうして見える範囲では、おかしなところは何もない。すくなくともこの部屋に初めて来た者の眼には、余計な物が足されたようにも見えない。さまよっていた眼が、真正面の物の上でぴたりと止まった。あれはおかしいぞ……。ドアに背中をあずけているエラリーの目の前には、正面の壁の天井から床まではめこまれた一枚の鏡があった——この部屋にしては驚くほど派手な装飾品といえるだろう。エラリーのすらりとした全身と背後のドアが、輝く鏡の中にまるごと映っている。その上の方に……エラリーが寄りかかるドアの上に移っているのは、最新式の電気時計だった。灰色の光の中、文字盤は奇妙にちらちらと淡く光って見える……。エラリーはドアから離れ、振り返って見上げた。クロムスチールと縞入り大理石でできた、直径三十センチほどの丸くシンプルでよく目立つ時計がかかっている。

エラリーはドアを開け、居間で黙りこくっている一団に、いつのまにか加わっていたミランを手招きした。「脚立《きやたつ》はあるかな?」

ミランは脚立を持ってきた。エラリーはにっこりすると、ドアをしっかりと閉め、脚立にのって時計を調べた。電源のコンセントは時計の裏の、表からは見えない場所にあった。確かめると、プラグはコンセントにささっている。時計は動いていた。時刻は——腕時計を確かめると——十分に正確だ。ここでエラリーは両手で筒を作り、できるかぎり光をさえぎるようにして、文字盤の数字と針をじっと睨んだ。もしやと思ったとおりに、どちらも夜光塗料が塗られている。手の中の暗がりでぼうっとかすかに光っていた。

エラリーは脚立をおりると、ドアを開け、ミランの手に脚立を戻し、のっそりと居間に戻った。一同はすがるようにエラリーを見上げてきた。

「それで」エミー・ウィロウズがちょっと肩をすくめた。「名探偵の先生はすべての重大な手がかりを発見したのかしら。まさかディッキー・オウエンがメドウブルックのゴルフ場で、あの帽子屋の衣装のままゴルフをしてるなんて言わないでね！」

「あの、クイーン様？」オウェン夫人は不安そうに訊ねてきた。

　エラリーは肘掛け椅子にどっかと坐ると、たばこに火をつけた。「そこの部屋には少し妙な点がありますね。奥さん、この家は家具付きで買ったんですか」

　夫人はきょとんとした。「家具付きで？　いいえ。家具はみんな、わたしたちで買いました。全部、自分たちの物を持ちこみましたわ」

「ということは、書斎のドアの真上にある電気時計も買ったんですか？」

「時計？」今度はその場の全員がエラリーをまじまじと見た。「ええ、もちろんですわ。それが何か――」

「ふうむ」エラリーは言った。「神出鬼没《しんしゅつきぼつ》の時計ですね、チェシャ猫みたいに――ちょっとルイス・キャロル風でしょう、ウィロウズさん」

「でも、あの時計がいったい何の関係があるの、リチャードの――いなくなったことと」マンスフィールド夫人が苦々しい口調で言った。

　エラリーは肩をすくめた。「わかりません《ジュ・ヌ・セ》。問題は、夜中の二時を少しまわったころ、ぼくがどうしても眠れなくて、本を借りにぶらっと階下におりてきた時のことです。暗かったので、図書室のドアと間違えて書斎のドアに近づいてしまいました。ぼくはそれを開けて、中を覗きました。しかし、何も見えなかったんです」

「だって、見えるわけないじゃありませんか、クイーンさん」ガードナー夫人が小声で言った。豊満な胸が大きく盛りあがる。「真っ暗だったんでしょう——」

「そこが妙なところでしてね」エラリーはゆっくりと言った。「真っ暗だったから、こそ、ぼくは何かを見るはずだったんですよ、ガードナーさん」

「見るって何を——」

「ドアの真上の掛け時計です」

「あら、それじゃ、あなたは書斎の中にはいったの?」エミー・ウィロウズは眉を寄せてつぶやいた。「ごめんなさい、あなたの言ってることがよくわからないわ。その時計って、ドアの真上にあるんでしょ?」

「ドアの真正面に鏡があります」エラリーは、忘れていたというように説明した。「そして、真っ暗だったのに何も見えなかったというのはおかしいんですよ。だって時計は、針も文字盤の数字も夜光塗料が塗ってあるんですから。あんなに真っ暗なら、時計が光っているのが鏡の中にはっきり見えるはずだ。しかし、ぼくには見えなかった。文字どおり、何も見えなかったんですよ」

皆、すっかりまごついて黙りこんでしまった。やがてガードナーがおそるおそる小声で言った。「私にはまだわからないんですが——それはつまり、鏡の前に何か、物とか人間とかが立っていて、映っている時計を隠していたと、そういう意味ですか」

「いやいや、違う。時計があるのはドアの上です——床から二メートル以上も高い位置だ。あそこの鏡は天井に届くんですよ。部屋の中には、二メートル以上もある家具はひとつもないし、そんなのっぽの侵入者があったという可能性もまずない。だから、そうじゃないんです、ガードナーさん。ぼくが覗いた時、ドアの真上の時計がそこにはなかったとしか思えないんですよ」

「あなた」マンスフィールド夫人が冷ややかに言った。「自分で自分が何を言っているかわかっているんでしょうね。いまはうちの婿《むこ》がいなくなったことを問題にしているのでしょうに。だいたい、どうしたら時計がそこからなくなることができるんです」

エラリーは眼を閉じた。「初歩的な推理です。時計はほかの場所に移された。ぼくが覗いた時、時計はドアの上になかった。部屋の外に出たあと、戻されたんです」

「でも、いったい誰が」女優が口の中で言う。「ただの時計を壁から移動させたいなんてしょうもないことを思うの？　アリスの世界の出来事みたいにナンセンスだわ」

「それこそ」エラリーは言った。「さっきからぼくが自分に問いかけている謎ですよ。正直、ぼくにも全然わかりません」そして、眼を開けた。「そういえば、誰か、帽子屋の衣装の帽子を見た人はいませんか？」

オウェン夫人は身を震わせた。「いいえ、それも——それもなくなっています」

「というと、探されたんですか」

「ええ。もし、お探しになりたいなら、どうぞ——」

「いいえ、奥さんの言葉を信用しますよ。それからええと、あっ、そうだ。ご主人に敵はいましたか?」エラリーはにこりとした。「平凡な質問ばかりすると思ってるでしょう、ウィロウズさん。すみませんね、あっと驚く名探偵の捜査をお目にかけられなくて」

「敵? いいえ、絶対にいませんわ」オウェン夫人は身を震わせた。「リチャードは強引でし——強引ですが——ときどきは不愛想で傲慢《ごうまん》だと思われることもありましたけれど、でも、そんな、こ——殺そうとするほど、主人を憎んでいる人なんて」夫人はまた震えて、丸っこい肩のまわりに、絹のネグリジェをかき寄せた。

「ローラや、馬鹿なことを言うんじゃありません」マンスフィールド夫人はぴしりと言った。「まったく子供のような人たちばかりだこと! どうせ、単純な説明のつくことに決まっています」

「たしかに」エラリーは陽気な声で言った。「たぶん、この気の滅入る天気のせいで、いろいろ考えてしまうんでしょう……あれっ! 雨はやんでますね」一同はぼんやりと窓の外に眼を向けた。皮肉なことに雨はとっくにあがって、空は明るくなってきている。「もちろん」エラリーは続けた。「可能性はいくつかあります。たとえば——可能性があるってだけですからね、奥さん——ご主人は……その、誘拐されたのかもしれない。いや、そんなに怯えた顔をしないでください。ただの仮説ですから。舞台衣装のまま姿を消したという事実は、かなり突然のことに思えます——となると、ここから——たとえば、むりやり連れ出されたのかもしれない。書置きのようなものはありませんでしたか? でなければ、郵便受けの中に手紙は来ていませんか？　朝の配達で――」

「誘拐」オウェン夫人は弱々しく声をもらした。

「誘拐？」ガードナー夫人は息をのみ、くちびるを噛んだ。けれども、その眼はきらめいていた。まるで外の空のように。

「書置きもなければ、郵便も来ていませんよ」マンスフィールド夫人はにべもなく言った。「わたくしに言わせれば、まったく馬鹿みたいな話だわ。ローラ、ここはあなたの家だけれど、母親の義務として言っておきますからね……ふたつにひとつ、どちらか好きな方を選びなさい。この問題を深刻にとらえて正規の警察に電話をかけるか、それとも、きっぱり忘れるか。わたくしは、どうせリチャードが酔っ払って――昨夜は本当に呆れるほど飲んでいましたからね――ふらふら外に出ていったと思っているわ。その辺の野原で酔い潰《つぶ》れて寝てしまって、そのうちひどい風邪をひいて帰ってくるんでしょうよ」

「ご賢察です」エラリーはゆっくり言った。「ただし、〝正規の〟警察を呼ぶってところだけはいただけませんがね、マンスフィールドさん。ご安心ください、ぼくは――ええ、そのう――警察と同等の職権を保証する許可証を持っています。ですから、警察は呼んだということにしてですね、まずは内輪でなんとかしませんか。もし――のちのち――釈明が必要な事態になったら、その時はぼくが全責任を負います。ともかく、いったんこの不愉快な事態を忘れて、しばらく待ちましょう。夜になってもオウェンさんが戻らなければ、またその時に相談しなおして、手だてを決めればいい。どうです？」

「妥当な意見だと思いますね」ガードナーはやれやれというように言った。「ちょっと失礼――」苦笑して肩をすくめた。「――いやあ、どきどきしますね！　職場に電話をかけてもいいですか、クイーンさん？」

「ええ、もちろん」

突然、オウェン夫人が頭のてっぺんから叫び声をあげ、立ち上がると、よろめきながら階段に向かった。「ジョナサンのお誕生会が！　すっかり忘れていたわ！　それに、近所の子たちを大勢、招待したのに――あの子たちにどう言えばいいの」

「そうですねえ」エラリーは気の毒そうに言った。「ジョナサン坊やの具合がよくないとでも説明してはどうですか、奥さん。辛いとは思いますが、やっていただかなければ。いかれたお茶会の芝居を見にくる予定だった子供たち全員の家に電話をかけて、奥さんから直接、お詫びをした方がいいでしょう」そう言うと、エラリーは立ち上がり、ふらりと図書室にはいっていった。

＊

空は晴れ渡り、すがすがしい太陽の光が輝いているのに、一同にとっては気の滅入る一日だった。午前中はただ時間がすり減っていくだけで、何も起きなかった。マンスフィールド夫人は娘をベッドに押しこみ、薬戸棚の大瓶のルミノールを少しすくって飲ませ、娘がぐったりと眠りの淵に落ちてしまうまで傍《かたわ》らに付き添っていた。そうしてから、老婦人は招待客全員の家に一軒一軒電話をかけて、このたびの残念なお知らせとオウェン家からのお詫びの言葉を伝えていった。うちのジョナサンがよりによってこんな時に熱を出してしまいまして……。のちに祖母から、中止になったことを聞かされたジョナサン坊ちゃまは、驚くほど健康的な悲しみの雄叫びをあげ、その吼え声に、一階の図書室のあちこちをさぐりまわっていたエラリーは背筋がぞくりとした。オウェン家の御曹司《おんぞうし》をなだめるには、マンスフィールド夫人とミランとメイドと料理女が力を合わせなければならなかった。最終的に、一枚の五ドル札が、緊迫した友好関係をどうにか修復した……。エミー・ウィロウズは静かに一日じゅう読書をして過ごしていた。ガードナー夫妻は手持ち無沙汰らしく、仕方なくふたりだけでブリッジをしていた。

昼食は実に辛気《しんき》くさいイベントとなった。皆、ひとことふたことしか喋らず、緊張した空気はいまにもちぎれんばかりに張りつめていた。

午後になると、一同は落ち着きのない亡霊のようにうろうろとさまよいだした。女優さえも、緊張の色を見せ始めた。もはや数えきれないほどたばこを吸い、際限なくカクテルをあおり、いきなりぶすっと黙りこむのだ。何の知らせも来なかった。電話が一度だけかかってきたが、それはただ地元の菓子屋が、アイスクリームのキャンセルについて文句を言ってきただけだった。エラリーは午後のほとんどを、図書室と書斎で謎の活動をして過ごした。エラリーの目的は一切秘密で、誰にもわからなかった。五時になると、エラリーは妙に血の気の失せた顔で書斎から出てきた。眉間には深い皺が刻まれている。そのままポーチに出ていき、柱に寄りかかって立ったまま、じっと考えこんでいた。砂利は乾いていた。太陽があっという間に、夜の雨を空に吸いあげてくれたのだ。エラリーが家の中に戻る時にはすでに薄暗かった。田舎の黄昏《たそがれ》は、またたきひとつするごとに闇がどんどん濃くなっていく。

家の中では誰とも出会わなかった。屋敷はしんと静まり返り、みじめな住人と滞在者はそれぞれの部屋に引きあげていた。エラリーは椅子を探した。そして両手に顔を埋め、長い間、身じろぎひとつせずに、ずっと考え続けていた。

ついに、その顔に変化が現れた。エラリーは階段の真下に行って耳を澄ました。何も聞こえない。つま先立ちで引き返すと、電話機に手をのばし、声をひそめて十五分ほどニューヨークにいる誰かと熱心に話しこんでいた。電話が終わると、エラリーは二階の自分の部屋に行った。一時間後、ほかの者が夕食をとりに一階に集まりだしたころ、エラリーはこっそり裏階段をおりて、厨房のコックにも見られずに屋敷を抜け出した。それからしばらく、庭の分厚い暗闇の中にいた。

*

どうしてそんなことになったのか、エラリーにはまったくわからなかった。夕食がすんですぐに、エラリーはその効果を感じた。のちに思い返すと、ほかの面々もほぼ同じころに眠気をもよおしていたようだった。夕食は遅れて、火を使わずにすむ冷たいものばかりだった。オウエンの失踪のせいで、厨房の機能はすっかり狂ってしまったらしく、ほっそりした脚のメイドがコーヒーを——あとになってよく考えれば、コーヒーだったに違いない、とエラリーは確信した——運んできた時には、もう八時を過ぎていた。それから三十分もたたないうちに、眠気は襲ってきた。一同は居間でくつろぎながら、とりとめのないことを退屈しのぎにお喋りしていた。オウェン夫人は青ざめた顔で黙りこくったまま、咽喉が渇《かわ》いてしかたがないというように、コーヒーを一気に飲み、おかわりまで運ばせていた。マンスフィールド夫人だけがやたらと喧嘩腰だった。どうやら夫人は是《ぜ》が非でも警察に通報する決意を固めたようだ。ロングアイランドの地元警察、特にノートン署長を非常に信頼していて、エラリーなどというどこの馬の骨ともわからぬやからはこの問題を仕切るのに不適格である、という趣旨の嫌味を言葉のはしばしにねじこんでいた。ガードナーは落ち着きがなく、虫の居所が悪いようで、部屋の一角の小部屋《アルコーブ》でピアノをぽろんぽろんと鳴らしている。エミー・ウィロウズは切れ長の眼をした貝になってしまい、陽気さのかけらもなく、とても静かだった。ガードナー夫人はぴりぴりしていた。ジョナサン坊っちゃまは泣きわめき、ベッドに押しこまれた……

それはまるで、ふわり、ふわりと重なる雪の毛布のように、一同の頭におおいかぶさってきた。ただただ心地のよい眠気。部屋は暖かく、エラリーは自分の額に汗の玉が浮いているのを、ぼんやりと感じた。鈍った脳が、これは危ないと警告を発し始めた時には、すでに半分ほど意識を持っていかれていた。あせって立ち上がろうとして、筋肉を使おうとこころみたが、肉体は鉛のように重く、こと座のヴェガと同じくらい遠くにあるようで、自分の意識がずぶずぶと、無の中に引きずりこまれていくのを感じた。室内の光景が目の前でぐるぐるまわり、一同の表情がぼやけて見え始めた時、最後に残った意識で考えたのは、みんなして一服盛られた、ということだった……

めまいが始まってから消えるまで、ほんの一瞬しか過ぎていない気がした。閉じたまぶたの裏で小さな点がちらちら舞い踊り、誰かが怒って額をぺちぺち叩いている気がする。眼を開けると、ぎらぎらと光る太陽が床を照らしつけていた。畜生、ひと晩じゅうか……

うめきながら起きなおり、頭をさすった。ほかの者たちは思い思いの格好で、エラリーのまわりに寝そべり、苦しそうな息づかいで、正体なく眠りこけている――ひとりとして例外なしに。誰かが――エラリーはがんがんと痛む頭で、エミー・ウィロウズだな、とぼんやり考えた――身じろぎし、ため息をつくのが聞こえた。エラリーはなんとか立ち上がって、よろよろと移動式のバーに歩いていき、生《き》のスコッチをなみなみと注いで、ぐっと飲みほした。やがて、咽喉が焼けついたものの、気分はずいぶんよくなった。それから女優に歩み寄ると、何度も優しく小突いた。女優はやっと眼を開け、病人のような、ぼんやりした、混乱したまなざしをエラリーに向けた。

「どうしたの――いつ――」

「薬を盛られたんです」エラリーはしゃがれた声を押し出した。「ぼくたち全員が。ウィロウズさん、みんなを起こしてください、ぼくはちょっとあたりを見てきます。それと、寝たふりをしている人がいないか、見ておいてください」

エラリーはおぼつかない足取りだったが、目的のために断固として、屋敷の奥に向かっていった。不案内な家の中、ようやく厨房を見つけた。ほっそりした脚のメイドとミランと料理女が椅子に腰かけ、キッチンテーブルの冷めたコーヒーのカップを囲むように突っ伏して、眠りこけている。エラリーは居間に引き返し、ピアノの前のガードナーを起こそうと奮闘するミス・ウィロウズにうなずいてみせると、よろよろと二階にあがり始めた。ちょっと探してすぐにジョナサン坊ちゃまの部屋は見つかった。少年はまだ眠っていた――深い自然な眠りの中、規則正しく、鼻の音をたてている。やれやれ、本当に鼻を鳴らして寝ているぞ！　唸りながら、エラリーは主寝室の洗面所を訪れた。まもなく一階におり、書斎にはいっていった。かと思うと、すぐに出てきた。その顔は急にやつれ、眼がぎょろついている。控えの間のクロゼットから自分の帽子を取ると、外の暖かな日の光の中に急いで出ていった。そして十五分ほど、庭をうろついていた。オウェンの屋敷はぐるっと立木に囲まれ、西部の牧場のように周囲から孤立しているようだ……。がっかりして厳しい顔で家の中に戻ってみると、ほかの者も皆、意識を取り戻し、怯えた子供たちのように頭をかかえて、小さな声をもらしていた。

「クイーンさん、これはいったい」ガードナーがしゃがれた声で言いかけた。

「誰だか知らないが、二階の洗面所に置いてあったルミノールを使ったんだ」エラリーは帽子を放り投げ、突然、襲ってきた頭痛に顔をしかめた。「昨日、マンスフィールドさんが娘さんを眠らせるために飲ませたやつですよ。その分を抜いた大瓶の中身がほとんどまるごと使われた。そりゃ、よく効くはずだ！　ぼくが厨房を調べてくる間、皆さん、休んでいてください。たぶんあのコーヒーだ、薬を盛られたのは」けれども、戻ってきたエラリーの表情はすぐれなかった。「成果なしです。料理担当のご婦人《マダム・ラ・キュイジネール》は一度、手洗いに行ったらしい。ミランはガレージで車の手入れをしていました。メイドはどこかに行っていたらしいが、めかしこんでいたんでしょう。というわけで、我らが睡眠薬先生はコーヒーポットの中にあの瓶の中身をほぼまるごとぶちこむ機会がいくらでもあったってことですよ。くそっ！」

「わたくしは警察に通報します！」マンスフィールド夫人がヒステリックに叫び、立ち上がろうともがき始めた。「次は、わたくしたちみんな、ベッドの中で殺されてしまうのがおちだわ！　ローラや、お母さんの言うことを聞きなさい――」

「まあまあ、マンスフィールドさん」エラリーがうんざりしたように言った。「勇ましいのも結構ですがね。あなたはむしろ厨房に行って、起きつつある反乱を鎮める方がよほど助けになります。あそこにいる女性ふたりが荷物をまとめようとしていましたよ」

マンスフィールド夫人はくちびるを嚙むと、大急ぎで飛んでいった。ほどなくして、もはやまったく優しげでない声を張りあげ、ぎゃんぎゃんと説教するのが聞こえてきた。

「でも、クイーンさん」ガードナーが抗議した。「我々は無防備のままでは――」

「子供っぽい考えかもしれないけど、わたしが知りたいのはね」エミー・ウィロウズが青ざめたくちびるを開いてゆっくりと言った。「誰が、なぜやったのかってことよ。二階のあの睡眠薬を使ったなんて……だって、考えるだけでぞっとするけど、これって、わたしたちのうちの誰かの仕業みたいじゃない？」

ガードナー夫人が、ひっと声をたてた。オウェン夫人は再び椅子の中に沈みこんだ。

「わたしたちのうちのひとり？」赤毛の女が吐息のような声をもらす。

エラリーは微笑んだが、その眼はまったく笑っていなかった。やがて口元から笑みが消え、控えの間の方に、さっと頭を向けた。「いまのは？」突然、鋭く言った。

一同は、恐怖にすくみあがり、振り返って目を凝らした。しかし、何も変わったものは見えなかった。エラリーはつかつかと玄関に向かって歩いていった。

「今度は何なの、どうなっているの」オウェン夫人は声を震わせた。

「音が聞こえたと思ったんですが——」エラリーは大きくドアを開け放った。朝日がさっと流れこんでくる。その時、エラリーがしゃがんでポーチから何かを拾い、立ち上がって、外をぐるっと素早く見渡すのを、一同は見た。しかし、エラリーは頭を振ると、うしろに下がって、ドアを閉めた。

「小包だ」眉を寄せて言った。「誰かがいたと思ったんだけどな……」

一同は、エラリーが両手で持っている、茶色い紙でくるんだだけの包みを、ぽかんとした顔で見つめた。「小包？」オウェン夫人は不思議そうに言った。その顔が輝いた。「まあ、きっとリチャードからだわ！」しかし、すぐにその輝きは消えて、怯えた青白い顔色に塗り潰された。「まさか、あなたの考えでは——」

「宛名は」エラリーはゆっくりと言った。「あなた宛になっています、奥さん。切手も、消印もありません、鉛筆を使って筆跡をごまかすようにブロック体で書いた宛名書きです。よろしければ、奥さん、これはぼくが開けましょう」弱々しいより糸を切って、粗末な紙包みを破った。すると、エラリーの眉間の皺がいっそう深くなった。というのも、紙包みの中には、男物の大きな靴が一足だけはいっていたからである――かかとも靴底もすり減った、茶色と白のスポーツ用の紐靴だ。

オウェン夫人は大きく眼を見開いて、ぞっとしたように小鼻をひくつかせた。「リチャードのだわ！」大きくあえいだ。そのまま気を失いかけ、椅子の中でぐったりとなった。

「本当ですか？」エラリーはつぶやいた。「興味深いな。もちろん、これはオウェンさんが金曜の夜にはいていた靴とは違う。奥さん、この靴はたしかにご主人のものなんですね？」

「なんてこと、本当に誘拐されたんだわ！」厨房から戻ってきたマンスフィールド夫人が屋敷の奥に続く戸口で声をわななかせた。「靴と一緒に手紙ははいっていないの？　それとも、ま、まさか、血……」

「靴しかはいっていませんね。しかしマンスフィールドさん、むしろこれで誘拐説は疑わしくなりましたよ。金曜の夜にオウェンさんのはいていた靴と違います。奥さん、この靴を最後に見たのはいつです」

オウェン夫人はうめいた。「つい昨日ですわ。午後に主人のクロゼットの中で。ああ――」

「ほら。わかりませんか？」エラリーは快活に言った。「きっと、昨夜、ぼくらが全員、気絶していた間にクロゼットから盗み出されたんですよ。妙に芝居がかったやりかたで返された、というわけで。いまのところはたいした実害は出ちゃいません。まあ、残念なのは」不意にまじめな声になって言い添えた。「気持ちの悪い奴が我々の中にいるってことですね」

しかし、誰も笑わなかった。ミス・ウィロウズがおかしな口調で言った。「とても変だわ。

ううん、どうかしてるわよ、そうでしょ、クイーンさん。こんなことをする目的が全然わからないもの」

「ぼくにもわかりませんね、いまのところは。誰かがどうしようもなく頭の悪いいたずらをしかけてきたのか、それとも悪魔のように頭のいい人間が裏で何かをたくらんでいるか、そのどちらかでしょう」エラリーはまた帽子を頭にのせると、ドアに向かった。

「どこにいらっしゃるの？」ガードナー夫人が悲鳴のような声をあげた。

「ああ、ちょっと外に出て、神の青い天蓋の下で考えごとをしてきますよ。ただし、注意しておきますが」エラリーは静かに付け加えた。「これは探偵にのみ許された特権ですからね。ぼく以外の皆さんは、この家から一歩も外に出てはいけません」

　一時間ほどでエラリーは帰ってきたが、何も説明をしなかった。

　正午になると、ふたつ目の包みが発見された。ひとつ目と同じ茶色い紙でくるまれた、四角い包みだ。開けてみると、ボール紙の箱が出てきた。箱の中にはくしゃくしゃに丸めた薄い紙で、壊れないように隙間《すきま》を埋めて、子供が夏の湖で競争させて遊ぶ、すばらしいおもちゃの船が二隻、入れられていた。包みはミス・ウィロウズ宛になっていた。

「なんなの、これ、ますます恐ろしいことになってきたじゃない」小さな声で言うガードナー夫人のぽってりしたくちびるが震えていた。「やだ、鳥肌が立ってきたわ」

「ほんとよね、むしろ」ミス・ウィロウズがつぶやいた。「血まみれの短刀とかはいっていてくれた方が、よっぽどましよ。おもちゃの船ですって！」女優は一歩下がって、きっと眼を鋭くした。「ねえ、みんな、ちょっとこっちを見て。わたしは冗談が大好きだし、おふざけもわかる人間よ。でもね、いくら冗談でも限度ってものがあるし、今度のおいたはあまりにも趣味が悪すぎて、わたしもいいかげんうんざりなの。さ、このくだらない冗談は誰の仕業なの？」

「冗談ですむか」ガードナーは歯をむき出して怒鳴った。死体のように真っ青になっている。「こんなもの、正気の沙汰じゃない！」

「まあまあ」エラリーはつぶやき、緑とクリーム色に塗り分けられた船をじっと見つめた。「いがみあっても、事態は進みませんよ。奥さん、この船を見たことはありますか」

オウェン夫人はいまにも気絶しそうになりながら、とぎれとぎれに答えた。「ああ、まあ、神様。クイーンさん、こんな――だって、それは――それは、ジョナサンの船ですわ！」

エラリーは眼をぱちくりさせた。そして、階段の下に行くと、叫んだ。「ジョニー！　ちょっとおりてきてくれないか」

ジョナサン坊ちゃまは、すっかりむくれて、のろのろとおりてきた。「なにさ？」冷たい声で訊いてきた。

「こっちにおいで、坊や」ジョナサン坊ちゃまはわざと足を引きずるようにやってきた。「ここにあるきみの船を、最後に見たのはいつかな？」

「船だ！」ジョナサン坊ちゃまは頭のてっぺんから声を出し、急に元気になった。それに飛びかかると、素早くかっさらい、エラリーを睨みつけた。「ぼくの船だ！　なんでこんなところにあるのさ。ぼくの船なのに！　おまえが盗んだな！」

「こら」エラリーは顔を紅潮させた。「いい子だから。最後にこれを見たのはいつだい」

「昨日だよ！　ぼくのおもちゃ箱の中だよ！　ぼくの船なのに！　どろぼう！」ジョナサン坊ちゃまは甲高くわめくと、痩せこけた胸に船をしっかり抱きしめて、二階に走っていってしまった。

「ほぼ同じ時間帯に盗まれたわけだ」エラリーは途方に暮れたように言った。「まったく、ウィロウズさん、ぼくもあなたの意見にうなずきたい気分ですよ。ところで、奥さん、あの船を息子さんに買ってあげたのは誰ですか」

「し、主人ですわ」

「くそっ」エラリーはこの冒瀆《ぼうとく》的な言葉を神聖なる日曜日に再び口にすると、ほかに何か紛失した物がないか探すように命じて、一同を追いやった。しかし、誰も盗まれた物を見つけることはできなかった。

＊

一同が二階からおりてくると、エラリーは小さな白い封筒をためつすがめつして首をひねっているところだった。

「今度はなんです？」ガードナーは嚙みつくように訊いた。

「ドアにはさんでありました」エラリーはじっと考えこんだ。「さっきは気がつかなかったな。どうもおかしい」

それは贅沢な封筒で、裏は青の封蠟《ふうろう》で留めてあり、これまでと同じ筆跡の鉛筆書きで、今度はマンスフィールド夫人宛になっている。

老婦人はいちばん手近の椅子にくずおれ、てのひらで心臓の真上を押さえた。恐怖のあまり、口もきけずにいる。

「ねえ」ガードナー夫人がハスキーな声で言った。「開けてみて」

エラリーは封筒を破った。眉間の皺が深くなった。「なんだこれ」エラリーはつぶやいた。「何もはいってないぞ!」

ガードナーは指をかじり、何やらぶつぶつ言いながらうしろを向いてしまった。ガードナー夫人は目のくらんだボクサーのように頭を振り、この日五度目に、バーに向かってよろよろ歩いていった。エミー・ウィロウズの顔つきはこれ以上ないほど険悪だった。

「あの」オウェン夫人が妙に落ち着いた声で静かに言った。「それは、母の封筒ですわ」新たなる沈黙が落ちた。

エラリーはぶつぶつと言った。「いよいよもって奇々怪々だ。ともかく、順を追って考えていかないと……。靴が難問だ。あのおもちゃの船はプレゼントという解釈もできるか。昨日は一応、ジョナサンの誕生日だし。しかし、あの船がジョナサン本人のものとなると――えらくややこしいいたずらだな……」エラリーは頭を振った。「どうも釈然としない。で、三度目のいたずらが――手紙のはいっていない封筒だ。これは、大事なのは封筒そのものってことかな。しかし、封筒の持ち主はもともとマンスフィールドさんだ。ほかには何か――ああ、封蠟か！」エラリーは封筒の裏の青い盛りあがりに顔を寄せて、しげしげと見た。いくら見ても、封印のたぐいは一切、押されていない。

「それは」オウェン夫人が再び、さっきと同じ不自然に落ち着いた口調で言いだした。「うちの封蠟だと思います、クイーンさん。書斎の」

エラリーが大急ぎでそちらに向かうと、困惑した一同もぞろぞろついていった。オウェン夫人は書斎の机に近づき、いちばん上の引き出しを開けた。

「そこにあったんですか？」エラリーがすかさず訊いた。

「ええ」答える夫人の声が震えた。「金曜にわたしがここで手紙を書いた時に使いましたもの。それなのに、どうして……」

引き出しの中に封蠟は一本もなかった。

一同がじっと引き出しを見つめていると、玄関の呼び鈴が鳴り響いた。

＊

今度は買い物かごがポーチに、かわいらしくちょこんと置いてあった。中にはぱりぱりと新鮮な、大きなキャベツがふたつはいっている。

エラリーは大声でガードナーとミランを呼び、自身は真っ先に踏み段を駆け下りていった。三人はそれぞれ手分けして、屋敷を取り囲む木々や灌木の間を探しまわった。しかし、何も見つからなかった。呼び鈴を鳴らした者も、戸口に四つ目の奇妙な贈り物としてキャベツのバスケットを陽気に残していった幽霊の姿も、どこにもなかった。まるで煙の妖《あやかし》が、その何にも触れることのできない指を一瞬だけ実体化させて、呼び鈴のボタンを押していったかのようだ。

居間の片すみでは女たちがくちびるから血の気をなくし、身を寄せあってがたがた震えている。マンスフィールド夫人はポプラの葉のようにひどく震えながらも、地元警察に電話をかけているところだった。エラリーは抗議しかけたが、肩をすくめ、くちびるを結んで買い物かごの上にかがみこんだ。

かごの持ち手には、紐で一枚の紙が結わえつけてあった。同じ筆跡の、鉛筆の殴り書きだ……〝ポール・ガードナー様へ〟

「おめでとうございます」エラリーはつぶやいた。「今回はあなたが選ばれたようですよ」

ガードナーは自分の眼が信じられないというように凝視した。「キャベツ！」

「ちょっと失礼」エラリーはそれだけ言って、立ち去った。やがて、肩をすくめながら戻ってきた。「料理女の話では、外の食料貯蔵庫の野菜かごのものだそうです。まさか野菜がなくなってるかどうかまで確かめるなんて思わなかった、となぜかぼくが馬鹿にされましたがね」

マンスフィールド夫人は、電話の向こうで状況が把握できずに困り果てた警察官に、興奮して支離滅裂《しりめつれつ》なことをわめき散らしている。やがて受話器を置いた婦人の顔は生まれたての赤ん坊のように真っ赤だった。「クイーンさん、この馬鹿げたいやらしい悪ふざけはもうたくさんですよ！」がみがみと怒鳴った。かと思うと、椅子の上にくずおれ、ヒステリックに笑いながら絶叫した。「ああ、ローラ、お母さんはね、最初っからわかってたのよ、あなたがあのけだものと結婚したのは一生の大間違いだって！」そして、狂ったように笑い続けた。

十五分後、けたたましいサイレンと共に警察が到着した。現れたのは、警察署長の階級章をつけたいかつい赤ら顔の男と、ひょろりと背の高い制服警官だった。

「ノートンです」男は短く言った。「何が起きてるんですか？」

エラリーが言った。「ああ、ノートン署長。ぼくはクイーンの息子――ニューヨーク市警のリチャード・クイーン警視の息子です。どうぞ、よろしく」

「おや！」ノートンは声をあげた。そして、厳しい顔でマンスフィールド夫人を振り返った。

「マンスフィールドさん、どうしてクイーンさんがいらしていると教えてくれなかったんです。いいですか、このかたは――」

「ああ、もううんざりだわ。あなたたちみんな！」老婦人は金切声で叫んだ。「この週末が始まってからずっとくだらない、くだらない、くだらないことばかり！　最初はそこの女優とかいう女が来て、短いスカートから脚だの何だの丸出しでうろついているかと思えば、今度はこんな――こんな――」

ノートン署長は顎をさすった。「こちらにどうぞ、クイーンさん、ここなら人間らしく話しあえるでしょう。で、いったい何が起きたんです」

エラリーはため息をひとつつくと、語りだした。話が進むにつれて署長の赤ら顔はどんどん赤くなってきた。「まさか、あなたはこの騒動をまじめに受け取ってると、そういうことですか？」やっとのことで署長はがらがら声を出した。「私にはただただ、いかれてるとしか思えませんがね。オウェンさんはすっかり酔っ払って、皆さんにいたずらをしてるんですよ。まったく、こんなことをいちいちまともにとるなんて！」

「お言葉ですが」エラリーはつぶやいた。「そんなになまやさし……なんだ、いまのは？　まさか、またいたずら幽霊か――！」ノートンが唖然としているのを尻目に、エラリーは玄関に向かって駆け出た。大きくドアを引き開けると、外からは夕暮れが大波のように押し寄せてきた。ポーチには五つ目の包みがあった。今回はごく小さい包みだ。

警察官ふたりが家の外に飛び出していき、やがて懐中電灯の光がちらちらとあちこちを照らし始めた。エラリーは待ちきれないようにわななく指で包みを取りあげた。もはやすっかり見慣れた筆跡の殴り書きでガードナー夫人に宛てられている。包みの中にはまったく同じ形の物がふたつはいっていた。チェスの駒のキングだ。ひとつは白で、もうひとつは黒。

「この家で誰がチェスをしますか」エラリーはゆっくりと訊いた。

「リチャードです」オウェン夫人は甲高く叫んだ。「ああ、神様！　もうわたし、気が狂いそうだわ！」

調べてみると、リチャード・オウェンのチェスセットからふたつのキングがなくなっていた。

＊

地元の警察官たちは青い顔で、息を切らしながら戻ってきた。外では何も見つけられなかったと言う。エラリーは無言でふたつのチェスの駒をしげしげと眺めていた。

「それで、どうなんです？」ノートン署長はしょんぼりと肩を落として言った。

「それで、そうですね」エラリーは静かに言った。「ぼくは最高にすばらしいことを思いつきましたよ、ノートンさん。ちょっとこちらへ」エラリーはノートン署長を脇にひっぱっていくと、低い声で早口に話しだした。ほかの者たちはどうしていいかわからずに立ちつくしたまま、不安そうにもじもじしている。もはや誰も、自制心を保っているふりをする者はいない。一連のこれが冗談だとすれば、あまりに悪趣味すぎる。そしてすべてのうしろにはリチャード・オウェンの姿がぼんやりと透けて見えるのだ……

署長は眼をぱちぱちさせると、大きくうなずいた。「皆さん」ノートン署長は一同を振り返って短く言った。「そこの図書室にはいってください」一同はきょとんとした。「言うとおりにしなさい！　全員です。この悪ふざけはいますぐやめさせないといかん」

「でも、ノートンさん」マンスフィールド夫人は口をぱくぱくさせた。「あのいろいろな物をうちに届けてきたのは、わたくしたちの中にいるはずがありませんよ。クイーンさんもご存じのはずだもの、今日、クイーンさんの目の届かない場所に行った人はひとりも――」

「言うとおりにしてください、マンスフィールドさんも」署長はぴしりとさえぎった。

一同は戸惑いつつ、ぞろぞろと図書室にはいった。制服警官が、ミランと料理女とメイドを連れて、一緒に図書室にはいってきた。誰も何も言わなかった。誰もほかの者を見ようとしなかった。時が刻一刻と過ぎていく。三十分。一時間。ドアの向こうの居間からは墓場のような静寂のみが伝わってくる。一同は緊張して耳を澄ました……

七時半になると、ドアがさっと開いて、エラリーと署長が恐ろしく不機嫌そうな顔を突き出した。「皆さん、出て」ノートンが言葉すくなに言った。「さあ、早く」

「出る?」オウェン夫人はかすれる声をもらした。「どこに? リチャードはどこ? 何が――」

制服警官が一同を部屋の外に追い立てた。エラリーは書斎のドアに歩み寄ると、押し開けて、照明のスイッチを入れてから、一歩、脇にどいた。

「どうぞ、皆さん、この中にはいって、好きな椅子に坐ってください」エラリーは硬い声で言った。その顔は緊張し、疲れきって見えた。

一同はゆっくりと、黙って言われたとおりにした。制服警官が居間からさらに椅子を運んでくる。皆、腰をおろした。警官は、内側から閉めたドアに、ぴたりと背をつけて立った。

エラリーは抑揚《よくよう》のない声で言った。「ある意味で、これはぼくがいままで経験してきた中でもっとも驚くべき事件でした。どの角度から見ても、型破りで普通じゃない。とにかく、こんな事件にお目にかかったことは一度もありません。ウィロウズさん、あなたが金曜の夜に言った願いがかないそうですよ。あなたはこれから、犯罪者の天才的な思いつきによる、少々ひねくれた手口のひとつを、じかに目撃することになります」

「犯――」ガードナー夫人のぽってりしたくちびるが震えた。「それは、あの――犯罪があったという意味なの?」

「お静かに」ノートン署長が鋭く制した。

「そうです」エラリーは優しい口調で言った。「犯罪があったんですよ。はっきり申しあげれば――お気の毒です、奥さん――重大な犯罪がありました」

「やっぱり、リチャードはころ――」

「お気の毒です」短い沈黙が落ちた。オウェン夫人は泣こうとしなかった。涙はすでに涸れ果てたようだった。「とにかく不条理でわけのわからない事件でした」ようやくエラリーは言った。「よろしいですか」ため息をついた。「事件の鍵はあの掛け時計です。あるはずの場所になかった時計、〝顔〟の見えない時計ですよ。そこの鏡に、夜光塗料を塗った時計の針が映っていなかったので、時計は壁からはずされたに違いない、とぼくが指摘したことは覚えていますね。あれはあれでひとつの、筋が通った仮説でありました。しかし、唯一の仮説ではありませんでした」

「リチャードは死んでしまったの」オウェン夫人が、ふわふわした声で不思議そうに言った。

「ガードナーさんが」エラリーは急いで続けた。「もうひとつ、別の可能性を指摘してくれました。すなわち、あの時計はそこのドアの上にかかっているけれども、物か人が鏡の前に立ちふさがっているせいで、時計が映らなかったのではないか、という仮説です。あの時ぼくは、そんなことがありえない理由を説明しましたね。しかし」そこまで言って唐突に、エラリーは背の高い鏡の前に歩いていった。「ぼくが夜光時計の針を見なかった事実を合理的に説明する仮説がもうひとつ、存在するのです。すなわち、ぼくが暗闇の中でドアを開けて、部屋の中を覗きこんで、何も見えなかった時、掛け時計はいつもの場所にあったけれども、鏡がそこになかったという場合です！」

ミス・ウィロウズは妙にさめた口調で言った。「でも、どうしてそんなことがありえるの、クイーンさん。そんなの――そんなの、馬鹿げてるわよ」

「親愛なるレディ、何ごとも、馬鹿げていると証明されないかぎりはそうではありませんよ。ぼくは自分に問いかけました。あの瞬間に鏡があそこから消えたとすれば、どうしてそんなことになったのか？　あの鏡は明らかに壁の一部だ。どう見ても、このモダンな部屋に最初から作りつけの、壁にがっちりはめこまれた姿見《すがたみ》です」ミス・ウィロウズの眼の中で何かがぎらりと光った。マンスフィールド夫人は膝の上で組んだ両手をぎゅっと握りあわせ、まっすぐ前を凝視している。オウェン夫人はくもりガラスのような眼でエラリーを見つめているが、何も見えず、何も聞こえずにいるようだ。「そうこうするうちに」エラリーはまたため息をついた。「あたかも天から降ってくる神《マナ》の恵みの糧のごとく、朝から一日じゅう、おかしな小包がぽろぽろとこの家に届き始めました。覚えていますか、ぼくは不条理でわけのわからない事件だと言ったでしょう？　当然、皆さんも一度くらいちらっと思ったんじゃありませんか、どうも何者かが、事件の秘密にぼくらを導こうと必死にヒントを出しているみたいだぞ、と」

「私たちを導こうと――」ガードナーは眉をしかめて言いかけた。

「そのとおりです。では、奥さん」エラリーはオウェン夫人に優しく、そっと呼びかけた。「第一の包みは奥さん宛でしたね。中身はなんでしたか？」夫人は無表情でエラリーをじっと見返した。思わずぞっとするような沈黙が落ちた。マンスフィールド夫人がいきなり、まるで幼い子供を注意するように、自分の娘を揺さぶった。オウェン夫人はびっくりした顔になったが、ふわふわと曖昧《あいまい》に微笑んだ。エラリーは質問を繰り返した。

するとオウェン夫人は、むしろほがらかな口調ではきはきと答えた。「リチャードのスポーツ用の紐靴ですわ」

エラリーは一瞬、たじろいだ。「ひとことで言えば、〝靴《シューズ》〟ですね。では、ウィロウズさん」すると、女優は興味がなさそうだったわりに、いくぶん、身をこわばらせた。「第二の包みはあなた宛だった。中身はなんでしたか」

「ジョナサンのおもちゃの船がふたつよ」女優は小さく答えた。

「やはりひとことで言えば――〝船《シップス》〟です。次にマンスフィールドさん、第三の包みはあなた宛でした。何がはいっていましたか、正確にお願いします」

「何もはいっていませんでしたよ」老婦人は、ふん、と頭をあげた。「わたくしはまだ、あなたのしていることが馬鹿馬鹿しいたわごとだと思っていますよ。わからないのかしら、あなたのせいでわたくしの娘が――ここにいる全員が――頭がおかしくなりそうだって。ノートンさん、いいかげんにこの茶番をやめさせてちょうだい。リチャードの身に何が起きたのかをご存じなら、もったいをつけないでさっさと教えて！」

「質問に答えてください」ノートン署長は厳しい顔で言った。

「あらそう」老婦人はむっとした顔で言い返した。「馬鹿げた封筒がひとつですよ、からっぽで、うちの封蠟で封をしてある」

「それもまたひとことで言えば」エラリーがゆっくりと言った。「〝封蠟《シーリングワックス》〟ですね。では、ガードナーさん、あなたには実に風変わりな第四の贈り物が届きました。それは――？」

「キャベツ《キャベジ》だよ」ガードナーはにやにやしながら答えた。

「〝キャベツ《キャベジズ》〟、複数形です。正確に願います。ふたつあったでしょう。そして最後にガードナーさんの奥さん。あなたは何を受け取りましたか？」

「チェスの駒がふたつでした」夫人は小さな声で答えた。

「違う違う。ただの駒じゃありませんよ、奥さん。ふたつの〝キング《キングズ》〟です」エラリーの銀色の眼がきらめいた。「言い換えれば、我々に届けられた贈り物を順番どおりに並べると……」

エラリーはそこで言葉を切り、一同を見てから、穏やかな声で続けた。「〝靴だの、船だの、《オブ・シューズ・アンド・シップス・》封蠟だの、それからキャベツだの、王様だの《アンド・シーリングワックス・オブ・キャベジズ・アンド・キングズ》〟」

＊

なんとも言えない、とてつもなく異様な沈黙が落ちた。不意にエミー・ウィロウズがあえいだ。「『セイウチと大工』の詩だわ。『不思議の国のアリス』の！」

「ウィロウズさん、あなたともあろう人がなんてことを言うんです。トゥイードルディーによるセイウチの詩の暗唱は、正確にはキャロルの二部作のどこにありますか」

わくわくして話を聞いている女優の顔に、わかった、というまばゆい光がぱあっと広がった。

「『鏡を通り抜けて《スルー・ザ・ルッキンググラス》（邦題『鏡の国のアリス』）』ね！」

「『鏡を通り抜けて』ですね」エラリーはいまにも破裂しそうな沈黙の中、つぶやいた。「では、それに続く副題をご存じですか?」

はっとしたような口調で女優は答えた。「『そこでアリスが見つけたもの』」

「完璧なお答えです、ウィロウズさん。つまり我々は包みの送り主から、鏡を通り抜けるように指示された。そうすれば、鏡の向こう側に、リチャード・オウェンの失踪に関係する何かが見つかるだろう、と。ね、どうです、おもしろい考えでしょう?」エラリーはぐいと身を乗り出して、きびきびと言った。「ここで、ぼくの最初の一連の推理に立ち戻ります。ぼくは、夜光時計の針が映らなかったのは、鏡がそこになかったからではないか、と言いましたよね。しかし、壁そのものはしっかりしていますから、この鏡そのものが動くようになっているに違いありません。そんなことが可能だろうか? 昨日、ぼくは二時間かけてこのミラーの秘密を突き止めました――それとも、こう言う方がふさわしいかな……ルッキンググラスと?」一同の眼は恐ろしそうに、壁にはめこまれた背の高い鏡を見た。鏡は電球の光をきらきらと跳ね返している。「そして、この秘密を発見し、〝鏡を通り抜けて〟その先を覗いたアリスこと、ぼくが――あまりかわいらしくないアリスですみませんね!――何を見つけたと思いますか」

誰も答えなかった。

エラリーは素早く鏡の前に行き、つま先立ちになって何かに触った。すると、鏡全体に変化が起きた。蝶番《ちょうつがい》がついているように、それは前に動いてきた。エラリーは指をかぎのように曲げて隙間に差し入れ、ひっぱった。鏡はまるでドアのように大きく前に開いて、そのうしろにあった奥行きの浅いクロゼットのような穴がぽっかりと空いた。

女たちがきゃーっと悲鳴をあげて、眼をおおった。

硬直した帽子屋の、まぎれもないリチャード・オウェンの顔が一同をぎろりと見ていた――死んだ、恐ろしい、不吉なまなざしで。

ポール・ガードナーがよろよろと立ち上がり、息を詰まらせて、自分の襟元《えりもと》をひっぱった。目玉が顔から飛び出しそうになっている。「お、お、オウェン」ガードナーはあえいだ。「オウエン。あいつがここにいるはずがない。う、埋めたんだぞ、私がこの手で、屋敷の裏の林にある大岩の下に。そんな、そんな」そして、ぞっとするような笑顔になると、くるりと白目をむいて、気絶し、床に倒れた。

エラリーはため息をついた。「もういいよ、デ・ヴェア」とたんに帽子屋が動きだし、その顔は魔法が解けるように、リチャード・オウェンとは似ても似つかない顔に変わった。「出てきていいよ。彫像役者、一世一代の名演技だったな。ぼくの策略どおりに万事うまくいってくれた。ノートン署長、そこに転がってるのが、あなたの求める男です。ガードナー夫人を取り調べれば、そこそこ前からオウェンの愛人だったことがわかるでしょう。どうやらガードナーはそれに気づいて、オウェンを殺したんですね。あっ、危ない――その女も気絶しそうだ！」

＊

「わたしがどうしてもわからないのは」その夜遅く、ジャマイカ地区行きの鈍行列車の中でも、ペンシルヴェニア行きの特急列車の中でも、エラリー・クイーン君と隣り合わせに坐っていたエミー・ウィロウズは、長い沈黙のあと、ぼそぼそと言いだした。「それは――」と言ったところで、女優は困ったように口ごもった。「わからないことだらけだわ、クイーンさん」

「ごく単純な事件でしたよ」エラリーは窓の外を飛び去っていく、真っ暗な田舎の風景を見ながら、もう興味をなくしたような口調で答えた。

「でも、あの人は誰なの――デ・ヴェアっていう人は？」

「ああ、あいつですか！　ぼくの知り合いの、ええと、ちょうど〝スケジュールの空いていた〟役者です。芝居にも出てるんですけどね――性格俳優としてちょこちょこ。あなたはご存じないでしょうけど。つまりですね、ぼくの推理であの鏡が怪しいという結論に達して、あれを調べてようやく秘密を発見し、鏡を開いてみたら、帽子屋の扮装をしたオウェンの死体が倒れているのを見つけたわけですが――」

女優は身震いした。「わたしの好みよりずいぶん生々しすぎるお芝居ね。あなたはどうしてすぐに、発見したことを発表しなかったの？」

「それで何が得られますか。殺人犯を特定する証拠はかけらもなかった。ぼくは犯人にぼろを出させる計画を練る時間が欲しかったんです。それで死体をあそこに残して――」

「あなた、そんな涼しい顔をして、ガードナーが犯人だと最初から知ってたと言うつもり？」

女優は、まったく信じられないという口調で詰め寄った。

エラリーは肩をすくめた。「当然ですよ。オウェン夫妻はあの屋敷に住み始めてひと月もたっていません。あの隠し戸棚のばねはびっくりするほどうまく隠してありました。ああいう仕掛けがあるとわかっていて探さないかぎり、絶対に見つけられなかったでしょう。しかし、ぼくは金曜の夜にオウェン自身がその口で、〝こんなこともあろうかと〟考えてガードナーがこの屋敷を設計したと言ったのを思い出しました。それで、ぴんときたんです。あんな隠し戸棚の秘密を知ってるなんて、設計した人間のほかに誰がいますか。ガードナーがあんな隠し扉を設計するどころか、実際に作るまでした理由は知りませんよ。建築家としてのちょっとした遊び心だったんですかね。ともかく、条件に合うのはガードナーに違いなかった」エラリーは客車の埃っぽい天井を見上げて何やら考えているようだった。「今回の犯行の過程はごく簡単に再構築できます。金曜の夜にみんなが寝室に引きあげたあと、ガードナーはオウェンと、自分の妻のことで話をつけるために一階におりていったんですよ――あのガードナー夫人ってのは、ぼくがいままでお目にかかったうちでも一、二を争う危険な妖婦ですね。そして、男ふたりは口論になった。この時、ガードナーがオウェンを殺してしまいます。おそらく殺す気はなく、まったくの事故だったのでしょう。ガードナーがまず考えたのは死体を隠すことでした。金曜の夜はあのひどい土砂降りでしたから、寝間着を濡らさずに外に死体を運び出すことは不可能です。その時、鏡の裏の隠し戸棚のことを思い出したんですよ。とりあえずあそこに隠しておけば安全だ。雨がやんでぬかるみが乾いたら、死体を運び出して、永遠の隠し場所の墓穴を掘るなりなんなりすればいいじゃないか……。ガードナーが死体を隠し戸棚に押しこんでいる最中に、ぼくが書斎のドアを開けたんです。それでぼくは鏡に映った夜光時計を見なかった。そのあと、ぼくが図書室の中にいる間に、ガードナーは鏡の扉を閉めて、二階に素早く逃げていきました。ところが、ぼくが意外と早く出てきてしまったので、ガードナーは開きなおって姿を現すことにします。あまつさえ、階段をあがっていったぼくを〝オウェン〟だと勘違いしたふりまでやってのけましたよ。

　ともあれ、土曜の夜、ガードナーはぼくら全員に睡眠薬を盛って、その間に死体を運び出して埋め、また部屋に戻って自分だけ不自然に思われないように、睡眠薬を飲んだわけです。ぼくが土曜の昼間のうちに、鏡の裏の死体を見つけていたことにガードナーは気づかなかったんですよ。日曜の朝、死体がなくなっていたのを見て、ぼくは当然、睡眠薬が盛られた理由に気づきました。ガードナーは、誰も知らない場所に死体を埋めることで――当人の知るかぎりでは、殺人が起きた事実を示す手がかりひとつ残さずに――いかなる殺人事件においても最重要な証拠物件……すなわち、罪体《コーパス・デリクタイ》を葬り去ったのです……。ぼくは隙を見てデ・ヴェアに電話をかけ、やるべきことを指示しました。それで、デ・ヴェアはどこかでアリスの帽子屋の衣装を掘り出してきて、とある劇場の事務所でオウェンの写真をうまいこと手に入れてから、ここに来たんです……。ノートンの部下があなたがたを図書室に押しこめていた間に、ぼくとノートンで、デ・ヴェアをあの隠し戸棚に入れました。おわかりでしょうが、ぼくは不安の極限状態を作りあげなければならなかった。ガードナーの抵抗する気力をくじいて、泥を吐かせるために。どんな手を使ってでも、死体を隠した場所を自白させなければならなかった。隠し場所を知っていたのはあの男だけです。結果、うまくいきました」

女優は聡《さと》い眼の端からエラリーをしげしげと眺めた。エラリーは落ち着かない様子でため息をつくと、向かいの座席にのせられた、女優のすらりと細い脚から眼をそらした。「でも、いちばんわからないのは」エミーは愛らしく眉を寄せて言った。「あのものすごく気持ちの悪い、たくさんの小包よ。いったい、あれを送ってきたのは誰？」

エラリーは長いこと答えなかった。やがて、列車のかたんかたんという音にかろうじてまぎれない程度の小さな声で、眠そうに言った。「本当のところ、あなたなんですよ」

「わたし？」女優はすっかり驚いて、ぽかんと口を開けた。

「まあ、言ってみれば、という話ですが」エラリーはつぶやきながら、眼を閉じた。「ジョナサン坊やの誕生祝いに〈アリス〉の〝いかれたお茶会〟のシーンを演じてやろうというあなたの思いつき――敬愛するドジソン（ルイス・キャロルの本名）の精神そのものですね――それが、ぼくの脳味噌の想像力の連鎖をどんどん引き出してくれたわけです。単に、あの隠し戸棚を開けて、オウェンの死体があったぞ、と言ったり、デ・ヴェアにオウェンの芝居をさせたりするくらいじゃ足りなかった。先に、ガードナーの精神状態の下ごしらえをしておかなければならなかったんです。まずは、謎でまごつかせてから、やがてあの贈り物が暗示している方向の先に何があるのか、本人に気づかせなければならなかった……で、ぼくは腕によりをかけて拷問してやったというわけです。どうもぼくはこういうことに目がなくて。それはともかく、簡単な仕事でしたよ。父の警視に電話をかけると、ヴェリー部長刑事をよこしてくれたので、ぼくは屋敷じゅうから盗んでまわって家の裏手の林に隠しておいた品物を、善良なるヴェリーに託して……

あとの作業は部長が全部やってくれましたからね、梱包したり、届けたり」

女優は居住まいを正すと、厳しいまなざしでぴしりとエラリーを見据えた。「ミスター・クイーン！　それがりっぱな探偵の業界における公明正大なやりかたなの？」

エラリーは眠そうな顔でにやりとした。「どうしてもやらなければならなかったんです。劇的効果ですよ、ウィロウズさん。あなたなら理解してくださるはずだ。殺人犯を、犯人自身が理解できないもので取り囲み、混乱させ、心理的に滅多打ちにしてふらふら《パンチドランク》になったところに、ノックアウトのパンチを繰り出し、とどめの一撃……。ああ、我《われ》ながら惚れ惚れするほど頭がいいですよ、ぼくって奴は、まったく」

エミーがそんなにも長いこと、そんなにも無言で、そんなにもかすかにその少年のような顔を歪《ゆが》めて、じっと見つめてくるものだから、エラリーは不本意ながら頬に血がのぼってくるのを感じて、居心地悪くもじもじと身体を動かした。「ところで、お嬢さん」わざと軽やかに声をかけた。「そのピーターパンのようなお顔に、あなたらしからぬ、いやらしい表情をもたらしたのは何なのか、お訊ねしてもよろしいですか？　ご気分がすぐれないのですか？　どこか具合でも？　どんな気分です？」

「アリスの台詞《せりふ》じゃないけど」女優は前よりもエラリーに寄りかかりながら、優しく答えた。

「ますますへんてこりん《キュリアサー・アンド・キュリアサー》、よ」

これぞ謎解きミステリの真髄！
巨匠《マエストロ》の手になる多種多様な〈謎と推理の物語〉

川出正樹

「あれでロジックが完成した。犯人は一人に絞れる」

有栖川有栖「スイス時計の謎」

「なにしろきみの扱う事件は、ぼくにとってはとびきりおもしろいものばかりだからね」

アーサー・コナン・ドイル「赤毛組合」

エラリー・クイーンの作品を読み返すたびにしみじみと思う。ああ、ミステリを読む愉しみってこういうことだったんだよなぁ、と。〝魅力的な謎〟が〝意外な推理〟で〝鮮やかに解明〟されて、あっと驚かされる快感。ほかの何物でも得られないこの独特の興趣を味わいたくってミステリを読み続けているんだ、ということを。

なので、何か面白い謎解きミステリを探している人や、翻訳物に興味はあるけれど、どれから読んでいいのかわからないと悩んでいる人には、なにはともあれエラリー・クイーンをお薦めします。とりわけ、本書『エラリー・クイーンの冒険』（一九三四年）を。

なぜなら、この第一短篇集に収められた十一の作品は、いずれも謎解きを主眼とし、それ以外の要素を極力削ぎ落とした筋肉質かつ骨太なミステリばかりだからです。きちんと布石を打ち、伏線を張り巡らせ、目くらましとなる赤い鰊《レッド・ヘリング》をばらまいた上で、名探偵エラリー・クイーンによる論理だった推理で奇妙な状況を解きほぐし、「なるほどそういうことだったのか！」と納得させてくれる。この太くて固い〈芯〉が、すべての収録作を貫いているのです。その上で、背景となる人間ドラマも小説として必要な分は描かれているので、味気ないパズルにとどまる作品など一つもありません。しかもマンハッタンのホテル（「アフリカ旅商人の冒険」、以下「の冒険」は省略）やヴォードヴィル一座が公演中の劇場（「首吊りアクロバット」）、ロングアイランドの田舎に建築された奇妙な屋敷（「いかれたお茶会」）やニューイングランドの荒涼たる地に建つ旅館（「双頭の犬」）といった具合に一作毎に舞台設定を変えて、事件発生に至るシチュエーションにも工夫を凝らしているので、多種多様な〈謎と推理の物語〉を味わうことができるのです。

謎めいた遺留品（「アフリカ旅商人」）やダイイングメッセージ（「ひげのある女」「ガラスの丸天井付き時計」）、物体消失（「いかれたお茶会」）や怪異現象（「双頭の犬」）、不自然な殺害手段（「首吊りアクロバット」）や奇妙な動機、秘密を抱えた被害者と風変わりな関係者、嵐の一夜の惨劇（「双頭の犬」）と白昼堂々の兇行（「チークのたばこ入れ」）、予想外の隠し場所（「一ペニー黒切手」）と意外な犯人、そしてすべてを見通し水際だった推理で快刀乱麻を断つ名探偵。こうしたミステリ好きを惹きつけて止まない素材を、「最高に複雑で最高に手の込んだ探偵小説を、そのジャンルの黄金時代に生み出し続けた」（フランシス・M・ネヴィンズ『エラリー・クイーン　推理の芸術』〔国書刊行会、二〇一三年〕）巨匠エラリー・クイーンが、腕によりをかけて調理した十一品を収録した本書『エラリー・クイーンの冒険』は、クイーンが生前に刊行した七冊の短篇集の中でも、もっとも粒が揃った作品集なのです。

そのクオリティの高さは、稀代のミステリ評論家ジュリアン・シモンズが一九五七年に選出した The Sunday Times 100 Best Crime Stories（いわゆる〈サンデー・タイムズ・ベスト99〉）の一冊に選ばれたことからも保証済みです。さらに、このジャンルの目利きでもあったエラリー・クイーンが、ミステリ史上重要な里程標となる短篇集百六冊を選出した〈クイーンの定員〉（*Queen's Quorum*, 1951）の一冊として本書を自選しているように作者自身の折り紙付き。もっともクイーン本人は、「この里程標完全リストに自著を含める理由のひとつは、『冒険』および六年後に刊行された続編『エラリー・クイーンの新冒険』（一九四〇年）に対するジョン・ディクスン・カーの見解による。カー氏はこう書いている、〈エラリー・クイーンの二冊の短編集は断然優秀である〉と」（名和立行訳、《EQ》一九八一年十一月号）というように、やや謙遜めいたコメントを記してはいますが。

閑話休題。謎解きミステリの名峰がそびえ立つクイーン山脈の中でも、屈指の傑作である

『ギリシャ棺の謎』（一九三二年、以下三作も同）や『Xの悲劇』、日本でも特に人気のある『エジプト十字架の謎』や『Yの悲劇』といった代表作にしてこのジャンルの最高峰たる四大長篇を差し措いて、あえてこの自他共に認める傑作短篇集を最初にお薦めする理由は、もう一つあります。それは、取っつきやすさです。

確かにこれらの長篇はオール・タイム・ベスト級の傑作ですが、それ故に初体験の相手としてはやや手強い。別に小説として難解だからというのではなくて、〝最高に複雑で最高に手の込んだ探偵小説〟を楽しみ尽くすには、じっくりと謎解きに没頭できるだけのある程度まとまった時間を取りたいものですが、なかなかそうもいかないのが世の常だからです。その点、本書は短篇集であり、それぞれの作品は四十ページ前後、一番長い「いかれたお茶会の冒険」でも六十ページしかありません。気軽に謎解きミステリの妙味を味わいたい人にとって、まさに打ってつけの本なのです。

そんな理想的な〈初めての一冊〉である本書『エラリー・クイーンの冒険』を推すにあたって、唯一気がかりだったのが訳文の古さによる読みづらさでしたが、このたび約六十年ぶりとなる新訳によってきれいに解消されました。今回翻訳を担当された中村有希氏は、発表当時のアメリカ東海岸の空気を損なうことなく、現在の読者に違和感やストレスを感じさせない絶妙な訳文に仕上げてくれています。

内容面でも、原書初刊本にのみ附されていた序文と、江戸川乱歩編『世界短編傑作集4』（創元推理文庫、一九六〇年）との重複を避けるために割愛されていた「いかれたお茶会の冒険」を収録した完全版となっています。初めての方はもとより、かつて旧版で愉しんだ方にもぜひ手にとってあらためて堪能して欲しいと思います。

以下、収録作品について。ただし、短篇小説の内容に関して触れすぎることは未読の方の興を削ぐことになるので、短いコメントにとどめておきます。タイトルの後の数字は発表順。雑誌未掲載の「アフリカ旅商人の冒険」は便宜的に①としました。

■序文 Foreword

・デビュー作『ローマ帽子の謎』（一九二九年）から第十長篇『中途の家』（一九三六年）まで附されていた探偵エラリー・クイーンの友人J・J・マック氏による前口上は、一九三四年刊行の初刊時には置かれていたが、以降は削除された。文中で触れられている〈ショウ家の問題〉は、「ひげのある女の冒険」のこと。

■「アフリカ旅商人の冒険」The Adventure of the African Traveler ①

・雑誌未掲載。ハワード・ヘイクラフト編 *14 Great Detective Stories*, 1949 等に収録。初訳は「臨床探偵学」西田政治訳《新青年》一九三七年初夏特別増刊号。日本オリジナル短篇集『神の燈火』西田政治訳（ハヤカワ・ミステリ、一九五四年）、各務三郎編『エラリー・クイーン傑作集』真野明裕訳（番町書房、一九七七年）等に収録。

・雑誌未掲載作品のため正確な執筆年月は不明だが、「(筆者注・『エラリー・クイーンの冒険』の)収録作の三作か、おそらく四作は、一九三三年に書かれたものである」という『エラリー・クイーン　推理の芸術』の記述に基づき、便宜的に①とした。
・エラリーが大学に招かれて応用犯罪学の講義をするという設定は、コロンビア大学のジャーナリズム科から小説執筆の講演を依頼された実体験に基づくものだろう。三人の大学生が実際の殺人事件に対して推理を披露するという形式は、後年の《パズル・クラブ》シリーズに通じる面白さがある。

■「首吊りアクロバットの冒険」The Adventure of the Hanging Acrobat ⑥
・初出題：The Girl on the Trapeze "Mystery" 一九三四年五月号。ビル・プロンジーニ&マーシャ・マラー編 *The Deadly Arts*, 1985 等に収録。初訳は「首吊り曲芸師」井上英三訳《新青年》一九三五年夏期増刊号。日本オリジナル短篇集『神の灯』大久保康雄訳(嶋中文庫、二〇〇四年)等に収録。
・四種類のより簡単な殺害手段(射殺、刺殺、ガス中毒死、撲殺)が整った環境で、なぜわざわざ労力を伴う殺し方をしたのかを推理する一ひねりしたホワイダニットとして秀逸。

■「一ペニー黒切手の冒険」The Adventure of the One-Penny Black ②
・初出題：The One-Penny Black "Great Detective" 一九三三年四月号。二十人のミステ

リ作家の、初めて雑誌に売れた短篇を集めたアンソロジー、MWA編（ジョン・ディクスン・カー序文）*Maiden Murders*, 1952 等に収録。初訳は「黒一ペニイ事件」西田政治訳《新青年》一九三六年夏季増刊号。『神の燈火』、『世界の名探偵コレクション10 [7] エラリー・クイーン』鎌田三平訳（集英社文庫、一九九七年）等に収録。

- 作者初の雑誌掲載作にして、名探偵クイーンの短篇初登場作でもある記念すべき作品。*Maiden Murders* に再録された際に寄せた短文によると、本作は《高級誌《スリックマガジン》》《中流誌》《パルプマガジン》から軒並み掲載不可とされた挙げ句に、新たに創刊されたGreat Detective の第二号に、わずか三十五ドルの安値で買い叩かれたとのこと。文中で、同じ号に掲載されたドロシー・L・セイヤーズやE・D・ビガーズといった売れっ子作家は、いくらぐらいもらったのだろう?、と記しているのが面白い。
- 貴重な切手とありふれたベストセラー本という対照的な品物の盗難事件の真相を、心理的な手掛かりから解決する手際が見事。

■「ひげのある女の冒険」The Adventure of the Bearded Lady ⑧

- 初出題：The Sinister Beard　"Mystery" 一九三四年八月号。ジュリアン・シモンズ編 *The Penguin classic crime omnibus*, 1984 等に収録。初訳は「髯を生やした女」井上英三訳《新青年》一九三五年夏期増刊号。『神の灯』等に収録。
- 被害者は、なぜ描きかけの絵の女性にひげを付け加えたのか?　論理的で無理がなく、数あるクイーンのダイイングメッセージものの中でも一、二を争う傑作。

■「三人の足の悪い男の冒険」　The Adventure of the Three Lame Men ⑤

●初出題：Three Lame Men　"Mystery" 一九三四年四月号。*A Century of Thrillers, Vol. 2,* 1937 に収録。初訳は「跛男三人組」西田政治訳《新青年》一九三九年新春増刊号。本書以外の短篇集・アンソロジーへの収録なし。

●雪の降る夜に起きた殺人と誘拐。エラリーは、現場のアパートに残された不自然な三組の足跡から推理を推し進めて意外な真相を導き出す。

■「見えない恋人の冒険」　The Adventure of the Invisible Lover ⑨

●初出題：Four Men Loved a Woman　"Mystery" 一九三四年九月号。*The Hilton Bedside Book,* 1952 等に収録。初訳は「恋愛四人男」西田政治訳《ぷろふいる》一九三五年一月号。各務三郎編の日本オリジナル・アンソロジー『クイーンの定員Ⅱ』宮脇孝雄訳（光文社、一九八四年）等に収録。

●ニューヨーク州北部の小さな町で起きた射殺事件。被疑者以外に犯行可能な人物が見当たらない状況下でエラリーは、些細な違和感から推理を展開していく。

■「チークのたばこ入れの冒険」　The Adventure of the Teakwood Case ③

・初出題：The Affair of the Gallant Bachelor　"Mystery" 一九三三年五月号。著者の第三短篇集 *The Case Book of Ellery Queen*, 1945 に収録。初訳は「煙草容器の謎」西田政治訳《新青年》一九三三年夏季増刊号。日本オリジナル・アンソロジー『名探偵登場④』西田政治訳（ハヤカワ・ミステリ、一九五七年）に収録。
・五カ月間に五回の宝石盗難事件が起きたアパートの管理人から内密に真相を突き止めて欲しいと依頼されたエラリー。奇しくも同じ建物で殺人事件が発生し……。シガレットケースを巡る考察から犯人を割り出す手際が秀逸。

■「双頭の犬の冒険」The Adventure of "the Two-Headed Dog" ⑦
・初出題：The Two-Headed Dog　"Mystery" 一九三四年六月号。英米では本作品集以外への収録なし。初訳は「双頭の犬」西田政治訳《ぷろふいる》一九三四年九月号。『神の燈火』に収録。
・エラリーが旅の途中で立ち寄った宿〈双頭の犬〉亭の主人は、三カ月前の嵐の夜に起きたある事件を境に、怪奇現象に悩まされているという。ニューイングランドを舞台にした幽霊譚を合理的に解決する傑作。

■「ガラスの丸天井付き時計の冒険」The Adventure of the Glass-Domed Clock ④
・初出題：The Glass-Domed Clock　"Mystery League" 一九三三年十月号。初訳は「顚落

せる置時計」井上英三訳《新青年》一九三四年春期増刊号。日本オリジナル・アンソロジー『綾辻行人と有栖川有栖のミステリ・ジョッキー1』井上勇訳（講談社、二〇〇八年）等に収録。

●左手で紫水晶を握りしめ、右手をガラスドームが砕け散った古時計の上に置いていた死体は何を物語るのか？　三段論法による消去法で犯人を特定するクイーン短篇の中でも上位に位置する傑作。

■「七匹の黒猫の冒険」The Adventure of the Seven Black Cats ⑩

●初出題：The Black Cats Vanished　"Mystery" 一九三四年十月号。キャロル＝リン・R・ウォー＆マーティン・H・グリーンバーグ＆アイザック・アシモフが編んだ〈猫〉に関するミステリを集めた *Purr-Fect Crime*, 1989 等に収録。初訳は「黒猫失踪」西田政治訳《ぷろふいる》一九三五年七月号。『神の燈火』、『エラリー・クイーン傑作集』等に収録。

●大金持ちの老女は、なぜ猫嫌いにもかかわらず毎週そっくりな猫を一匹ずつ買うのか？　不自然な行動の裏にある意外な動機をエラリーが解き明かす良作。

■「いかれたお茶会の冒険」The Adventure of the Mad Tea-Party ⑪

●初出題：The Mad Tea-Party　"Redbook" 一九三四年十月号。エラリー・クイーン編 *101 Years' Entertainment: The Great Detective Stories, 1841-1941*, 1941、ビル・プロ

ンジーニ編『エドガー賞全集』青田勝訳（ハヤカワ・ミステリ文庫、一九八〇年）等に収録。初訳は「不思議の国の殺人」井上英三訳《新青年》一九三四年十一月号。『世界短篇傑作集（二）』井上勇訳（東京創元社、一九五七年）、『世界の名探偵コレクション10 [7] エラリー・クイーン』、『神の灯』等に収録。

●「論理で考える典型的な人物をキャロルの兎の穴のような狂った環境に投げ込み、彼が混沌の中から秩序めいたものを作り出すことができるかどうかを試している」（『エラリー・クイーン 推理の芸術』）と作者が語る、いわゆる〝不思議の国のエラリー〟ものの代表作。

●クイーンの映像化作品中屈指の傑作と言われる本作品のＴＶ版の脚本が、飯城勇三編『ミステリの女王の冒険 視聴者への挑戦』（論創社、二〇一〇年）に収録されている。脚本家ピーター・Ｓ・フィッシャーが、どこを工夫してより完璧な謎解き物に磨き上げたか確認してみると面白い。

訳者紹介　1968年生まれ。1990年東京外国語大学卒。英米文学翻訳家。訳書に、ソーヤー『老人たちの生活と推理』、マゴーン『騙し絵の檻』、ウォーターズ『半身』『荊の城』、ヴィエッツ『死ぬまでお買物』、クイーン『ローマ帽子の謎』など。

検印
廃止

エラリー・クイーンの冒険

2018年7月20日　初版

著者　エラリー・クイーン

訳者　中《なか》村《むら》有《ゆ》希《き》

発行所　(株)東京創元社
代表者　長谷川晋一

162-0814／東京都新宿区新小川町1-5
電話　03・3268・8231-営業部
03・3268・8204-編集部
URL　http://www.tsogen.co.jp
暁印刷・本間製本

乱丁・落丁本は、ご面倒ですが小社までご送付ください。送料小社負担にてお取替えいたします。

ISBN978-4-488-10442-9　C0197

シリーズを代表する傑作

THE BISHOP MURDER CASE◆S. S. Van Dine

僧正殺人事件

新訳

S・S・ヴァン・ダイン

日暮雅通 訳　創元推理文庫

◆

だあれが殺したコック・ロビン？
「それは私」とスズメが言った――。
四月のニューヨークで、
この有名な童謡の一節を模した、
奇怪極まりない殺人事件が勃発した。
類例なきマザー・グース見立て殺人を
示唆する手紙を送りつけてくる、
非情な〝僧正〟の正体とは？
史上類を見ない陰惨で冷酷な連続殺人に、
心理学的手法で挑むファイロ・ヴァンス。
江戸川乱歩が黄金時代ミステリベスト10に選び、
後世に多大な影響を与えた、
シリーズを代表する至高の一品が新訳で登場。

新訳でよみがえる、巨匠の代表作

WHO KILLED COCK ROBIN?◆Eden Phillpotts

だれがコマドリを殺したのか?

イーデン・フィルポッツ

武藤崇恵 訳 創元推理文庫

◆

青年医師ノートン・ペラムは、
海岸の遊歩道で見かけた美貌の娘に、
一瞬にして心を奪われた。
彼女の名はダイアナ、あだ名は“コマドリ”。
ノートンは、約束されていた成功への道から
外れることを決意して、
燃えあがる恋の炎に身を投じる。
それが数奇な物語の始まりとは知るよしもなく。
美麗な万華鏡をのぞき込むかのごとく、
二転三転する予測不可能な物語。
『赤毛のレドメイン家』と並び、
著者の代表作と称されるも、
長らく入手困難だった傑作が新訳でよみがえる!